在阿尼玛卿脚下

纪实文学作品集

杨海滨——著

ZAI
A NI MA QING
JIAO XIA

青海人民出版社

图书在版编目（ＣＩＰ）数据

在阿尼玛卿脚下 / 杨海滨著 . -- 西宁 : 青海人民
出版社 , 2025.2
ISBN 978-7-225-06665-3

Ⅰ . ①在… Ⅱ . ①杨… Ⅲ . ①纪实文学—作品集—中
国—当代 Ⅳ . ① I25

中国国家版本馆 CIP 数据核字（2023）第 229363 号

在阿尼玛卿脚下

杨海滨　著

出 版 人　樊原成
出版发行　青海人民出版社有限责任公司
　　　　　西宁市五四西路 71 号　邮政编码 : 810023　电话 :（0971）6143426（总编室）
发行热线　（0971）6143516 / 6137730
网　　址　http://www.qhrmcbs.com
印　　刷　西安五星印刷有限公司
经　　销　新华书店
开　　本　720 mm × 1020 mm　1/16
印　　张　18.25
字　　数　250 千
版　　次　2025 年 2 月第 1 版　2025 年 2 月第 1 次印刷
书　　号　ISBN 978-7-225-06665-3
定　　价　46.00 元

序：每个人心中都有一座阿尼玛卿山

黄芳

收到杨海滨老师写序的邀约时，我感到荣幸之余，也有些迟疑，担心自己未必能为新书增色。但他仍是用他十分的热情和十二分的真诚说服了我。

这份信任与交付，大概就是作者与编辑间的默契吧。认识杨老师，大约是在六年前，他是我所在的《澎湃镜相》栏目的特约作者，也是我们最早的专栏作者之一。

很长一段时间，我们都是网友。直到我们在上海举办一次非虚构写作工作坊，他风尘仆仆地从郑州赶过来，我才得见真人。那次的参与者来自天南海北，有学生，有做纪录片或者编剧的年轻人，也有媒体人和自由撰稿人。杨老师是其中较年长者，但在人群中毫不突兀——他的投入和活力让人完全忽略他的年纪。

但他还保有一种堪称"古典"的习惯。为了一篇文章的立意与编排，他有时会从郑州搭高铁赶来上海，与我的同事们讨论很久。这在如今真是有些奢侈——也因为这种"仪式感"，编辑部的同事对自己的工作愈发郑重。

第一次听他说起自己的故事，大约是在陕西南路的小酒馆。那一片过去是租界，道路两侧栽满法国梧桐，有梦幻城堡般的马勒住宅，文学青年的圣殿《收获》杂志就在闹市的僻静处。那天,杨老师跟编辑们谈论起文学和往事,杯子碰响，是梦想的回声。

这是一个刚退休的中年作家的梦想。三十几岁时，他是青海果洛州农行的信贷员，应酬饭局上的常客。同时，他也是果洛图书馆的常客，为魔幻现实主义和马尔克斯们着迷。

最终，文学青年的灵魂从银行职员的皮囊里出逃，他亲手终结了自己迎来送往的生涯。

我很喜欢这本书里的故事"少年子弟江湖老"，一个痴迷吉他的文青，一个混不吝的地痞，两人原本是互看不顺眼的冤家。后来，文青南下学武归来，用一种精神的力量征服了对方一身蛮力。多年之后，他们出现在纪录片频道里，已是师徒结伴，南下奔赴大理的音乐人。

这是小城里的浪漫故事，发生在一家叫"骑士酒吧"的地方。酒吧的老板就是杨海滨。

杨海滨祖籍河南，出生并成长在青海，父亲是 20 世纪 50 年代果洛藏族自治州成立时的支边青年。30 多年的藏地生活不单给了他一副黝黑的皮肤，更是形塑了他的洒脱与豪情，大约是见识了许多传奇与生死的缘故。

本书的开篇《阿尼玛卿雪山顶上的暴风雪》讲述的就是这样一个故事。暴雪封山，一辆载有 15 人的班车被雪封顶，车内温度越来越低，男女老少逐渐投掷携带所有，燃火取暖。其间，他们派出几路代表，徒步 120 公里下山求援，但有的后来再也没回来。当他们燃尽最后的车胎时，终于听见了直升机的马达轰鸣声。

关于这桩事件，大约只在果洛州成立四十年时，由州宣传部出版的《果洛四十年》一书附在末尾大事记中，存有寥寥几行记载。但这被困的 10 天，一车人的荒野求生，其间的惊心动魄，生离死别，都像被风雪湮没。

所幸还有杨海滨的书写，他是当时车上的幸存者之一——

"我所经历过的真实情况是，死亡一人失踪二人，活的十二人脸耳鼻脚严重冻伤，其中有六人一只耳朵被冻掉或冻残，五个人冻掉脚趾，七人的视力严重受损，整个班车被人为破坏焚烧取暖……"那是他的二十三岁，像"盛开的雪莲花一样的年纪"里，接受的暴风雪洗礼。

这也许就是非虚构的力量——因为真实和述说，产生了分量。如果说历史常常是被折叠的，那非虚构打开了其中的褶皱。

这本书也像是藏地生活的百科图。在浩荡的阿尼玛卿山脚下，有辽阔的孤独，也有浓烈的爱恨；有神性的生死，也有庸常的世情；有被开垦的土地，也有永远消逝的青春……

作为藏地以外的人，我过去对那里的生活认知是简化的，显得刻板单调。这本书为我打开了一个丰富的世界，用我们编辑林柳逸的话说，日常有时也是很接近奇迹的。

如今，杨老师已经离开藏地，在中原生活了 20 多年。他还在写藏地往事，有时也会写写其他，但我感到他在写藏地时，最是得心应手，最是自由。

就像在陕西南路的小酒馆里，他回忆起果洛草原上的兽骨，风中猎猎作响的经幡和帐篷，他的漫长跋涉，眼睛变得明亮起来。

也许，每个人心中都有一座阿尼玛卿山，我们曾经逃离，出走，但我们最终还会回到这里。

2024.1.31 凌晨

（序作者为澎湃新闻网副总编辑兼湃客主编）

目　录

第一辑

阿尼玛卿雪山顶上的暴风雪

阿尼玛卿雪山顶上的暴风雪

那天清晨，我说的是 1986 年 2 月 8 日那天清晨的 5 点，我踩着玛可河谷的冷风走向班玛县运输站，坐上早在一个月前就订好车票的中巴车回西宁，邻座是位藏族中年男子，他用生硬的普通话问："你回西宁吗？"可不等我回话，他就把头缩进藏袄里，摆起手里的经筒吟诵着"唵嘛呢叭咪吽"。我将被他冷落的目光转向车厢后面，看到县医院的女医生和被她揽在怀里有水一样光亮眼睛的女儿，她们身后是像牧人那样戴顶水獭皮藏式帽子的知钦乡董书记，他旁边是穿着军装的县武警中队的一位战士，战士旁边是班玛中学的匡老师，他们身后是几位平时见过面却不知具体姓名的机关干部，再后面就是数位用四川话热烈讨论着到西宁后，如何购买去成都火车票的"盲流"。

班车在无数个群山之巅颠簸而行，犹如大海波涛之上的随波逐流，大有被一阵狂风吹来就能触礁的架势，但还是顽强地抵着狂风，以缓慢的速度进入无数个 Z 字弯道的长坡爬行。起初我在座位上闭目养神，随后在班车被路面上一处大沟颠到空中落下时睁眼一仰头，就看见被刀劈斧凿直插云霄泛着刺眼寒光的阿尼玛卿大雪山的主峰，立刻有了被压抑的窒息感，赶紧像身边的藏族男人一样诵了句"唵嘛呢叭咪吽"，低头掩饰那种莫名的惊恐。

班车继续行驶，很快来到上面刻着"玛卿岗日 海拔 5200 米"红色宋体大字，一块支在大垭口路边的水泥牌前。实际上从山脚开始爬山时，我就因缺氧而头疼，到了山顶更加剧烈，而且那种疼像锤子一下接一下有节奏地砸着脑神经，从耳朵里发出巨大的回响声。尽管我知道那是心跳声，但在此时还是从耳朵里跳了出来。为减轻痛感，我正想像刚才一样继续闭目养神，忽然听到千军万马快速行驶的呼啸声，瞬间辗过并完全覆盖住我的听觉，惊得我浑身一颤，睁眼一看，便见到班车正穿行在雪山顶上被人为劈开的最后一座山峰间狭窄山谷公路的上空，无数道层层叠叠、遮天蔽日的五色经幡，如悬挂在头顶天空里的数十万个彩色云团，在飓风中发出波澜壮阔的如千万信众合唱的天籁呼啸声，让我一时忘记"高反"而高喊着："司机快停车，我要下车看这壮阔的风景。"司机冷静地握住方向盘行驶好一会儿才冷冷地飘来一句："为了孩子的安全，必须快速离开山顶。"

我见下不了车，就把头探出窗外，像长久封闭在窒息的密室终于探出头呼吸到浓稠的氧气那样，贪婪地看着雄伟雪峰下这片遮天蔽日的经幡激动得忘乎其形。随着班车驶过垭口，越来越快地开始下山，壮丽的风光在我的注视中耸立于阿尼玛卿雪山之巅，成了印在我脑海中永恒的记忆。

就在班车快速下到海拔4900米处，我还没从刚才的情绪中缓过神时，忽然看到从莫名方向贴着地面横飞过来的乌云，是黑云，一团接一团挟持着比在山顶上强烈数倍的厉风，用不可思议的巨大力量，把正行驶着的班车朝路边横吹过去，车身立刻以180度的弧度旋转，一下把我背后座位上的小女孩摔倒在座椅下，额头上立即鼓起了一个包。我也被那惯力摔到一边，等我爬起身来，那个小姑娘才发出清脆的哭声。被"高反"折磨得躺在椅子上无力的妈妈睁开了眼，可还没等她作出反应，班车"咔嚓"一声滑进路的边沟。

司机用青海话骂了半句"把他家的……"就住了嘴，懊恼地猛拍了几下方向盘，稍停一会儿转头对大家说，除了那娘俩外，所有人都下来推车。

大家在司机有节奏的口号中，手推肩扛让班车退出边沟重回到公路中央，就在我以为班车重新上路时，又一股强大的黑色暴风——多年后我才意识到那黑色实际是乌云本身颜色的投影——瞬间将公路两边陡峭山坡上的积雪，如大海涨潮"哗啦"一下吹得倾覆下来，瞬间把这段狭长的公路淹没到至少五十厘米以上，可暴风并没停止，而且以一股巨大的不可思议的力量肆无忌惮地横扫过来，使得班车如小船一般终于触礁沉没在 4900 米处的雪山顶上。

其实就在刚才我们把注意力看向狂风中的经幡时，浓重的飞雪已在山顶上不知不觉飞舞了许久，现在等我们明白过来这是遇到了暴风雪时，才意识到一种凶险正在包围着我们，这可是在高高的阿尼玛卿雪山顶上，人们没有任何反抗的力量，只能眼看着暴风与暴雪交媾着而束手无策。暴风和暴雪又像恋人那样激情地将天地混卷成一派混沌直到天黑，原以为它停歇下来会雨过天晴，但一直到了零点仍无丝毫减弱迹象，司机这时才用沮丧和失落的语气对大家说，看样子今晚上要当"团长"了。

他说的"当团长"是本地俚语，即因班车出现故障抛锚或因各种情况滞留在山上过夜的行为。见大家一片忧心忡忡地看着他，他有点无奈地把目光投向窗外去看着朦胧夜色中的暴风雪，说："明天或许会放晴，不过只要我们能走出这个大垭口，下到山下的花石峡就会平安无事。"

进入后半夜，在死一般的沉寂中，突然间响起那个小女孩嘹亮的哭声，女医生继续在"高反"中疲倦无力地抱着她，用嘶哑的"哦哦"声拍着她想哄她入睡。我身旁的藏族男子在睡眠中听到女孩的哭声后，从梦中醒来将中断了好久的六字真言重又"嗡嗡"地吟诵起来，后排的盲流们也开始用四川话骂着天气，高声问司机从这里到花石峡还有多远，可司机并不搭理他们，只是忧心忡忡地沉默着，盲流们就又蜷缩着脖子闭上眼东倒西歪地在座位上睡了起来。

我被冻醒了几次，每次看着车窗外如同昨天那样的一直没有停止过的暴风雪心里便发着怵，祈祷着天气能好起来，然后歪着头继续坐在座位上耐着性子假寐着，等待天亮。也许天亮后能像司机说的那样，可以下山到达花石峡。那里有回族人开的清真饭店，至少有东西吃。想到这儿咽了一口口水便看了眼腕上的手表，此时已到早晨八点，但天色仍和晚上一样阴沉，不同的是黑色暴风雪变成了阴柔的白色，从它嚣张的气势上看，仍然和昨天开始的暴风雪一样浓密、激烈。

司机看着天亮了便伸了个懒腰，叹了口气跳下车去检查车况，不料一脚踩下去就陷进几乎淹没了整条腿的积雪中，然后很费劲地蹚着雪，绕车看了一遍，最后拉着车门跳上车来，黑着脸坐在驾驶位上说："路上的雪有一米厚了，根本走不了。"然后伏在方向盘上睡觉。大家见他如此，也都在班车里东倒西歪继续等待天气放晴。可等到天气完全黑暗下来，暴风雪仍桀骜不驯地抽打着、摇晃着的班车和车里人们的心灵，幸好大家都带着食物不至于挨饿。

第二天整整一天，我是在车内继续耐心地听着万马奔腾般的落雪声煎熬到晚上的。第二个夜晚和第一个夜晚一样，众人在手表秒针的流逝中不安地度过一夜，到了第三天早上八点，司机再次跳出驾驶室围着车身转了一圈，又往前方被大雪覆盖了的路上走去，那里像是堆积了数千年的积雪。他只是朝路的方向摇晃着艰难拔动双腿走了数米，便面无表情拐回到车上对大家说："暴雪已有两米深，公路完全封死。据我的经验判断，这几天可能下不去山，而我们又正好处在山顶上，离前后运输站都有百十公里，最关键的问题是没人知道我们被困在雪山顶上，也就没人来救援。大家想想办法如何解决。"

坐在后排的董书记听了司机的话，马上说："刚才我也下车看了，班车确实被困死在山顶了，不可能再开走，眼下先不说缺氧和寒冷，如果单单在这儿等到路通至少也得十天半个月，那样的话一车人早被饿死冻死，所以必须开始自救，我的意见是先组织两个年轻人徒步到山下花石峡邮政所，向州政府发电报救援。"

20世纪80年代中期的果洛，最快的讯息就是到邮电局发电报或打长途电话，而在冬季通向外界数百公里长的电线杆，常因呼啸的狂风吹倒、吹断，造成长途电话线路的中断，打电报是唯一快速传递信息的手段。

董书记的话得到大家响应，他身边那个年轻的武警战士马上站起身，说："我和您一起下山。"董书记拍了下他的肩膀，让他坐下，继续说："我是知钦公社的书记董XX，大家在县上应该知道，现在我带着这位武警兄弟徒步下山去报信，大家原地等待，千万不敢乱跑，在雪原里随时可能迷路会被冻死。"说到这儿他指着我说："我知道你是县银行的杨海滨，你和中学的匡老师把大家的干粮集中起来，准备应对不测。"看着大家紧张的表情他又说，"也请大家不要害怕，只要我们下了山发了电报，政府就一定会想办法来救咱们的。"

我马上走到匡老师身边，对大家说："咱们都是县上的人，你们都认识我和匡老师，董书记既然让我俩出面，那请你们信任我俩，把随身带的食物交给我，除了给董书记他俩一些食物保证他们有体能下到山下外，剩下的干粮再平均分给大家，在这特殊时候，我们要同甘共苦一条心。"

事实上，所有的人都带了不多的食品，按以往的习惯，班玛至西宁三天路程，乘客会在路途中各运输站食堂吃到白饼、粉汤，一般都很少带食物，所以集中到最后只收了八个白饼、四个馒头、十块萨琪玛、几块酱牛肉，盲流们还拿出喝剩下半瓶的四川江津白酒问我要不要上缴。女医生窸窸窣窣翻了一阵她的提包，把给孩子吃的糕点递给我，说："给报信人！"我说："你的食物不用拿，照顾好孩子就是。"

在跟董书记和那个至今我都不知道姓名的战士分别时，我把四个馒头和我自己的三包香烟一只打火机塞进他口袋，说："从现在开始，我们十三个人的生死就寄托在你身上了。然后我们一车人看着他俩晃着身体逐渐和雪原融为一体。

此时海拔4900米处的雪山上根本没有天空，天空就是沉重而厚实、稠密地飞舞着的大雪。唯一的感觉就是冷。司机把车的油门踩得老大，想让发动机产生的热气来温暖我们，但热气飘起时便被从四面八方车缝里钻进来的寒风"哧溜"一下吸走，实在冷得不行了，车上的人跳下车围着班车跑步，厚厚的积雪上踏出了一条幽深的灰色小路，但这种取暖的方式需要干粮支撑，收集起来的食品除给董书记的四个馒头外，每个人分到手的并不多，所以匡老师叫大家不要跑步，到车上休息，节约热量和体力。

捱过一整天后进入第三个晚上，天气比前两个晚上更冷，是那种剥光了衣服裸躺在雪地上，用刀子一刀一刀切开尚有温度的皮肤，看着一滴血流出来却瞬间被寒冷凝成冰蛋，第二滴血来不及流出便在血管"叭"地凝固的感觉。我实在忍受不了这寒冷，除了在心里知道自己的身体坐在座位上外，物理上的身体都像和我无关，又下车跑步取暖，说是跑步实际是缓慢行走，匡老师愤怒地喊我上车，说："你要养精蓄锐不能消耗体力，要不等不到救援就会死掉。"女医生也说："在4900米高的海拔上不停运动会让你的心脏爆炸。"

我上了车靠在座位上，那个小女孩幽幽的哭泣声已没有昨天响亮，气息像一缕丝，若有若无。我想她快被冻死了，忙对司机说："你把油箱打开放点汽油。"我拿着脱下的棉大衣蘸了些油，再把小女孩抱下班车点燃衣服让女孩烤火。我旁边的那个藏族见状，也把车顶上的包裹取下，还有匡老师把带给儿子结婚用的毛毯投入火中，大家都下车围火而烤，整个身体却像从中劈开，前面有了热量后背却是冰雪寒冷。就这样熬到第四天，盲流们把他们全部的被褥都投到火中，即使这样小女孩明显不像前几天那样哭得尖锐生动，幽幽的气息让人担心，果然到了第四天凌晨，女医生突然发出猫挠玻璃般尖锐又刺耳的哭声。我的担心到底还是发生了。我站在她旁边，看着她把女儿搂在怀里像哄她睡觉那样尖声地哭泣着，她原本的"高反"让她更显疲惫，有一碰就会酥碎之感。

她一直哭到没一丝力气，只能干涩嘶哑地哀号，我说："把孩子给我吧。"她像是没听见，我又说了一遍，她仍然无动于衷，我突然感觉到饥饿像一根铁棍被某个仇恨我的巨人重重击在我的头部，一阵强烈的晕眩让我忙扶住椅背镇静了一下，这才有些好转，然后对她说，既然雪山要留下她，那就让她回归雪山的怀抱吧。

她抬起噙着泪的眼，嘴角还流着一道哈喇子，茫然地看了我一眼，又低下头无力地哀号，仍紧紧抱住女儿不松手，一会儿后才像是下了决心，抬起似笑似哭的脸，把已僵硬的小女孩的尸体递给我。匡老师拿着两件能燃烧的行李跟着我下了车，我们在一处平坦的雪地上，慢慢燃烧着用衣服做成的火堆，像是送给那个小女孩人间最后的温暖。

我手脚并用刨了个数十厘米深的雪坑，那是装着女孩如雪般灵魂归宿的坟墓，司机见小女孩单薄地躺在雪地上，有些于心不忍地忙转身上车，把发动机上的人造护垫拿来裹住她瘦小的身体。我们谁也没说话，相互配合着，静静地把她轻轻放进雪坑。我再次手脚并用，把雪片当作泥土填满雪坑。我原地转了一圈，想找个啥东西摆在上面，可雪地除了雪什么也没有，突然看到班车底下有块石头，就匍匐身体钻到车梁底下拿了出来，吻上我的唇痕当作祭奠摆在坟头，它也如同在这高原上被凝固的大海中一朵小小的白浪花。"安息吧！"我说。我说完这句话一抬头，看见车上的众人在沉默中看着我，目光中充满了怜悯和同情。

车上的十三个人各自垂头丧气缩着身体，瘫在座位上一动不动，只有女医生还在不自觉地干号着，藏族男子开始重新吟诵六字真言，那单薄的声音在车内飘浮，像是寺院里的颂歌，也像是他虔诚的祈祷，后排的盲流们早已没了声音，横七竖八躺在座位上苟延残喘，应对着高反。

我已三天滴水未进，掩埋小女孩的体力活动让我筋疲力竭，饥饿如千万斤的重量压瘪了我的内脏。饥饿的感受是无数个小虫子正用它们尖锐的钳刀吞噬我的心脏，疼痛得让人颤抖，但我知道除了忍受别无他法，也许是太累了，我斜靠在座位上时突然看到车窗有个妖艳女子从空而降，曼妙如飞天旋转着来到我眼前，黑色牡丹瞬间盛开成爆炸状。

"死亡之花！"我惊讶地喊出了声。那妖艳美女说："是的，你需直视并承认只有死亡才可以重生的真理，现在让我请你跳一支死亡之舞吧！"然后朝我伸出她的纤手等我回应。我指着后排座位上的人有些绝望地说："他们呢？"娇艳女子淡然一笑说："都会在这朵花瓣前回到终极世界……"

就在她的手刚要粘住我伸出的手时，邻座的藏族男子突然吟诵出一句六字真言，像是对我行为的提醒，这让我急中生智脱口吟诵了句"唵嘛呢叭咪吽"，这如剑的声音刺中那娇艳女子，让她一下消遁在浓稠的雪片中。我睁开眼时，看到司机在摇晃我说："你已经五天没吃没喝了，可不敢一直睡，那样会睡死过去，起来活动一下身体。"司机看我没反应，犹豫了一下又说，"咱们这十来个人都已冻伤，也不知道董书记和那位战士走到雪山下的花石峡了没，眼下我们不能再死人了，得想新的办法自救！"

我这才明白我从昏迷中被司机叫醒，一时还没从那个娇艳女子诱我走向万劫不复的深渊中回过神。司机见我半天没吱声又说，"我和这位藏族朋友商量好了，一起往身后 120 公里外的岔玛河居住点去报警，他熟悉这里的环境，这就让大家多了一份求生的希望。"当他说到这时我已完全清醒，明白他要带着这位当地的藏族男子下山求援。

我说："我也去。"他说："你已昏迷两次，根本走不动路，继续留下组织大家做好被营救的准备。"然后我像看着董书记下山那样看着他和那位藏族男子朝山下走去。大雪吞噬了他们的身影。

到了第六天，也许是第七天，时间在此已失去它存在的意义，它只是昼夜交替意义不明的时光。我饿得像个纸人没有了胸膛，嘴唇上裂开的口子一直在流着咸腥味，浑身软得像面条，再次昏睡中的一个白如极昼的深处，再次看到从阿尼玛卿神山深处飘来那个手持黑花、扭动妖妍之舞的女子闪现在我面前。

这次她不再说服也不动员，而是在雪原上跳着诱人的美丽舞蹈，我被那舞蹈身不由己地如磁铁吸引，整个身体跟着她慢慢飘浮在空中一瓣雪片上，并俯瞰着我的灵魂如另外一片雪花慢慢离开我冰冷的身体往空中飘起。同时，我也清楚地看到那个美丽女子眼里流出轻侮的笑意。当我蓦然发现上当受骗，想要拒绝被死神带走时，早已无能为力。

就在我焦急万分、拼命挣扎时，奇迹再一次出现！女子在空中伸出手握住我手指的一刹那，突然像被牧人用抛篓甩出的石块击中，她在疼痛的颤抖中"啊"了一声随即如一块巨石急速坠落，眼看着她在落地瞬间遁成一股冷风，我轻如鸿毛的灵魂也从空中重重跌进冰冷的肉体，在"哎哟"一声中再次从昏迷的疼痛中醒来。那块击中死神的石头，就是从凝固着白色浪头的山峰侧翼出现在我头顶轰鸣的直升机。我看到它用巨大的气流搅乱了 4900 米空中的飞雪，那盏透出暖色的聚光灯照在我沉重的眼皮上。

我是在此事后的翌年春天，在返回班玛县后才获知，是班车司机和那位藏族老乡成功地走到岔玛河报了警，而董书记和武警战士在茫茫雪原中失踪了，雪山乡政府曾在这年夏季组织人力搜索过，但终无结果成为一桩悬案。

不过当我在雪山顶与死神擦肩而过，清醒地意识到自己还活着的时候，一直想挣扎着坐起身来抖擞一下精神，可整个眼皮被阿尼玛卿的积雪压着不能动弹。幸好我听到有人在急切地呼唤我的名字，还轻轻拍打着我的脸。我费尽吃奶之力终于睁开，原来是匡老师在大声地叫着我的名字。"我还以为你被冻死了呢！"他见我睁开眼，似笑非笑看着我说。

我说："我看见女神和那朵黑色的花朵了。""你中魔了？哪来的女神？是死神吧！"他好像是幽默地说着，可马上觉得说得不妥又改了口，"只要你能活着就好。"然后"嘿嘿"地笑着，那笑明显带着巨大的疲惫，他身后的盲流也跟他露出一样的表情。我没死去，我战胜了死神！我清楚地看到暴风雪仍在疯狂飘扬，我想多么美好而又残酷的暴风雪呵，如果我死了连这样残酷的风景都看不到该多遗憾？还是活着美好！这场暴风雪就是生命最有活力的表现。

匡老师转头去看天空中盘旋着的直升机说："你看到了吗，直升机来救我们大家了，我们得救了！"可直升机在风雪中的天空盘旋了好一会儿后还是飞走了，他自言自语地说："怎么飞走了呢，肯定是大雪把车辆都掩埋成白色找不到我们的具体位置，到别处寻找去了。"我伸手抓牢座位上的拉手，使劲让自己坐起身来说："匡老师，我们赶紧把汽车轮胎扒掉，把能烧的东西都烧起来制造出黑烟，黑烟就是我们活着的信号。"

匡老师和盲流们下车去剥四只轮胎，他们的动作就像太空舞步那样飘逸，我知道那是在极度饥饿中费尽最后力气的模样，然后众人把轮胎堆在一起。匡老师拿出司机放在驾驶座椅下的铁扛，把班车油箱砸了个洞，取出仅剩的最后一点汽油，但汽油早变成一疙瘩冰。一个盲流把它揣进怀里用体温融化成一酒杯汽油，浇在他脱下来的棉衣上点燃并塞进了轮胎。淡白色的浓烟开始在茫茫雪原上冒了起来，然后渐渐变成浓密的一股黑色。烟雾在万籁俱静而又大雪纷飞的雪山之巅上传递着对生命的求救，但直升机没有出现。就在我们把第二只第三只轮胎燃烧完时，巨大的马达轰鸣声从山峰的前面再次传来……

直升机在雪雾中盘旋着巨大圆圈，慢慢接近我们，旋翼果敢地把正降落的稠密雪片打得粉碎并试探着降落下来，数天来从未停止的黑色暴风雪，却把直升机吹得飘曳不定，随时可能坠落。直升机在数次试着降落无果后，抛下两袋食品和一捆毛毯，在我们的注视中不见了踪迹。

我拿了些食品放在小女孩越积越厚的雪冢上，她应和我们一起享受这些食品，尽管她已死去。我又上车把一堆食品送给女医生，她欲哭无泪双眼青桃子似的肿着，并愣愣地用冰冷的眼光看我，没有反应似的不接食物。我说："你要吃点东西等着下山，要活着回到班玛！"她仍然无动于衷地把目光转向渺渺而阴沉的天空，好一会儿才木木地落在那个小小的雪冢上。我再次对她说："你必须要吃点东西，你一定要活着，我们一起活着回到班玛。"她这才像是从梦中惊醒接过食物。

在直升机再次飞来的第二天，也是被困的第九天，我早已分不清具体时间，只知道此时是被大雪围困的某一天，我们把这辆班车卸成了空壳，所有能燃烧的东西在皑皑白雪的阿尼玛卿雪山之巅，变成格外醒目的滚滚浓烟，呼叫远去的飞机。直到中午，不，应当是下午，不不，也许是早晨或是黄昏，总之是在我们生命里最迷茫的一个时刻，直升机在我们头顶"嗡嗡"地盘旋，我仿佛听到草原上寺院里所有阿卡们在合吟着的颂歌，看到修长的旋翼带起的狂风和仍不停息的暴风雪激烈碰撞，然后那些粉身碎骨的雪片，凝成雪山之巅一朵美丽的雪莲花。

直升机在狂风喘息中间稳住身子甩出一根绳子，从上面滑下两名军人。两名军人极利索地溜到地上，用绳索第一个套在女医生的身上。她在大声呼喊中慢慢旋转上升着，最后爬进了机舱。军人迅速拴上第二个人、第三个人……

狂风在喘了口气的片刻后，重又吹起雪来，使得在营救到第六个人时戛然而止。剩下另外五人和那两名军人，眼睁睁地看着直升机在空中盘旋数圈后，又一次消失在厚重的雪雾中。

第九天夜晚虽然仍是雪雾交加，但我已没任何畏惧，也不再担心那个娇艳的美女手持黑色花朵找我跳死亡之舞。我知道直升机一定会在某一个风平浪静的时候回到阿尼玛卿大雪山顶上我的身边，也不再害怕饥饿，军人点燃固体汽油，烧开了一锅雪水，我们就着压缩饼干吃了个饱，然后我在小女孩雪冢旁边的雪地上，用两床毛毯把自己裹起来，枕着格桑花盛开的声音安稳地睡了一个晚上。直到翌日清晨军人叫醒我，那时已是被困的第十天，在海拔4900米雪地上只剩下裸露出铁架的班车前，我们再次把能燃烧的东西投入微弱的火中，燃烧成一道黑烟引导直升机在暴风雪中盘旋在头顶，甩出那根生命的长绳把包括我在内的剩下五人吊进机舱。

我躺在直升机上，眼泪肆无忌惮地流淌的表情，被那名救我的军人看见，他拍了拍我的肩膀说："不再会有危险了！一切都好了！"他说得对，我知道我即将回到阿尼玛卿风雪之外有温暖的地方，那是充满了烟火、欲望与烦恼的班玛、大武、西宁、郑州和许多个我们历经过的或将要到达生活的地方，那是在我们漫长的生活中必须要经历的一个过程。

这年我二十三岁，正是和雪山上那朵盛开着的雪莲花一样的年纪，生活也正和盛开的雪莲花一样绚烂，但是，命运却让我在这样美好时光里接受雪莲花盛开的暴风雪的洗礼。

当时光拉开距离，我已在低海拔的郑州定居多年，有一年夏天从郑州重返西宁，在青海人民出版社书店购到一本《果洛四十年》的书，文后附有从1952年至2000年间的大事记，其中在1986年栏下就记载了2月8日阿尼玛卿大雪山突降大雪并封死山上的道路，致使一辆正在途中行驶的班车被困十天，车上十五人危在旦夕，当事者冒死在雪原中徒步一百二十公里下山向政府发电报求救，惊动州、省两级政府，后经兰州军区派直升机营救而脱险的事件。

我所经历过的真实情况是，死亡一人失踪两人，活着的十二人脸、耳、鼻、脚严重冻伤，其中有六人一只耳朵被冻掉或冻残，五个人冻掉脚趾，七人的视力严重受损，整个班车被人为破坏焚烧取暖……

白酒瓶里的时光

班玛县达卡公社农行营业所的出纳刘长汀，在他的宿舍兼金库连着喝了一天一夜的"江津"白酒，直到把所主任陈小东和县民贸公司营业点上的负责人王同领喝得翻江倒海吐了几回，舌头开始僵硬得说不出完整的话时，才在凌晨三点倒在床上睡到当天的下午四点，醒来后坐在床上愣了一会儿，看着陈小东和王同领仍在呼呼大睡，便兀自起身走出房间。此时虽是八月，可高原上依然寒冷的风让他禁不住打了个寒噤，但他没回屋而是继续站在院里想多呼吸一会儿新鲜空气，洗洗肚里的酒气。

一阵旋风把他身后平时也不上锁、堆放杂物的房门甩了一下，骤然的响声在一片寂静中将他吓了一跳，他走到那间房门前拉住门把手想把门关上，可就在关门时无意中往里一瞅，看到王同领前几天放在货架上的三包炸药，便推门进去把它装进了架上的帆布挎包，背着包走到院中。

一直卧在狗窝的那只被他从小养大并取名"女朋友"的藏獒，早就注意到他的一举一动，当看到他往外面走时也跟着走出那道用土坯砌成的、圈着三排平房的残破大门，沿着被公社的人踏出白晃晃的小路来到河边。

这条宽阔的河流是达卡草原最大的，也是从公社大院旁边流过的一条河，它在阳光下泛着白光不知疲倦地流动着。刘长汀坐在岸上忽地打了个嗝，从胸口冒出的一股恶臭差点让他吐出来，但他还是忍住了，一个人继续坐在河边看着河水发呆。"女朋友"保护神般地蹲在他身边，也像他一样安静而又茫然地看着草原深处的雪山。

他很无聊地又看了会儿远处，这才把身上背着的挎包取下来放在地上，拿出一截早裁好了长度的导火索，插在一个雷管中，又从包里掏出那卷包着一层油纸的炸药，小心翼翼地撕开后灌了半瓶，将已插好导火索的雷管插进酒瓶，把刚才剩下的半包炸药装满全瓶，从挎包里掏出铁棍将炸药捣实，最后下到河边抓了一大把泥把酒瓶口封实，一个威力巨大的炸药包就做成了。

他从容地点上一支香烟，猛吸了两口让烟头红亮起来，举着烟头点燃了导火索，拿着酒瓶做成的炸药包助跑几步飞快地朝河里掷去，那个瓶子就落到了宽阔的河水中间。随着一声闷响，一股白色水柱竖在河心天女散花地爆炸开来，河面上只冒出几尾小白鱼，半天也没见到一条再大点的鱼。这让他很失望，坐在河岸上继续无聊地摸着"女朋友"的头，看着远处的雪山发呆，自言自语地说："狗日的，炸不着大鱼，连喝个鱼汤也喝不到。"

不知啥时候公社董书记已走到他身边问："炸到鱼没？"刘长汀说："这地方已被王同领他们早炸没了。"董书记说："河里的鱼是游动着的，难道像人还有记忆不成？这段河又深又宽还没波浪，一看就是鱼窝肯定有鱼，你再炸一炮让我看看到底有没有。"刘长汀有点犹豫，董书记又说，"如果能炸到鱼，晚上我给你们熬鱼汤喝。"这话正合他的心思，便点头应诺。

刘长汀从包里掏出第二卷炸药，重复着第一次制作的全过程，做好了一个酒瓶炸药包后问董书记往哪儿扔。董书记指着眼前那段水流平缓的河面说："我不是说了那是鱼窝嘛，就往那儿扔！"董书记说这话时还递给了他一支烟，他接过了烟就着书记手中已燃起的打火机，点上后吸了两口，烟头冒起一阵烟霭后露出明亮的红光。他举着烟头点燃了导火索，小跑几步往河里振臂一扔，炸药瓶沉在河里，只见从水面上冒起一股白色烟雾，随后有了很小的水柱。他知道这是自己刚才故意装了一半的炸药，所以威力不像第一瓶那样巨大，自然也没炸到大鱼，和上次一样仅有几尾小白鱼漂浮着。

董书记探着脖子往河里看了半天，说："还真没鱼，那你不要再浪费炸药了，哪天我们去别的河段上再炸。"然后转身回了公社大院。

刘长汀坐下又发了会儿呆，藏獒也很无聊地朝远方吠叫了几声，但在辽阔的草原上显得很是软弱无力。他觉得很无聊，起身背着还剩下最后一卷炸药的挎包沮丧地往回走，藏獒不懂得他的心情，跳跃着欢快地跟着他。半路上碰到了睡眼蒙眬的王同领和陈小东正往河边走来。王同领拉着脸不高兴地说："你拿我的炸药去炸鱼了吧？那是老子按公司要求修路用的，你用我的炸药炸了鱼，我咋给牧民们交代？"

"喊个球哩喊！你又不少这三包。"刘长汀伸手拦住他俩说，"回去接着喝？"王同领说："不喝了，难受球子的，走走走，一起到河边透透气。"边说边和陈小东继续往河边走。刘长汀看着他俩被迎面的风吹起乱糟糟的头发的背影，拍了拍"女朋友"的头，也转身跟着来到了河边。

三个人坐在河边抽烟聊天，全是女人的话题，王同领已婚避而不谈，刘长汀还没谈过女朋友，达卡公社没有一个女生，也就没有任何接触女生的机会，每次回到县支行见到女同事，眼睛如刀一样把人家上上下下看个不停，让女生们都有点受不了，骂他是大色狼。他为安慰自己，便给自己养的藏獒起名为"女朋友"。

也是单身汉又是营业所主任的陈小东，嘴就有点臭，笑着对王同领说："我昨晚上又遗了，就像真干事一样。"王同领就骂他，"看你那点出息，喝醉酒了也能梦到这事。"陈小东说，你是有老婆的人，哪知我们这些单身汉的饥渴！

刘长汀不想再说这话题，转移道："我今天放了两炮只炸到了几条小鱼，都懒得捞让河水冲跑了。"王同领说："你为啥炸不到鱼？因为你手上的劲太小，扔不到河中心，我的炸药又不是受潮不响，你要是能扔到河中心水深的地方肯定有大鱼。"

刘长汀想起刚才董书记说河心鱼窝的话，觉得有道理，琢磨了一会儿突发奇想地从包里掏出最后那一卷半的炸药，全装进能装一斤半的红酒瓶里，如法炮制，弄好了炸药包，对王同领说："刚才董书记让我放一炮时我留了半包药，这回装了一包半增加威力，把它绑到'女朋友'的屁股上，让它跳到河中央引爆，看看河中央到底有没有大鱼。"王同领和陈小东立刻兴奋地高喊："你这个法子实在是妙，肯定能出大鱼。"

刘长汀掏出平时用来绑钱的白线绳，开始在"女朋友"身上绑那个酒瓶做的炸药包，可"女朋友"却吐着长舌头，睁着圆溜溜的狗眼原地转圈不让他绑，直到他费了九牛二虎之力，才满头大汗地把那包炸药结结实实绑在它的屁股上。

他对王同领说："给我支烟，我的烟吸完了。"王同领把自己吸剩下的半包烟扔给他。他抽出一支，点燃后不停地看着河水，连着吸了几大口，在那支烟剩下半截时拍拍"女朋友"的头，说："明年的今天就是你的祭日。"这才伸手去点，可他的手竟然一直不停地哆嗦着，点了几次都没点着导火索，心想是不是刚才装炸药时太费力而累的，也可能是"女朋友"来回晃动着身体让他不能从容。王同领在一边看着他高喊，"你慌个球哩慌，镇静点不行吗！"

刘长汀稳定了一下情绪，拍了拍"女朋友"的头，再次吸了几口让烟头更明亮后一下就点燃了导火索，导火索瞬间发出一串"噼里啪啦"的响声，甚是好看，他再次拍拍"女朋友"的头，指着河中央发出命令："往河心跑，给老子去炸鱼。"

"女朋友"接到指令后一个箭步跃进河里朝河心游，可只游了数米便停下身回头看岸上的刘长汀，像是没明白主人为什么不跟着下来。刘长汀一见它停下，急忙朝它挥手大喊："快往前冲！"藏獒听到他的指令后，又往河中游了几米后再次停下回头看他，可也只停了一下突然调头朝岸上跑了回来，背上的导火索快要烧到尽头了。这把他们仨吓得撒腿就往后跑，但毕竟跑不过藏獒，就在它一跃跳到刘长汀身上时，"轰隆"一声炸药包爆炸了……

刘长汀的半个脑袋没了，一只手也飞到了一边的草地上，胸口烂了个窟窿，血水横流，整个成了血淋淋的半拉人。王同领瘫软在地上一动不动，陈小东面色惨白地张着嘴，双腿不自觉地发着抖，一句话也说不出来。河边的草原在那响声后一如既往不动声色地沉静着。也不知过去了多久，阵阵狂风把陈小东给吹醒，他没理会还瘫在地上的王同领，赶紧到公社大院找到董书记，说：

"刘长汀出事了，您快到河边看看。"

董书记又叫来社长扎西东智，等他们慌忙地到了河边就看到刘长汀惨不忍睹的尸体。扎西东智说："人肯定是死了，想救活也不可能，要我说就按我们藏族的风俗立即拉去天葬，不要让领导知道了再给我们处分。"

董书记接话说："绝对不可以，这是人命关天的大事，要赶快报警，否则到时我们所有的人都吃不了兜着走。"扎西东智这才反应过来连连说："对对对，你说得有道理，那你快去打电话报警，我在这儿守着。"

董书记回到宿舍也是他的办公室，通过电话向班玛县公安局报了警，但他清楚县上到达卡虽有一条简易公路，其中数段在不久前被洪水冲毁，有的地方还塌方不通汽车，唯一的交通工具就是骑马，而骑马最快的速度也要到明天下午，后天到也有可能。

报完警他又回到现场，对大家说："总不能把刘长汀撂在露天野地吧，草原上的狼和野狗会吃了他的。"然后对已经恢复正常了的王同领说："你俩回去找一块床板，咱们把他抬回你们营业所，等公安来验尸。"

陈小东在回大院的路上对王同领说："我俩已经够晦气的了，睡的床板可不能抬死人，要不然晚上会做噩梦，刘长汀的灵魂也会来报复我俩。"王同领就说："那就用他的床板抬他。"俩人到了刘长汀的宿舍，把被褥从床板上一抽，就把光床板抬到了室外，陈小东顺手还把刘长汀的床单攥在手里回到了河边，把他残缺不全的尸体安置在他生前睡的床板上。

他俩又在周围的草地上捡起被炸飞了的一只手，和到处都是的骨肉放在刘长汀尸体旁。董书记说："你俩再认真检查一遍，看草地上还有没有他的骨肉，别落下了对不起他。"俩人又转了一圈确认没留下任何骨肉后，陈小东才把带来的床单盖到他破碎的尸体上，四个人每人抬着床板一角回到农行营业所。陈小东赶紧说："咱们还是把刘长汀放到他屋里最好，那里是金库，有枪比较安全。"董书记说："人都死了还用枪干吗。"

众人一直等到第三天中午，班玛县公安局崔副局长和刑警队赵队长骑马到了公社。他俩下马后连饭都顾不上吃，立即叫上董书记和社长扎西东智，一起对当时在事发现场的王同领和陈小东进行讯问，赵队长伏在一边的桌上做笔录。

崔副局长对王同领说："你是民贸公司的负责人，又是事发现场证人，你说说刘长汀死前的情况吧。"王同领说："陈小东是刘长汀的同事，还是农行营业所的主任，他也在场，他比我更熟悉情况，让他汇报最合适。"

陈小东开始时有点紧张还结巴，说了几句后心情才平静了下来。他说："领导们都知道咱这达卡公社是县里最偏远的一个公社，就像一颗石头扔在这巴颜喀拉山脚下的乱石滩里，也像一根牧草隐藏在这一望无际的草原上，是个连鸟儿飞过都不愿留下屎的地方，交通不便就不多说了，我想在这大背景下说的是，我们县农行的人谁都不想来这个鬼地方，要不是行长硬派我下来当主任，我绝对不会来这儿。再说咱们公社总共不到十个人，还有俩是当地藏族人，我不是对他们有意见，而是他们只要去到牧业点经常十天半月不回来，加上回县上出差和请假回家的，你说公社还有几个人？就我们几个人，连个女人也没有，更不用说谈恋爱了，像刘长汀这样没结婚的人自然是睡不着觉的。达卡这地方太他妈寂寞了。"

崔副局长这才反应过来，说："你就不要说这些没意义的事，讲重点！"然后转身回到陈小东的宿舍，坐在椅子上掏出一包"散花"每人发了一支，又说："你不要紧张，我们都知道你又不是凶手，主要是让你如实介绍刘长汀是咋死的，别跑题了。"

陈小东吸了一口烟后再吐出一嘴浓浓的烟雾，说："不说这些背景怕领导们整不明白他是咋死的，只有当你们理解了我们平时的生活状态，才好理解我说的这些话的意思，也能做出正确判断。"崔副局长听他这么说，也就一挥手说："好吧，简单介绍一下背景就行。"

陈小东说："我被支行分配来几年了，虽是会计但一年办理不超过二十次的银行业务，还都是公社各单位发工资时记记账，然后交给刘长汀，他再从钱箱里取出款，我复核一下就完事，剩下的时间就是喝酒钓鱼，然后继续喝酒，喝不醉就不睡觉，只要醉了才觉得时间过得快，用喝酒的方式来打发无聊时光就成了我们生活中的日常。大家规定好每人轮流到民贸公司买酒在各自宿舍摆摊，董书记和扎西东智社长也摆过酒摊，我们一喝就是一天，有时喝到凌晨三四点，睡上两三个小时起来接着喝，三四天连着喝也是常态，都成了战无不胜的'刀枪'战士（藏语酒的发音为刀，烟的发音为枪）。

"喝酒还有一个最大好处，就是能麻痹自己，忘记孤独和烦恼。就说大前天下午，刘长汀买了五瓶泸州老窖，刚开始就我俩喝着呢，后来王同领来找我，于是一起喝，一直喝到凌晨才睡下，天亮后被他俩叫醒接着又喝到了第二天凌晨四点才躺下睡觉。我和王同领到了下午三点多钟被河边的爆炸声惊醒，才算睡醒过来。

"当时王同领躺在床上跟我说：'刘长汀把我给牧民的炸药拿走去炸鱼了，那药不能乱用。'他赶紧起了床，同时也叫我起床和他一起去河边找刘长汀。"陈小东说到这儿停了下来，大家在烟雾弥漫中沉默地看着他，他掏出口袋里的烟给大家分了分，继续说道，"后面的事不用我再多说，大家也都看到了，他把炸药瓶绑在他的'女朋友'屁股上，指着河水命令它往河中央跑，但他忽视了藏獒从小跟着他长大有感情，虽听到命令后跳进河里，但我估计狗的屁股上滋滋燃烧着的导火索让它意识到了死亡的威胁，只跑了几米远就返回岸上，像以往那样跑回刘长汀身边，可就在跳到他身上时炸药包炸了……

"我敢说刘长汀不是被'女朋友'炸死的，也不是自杀，是被达卡的寂寞时光给逼死的，是被白酒给溺死的。说句实话，像我这样算是有毅力有文化的中专生，也常常在夜晚得学着野狼嗥叫，只有那样才觉得心胸畅快……"

陈小东说完话后一个劲地吸烟，也没人接话，大家都皱着眉和他一样吸着烟，屋里飘浮着浓重的烟雾，像是草原上暴风雪前的滚滚乌云。

崔副局长站起身在屋里踱着步子，看到桌上显示着 1989 年 8 月 11 日星期二农历六月二十，旁边还印着一行红色的"今日吉日"字样的台历，心想这可不是个吉祥的日子，顺手撕下握在手里说："这是意外事件，是刘长汀自己在炸鱼中没注意安全出的事故。"然后转过身把那张日历扔进牛粪炉中，日历瞬间被火焰吞噬，崔副局长继续说，"既然人都死了，我们还是要征求下县农行的意见看如何处理。"便再次来到停着刘长汀尸体的宿舍，用营业所的电话给县银行行长打了过去，详细介绍了刘长汀的死因后，问："你们农行来人把尸体拉走呢，还是就地掩埋？"行长说："我得请示一下州中支再跟你回复。"

三个小时后，王同领和陈小东早已东倒西歪地伏在座位上睡着了，行长在电话里对崔副局长说："刘长汀的父母都在玛多县，你们都知道交通不便，一时半刻不可能找到便车，即使找到便车也得三四天才能到达卡，再说白发人送黑发人也很残酷，州行的意见是拜托你们和陈小东就地掩埋吧。"

崔副局长放下电话对陈小东说："你俩一起工作了这么久，又是好朋友好酒友好同事，严格意义上说他的死你也脱不了干系，不过现在人都死了就不说责任了，但你要在埋葬他的事上多操点心。"

陈小东知道崔副局长有推诿的意思也不在意，先是想着买个棺材算是尽了朋友同事最后的情谊，但随后马上想到这里是纯牧区，藏族人去世后的风俗是天葬，根本不可能买到棺材，就和王同领商量咋处理，最后决定从农行营业所和民贸公司拼凑六张单人床板，其中一张还是刘长汀本人的床板。第二天一早叫来了公社所有男人，在大院后面挖了个一米多深的土坑，用床板撑着四面，就像做了个简陋的棺材，把刘长汀的尸体摆在坑底他生前睡着的那张床板上。

在准备埋葬前，陈小东念着同事之谊，让大伙稍停一下，他跑回宿舍把自己冬天穿着的那件毛料大衣覆盖在刘长汀残缺不全的尸体上，又将自己一双只穿过几天的皮鞋也放在他脚前，最后和王同领把一块床板架在他的尸体上，一声吆喝，众人三下五除二就堆起了个新的土堆。

刘长汀的死如达卡草原上一根枯草，被冬季凌厉的阵风吹得无影无踪，就像没有发生过一般，人们也没有从他死的事上吸取教训，依然在晚上轮流摆酒摊喝酒，一如既往地在寂寞中继续着单调无聊的日子。

但是刘长汀的死，让陈小东再也无法忍受这样的日子，第二个月就回到县上找到行长说："我要求调回县支行，如果你不调我上来，我现在就辞职。"他在刘长汀死后的年底回到了县支行。对于他来说，班玛县支行总共也只有十几号人，整个县城也不会超出三百号人，但在县城至少可以找个女人追求，这样才显得他是个正常的人。

1997年8月，在刘长汀死去数年后的某天，陈小东在班玛县陪着1957年从苏州银行学校毕业，后被分配到果洛州海拔最高也最艰苦的玛多县农行，之后又下到扎凌湖公社营业所，当了二十多年主任的刘长汀的父亲刘全真，他是果洛建政后最早一批金融开拓者，也是银行界受人尊敬的老前辈，坐在载着从西宁刻好的"刘长汀之墓"那块一米多高、五十多厘米宽的黑色石碑的卡车上，一起到了达卡公社，准备给刘长汀立个碑。

刘全真老人退休告别高原回老家前，计划着到儿子坟前立个墓碑，纪念死于寂寞的儿子，也了却父子一世情的心愿。他退休以后绝不可能再回高原来探望了。可当他俩在依然冰冷和寂寞的公社大院后面寻找埋葬着刘长汀的那座坟墓时，四周又生出很多个大小都类似坟墓的土丘，每个上面都长着茂盛的牧草，这让陈小东失去了判断力，好像每个土堆都是，又好像每个土堆都不是，怎么也确定不了哪个是刘长汀的坟墓，在来回端详好一会儿后，尴尬地对刘全真老人说："真不好意思，我真分不清哪个是刘长汀的坟墓了……"

暴风雪的夜晚

我和那匹与我相依为伴的灰马，在看不到边际的茫茫雪原上已走了一整天，除了从天空传来清晰的落雪声和我与马儿的喘息声外，雪原上死一般寂静。砭人肌骨的寒冷，正慢慢凝固我在春天原野上纵横交错"哗哗"流淌河水的血液，尽管我和我的马儿已走得筋疲力竭，处在饥寒交迫的生死边缘，也不能停下灌了铅的脚步，否则会快速冻成一堆人肉和马肉，成为不远处雪地上那群虎视眈眈的荒原狼的丰盛晚宴。

我固执地朝我认定的吉卡山垭口走着，但是大雪覆盖了所有的参照物，使雪原成为一个圆形，显示出所有的方向都是正确的可能性。我已误入歧途很久，从心底冒出心烦意乱的情绪和浓重的飞雪融合成一股阴霾之气，掺和在大雪中一同弥漫。那匹马肯定感受到我的绝望，骚动不安地打起一个个响鼻。

记得我从清晨明媚的阳光中出发，骑六个小时马，翻过吉卡山垭口到达山脚下的农行营业所，在一间温暖的小土屋里睡上一晚，翌日再骑一天的马，才能回到赛来塘。意外的是，在我骑马走了三个小时开始翻越那座海拔4500米的当吾雪山时，天空中忽然毫无征兆地飘起了狂雪，这些密密麻麻把天地间充斥得没了空间的雪片，像扑火的飞蛾以必死的勇气撞击着你的眼睛，你的鼻脸，你所有能接触到飞雪的皮肤上，都会感到十二分疼痛，也让你不得不低下无法辨认方向的头……

我犯下的错误正是从这时开始的，更大的错误是在出发前不该忽视这匹并非识途的老马，它是我在牧业点借的民贸公司扎西达娃家陌生却极善走长途的年轻骏马，也是第一次随我走上对它来说崭新的路途。它对方向的感知完全来自我的引导，而我迷失方向的感觉让它无所适从。跟随我多年而又无数次往返这两地的老马不久前刚去世，我这才不得不借这匹年轻的大走马。

实际上，我和马儿这时正走在班玛县单独的地图上才能显示出来的一个叫洛的雪甸上，与去赛来塘的方向正相反，不过这是在我回到赛来塘后才明白过来的事实，但在当时我却执迷不悟地继续往相反的方向走着，也就铸下不可挽回的关于方向的错误。

这场雪下得实在太大，把全世界搅得一片混沌。我突然意识到不能再盲目走下去，那样可能会永远找不到正确的方向，我需要冷静。我拉住马缰绳跳下马背站在雪地上，它也心有灵犀似的立刻站住不动，但尾巴来回不停在甩动着，向我暗示着它的不安情绪。我明白它和我一样惊恐无助。

我知道必须安慰好它，让它像我一样镇静，它是我在这雪原上唯一的伙伴，失去它我将寸步难行，便亲昵地把我的脸贴在它的头上说："咱们休息一下，不用急也不用怕，我带着半自动步枪呢，我们会走到赛来塘！"可实际上我都不知道今晚上能否走出这雪原，甚至不知道会有什么结局。

我取下背着的半自动步枪，拉开枪栓看了眼弹夹里排列整齐的金黄子弹，拍了拍马背上褡裢中的三万块人民币——这是日杰布农行营业所金库的全部现金，我必须赶在 12 月 31 日前回赛来塘县支行进行年终决算，那支枪是支行配备押运的武器，此时成了我的护身符。这也是我为什么不顾一切回赛来塘的原因，我需要对我的工作负责。

马儿在我的安慰中安静下来，平静地喘着气，站在雪地用楚楚动人的眼睛看着我，它这精气神让我充满了信心，抬头去看远处雪雾中显得昏暗的白色山峦，心想只要能走到吉卡山垭口，这一切孤苦都会化成记忆，也相信自己一定会穿过这片雪原到达吉卡山垭口下的那间小屋。此前几年我曾数十次往返赛来塘至吉卡，今天只不过被浓重的暴风雪隐在白雪之下失去了清晰的路线，我安慰马儿不要害怕是有底气的，同时我也在表扬自己："你做得很好！就这样保持着信心和必胜的勇气！"

夜色均匀地撒在整个雪原上，落雪在寂寞的旷野上停下来，我和马儿在这行走的夜色中突然看到沉闷的天空闪烁出黯淡的北斗星，我一下子兴奋起来，我知道我要去的吉卡山垭口正在北方，沿着它的方向就能平安走到那儿，它恰时的出现简直就是命运之神赐予的灯塔，让我从迷惘中找到信心。

在夜晚的雪原，我和马儿追逐北斗星，有时觉得快要追上它了，可实际看不清还有多远；有时觉得远在天边时，它又显示在跟前了。希望成了一种召唤。我开始小跑，想加快前进的速度赶上那召唤，可黑暗中时隐时现的星光也随我的前进速度前进着，让我不明白到底是怎样的光亮在指引我前进。我清楚地看到脚下的雪原慢慢往后退，我和马儿慢慢朝前走动中，远处白色朦胧的高大群山，不动声色地在沉默中注视着我们，像是鼓励那般让我感到只要不回头，就能很快走到赛来塘。

又一阵狂风开始刮起来，飞雪像锋利的刀刃砭割着肌肤，无形的血滴在心灵之地上"怦怦"作响，但你必须忍受痛苦，这种忍受力是唯一制服今夜狂雪的暴戾恣睢，使自己成为困苦挑战者的必备条件，继而成为胜利者，抵达那个曾经沧海难为水的心灵空间。

我就这样在这个孤独矜寡的雪夜里，追逐着北斗星，尽管这时北斗星已隐藏在飞雪后面，但我知道前方就是我要去的北方。迎面而来的飞雪虽肆无忌惮地下着，但已不像白天时的浓稠和有力量了，落在脸上的雪片明显不再那么疼痛，暴戾的狂风正在减弱，头顶微熹的北斗星时不时跳出云层考验着我辨别方向的能力。我知道这时就看自己的毅力了，有力地摆动着臂膀快速朝前走着，那匹灰马摇晃着头颅和我一样精神抖擞……

我看到出现了的黑森林和被积雪堆成厚厚的如同茅草房圆润的白树冠，立即意识到走到了这片雪原的边缘。在草原上只要出现成片的树林，就意味着越来越接近汉族人的居住点了。"快了！我的马儿呀，我们就要走出雪原，穿过今晚漫长的雪夜了！"我对那匹年轻的灰色骏马喃喃自语，还在它的大脑袋上温柔地拍了几下，但它毫无反应地在沉默中有节奏地走着。

"我们即将到达那间有火炉的房间，我可以安逸地睡上一觉，你也可以在马厩里嚼着你的豌豆好好休息一下。"我再次带着幸福的憧憬对跟在我身后的马儿喃喃自语，可我话音还没落，它突然扬起头来嘶鸣了一声，像是受惊，对我发出某种暗示，可我忽视了它这个动作的意义。

我看到这是一座生长着云杉、冷杉、落叶松的苍茫雄浑的山峦，但又不是叫吉卡山垭口的山峦，而是万山沟壑中的一座，是我迷途中又一个陌生的山峦，是从早上开始误入歧途中的延续，然而这又有什么关系呢，既然在迷途中能把几十公里的雪原走成风景，还害怕再多翻一座山吗？再说我在此时也没有任何资格气馁，唯有继续走下去才是最终的归路。

尽管我知道已走了一天，又加上半个夜晚的路途，非常疲惫需要休息，但我更清楚一旦停下脚步就会立即睡着，会被一直跟在后头不断窥视着的绿莹莹眼睛的荒原狼所吞噬。我强迫自己奋力地走着，只有这样有力地走着才有活路，才能在最后看到冒着牛粪烟霭的赛来塘……

我迈着僵硬的双腿终于走到山顶，看到了牧人们堆在那里的一个巨大的用数十万块石头堆成的"俄博"，也就是说，这里是方圆数十公里那些信仰藏传佛教的牧人们死亡后聚集的天葬台，是他们在风雪中修炼了一生后，灵魂从此去往天国的高速列车的始发站。

可他们怎么选择了这样一个偏僻的地方作为新一轮的生命起点呢？也许是我的孤陋寡闻让我产生了错觉，这个没有地名没有时间没有情绪，只有雪和风的地方最适合不朽灵魂的出发，也最符合这个民族对生死理念最好的认识，是他们眼中的风水宝地。人跟人，一个民族跟另一个民族对事物的认识总是有差别的，也许这就是那差别的具体表现。在意识到这点后我忙对着那堆"俄博"小声祈祷，请原谅我无意中的闯入，也愿我无知无礼没有打扰到这里的宁静。就在我向"俄博"致敬时，马儿竟然再次受惊般地挣扎了一下，我仍没看出端倪。

当时我并没意识到这处设在山岗上，有着重要意义的"俄博"对我行走有着特殊的精神鼓励，也没读懂它启示我的全部意义，但还是感到它像一个温暖的源泉，朝我发射出一种行走中的鼓励。

我能走过这座雪山穿过这片雪原吗？我一定能走过这座雪山和穿过这片雪原！我一直在反复问自己，也一直用坚定的结果回答自己，因为我看到在"俄博"上天空中再次从乌云中穿出来的北斗星正熠熠闪光，那是我归去的正确方向。在我不停地追问自己的信心时，灰马开始骚动起来，"嘶嘶"地原地转动着身体不再行走。在这样的雪夜，能让年轻的马匹如此骚动不安的只有狼群，我想起刚才它那两个动作，马上意识到它肯定嗅到越来越近、尾随在身后的荒原狼的气息，同时我也听到了狼在不远处的低沉嗥叫，看到已经包围我的数双幽幽目光。

至此我才明白它一直想弃我逃生的行为，可我怎么能放过你呢，你可是我唯一的伴侣，便拉紧缰绳拍着它的背大声对它说："不要怕！不要怕！你要留下来和我一起对付共同的敌人，我们会打死那些荒原狼！"然而没用，也许它根本没有听懂我说的话，即使听懂了也抵挡不住强烈的求生欲望，无论我怎样使劲地拽着缰绳，它都暴躁地挣扎着，表现出在天敌面前的软弱兽性。

就在狼群接近我们时它还是吓破了胆，毕竟这是匹还没见过世面的年轻公马，它突然站立起后腿，整个身体伸向空中，一下变得和松树一样高大雄伟，瞬间成了一匹马的雕塑，然后它在往前扑下时挣脱缰绳，发出"踏踏踏"的沉闷声便跑得无影无踪。我也在它挣脱后摔倒，孤零零地被它抛在雪原上。

我立即把背着的半自动步枪从肩上取下，顺手打开保险栓就势爬在雪地上，恼羞成怒般地对着挑衅我的绿幽幽的目光方向就是一阵扫射。清脆的子弹爆炸声，"嗷嗷"的哀号声和被震得从树上"簌簌簌""噼里啪啦"砸到我身上的落雪声，让我再次惊慌起来，我将孑然一身死于这个雪夜的山岗上，这些雪将会成为埋葬我的黄土。

在这样危险的冬天雪原上，如果没有马匹相伴就相当于你的双腿骨折没了行走能力，最为要命的是身后还有群虎视眈眈的狼群，当我意识到这个严峻问题时，顾不上极度的恐慌，忙爬起身来去寻找那匹与我相伴了一路的大走马，绝对不能让它跑丢了，它是唯一能驮着我离开雪原的亲密伙伴，也是我活下来的保障。

我持着半自动步枪往前面的雪原上寻找着，双腿陷进很深的雪坑里，就像有磁铁吸着我的脚拔不出来，但我必须咬着牙不停地在深深的雪地上朝前搜索寻找，直到走进另一片树林中，出乎意料地看到悲壮的一幕：四只狼从四个方向围着那匹马正发动着一轮进攻，它悲哀地嘶叫着扬起蹄来搏击的场面让我毛骨悚然，紧张得忘记了我还端着枪，直到马儿又一阵与狼搏击时才反应过来，举起枪对着狼群射击，狼在子弹"嗖嗖"飞舞中哀号着往后退去，马儿听到枪声立即安静了下来，站在原地"嘶嘶"地等着我到它的身边去，就像知道我来救它似的一动不动地站着，和刚才逃跑时形成鲜明的反差。

我看到它的后腿已被狼咬得鲜血淋淋，但它用团聚的喜悦朝我有力地来回点头，我想起两天前借马时扎西达娃说的那句话"它是通人性的马"，感动地抱着它的头重复着前面我对它说过的"不用怕！我们有枪自卫，一定会胜利"。我当然知道远处的狼还在盯着我们寻找下手的机会，它们不会轻易放过到嘴边的食物，也就像我们绝对不会让它得逞一样。

我赶紧把自己的上衣脱下来绑在马儿的后腿上，想保护好它的伤口不被感染，也为了能尽快冲出狼群的包围，拉着缰绳在雪原上小跑起来。它的后腿明显跛着抬不起来，如负腿伤拖拉着的战士。原本骑上它快速逃跑的想法，在此时已变成要和它如兄弟那样牵着手前后走了，同时继续对它说："你要想活着就得咬牙走出这雪原，才有机会得到治疗，再疼痛也必须坚持跑出这片雪原。"对它说的话，我何尝不是对自己说的呢？

就这样，在慌乱中我们进入了一片开阔的大雪甸，而且还出现了稀稀疏疏矮小的灌木林。这个好征兆第二次出现了，说明我们真正进入了牧人的牧场边沿地带，但在一望无际伸向天边的茫茫雪原上，仍看不到牧人的帐篷。我也在经过这番折腾后，失去最后的一点力气，哪怕再走一步心脏就会停止跳动，便停下脚步站在雪地上扶着马背喘粗气，可我看见它的后腿上仍不停地滴着砸在我的心里"咚咚"作响的血滴，这让我心疼不已。就在我查看它伤口时，突然发现自己浑身一直处于颤抖中，我想让自己镇定下来，甩了甩胳臂，但不行，那颤抖变得像机械一般，脸上的汗好像从没停过地往下淌，衬衣完全被汗水浸透贴在身上，我还一时奇怪起来，在这极寒的雪甸上怎么会大汗淋漓。

我朝背后看了一眼，刚才尾随着我们的那几只荒原狼也冲出那片有树的雪甸，从我们前面不远的雪地上跳跃过来，难道这就是传说中的团队作战？领头狼仰天嗥叫了一声，发起最后冲锋的命令。

负伤的马儿也在绝望中再次悲鸣。我明白自己已无路可退，在紧张中清晰地听到心脏如擂动的战鼓响彻整个雪原，就像为自己敲响的丧钟，看着狼群从远处朝我和我的马儿一步步逼近。难道我和我的马儿就要这样死在这雪原上了吗？我再次环顾寂静的无所依靠的辽阔雪原，希望绝境中有奇迹发生，但雪原仍是死一样不动声色。我已忍受不了这种从没停止过的极度疲惫和恐吓，我将在雪原成为狼群的晚餐。既然到了要死的这一步，那就坦然地死了吧。死亡的念头一旦占据对活着的企望，我便将手里早已打光子弹的步枪扔到一边，在那匹灰马的注视中，让自己的身体笔直地摔下去。

可就在身体倒下的那一刻，我突然看见前方的天空中出现一顶朦朦胧胧的黑帐篷和一股袅袅着的青色炊烟。一股温馨的气息如强大的电流击中我的目光和冰冷的灵魂，让我的心开始剧烈颤抖，像命运之神从雪山顶那堆"俄博"上射来的箭镞，在我的身体落入厚厚积雪即将溅起无数碎小的花朵时，我清晰地听到一头藏獒和狼群搏击时发出的沉闷声，同时传来"桑盖桑盖"的呼叫声，这句译成汉语就是"狮子狮子"的藏语我完全听得懂！不用想都知道它肯定是藏獒的名字，我已死亡的心被这叫声一下击中而复活了……

这是 1987 年 12 月发生在班玛县车西塘草原上的一段经历，它像多年前拍摄的一张照片，经过时光洗濯变得发黄，在今天的回望中已完全没了当初的光泽，但在记忆的影集中却显得光鲜耀眼。

荒芜来时路

班玛县城如一个土豆大，从西宁方向插来的"宁班"公路如根铁丝，锐利地从稀疏低矮平房的各单位穿过，直扎到尽头的山包上才断了路。公路还兼任县城里唯一的大街，中间有排六间钢筋水泥结构的高大平房，鹤立鸡群地成了地标建筑，它就是整个县城商业活动中心的民贸公司。

营业厅内的长方形柜台挨墙一字摆着文具、布匹等日用百货，琳琅满目的商品与内地缺货少物凭票供应的形势相悖。这得益于1954年班玛县建政后，因从县城到西宁要翻越数座雪山，尤在冬天会被大雪封山数月，容易造成交通中断而影响供应的局面。从成都至班玛县，沿玛可河谷逆流而上，可不受大雪封山的影响，距离也比西宁近，后经国务院协调，班玛县的生活物资改由四川省人民政府按内地一个县城的标准配送，而班玛县仅有区区几百人，购买力薄弱，便形成这种供大于求的奇怪局面。特别是某些商品，譬如劳力士、浪琴等名贵手表，就成了有人看无人买的奢侈品。

然而1975年10月某天，传来一个惊天消息，价值数万元的库存名表被人全部偷走了。这爆炸性的消息在县上像发生在阿尼玛卿雪山上的大雪崩，让所有人震惊不已，也激起人们极大的好奇心，是谁有这么大的胆子敢偷走这些名表？

县公安局立即封锁了这条穿城而过的唯一公路，并请20世纪60年代从公安部下放到西宁，再下放到班玛县公安局的著名破案专家康仁孝出面破案。康仁孝经过半个多月的详细侦探，准确地在民贸公司员工大老刘家牛粪棚一堆牛粪燃料堆下，找到装着二十块手表的小木箱。大老刘落网。另一盗犯，即大老刘堂弟刘圭山因在案发当晚潜回山东，康仁孝和县公安局局长随即远赴胶东乳山，半个月后刘圭山归案。

偷盗名表的大老刘，我很熟悉，他是我父亲的酒友，以前常到我家和我父亲对饮，每次我都在桌边斟酒倒茶，对他有两件事印象深刻：第一件是我家门口墙上挂着一对小巧精致的铁皮水桶——这是班玛住家户必备的取水工具——那天晚上等他从我家喝完酒后，水桶就不见了，我父亲还以为别人偷走了，结果某天去他家喝酒时意外看见只有我们知道记号的水桶。第二件是有天傍晚我父亲给了我五块钱，让我第二天去民贸公司买盐，我将五块钱顺手放到门口小桌上继续看《星火燎原》而忘记了收。他是那晚唯一来过我家的人，第二天早上我怎么也找不到钱，断定是他顺手牵了羊。

所以我对他印象历来不好，第一时间听说是他偷了公司的手表后，马上回家把这件事告诉了我父亲，他叹了口气说："天作孽尚可活，自作孽不可活！真不明白像他这样老资格的人，咋老是做些让人不齿的事……"

有关大老刘的老资格，他在我家曾说："我八岁那年，本家一个婶子让我随着本村给鬼子做饭的师傅一同进了鬼子炮楼，鬼子小队长见我机灵，让我给他擦皮鞋，我连布鞋都没穿过几双，哪会擦皮鞋，鬼子就教我先把鞋油抹在鞋面上蹭进皮面，再拿干布来回擦就锃亮了。在取得信任后，我装作啥也不懂，楼上楼下查看有多少鬼子多少枪，回去说给我婶子。她是共产党乳山地下交通站的情报员，专门搜集敌人的情报，我也是为革命作过贡献的，资历比班玛县委书记都要老。"

大老刘还说他参加过民工支前队，为解放军运输后勤补给，这点他儿子刘小军在某天和我一起看《车轮滚滚》后对我炫耀道："我爸当年就推着那种独轮小车，给陈毅元帅在孟良崮战役中当支前民工，还立过功拿过奖。"我觉得刘小军吹牛，问我父亲，大老刘是否真有这样的光荣经历。我父亲说："他确实参加过支前队，不过山东人民全都参加过鲁南、莱芜、孟良崮等战役的支前，他咋不说他爸和别人争功打架逃跑的事？"

1948年，大老刘参加了解放军山东兵团掖县战役支前队。当时前线和后方都很紧张，支前队的民工更是几夜不睡觉，冒险把子弹干粮等军需品送到前线，再把受伤的战士抬到后方。战斗结束后，在地方政府奖励支前民工时，他却和本村同来的年轻人就功劳问题争论起来，大老刘说自己不怕死，贡献多。那人说："我俩在一起时大老刘就不推车，偷懒偷吃支前的军粮，现在又想偷荣誉……"还没等那人说完话，大老刘恼怒地一扁担把人家打得头破血流，那人一头栽到地上晕了过去。他怕担责任受惩罚，拨开人群溜出了支前队。

大老刘跑到烟台待了段时间，有天无意听乳山老乡说他表哥济南战役被他的老首长抽到麾下准备到甘肃剿匪。他当即动身就去青岛，在1949年3月找到这位表哥说："我想跟你去甘肃。"表哥说："我去的地方可是西北，是去剿匪，不仅生活苦，还随时可能为革命献身。"他半天不吭声，表哥看出他扭捏的表情，就说："你有啥事直截了当地说吧。"他这才把自己和别人抢功打伤村民，在烟台躲了好几个月的事说了。表哥说："你先回乳山跟他道歉求原谅，等西北形势稳定了再跟我去。"大老刘说："我早没脸回老家了，只有跟你去西北。"

就这样，大老刘随着表哥的部队去了西北，因为他不是军人，表哥就把他安排到正给军区盖房的一个建筑工程队，跟师傅学泥瓦匠。1952年初，西北军政委员会果洛工作团成立后，青海军区随之成立了青海果洛内卫骑兵支队，以保障果洛工作团人员安全，对流窜在果洛高原上的蒋马散兵进行清肃，相当于团长级别的支队长，正是大老刘表哥。

青海果洛内卫骑兵支队近100名骑兵的后勤补给，则由刚成立的果洛工作团抽出数名干部，再在社会上招募数名适应高原气候、会饲养牦牛的盲流为队员，青海省军区派出一个班的步兵，组成内卫骑兵支队后勤运输工作队负责。大老刘经内卫骑兵支队长介绍，摇身一变从泥瓦匠成为赶着牦牛驮运枪支弹药和粮草的后勤队员，随果洛内卫骑兵支队在果洛高原上行动。

1954 年 4 月，骑兵支队的两个排，要大老刘所在的第三后勤分队在某天赶到巴颜喀啦山下一处叫下红科的地方送补给。接到命令后，他们马不停蹄赶到指定地点时，骑兵早已和蒋马残匪短兵相接结束了战斗，乘胜追击到了上红科一带。他们在原地等待时，一帮从四川底龙振昂玛草原流窜到这里的土匪，意外发现了他们，并趁机抢了这批物资。第三后勤的队长在组织反抗时被土匪击中丧生。据队友们后来说："大老刘看到队长牺牲，吓得马上举起双手瑟瑟发抖，而众人则默默蹲在地上抱着头看那伙匪徒，没一人像他那样。"

三个小时后，两个排的骑兵从上红科回来，没见到补给队，却见队长泊在血迹中的尸体，知道后勤队被土匪劫持，立即朝土匪逃窜的方向追赶，并在几十公里外打了一仗，将那股土匪全部歼灭，后勤队也被安全解救。

大老刘亲历这场战事后心灵受到震动，意识到生死就在一念间，从此和队友相处融洽，爱出风头的毛病改了不少，张扬的性格也收敛了许多，但还是常常把给内卫支队骑兵们准备的食品袋划破了偷吃食物。新来的后勤分队长发现后，严肃批评过他几次，他只是"嘿嘿"一笑，有点不好意思地说："以后我改正。"

1954 年 8 月，班玛县人民政府成立，需要大批人员在县城进行基础建设，这时的果洛大局趋于稳定，内卫骑兵支队后勤队已由州政府接管，同时州政府抽回后勤队的骨干，队员们也被解散。大老刘被安排到了县上一个叫五一劳动合作社当泥瓦师傅。1955 年 8 月，他在参加县上小礼堂合梁施工时，不慎从数米高的房顶掉下，经医院抢救并无大碍，只是腰部落下毛病，他在年底还受到政府全县通报表彰。一年后因受不了基建劳动的强度，找到仍在内卫骑兵支队当队长的表哥说："自从房梁上摔下后，腰部一直疼痛难忍，已不能再当泥瓦匠了，你把我调到县政府去上班吧。"

表哥念着他跟随骑兵内卫支队在果洛高原东奔西跑、风餐露宿做了几年后勤工作，又从房梁上掉下来，确实有腰疾，便在某次来班玛时，专门给县委书记打了个招呼。1957 年 2 月，他从五一劳动合作社被调到县民贸公司，尽管没进县政府机关，但去这个单位不用再干体力活，让他非常高兴。

民贸公司的黄经理，原籍也是胶东地区，大老刘提着好几块钱一瓶的"郎酒"，到他家送礼，同时把自己钻鬼子炮楼，支前和在果洛内卫骑兵支队当后勤，几乎死在土匪枪口下的经历吹嘘一遍，黄经理感叹他是位老革命，在安排具体工作时，就让他去距县城70多公里，已有一位员工的知钦乡民贸公司营业点，专门负责收购资金这样的重要工作。

大老刘在知钦公社一直干到1967年，其中他的账务有几次出了数百块的差额，这可属于严重经济问题，被一起工作的同事向公司反映过。他知道这事后，知道同事发现了他在财务上的问题，提早做了处理，在公司经理准备查他账前，不知用了什么方式处理得很干净，并没发现贪污，从而避免了处分，不过从此和同事结下了梁子。

这年七月正在收购牛羊毛时，县公司突然下达临时收购大黄、虫草、藏红花一类贵重药材的任务，这一收购一下就把手里现有的资金用完了，但牛羊毛收购又不能停，为不影响正常收购任务，他和同事，也就是与他有矛盾的马东江骑马一同回县民贸公司取了三万块现金后，再骑马一同返回知钦，算是相互监督。

这时期的草原上还没公路，骑马是县城往返公社唯一的交通工具。当他俩背着现金骑马往回走到多尔柯河边时，天气早已是山雨欲来的阵势。马东江下马看了看较为平缓的河水，和他商量要不要在大暴雨到来前渡河。他说："如果现在不过，暴雨过后即使等到明天也不一定能过了河，还不如争取时间现在就过河。"

高原的天气变化多端，暴雨说来就来，说下就下，说停也不过一分钟就阳光明媚，人们形容这种天气为高原的天，孩子的脸。他俩骑马下了河，在河里走了几米便下起小雨，须臾，上游的乌云在阵风的吹拂下快速飘来，携带的雨点如无数颗呼啸着的子弹，把整个河面打出了密密麻麻重重叠叠的洞眼。大老刘骑着马在雨中对马东江说："咱们已到河中心，趁着还没涨水赶紧过河，否则洪水一来，马蹄踩不到河底漂起来就危险了。"马东江看着已经开始汹涌起来的洪水，说："咱们还是撤回去吧，这样太危险。"他说："加快速度赶紧过河，不能再耽误时间了。"马东江见他坚定地往前走着，停了一下后也跟着他夹着马肚加快渡河速度。

当他们来到河心，雨水已倾盆而下，河水眼看着涨过马背，他们已不能像平时那样骑马，而是趴在马背上，可水的浮力让马匹艰难地像太空漫步那样行走着，加上河流巨大冲击，马匹失去踏实的行走能力开始漂浮起来，踉跄地朝河对岸游着。

在白雾茫茫、朦胧雨幕的河流上，原先两匹马还并排走着，现在已拉开距离各顾各地散开。不知是风力太大还是马失前蹄，两匹马在河里被洪水冲散了，二人也随之落入河中，而暴雨仍忘情地倾泻着整个草原。

"我掉到河里抽了两回筋，吓得我以为会被淹死，强迫自己镇静下来，使劲抻腿才把腿给硬抻开，然后拼命向岸边游去。"大老刘在事发不久的某天，在由县民贸公司、县商业局和主管商业副县长组成的调查小组会上，要求他详细汇报他和马东江过多尔柯河的具体情况时，这样从容不迫地描述着当时的情景。

他看着坐在对面的领导专注地听他讲述，继续说，"我从马背上掉入河里后脑子一片空白，所有的动作都没经过大脑，全靠惯性支配，也不知游了多久，最后咋迷迷糊糊上岸，都一概不知。反正等我上了岸后发现阵雨小了，可还是不停地下着，想着把湿衣裳脱下来拧拧水，这时才猛然发现背在身上的钱包不见了。我敢发誓啥时掉的我真不知道，但敢肯定是被洪水冲走了，我赶紧回头再来到河边找钱包，这才意识到马东江也不见了。我使劲喊着他的名字，直到明白过来他肯定被洪水冲走了时，顾不得再去找钱包，沿河岸往下游走了几公里也没看到他的影子，就慌忙跑回公社报告了书记，等见到书记已是后半夜，书记当即叫了居住点上的几个人，骑马沿着多尔柯河往下走了二十多公里，才发现河边的尸体，这时已到第二天下午……"

从他的谈话中看不出任何破绽，完全是突发的自然灾害，可审查事件的三人中还是有两人提出异议。商业局长知道他和揭发他贪污公款的马东江打过架，平时关系更是疙疙瘩瘩，在这样的雨天两人同时过河，一个人淹死了，另一个背钱的人却活着，而且那三万块现金也消失了，不禁令人怀疑。

人命关天的事是需要证据的，没有确凿证据所有的说法都不成立，审查组虽疑有诈，最后还是相信了他的说法，并没往怀疑的方向去追查，但大老刘确实丢失了这笔巨额公款，对民贸公司造成巨大损失。商业局长最后说："不管怎么说，能盖一座大仓库的三万块钱没了，这可是国家财产，你大老刘背着这笔钱过河就是你丢失的，你也必须要负这个责任。"

大老刘也知道这是严重失职，组织上一定会处理，早早在心里做了最坏打算，不久他就收到班玛县政府把他下放回原籍的文件，他也没表示出丝毫抗拒，闷着头卷了行李回了山东乳山。

到老家半个月后的某天下午，当年他用扁担打晕了的那个同村人来找他，说："就是过了多年，你打我的那笔债也得还。"那人来前怀里揣着一根棒槌，说话当中掏出来朝毫不提防的他就打了数下，他知道欠了人家的债没敢还击，趴在地上求饶："好了好了，我俩的恩怨到此了结。"

被人打只是皮肉之疼，过几天就没感觉了，但被单位开除的精神压力，让他像秋天霜打的茄子萎靡不振，每天耷拉着脑袋蹲在街边墙角处晒太阳。这情景被他堂叔看在眼里，而这位堂叔在村里是个算卦先生，被村民誉为小诸葛。堂叔主动找他了解情况后出主意说，"就算你把钱吞了也没人能证明，你只咬定被河水冲跑是天灾人祸，至于马东江之死更是意外事件，再退一步说，就算马东江是你害的，难道他们有切凿证据告你谋杀不成？你要是想回班玛继续上班，就把当时的情况写个一清二楚，给青海方面的县上、州上、省上寄反映材料，共产党最讲究实事求是，你连续寄上两年肯定有回复，到时你只管要求上级恢复你公职就是。"

大老刘一开始觉得没用，后来仔细一想，觉得很有道理，就听了堂叔的话，连着两年都写信反映情况，光邮票就花了上百块，这在农村可不是一笔小开支，用他自己的话说，干啥事都要本钱，好像也不在乎这笔支出，可见他是有些积蓄的。上访信发出后，刚开始青海方面相关部门还有信回复，但时间一长，上访的单位也就没了音信。

堂叔后来又了解到，他还有个表哥在果洛军区当副政委，就出谋划策说：

"你要亲自去青海，找到当年带你去果洛的表哥，他现在不是果洛军区副政委吗，那可是大领导，只要他出面，县上领导都会给他面子，你回去的事就成了。"

大老刘一个人从乳山搭车到了青岛，那有一班火车直达西宁，他坐了三天三夜的火车，又倒长途班车，一路风尘来到果洛州军分区。他的出现让数年不见的表哥很是意外。大老刘对表哥说："当年班玛县对我的处理不公正，我来找你是想通过你给班玛县的领导反映一下我的情况。当时我背着的钱包是被洪水冲走的，属不可抗拒的自然灾害，不是我个人有能力抵抗得了的。再说，马东江的死纯属意外，和我没关系，连那两匹马都被淹死了，何况一个人。县上不能以此处理我，他们得按政策给我恢复公职。"

表哥说："当时处理你时为什么不找我来，这说明在当时你也是默认的，都过去几年了才想起来找我，这不是冬天吃凉菜凉透的事嘛。"大老刘说："我知道你现在说话一言九鼎，有分量，我现在的生活很困难，我为果洛建政作出过贡献，你得出面帮我说句公道话。"

当政委的表哥这回并没直接出面，想着政府处理他肯定有原因，再说事情已过去几年，自己更不便搅和，一直没有理会。过了一年后，大老刘见表哥没动静，按堂叔出的主意带着农村的老婆、孩子，再次从乳山到果洛军分区，大有不落实到位就赖着不走的架势。而后来的这段时间，他不停地给表哥说他在班玛的这段经历，表哥听的次数多了也就有了同情心，觉得在当时的特殊情况下，生命都难以保证何况身上的钱，就算是他不负责任弄丢了三万块钱，也不能说明他贪污，更不能因为意外死了和他有矛盾的人，把一个正常工作着的人开除公职赶回原籍毁了前程，趁去班玛驻军三连视察，和县长见面时顺便聊到了这件事，希望县上领导能重审一下，县长对军区首长的话还是很重视，开会研究后上报到州政府。

又过了一段时间，政委再次来三连军训，这回是县长来找他："大老刘的事县上已打报告，只等州上批复，可一直没消息，我们也不便向上催促。"政委知道最后一道手续被卡在州上，在回到大武后，便和相关领导通了气，州商业局的领导认定他在果洛建政初期作出过贡献，也认为当年处理的结果有点过激，现予以纠正错误，恢复公职。"这样大老刘背靠表哥这棵大树乘了凉，在离开班玛数年后的1975年2月，带着老婆孩子重新回到县民贸公司。

此时班玛县民贸公司经理已换成四川人欧阳，大老刘怕再把他分配到牧业点，特意买了四瓶"江津白"去他家聊天，故意透露出自己和州军区政委是亲戚关系，还说："你有啥事我可通过表哥帮忙。"经理明白他的意思，就把他分配到县公司屠宰场，主管回族屠宰牛羊的具体工作，因天天和肉打交道，经理就让他兼管公司仓库大院值班的四头藏獒的喂养。

青海牧区的纯种藏獒足有牦牛大小，威风凛凛像狮子，除了主人外只要见陌生人或是有个风吹草动，就会发出让人不寒而栗的咆哮声。它们24小时在仓库大院值班，而且每月的伙食比职工的标准都高。大老刘每天下班时，顺便从屠宰场推着几十斤牛羊肉的架子车，投喂这四只藏獒。全公司三十几号人只有他和藏獒能亲密接触，被公司里的人开玩笑说他是獒爹。

这天莫坝砖厂的老索来找大老刘，恰好他不在家，他儿子刘小军问他有啥事。老索说："砖厂的工人都是从内地来的盲流，没有肉票吃不上肉，打土坯是体力活，想托你爸帮着买点儿牛羊肉，不知行不行？"刘小军趁机问老索："那你那儿能不能安排一个人来打土坯，挣点零花钱？"老索说："只要不嫌累，还有老家村里革委会的证明，来多少都欢迎。"

刘小军的堂叔刘圭山，当年在大老刘被下放回老家时，曾帮过他们许多忙，这位堂叔也是个能人，常在农村的集会上摆摊刻图章、配钥匙，还会编织各式箩筐。那年冬天刘小军没棉衣穿，堂叔刘圭山用修锁、配钥匙挣来的钱，专门为他买了套新棉衣和一双"回力"牌球鞋，这让刘小军多年来一直心怀感激。他在联系好砖厂的活后，当晚就给堂叔写了封信，要他速来班玛打土坯挣钱。刘圭山很快就从乳山来到班玛，在莫坝砖厂打了两个月的土坯，到第三个月时对刘小军说："这活太累人，不如回乳山配钥匙呢。"

刘圭山想换个轻松的活，一时又没找到，就在家闲着睡懒觉。大老刘见状，便让他帮助自己从屠宰场拉牛羊肉到公司仓库大院喂藏獒，开始时那四只藏獒一见他个个勇猛，无数次想挣脱铁链咆哮着扑向他，把他吓得头皮发麻、双腿颤抖，不敢靠近，不过后来大老刘带着他去喂食的次数多了，藏獒也慢慢接受了他。

除了喂藏獒，刘圭山平时没事就到公司营业厅闲逛，一个柜台一个柜台地看，到了名表柜台就用贪婪的目光痴痴地盯着耀眼的手表，露出无限羡慕的眼神，也不知道看过多少回，每每总是流连忘返。

这天他又趴在柜台上看了好久才直起身来，叫营业员拿出来，想摸下手表找找手感。营业员一看他的衣着就知道是个盲流，撇了撇嘴说，"你能买得起？口气不小呀还拿出来看看，你将就着隔着玻璃看看过过眼瘾就行了。"然后扭身走开，给了他一个背影。

刘圭山讨了个没趣，很不好意思地看着营业员继续傻笑，脑子里突然像是黑暗中猛地划过一道闪电，瞬间照亮了不知什么时候就产生出的那个想法：哪天非要把这些表全都归了老子不可！他在心里这样设想着的时候，收起傻笑的表情和轻蔑的眼神，又低头看了会儿熠熠闪光的手表，才悻悻而去。

大老刘和刘圭山具体是怎么商量偷走这些手表的不得而知，但他俩有意隔过刘小军，明显是刻意保护他。哥俩做好详细计划后，在去仓库大院喂狗时，对着仓库门上那两把大铁锁做了研究。

正式行动前，先是刘圭山在公司大院里，见谁都说在班玛县挣不着钱要回山东老家，还说堂哥太抠门，舍不得给他吃饱饭，之后大老刘也是见谁都说，堂弟不能吃苦，干啥都是三天打渔两天晒网，让他给撵走了。

刘圭山放过烟雾弹后就离开班玛，半月后某天晚上又悄悄潜回。高原的10月已是冬季，人们一天到晚都缩在屋里不再出门活动。某天傍晚就开始下大雪，同时还刮着一阵接一阵的大风，这样的天气在班玛县很常见，对大老刘兄弟俩来说是个偷盗的极好机会。

凌晨三点，他们悄悄来到公司仓库后院，四只藏獒听到动静后不停地狂吠，但见到是他俩一下子都安静了。大老刘从怀里掏出两块加了红砒石的剧毒牛肉，喂了最凶的两只藏獒，片刻之后那藏獒就倒在地上死了。他这样做是制造假象，为日后破案时能绕开自己，之后又走到另两只藏獒前，喂了些没加毒药的肉，然后跑到临街的大门口望风。刘圭山掏出早准备好的工具鼓捣了一会儿，就把仓库门上的两把大铁锁打开，闪进了仓库，摁亮手电找到装着全部手表的小木箱后，迅速回到大老刘家，再把小木箱埋到早就计划好的牛粪棚里一堆牛粪底下的土坑中，之后又连夜徒步数公里，在接近满掌山前的公路上，堵了辆便车到了达日县，然后潜回胶东乳山老家。

他俩没立即分赃，主要是刘圭山怕带在身上引起别人注意，因为这个年代无论买车票还是住宿都要证明，何况从青海到山东，一路要经过多道需要检验的车站，为了安全着想，暂时将赃物放在大老刘家的牛粪棚里，就是最可靠和最安全的，计划着等风头过了再回来分赃。

第二天早上，营业员去仓库领取贵重物品准备上班时，发现两头藏獒死了，同时发现门上的锁也坏了，进了仓库更是惊叫起来："装表的小木箱不见了。"然后立即报告给经理，经理马上向县公安局报了案。

案件很快被从公安部下放到班玛公安局的破案专家康仁孝给破了。法院最后认定刘圭山是主犯，被判十五年有期徒刑；大老刘是从犯，被判五年三个月，押送到青海省海南州戈壁滩上的唐格尔木劳改农场。

大老刘服刑后不久，公司经理通知刘小军，由于他父亲已被开除公职，不再是公司的正式人员，要他家尽快搬出公司家属院，而这时的刘小军已在县粮站当了一年多的仓库保管员，他找到站长羞愧地说，家里出了这样丢人现眼的事，公司又要我家腾出房子，现在我母亲和妹妹没地方住，我能否把我门前的那间牛粪棚加固一下暂时住人？"站长很同情他，就点了头。刘小军请朋友从王柔林场拉回来一堆板皮，挑出坚硬的木板，加固了牛粪棚，自己住在其中，让母亲和妹妹住土木结构的宿舍。

一家三口人靠刘小军五十多块钱的工资过活，有天他看到粮站邻着民贸公司中间有块狭窄的荒地，灵机一动又找站长说："家里生活困难，想在那块荒地盖间小屋，卖些小百货养家糊口。"站长说："你不要给我说这事，我也不知道你给我说过的事，你只管盖你的，如果有人出面阻止，就说是你自作主张，和我无关。"

刘小军知道站长不愿给自己找麻烦，把话说得非常有水平，他赶紧利用一星期的时间，在那儿盖了间十分简陋的土坯小屋，托熟悉的司机从四川进了些百货，让他妈守摊，他妹妹成了老板，从表面上看百货店与他无关，因为在职人员不能搞副业。

不料因是县上第一家百货店，二十四小时开门给居民们带来很大方便，生意很好。等大老刘五年后从监狱回来时，刘小军已成了万元户，还给了大老刘五百块钱，让他去买些自己喜欢的东西吃，解解馋。

这天大老刘在街上碰见了数年前处理他的商业局长，便说："局长呵，我进去这些年你们没撵走我家属，还让他们在粮站住了下来，为了表达我对政府的感谢，想给你捐五百块钱。"

局长咧着嘴惊讶地看了他半天才说："哎哟嗬，我说大老刘呵，这五年多的监狱没白住呵，思想境界跟着就上来了，欢迎你捐款，不过你得到民政局去办理，商业局不管捐款的事。"

第二天，大老刘去县民政局捐了五百块，这可是一笔不小的数字，当天县上的人们都知道了，议论纷纷觉得这人还不错，当然也有人说他收买人心，但大家都把热点集中在捐款上了，像是把他偷手表的劣迹给忘了。

当晚刘小军就朝他发脾气，说："你知道我挣五百块钱有多不容易吗？你可大方，拿我的血汗钱去捐钱哩。"大老刘耐心地说："这道理你就不懂了吧，咱们肯定不会再回乳山老家，你要想在班玛扎下根，从现在开始就得想法揽个好名声，不要叫人再轻视我们，用钱笼络人心是最直接的方式……"

1984年春节前，刘小军雇了一辆"解放"卡车准备到成都拉年货。本来他亲自去购物带押车，因单位临时有事脱不开身，大老刘便说："让我去吧，很多年没去过内地了，正好到成都散散心。"刘小军也想着父亲住了几年的监狱，的确多年没到过内地，就说："那您就去玩几天。"

大老刘在老家那几年深受会算卦的堂叔影响，很喜欢历史，尤其对足智多谋的历史人物诸葛亮崇拜有加，早就知道成都有个武侯祠，到成都的第二天特意去那儿拜谒心中的偶像，可在售票窗口排队买票时，隐约觉得屁股兜被人撞了一下，等到掏钱时傻了眼，一百多块钱叫人给偷了。他马上看着身后排队的那人，那人转头朝街上努了努嘴，他看到一个正跳过栏的人影。那人说："我使劲咳嗽，你都不回头，只能怨你自己不小心，自认倒霉吧。"

大老刘没想通，自己这么谨慎的人还是被小偷给偷了，坐在武侯祠前面的树下，很失落地责怪自己没出息，直到回到旅社还在想怎么能挽回损失。第二天一早，他把一张报纸叠成拾块钱大小形状，装在屁股兜里继续去武侯祠排队，想要钓小偷上钩。果然不一会儿就感到有人在掏他的口袋，他顺手攥着那只手，猛地一拳打了过去，这才看清是个年轻小伙子。在旁边接应的司机一看逮着了小偷，跑上来帮着摁倒在地，大老刘已用腿压着小偷的胸口说："昨天老子的二百块钱就让你给偷了，想戴铐子的话老子送你到公安局，想私了就赔老子二百块钱，咱们大路通天各走一边。"

小偷说："请爷高抬贵手，我把身上全部的钱都给你。"大老刘从小偷口袋里搜出一叠钱，一数共有二百二十多块，还净赚了一百多，很高兴地蔑视着小偷说，"你个毛孩子来偷你老前辈的钱还是太嫩了。"年轻人听了赶紧说还望前辈指教。""指教个球，快滚，当心老子再打你。"他松开年轻人拍了拍手愉快地说。

大老刘高兴地带着司机到春熙路上的"四川饭店"说："我今天赚钱了，请你吃川菜。"

这个司机是我的朋友，一次喝酒时以赞许的语气把大老刘在成都如何被偷，如何钓贼，又如何把被偷的钱讨回的事当成了谈资说给我听。当然，这个老小偷反钓小小偷的笑话，一时也在土豆一样大的县城里广泛流传。

据说大老刘在听到这件事时，像是在听别人的故事那样哈哈一笑，并不在意，然后就在他儿子的小卖部里当起营业员来。他儿子刘小军却是很低调也很踏实地做着事，并不像他那样事事张扬。

后来只要我在街上碰到大老刘，他都热情地主动跟我打招呼，但我每次都尽量老远就避开他。

天才的史诗传人

少年子弟江湖老

发生在班玛县那场由文化馆张二井和县养路段老熊的斗殴，如县城两边漫山遍野的野丁香，热烈地盛开在人们记忆深处，直到这件事过去数十年，人们再聚在一起时，仍津津有味地谈论着全过程，甚至谈到张二井的某个动作或是老熊的某个表情时会哈哈大笑着说："那时真年轻，那时的时光真美好，那时的人们也太纯真，恩怨情仇全写在脸上。"

不过这件事发生的具体时间，在今天我去回忆时已记得不甚清楚，应当是 1975 年的那个春天，或许更早几年。但我却清楚地记得那种从少年心里发出的喧嚣，与牧人赶着的一群群在县上唯一砂石大街上边走边排泄黑色花朵的牛粪味，构成那个季节里的暧昧气息，让高原的春天变得意味深长，也让我在多年后仍记忆犹新，成为青春的见证者。

班玛县城确实太小，小到大街在刚准备往前伸展时就到了尽头的文化馆，这是长度；再以 90 度直角拐到土坡下，就到了县上最后一个单位农机厂，这是宽度，再走就出县城到玛尔可河的岸边了。

我父亲早就看中了农机厂围墙外的这个死角，准备在这儿开家饭店，年初就和我花了数天时间把这里打扫干净，并做了硬化处理，从王柔林区拉回不少松木板皮搭成简易板房，起名"骑士酒馆"，又将蓝底白布酒幌挂在门外数米高的白杨树上，吸引食客注意。

文化馆的张二井是"骑士酒馆"的常客，每次来总是背着当时很少见的吉他，并在等待饭菜上桌前独自弹着，但连个调都找不到，发出杀鸡时鸡绝望般的叫声。"张二井你就别弹了！这琴声太难听！"每当这时，我就会大声对他说。他回答我的总是这句话："毛主席教导我们，世上无难事，只要肯登攀，我非要学会不可。"他低着被长发淹没了整张脸庞的头，缩着瘦弱的身体继续弹奏，然后又补充说，"我一定要成为班玛县第一个吉他高手！"

今天的张二井大概喝了二两青稞酒，在吃完饭后有点跟跟跄跄地回了文化馆。他是班玛县最早的文艺青年，风吹长发，浪荡潇洒，在无限美好春天里的青春正蓬勃怒放。这时，县养路段养路工老熊正好从玛尔柯河边坡底下走了过来，看着他的背影问我："他谁呀？狂呗！"

老熊全名熊能清，二十岁左右，剽悍阴煞，满脸络腮胡，眼睛却如女孩似的杏儿圆，惹人喜爱。他是青海省公路局养路总段下属班玛县养路段的养路工，平常总穿着时髦的都洗得发白了的藏青色帆布小翻领工人装，裤子却是大喇叭口，一走一闪带着一阵风，脚上套着耀眼的"回力牌"白球鞋，是个标准的时尚青年，又因身材魁梧和姓氏的原因，被养路段一帮小兄弟们尊称为"老熊"。

据我爸的朋友、养路工老洪叔说，老熊几年前在西宁马坊上初中，还没毕业就因打架斗殴、调戏女同学而被短暂劳教过，后被他爸想方设法走了后门，到养路总段招了工，并分配到达日养路段第7道班当养路工。到达日后的三个月里，他和当地的混混陈老六约了三架，打架的理由是不允许对方在达日县太牛逼，他才是达日县最牛逼的人。对方不服他这一套，自然就一场跟着一场打架斗殴。在第四次打群架时，双方约好只有他和陈老六单挑，所以在打了半个小时后，老熊凭着事先藏在怀里的两把小号菜刀，硬是在自己的眼睛被对方打得眯成熊猫眼看不清人影的情况下，在陈老六的后背上划了血淋淋的×字，疼得老六昏迷不醒才算是服了输。当然这场斗殴连公安都出动了，结果是一个进了医院，一个进了派出所。

养路段本要开除他，他家里人又是求爷爷告奶奶的，费尽心机托人走关系才算保住公职。他被调到班玛县养路段，家人想让他换个环境重新做人。

不过也正是在达日县的那场斗殴，让他在花吉公路沿线各段的混混中名声大噪。他被调到班玛县养路段后，不仅不吸取教训，反而成了那帮从西宁来的五六个年轻人的头领，没事总领着他们在县上打狗斗鸡，只要遇上"看不惯"的人他都会去给人家"上上课"，说："在老子面前，你们狂个球，老子才是班玛县最牛逼的人！"

老熊刚到班玛县第一个月，在某天晚上看电影时，当地小痞子刘三毛于开演后才摇晃着进来，由于太黑，在老熊前面一排来回找了半天座位，正好挡住了老熊的视线，他就骂刘三毛说："我日你先人，挡着老子了。"然后还吐了口口水在刘三毛身上。刘三毛哪受过这污辱，刚回骂他一句就被他起身打了一拳，刘三毛说："你妈的，敢动手，你给老子出来说话。"

老熊啥话也没说，就跟着他走出影剧院。二人就在影剧院前面的空地上打了起来，因动静太大，吸引了不少人在一边观看，还不时发出一阵叫好的吆喝声。不过刘三毛毕竟是这个小县城里的人，平时打架也少，没太多打架经验，被心狠手辣的老熊三两下就打断了鼻梁而败下阵来，然后被随他来看电影的狐朋狗友们送去了医院。第二天，刘三毛高昂着包扎着断了鼻梁缠着白绷带的头，趾高气扬地来到养路段找到段长，坐在他的办公桌上要求老熊赔三百块钱，不赔就躺在办公室桌上睡觉。段长知道刘三毛是县上的地痞，是个一摸就粘一身毛的货色，很担心以后再来找单位的麻烦，不仅强迫老熊赔了钱，还准备将他退回达日县养路段。

老熊知道闯了祸，一面忙去给刘三毛认错，不仅赔了三百块另外又加了二百块，解释说这是精神损失费。这让刘三毛很满意。另一面他态度诚恳地给段长道歉，还给段长和党支部书记写了好几页的保证书说"今后绝对再不打架斗殴了，要好好地工作"，才被单位放了一马。

所以我知道老熊的阴狠，见他问张二井便低调地说："他狂啥，文化馆的小文人能比你还狂，别球理他。"我想息事宁人，不料他恶狠狠地说："凡是班玛县的人只要老子看着不顺眼的，哪天给他上上课，让他知道谁是最牛逼的人……"

　　我心想张二井有麻烦了，得提早给他打个招呼，不要被老熊欺负了。结果我还没来得及跟张二井打招呼，第四天中午张二井便一如既往穿着西装抱着吉他朝"骑士酒馆"走来，问题是上午十点多钟老熊和养路段那几个西宁帮就在店里喝掉了三瓶绵竹大曲，现在仍在兴头上，他这时候突然出现那不是没事找事吗，我心里一惊，赶紧出门在街上截住他说："今天你就不要来吃饭了，老熊他们正在找你的事呢，你最好回避回避。"

　　"什么老熊老虎乱七八糟的，怕他个球！"张二井直直地往"骑士酒馆"走去，并不理会我的警告。店里老熊一伙正兴高采烈划拳喝酒，等张二井进去坐下像以往那样拨了一下吉他，清纯的琴声让所有人都扭过头来看他，店里一下鸦雀无声。老熊满脸通红像山上的猴王看着张二井，一时竟显得有些窘迫，愣了半天。

　　"老板来个凉菜，一瓶啤酒！"张二井朝我喊道，然后跷起二郎腿，抱起吉他再次弹了个流水音。清脆的音乐声让炙热的空气凉爽起来，寂静了半天的饭店里直到这时才猛地爆炸般哄笑起来。老熊通红的脸更加通红了，连眼睛都是鲜红的，他站起身朝张二井一指说："哎，那小子，给你小叔我来一段！""凭啥呀？"张二井挺直了腰，看着那个长着姑娘一般眼睛的老熊说。"让你来就来呗，问个球哩问。"老熊嘲笑着张二井。"我不卖唱也不认识你。"张二井又把头耷拉下来弹了一下琴后就放在一边的椅子上不再吭声。"好吧，那我今天就让你认识一下老子是谁。"老熊离开座位摇晃着身体朝张二井走来，其他人也起了身，跟着走到老熊身边。

　　老熊用手拍了拍张二井的脸，这动作极轻佻，像早些年《白毛女》那部电影里恶霸地主黄世仁调戏喜儿那样，结果被张二井用胳臂给拨开。老熊却敏捷地抓住了他的西装领说："操，老子告诉你，在班玛县你不要狂，别看你是班玛县的人，老子打的就是你这种狂人。"他慈眉善目似笑非笑着又补充一句，"你妈的，快给老子弹首曲子！"

　　张二井本想忍着不吭声，但在听到第二次骂他娘时就恼了，就在老熊放开他衣领时顺手抓起吉他猛地朝老熊头上砸去，"嗡"的一声，吉他就在老熊头上断成了两截。这突如其来的举动令老熊呆若木鸡，站了好一会儿才抬手去抚摸头顶，竟摸到一块吉他的木屑，他拿在手里看了一眼，像是小心翼翼那样扔到一边，同时也回过神，吼叫起来，"你竟敢打老子？"顺手拿起张二井刚才要的那瓶啤酒，朝张二井的脑袋上猛地砸去，顿时张二井的头上血流如注，整个人瘫软在凳子上。

我忙过去拉架说："何必大动干戈，都是县上的人，以后还要见面呢。"老熊并不理会我的话，狠狠地朝张二井连踢了几脚，还"呸"了几下，往他身上吐了几口唾沫，弓起身，脚蹬着凳子，用袖子来回擦拭着白球鞋面，之后转身走到门口对我说，"我今天的饭钱让张二井出了，他不出的话以后还打。"后面那几个小伙浪荡的笑声显示着奴才般的心满意足。

我害怕张二井被打死，忙伏下身把他扶在我的肩膀上，准备背他去医院，不料刚走到门口被他一把推开，他说："我自己能走，你把我的吉他保存好，过两天我来取。"便摇摇晃晃朝大坡方向的单位走去。

我以为这事就这样过去了，可没想到过了半个月，张二井头上的绷带还没取掉，这天中午他来吃拉面，刚坐下还没一会儿，巧的是老熊拿着从玛尔柯河滩里折来的一根极柔软、有韧性的红柳条，和张二井约好似的前后脚闪进门里，并且一眼就看到了张二井在吃饭，便冷笑了一声说，"没想到又在这儿碰上了！"说这句话时人已走到张二井跟前，探着脖子往他碗里一看，继续说，"吃得不错嘛。"

张二井没理会他，仍旧吃着拉面。老熊讨了个没趣，转了个圈后又在张二井面前停下，看着他说，"也不搭理我？"张二井继续低着头吃饭仍不吭声。老熊有点恼怒地挥起手中的红柳条朝张二井头上抽去，被张二井敏捷地用臂膊挡住了，老熊又抽他又挡，在老熊第三次抽他时，他站起身来有点低声下气地说："不要打了，我都被你打成这个样子了还要打！我从没惹过你呀。"

老熊听他用这口气说话，更来了兴致，继续抽他，而这回柳条正好抽到他脸上，立刻有一道红色的肉岭凸现起来，光看着就感到火辣辣地疼，张二井不停地抚摸着脸颊抽着凉气，有些哀怨地看着老熊再没说话。

"疼了吧！只要你求我说你被我抽疼了不要再打你了，我就不打你了。"说着又抽了一下看张二井的反应。见他忍着疼还是没吭声，老熊又说："你真不疼吗？""疼呀，要不我抽你一下试试！"张二井说。老熊说："那你为啥不喊疼不求我？只要你求求我，我就不打你。"老熊的口气倒像是求张二井。"我从不求人，你愿打就把我打死算了。"张二井还是硬硬地说道。"哦哟，你的口气硬得很呀，像个大哥的样。"说着又很轻浮和夸张地抽了张二井一柳条，他脸颊上再次凸出一条红红的肉岭来，疼痛让他眼里闪起了泪花，但没流出来，而是一直噙着。

我在一边实在看不下去，走到老熊跟前说："我求你放张二井一马，你今天的饭我请了。""你以为你有面子，去你妈的，老子打他关你啥事，当心我连你也一起揍。去做你的饭！"

张二井趁我们说话时想一走了之，但早有老熊的两个喽啰堵在门口不让他出门，老熊从背后又猛抽张二井一下，"唉哟！"张二井这回是不由自主地疼得叫出了声，连脸色都变得煞白。他转过身对老熊说，"何必呢，我们又不认识，你见我就打，也不害怕我以后报复你吗？"

"我就是让你知道在班玛县谁最牛逼，你不要狂！狂了我还是见你一次打你一次。"张二井被这群人簇拥着，看着他把口气变软，说："好吧，你最牛逼！"然后又低声下气地说，"我求你别打了……"张二井说这话时嘴角自然地往上翘了翘，像是嘲笑自己的那种神情。

老熊听了，挥挥手中的柳条对同伙说："听到了吧，你们都听到了吧，他说他求我不要再打他了！"他又回过头来对站在旁边的我说，"没你的人情！是他自己争取的。"然后挥手让门口的人放张二井出了门，可没想到他走到砂石路边又拐了回来，把头探进门里对老熊说，"我会记住你给我的羞辱……"

那伙人听了又哄笑起来。羞辱一词对这伙人来说过于文绉绉，可能都还不明白它的真正含意是什么。老熊大声地对他的兄弟们说："他说我羞辱了他。"然后豪迈地大笑起来，眼睛眯成了一条线，刚才喝酒红润的脸色经过这么一折腾，变得发白。

此后的好多天，我都再没见到过张二井，有天文化馆那个说唱格萨尔王的著名艺人来吃饭，我趴在柜台上问他："好久没见到张二井了，知道他去哪儿了吗？"他边吃边说："你不知道呵，他早就停薪留职去阿坝了，也许是都江堰，还有人说去成都了，具体到哪儿去了我也不清楚。"他含糊其词地说着，停了一会儿又补充道，"还背着那把断成两截的吉他去学武艺了。"口气里有些高深莫测的意味。

自我知道张二井离开班玛后，有关他的消息像玛尔柯河顺河的风，被刮得无影无踪，到了 1987 年国庆节那几天，我陪父亲去玛尔柯河边钓鱼，意外看到老熊带着他的西宁帮和班玛县某领导儿子才让加带着的另一帮藏族小伙，在青年林里打架。据说老熊又看不惯才让加在县上牛逼哄哄的样子，要给他上课，反被才让加痛打了一顿，双方记下仇恨，约好这场蓄谋已久的斗殴。

西宁帮的那几个人根本不是藏族小伙们的对手，藏族小伙们挥着弯细的藏刀蜂拥而上围着老熊猛打，最后挑断了老熊的左腿后筋，一条胳膊也被打折，右脸颊上留下一道三寸多长的刀伤。奇怪的是，这次县公安并没有出面，这可能和才让加的爹在县上当领导有关。不过据说老熊挨了这顿痛揍后都没求饶一声，能打能挨才像个江湖英雄。

老熊也打女人。有天他在街上碰到民贸公司营业厅的营业员钟楚红，她是县上有名的美女，就调戏她说着流氓话，当即被她狠狠骂了一顿，他过去朝着她漂亮的脸蛋扇了一巴掌，然后大笑着走了人。钟楚红马上把受老熊欺负的事告诉了她当商业局局长的父亲，她家人就报了案，公安局立即来人将老熊带到了局里，关了几天，罚了三百块钱并让养路段段长担保，如再扰乱社会治安下次就会判刑。这之后老熊安静了一段时间。

三年后的夏天，即 1988 年，我和我父亲把老"骑士酒馆"拆了，重新盖起了土木结构的二层小楼，专门请文化馆摄影师扎西达娃把他花费数年拍摄到的野牦牛照片，还有些电影明星和国内外的歌星相片，都做成精美相框挂在墙上。为了突出"骑士酒馆"的特点，我托熟悉的司机专门从西宁买来圆圈里标着不同颜色的那种老少皆宜的玩具飞镖，一排十三个挂在大厅正面墙上，只要客人高兴，随时可拿飞镖飞几下取乐。

　　秋天来了。高原班玛县的秋天实际上已进入了冬天。那天中午，我在酒馆前砂石路边的酒幌下坐着喝茶，突然看见有个熟悉的身影背着吉他朝我走来，我立马反应过来是张二井回来了，果真是他，还径直走进了"骑士酒馆"。我赶紧把他迎进门里拉了把椅子请他坐下，问："这些年你都去哪儿了，怎么连个消息都没有？"

　　"去青城山了！"他喝了口我递过去的茶说，"青城山就是都江堰那个武功盖世的青城山，到那儿学青峰灯的功夫去了。这样跟你说吧，那是一种涂有蜂毒的铁钉，手法叫青。我还学了雷公轰的功，就是铁锥功，也叫城字十八破，我没黑没白苦学了三年，顺道把吉他也弹熟练了，承师傅恩准下山，现在回来了。"他的话很江湖，我基本上没听懂，但还是装模作样地朝他直点头。他看着我也显得很高兴，笑着说："你当年总是说我弹吉他像宰鸡，我现在给你弹个《爱的罗曼史》听听。"

　　他粗壮的手指蜻蜓点水似的优雅地划拉了一道，优美的吉他声天籁般流泻开来，像水涌成了湖，湖水深深地淹没了他早已换成小平头的脑袋。他原先喜欢穿的西装也换成了红色夹克，整个人像浮在音乐湖水上的小船，随着音乐时隐时现。就在他弹得尽兴时，老熊和养路段那几个人不知啥时横着进了酒馆。真是不是冤家不聚头，事隔三年竟然再次狭路相逢。

　　我忙招呼老熊去里头的单间，他显然听到了琴声，根本不搭理我，径直走到张二井跟前。"这是谁呀，他妈弹得不错哦。"他并没马上认出张二井，很陌生地看着他的脸，好一会儿这才"哟嗬"一声，有点夸张地说，"这不是张二井吗，当年让我打得不知躲到哪去的臭小子又现身了。不错嘛，还会弹琴了。"说着还像以前那样伸手去拍张二井的脸，不料被张二井一伸手像钳子钳住了他的手，他发出"哎哎哎"的叫声后随着张二井慢慢朝空中举起的手，整个身体也不由自主地往上伸，脸上的表情扭成了麻花状。

　　"不要叫！"张二井说着随后猛地放下老熊的手，他便"扑"地一下跌在张二井对面的椅子上，麻花脸又恢复成了不屑一顾的表情。张二井一抬头就看到了墙上挂着的飞镖玩具，漫不经心地对老熊说："你看清了墙上左边第三个靶心的第8环！"说着随便拿起桌上一堆飞镖中的一支，一个漂亮如同京剧武生亮相的转身，"嗖"的一声飞镖就深深地扎在8环不到一厘米宽的黄道上，然后转过头来去看老熊，老熊颇有些意外地眨巴着眼看他，很不明白他为什么打得这么准。

"这叫青峰功！"张二井直直地看着老熊说，"我这三年没见你并不是说我忘记了你，本来我想休息几天后才去找你的，正好你来见我，这就是天意，也叫缘分，你懂啥是缘分吗？缘分就是有仇必报的机会！刚才我那动作就是让你和这几个孩子看看我这功夫练得行不行。"

张二井指着老熊，转身走到我跟前很客气地说："老板哥哥，麻烦你拿着那个白酒杯站到窗前伸开手。"我不知道啥意思，待我拿了酒杯在窗前伸开手站定时，张二井走到数米外的墙根，再次拿起桌上的一个飞镖，斜着眼看了看已经开始神情紧张的老熊说："走！"话音未落，只听得"砰"的一声响，我手掌中的白酒杯像白色的花儿一样在空中盛开，碎瓷片落了一地。我着实吓得出了一身冷汗，脸色煞白地喊道："张二井你他妈的疯了，想要老子的命呀！你俩打架是你俩的事，你不要跟我开玩笑。"

张二井满脸真诚："对不起哥哥，让你当回模特，给那几个孙子开开眼。"说着把头转向那几个早已变得呆头呆脑的人，又说，"这叫雷公轰，见过没？"他走到老熊跟前说，"你们应该感谢老板哥哥，他替你当了一回活靶子！不过你和这帮孙子要注意了，从今天起说不定哪天飞镖就会扎进你的脑袋。"

"二井哥真厉害！啥时候学会这功夫的？"老熊像是从睡梦中回过神来，一改过去那种牛哄哄的口气，颤抖着声音走到张二井前毕恭毕敬地说。恰好这时从门框外射进来的光线把张二井的身体雕刻成了黑色的牛仔，像多年前那样浪荡而又潇洒。这让我想起数年前他穿西服拿吉他，满头长发潇洒的青春模样来，只是现在的样子比几年前成熟了，报复手段也高了许多。

"开始叫哥了？先别急着叫哩，你知道这是啥吗？"张二井从口袋里掏出个菱形四边形发着青晕色寒光的铁片，在老熊眼前一晃，又举到众人眼前说，

"你们都给我看清了，这是真正的飞镖，可以置人于死地！刚才玩的那个飞镖最多叫个玩具飞针。"他又走到老熊面前，指着墙上画报中那个长着大胡子的外国明星说："哎熊傻逼，你看见了吧，对，就是他。"张二井斜着眼示意老熊不要看他而去看墙上的画报，说："你说吧，你想要他哪只眼。"老熊眨着眼半天没反应过来是啥意思，张二井慢慢走到老熊跟前，像老熊以前拍他的脸那样去拍老熊已经煞白的脸颊。此时老熊脑袋上已有晶亮的汗珠正哧溜哧溜地往下流，双腿开始有些颤抖。"说呀！"张二井猛然有力地吼了声，老熊像是被针刺了一下浑身一颤，结巴着脱口道："左……左眼。"他话音刚落，飞镖犹如一道黑色闪电，瞬间扎在了画报上人物的左眼，那个寒冷的铁片还发出轻微的"嗡嗡"声。

一屋子人的脑袋整齐划一都随着飞镖而转动，眼睛盯着墙上画报中人左眼的那只飞镖，又回过头来默默地看着张二井，也看着完全进入傻呆状态中的老熊。"要你左眼决不打你右眼！"张二井兀自言语，并睥睨着已低下头的老熊和他的那几个同伙，说："这就是我这几年练出来的功夫，只要我想报复某个人，不可能有人逃出我的手掌心。"

"老板快给二井哥上菜，我请客！"老熊像是突然反应过来，用女孩子好看的媚眼笑看着张二井献起殷勤来，但头上的汗珠仍然"哧溜哧溜"地流过脸上那道显眼的粉红疤痕。他用手背抹了抹头上的汗珠，甩甩手，往裤腿上擦了一把，回头看了眼蔫不拉几的同伙，说："快给二井哥倒茶呀，咋没点眼色！"几个同伙在老熊的呵斥中清醒过来，很笨拙地跑前跑后，有两人抢着要给张二井递烟，还相互撞了一下。

张二井像是没听见，没理会弯腰递烟的人，径直走到餐厅墙根前一转身，从他手里又飞出一支青晕色的飞镖，竟然贴着老熊的额头飞了过去，扎在门框边的木桩上。老熊"啊"的一声吓得瘫在了地上，甚至好像看见自己前额上的一缕头发在空中飘荡着。

"雷公轰能要你的小命，但打死人得偿命，我不能打死你，这是法律规定。"张二井笑着对老熊说。老熊这时的脸色早已煞白煞白的，有点无助地哭了起来，开始时是幽幽的像是唱歌过渡那般，随后就大声号哭，像个受了委屈的孩子。站在他四周的小兄弟们都默默地像是同情地看着他不吭一声。

"你现在终于懂啥叫羞辱了吧，这就是以其人之道还治其人之身。"张二井俯视着瘫软在地上的老熊说，"就你这个熊样，还硬装江湖大哥，除了打个群架还能干啥？你真叫我小看你好几眼！告诉你，打群架不是江湖，真正的江湖凶险着呢，不过给你说了你这个没上过学的大老粗也听不懂。"然后走过来重新坐在凳上抱着吉他看着我，说："老板哥哥，请原谅，让你受惊了，我继续弹刚才没弹完的《爱的罗曼史》。"

我紧张的神经才松懈下来，说："得饶人处且饶人，都是一个县上的人，打啥架。"张二井就点头说："是的，打啥架呀。"我见形势急转直下到了和平局面，便讨好他说："这士别三日你都成吉他大师了，我还记得几年前你曾说过你要当班玛县第一个吉他高手，现在是真实现了。"可他没接我的话，而是转头去看坐在地上的老熊说："哎，老熊，知道啥是《爱的罗曼史》吗？你小叔我让你看看这几年我在青城山密林里学到的十八般武艺。"

音乐又开始流泻，阳光表面的时光在如同温柔安静的湖水之上缓慢地流动，所有的空间都充盈得轻松起来，方才的骚动情绪在水光波影中从窗棂的空隙飘出房外。

我忽然意识到这个张二井不简单，是个有智慧有毅力的人。这样的人最厉害的地方是在征服对手时，往往不是用暴力而是用智慧于精神上暴击，心灵上拳打脚踢般地蹂躏，让对方的内心负伤流血从而达到不战而胜，这当然是江湖中的至高境界。现在看来，张二井不挥一拳不踢一脚就完全雪了三年前的那场羞辱，也许这就是江湖，江湖是讲究哲学的，老熊并不懂得哲学，但他懂得生活中"谁的拳头硬，谁就是老大"的道理。

老熊在飘扬着的琴声中停止了哭泣，和那几个西宁帮的小伙，或抬头看或坐在凳上默不作声听着张二井弹奏的音乐。直到张二井弹完这首曲子站起身来走到老熊身边，再次像老熊以前侮辱他那样拍了拍他的脸，说："你以为在班玛就你最牛逼？现在知道班玛县最牛逼的人是谁了吧！"然后在一屋子人的注视中走出饭店回文化馆去了，把他们全晾到了一边。

张二井离开后，老熊从地上爬起来坐在张二井刚坐过的凳子上，把那杯早就泡好了的茶水一口气喝干，转身出了"骑士酒馆"，一个人很孤独地消失在大坡下面的河滩。他离开后，他的那帮兄弟才像是清醒过来，有的仍坐在那没动，有的出了门朝与老熊相反方向的县城里走去。

不久后，张二井开始在文化馆举办吉他学习班，第一期出乎意料地竟然招了十个男女青年，其中就包括老熊和他的两个小哥们，而且他还是第一个到文化馆找张二井报名的。他怕张二井不收他，晚上扛着一箱青稞酒到张二井的单身宿舍，真诚得到了不收礼物就要磕头的地步。

张二井也被老熊的真诚打动，给他定下十条规矩，要他答应照办才同意收为徒弟，老熊点头说："这十条今后就是我的座右铭，如果做不到我就剁自己手。"第二天，我在数年里第一次看到老熊没带那帮小兄弟单独一人把张二井请到"骑士酒馆"点了八个菜，当着我的面端着酒杯敬张二井，说："我再次表态，完全接受师傅十条规定，以后好好做人，好好工作，更要好好学习吉他，如果再犯错就请师傅随意处罚。"

自从老熊跟着张二井学了吉他后，我再也没看到或听说过他打架斗殴的事，也许张二井说得对，音乐让他明白如何去做一个人。再后来我就经常看到老熊陪着张二井到"骑士酒馆"来吃饭，有时还有一帮小兄弟前呼后拥着。有人给他倒水，有人给他发烟，还有人给他点烟，俨然是个江湖大佬，看不出他和老熊曾经的恩怨。不过这样的场景很少，更多的时候只有他俩来吃饭，吃饭时就谈论着吉他弹奏的技术，这场景让我觉得班玛的春天正在盛开着丁香花，一切都变得美好起来。

一年后我离开班玛县回到西宁，又两年回到河南，和青海尤其是班玛的朋友再没有过交集。一晃过去了多年，青春少年早已在不知不觉中成了中年大叔，而班玛县的往事只有在梦里偶尔显现。就在我已完全忘记张二井和老熊在春天里那场故事多年后的2017年初的某天，无意中看到一部纪录片，正讲述四位大叔组成的吉他乐队，一路弹着吉他唱着歌，遇到有热爱吉他的朋友就留下来交流演唱，遇到风景名胜处就停下来游玩，以这种方式走到云南大理，据其中的一个人说，大理是音乐的故乡，他们正在回故乡的路上。

当一个特写镜头对着一个身材肥胖的男人时，我一眼认出了那双女孩般的杏圆眼和那道仍然明显的疤痕，立刻知道他就是老熊，和张二井打架的那个熊能清！不用说他身边的那个让我感觉很熟悉的人便是他的吉他师傅张二井。

三十多年过去了，青春早已逝去，男人们都满脸沧桑，没一点青春的痕迹。纪录片中的大叔们，准确地说是张二井和老熊他们老哥几个，在镜头前平静地讲述着对音乐与行走的热爱，还弹唱起了《卓玛》那首怀念高原的歌曲，而且唱得非常沧桑。这歌声让我一下陷进对早已远去的、盛开在班玛县那段青春岁月的回忆，甚至比在电视中的他们还要心潮澎湃。

当年的少年子弟们，现在正用沉稳的方式行走在中年生活的江湖上，而生活的路，对于我们所有人来说都还很长。

我的藏族叔叔阿拉旦巴

诡谲的事出现了。黑压压一大片的兀鹫拥挤在天葬台边，趔趄着健硕的身体准备起飞，可抖了几下翅膀怎么也飞不起来，然后抬起铁钩般的头颅四下张望，不甘心这尴尬，再次踱到更高的山坡上借助气流扑闪着大翅膀，总算勉强飞了起来，可仅飞到数米高的空中挣扎几下，就失去平衡纷纷坠向地面，完全没了以往的强悍气势。

天葬师是位七十多岁的藏族老人，虽也吃惊，但还是在镇静中看明白原因，转身走到那个顶口冒着淡淡炊烟的小帐篷里已看不出原色的油乎乎的石床后面，提出给他自己烧好的一铝壶茯茶，来到昏昏沉沉的兀鹫前，把茶水倒在自用的茶碗里，再把它们一个个抱在怀里轮流喂了一遍。兀鹫们这才清醒过来，看着那老人，模样仍有点发呆，然后又挤在一起抢着碗里的茶水喝，之后才彻底恢复了状态，矫健地飞翔到天空中。

我目瞪口呆地看着它们消失，迷惑地走到天葬师前问他是咋回事，这才明白因为我的藏族叔叔阿拉旦巴数年来几乎天天喝酒，身上每寸肌肤都已酒精中毒，死后把他灵魂带到天国的兀鹫们，跟着他一起酩酊大醉，这才有了那令人匪夷所思的场面。

这事发生在 1986 年 3 月 29 日班玛县江日堂天葬台。就在昨天上午 11 点阿拉旦巴刚死去不到半小时，我父亲就从县医院来到农行院里大喊："杨海滨，你出来一下！"我惊得一哆嗦，以为出了啥大事，一个箭步从办公室跳了出来，见他如释重负地说："告诉你一个消息，你阿，拉，旦，巴，叔，死，了……"

还没等我露出情绪，他指着县医院方向接着说，"两小时前，你小婶来我单位找我，说阿拉旦巴昨晚上跟庄园老管家的大儿子喝了一晚上的酒，早上九点被人扶着送回家时已经很醉了，但他又从家里哪个旮旯角拿出平时藏的一瓶酒，自言自语地说，'我得再透透（青海话，意为还能再喝点）。'又把那瓶白酒喝完，然后开始剧烈呕吐，脸色乌黑，还大口大口喘着气高喊'我要憋死了！'你小婶一看情况不对，赶紧到我办公室向我求救，正好局里的司机在，便开车把他送到了医院……

"医院值班医生一番抢救后，他的症状缓解了，就在大家松了口气时，他对你小婶说：'我要尿尿。'她扶着他去了院里的厕所，可入厕前他又说：'你去找点卫生纸。'等你小婶离开后他不知怎么摸到了注射室，把摆在桌上的一瓶医用酒精给喝光了，然后倒在地上不省人事……

"你小婶拿着卫生纸回到厕所却怎么也找不到他，这时猛听到值班护士大喊：'这是谁家的病人，怎么躺在这儿了！'她赶紧跑过去一看，见他口吐白沫，抱着装酒精的空瓶子躺在地上，再经医生护士一番抢救，还是没救过来……"

我想再次接话，他以不容置疑的口气又说："你阿拉旦巴叔从小把你当儿子看，生前多次说过要你在他死后把他送到天葬台去天葬，现在你得兑现他生前的愿望。"我这才明白他想让我把他结拜的藏族弟弟送到天葬台料理后事。

早在1981年6月，那是粉碎"四人帮"拨乱反正的第五年，全国各行各业都处在百废待兴的新时期。州政府在接到省政府关于对1958年参与动乱人员再审核的文件后，成立了专案办公室，本着"宜粗不宜细"和"全错全平，部分错部分平，不错不平"的政策精神，负责全州这项工作的全面重审工作。

阿拉旦巴于1958年8月25日在班玛县莫坝部落庄园，在别有用心之人的胁迫下，搅进了那场让他糊涂的动乱中。果洛独立骑兵团迅速出面平息了那场动乱，新生的人民政府对参与这场动乱的人员做出快速反应。他确实出现在那伙被俘人员中，而且还是公职人员，被判了无期徒刑。先是押在青海东部一个监狱，后转押到唐格木劳改农场，就在他以为这辈子老死监狱时，某天从大喇叭里听到关于纠正平叛扩大化的消息，想到1954年在班玛结拜的汉族哥哥仍在县上，立即给他写了封求助信，托哥哥到相关单位帮他申诉平反。

他的汉族哥哥接到来信后，尽己之力，把与他相关的一大堆材料送到专项办公室，还数次到州上找扎喜旺徐和老果洛的一批领导，证明他在果洛建政初期为人民政府所做的工作和取得的成绩，后又自费到省档案局查找相关资料，终于证明他当年是被人诬陷的。不久被平反，他也在离别了23年之后重回了他的故乡班玛县。

只是让我父亲没想到的是，他的这个藏族弟弟，在出了监狱后的第五年，准确地说是第六个年头之后，像是完全变了个人，整日喝酒乃至到了酗酒的地步，最后竟以这种令人匪夷所思的方式死去。

这情景让和他情同手足的汉族哥哥颇感痛心和尴尬。因哥哥最反对他喝酒，希望他把喝酒的时间用在工作上，但事情却朝着哥哥希望外的方向发展直到他死去。藏族弟弟生前没儿没女，只有一个才结婚两年、20多岁的年轻老婆，而且他在生前数次当着他汉族哥哥的面，郑重其事地对汉族哥哥的儿子也就是我说："我死后，你一定要把我送到天葬台天葬。"所以在他死后的半小时后，我父亲就来找我兑现当年的承诺。

有关阿拉旦巴和我父亲结拜干兄弟的事，还要从中国共产党西北军政委员会主席彭德怀，委任藏族老红军扎喜旺徐为团长，组建220名成员的"西北军政委员会果洛工作团"，于1952年8月4日到果洛高原建立人民政权的事说起。

工作团初到草原最主要的工作，是解决多年来各部落因草原地皮纠纷或各种原因结下大小矛盾导致常年发生械斗的问题，以期达成谅解和促进团结。我父亲所在的工作组，正好和莫坝庄园大头人同一组。这天他在宣传部长带领下，骑马去拜访已被任命为县政协副主席、还留在庄园办公的大头人。部长在庄园大门口下马时，见伏着一个50岁的藏族男人给他当马凳，部长用汉语说："我们共产党不许这样。"但那人仍趴在地上不动，固执地等部长踩着他的背下马，部长见状就从马的另一侧跳了下来，之后还扶起那人，进了庄园的大门。

站在一边的藏族青年，在部长进院后挥起马鞭抽着那个人，这情景正被从后面过来的我父亲看到，他明白因部长没踩老男人的背下马，老男人没尽到义务，让这位年轻头人生气了，我父亲一把夺过鞭子说："现在是共产党领导人民翻身当主人的时代，你不能这样随意打人……"

在这个部落里，从没人敢对小头人阿拉旦巴出言不逊，他轻蔑地看着我父亲说："你谁呀？跑到我这儿管闲事来了！"然后又夺过马鞭要抽我父亲。我父亲一卷袖就迎了上去。这时已走进庄园大门的部长回头，见他俩正要打架，忙转身来到我父亲身边，拉着他说："你要干啥？胡闹！也不看看这是啥地方！"

我父亲愣头青似的说："不论啥地方，也得让他知道在共产党的领导下，要学会尊重人，不能打人。"事实上，我年轻的父亲其时已从河南老家初中毕业，是个有文化的人，平时说话办事也都有规有矩，不知那天怎么一下起了那么大的火。多年后回忆起与阿拉旦巴初次见面的情景时，他解释说，当时看到那位伏地的老男人被一个年轻人抽皮鞭还不敢还手，觉得那个老男人太可怜了，怒火一下就蹿了起来，才上去与他理论。

部长拉着脸说："你也太鲁莽，我们刚到草原上，要尊重旧制然后再改造，这是需要时间的。"他转过身看到对面的阿拉旦巴，对他招手说："来来来，给你介绍个汉族朋友。"

这个戏剧性的见面，给对方都留下了深刻印象，谁也没有想到，一生友谊的开头显得这样与众不同。在这次与头人会面后，部长特意邀请阿拉旦巴当翻译，因为他的汉语水平在藏族人中相当不错，而且身份又特殊，就被安排到了我父亲所在的那个工作小组，来到哇尔玉草原进行调解工作。

在他们刚到这个部落不久后的某天，遇到一户牧人的牛羊群误入另一部落的草原吃草，两户牧人站在彼此面前，毫不回避地挥舞着"打狗棒"的铁疙瘩，打到对方的脑袋或是胳臂、腿上，发出"噗嗤噗嗤"的响声，双方鲜血淋淋成了血人，即使这样仍没一方退却，继续一动不动抡着打狗棒打击对方，一副视死如归的架势，很是吓人。

阿拉旦巴挥着手，用藏语劝他们不能再打，双方根本不理他，那块铁疙瘩几乎要打到他的头上时，他喊道："我叫阿拉旦巴！是莫坝部落的小头人。"双方这才停住了手里的武器，抹着脸上的血珠看他。

实际上，1952年前的果洛草原，这种事情屡见不鲜，因为整个草原多年来虽有大头人出面管理，但各部落为保护自己的利益，甚至还鼓励械斗，彼此间的仇恨犹如冬天雪山顶上的积雪愈加深厚，且世代相传，不时出现斗殴斗出人命的事，在草原上成为一种痼疾。

在阻止双方斗殴后，工作组的人忙给他们包扎伤口、吃消炎药，但他们仍势不两立，随时准备着你死我活的械斗。阿拉旦巴知道这些牧人争强好胜的性格，便和我父亲骑马到草原深处找到双方头人，极力宣传政府的政策和主张，但效果并不好。阿拉旦巴见头人也心怀芥蒂，干脆把他们请到工作组所在的帐篷，让宣传部的王部长亲自给他们做思想工作。王部长向双方头人反复强调，凡是草原上的牧人，都是一个民族也都是一家人，共同发展牛羊把生活搞上去，才是共同出路和目标，自相残杀就像两个兄弟的互斗，不仅伤害民族团结，还破坏大家的美好生活，然后又做了许多更细致的思想工作，到最后两个头人才明白政策带给他们的好处。头人思想一通，下面的牧人自然就跟着通了。

双方头人随之又把自己部落的牧人们全都召集到工作组驻地，在那片当作会议室的草滩上，听有很高演讲水平的王部长宣传共产党的相关政策，效果就显得非常好。数天后，那两个受伤的牧人头上还裹着被鲜血浸红的绷带，眼嘴都还肿得老高，当着各自部落头人和所有牧人及工作组的面握手言和，发誓说今后要和谐相处。

随后，阿拉旦巴和我父亲及另两个队员又深入到另几个部落，成功地解决了几起这样的冲突，他也在工作中发挥了重要作用，这让我父亲格外看重并把他当兄弟看，几乎白天黑夜在一起工作学习和生活，连晚上睡觉也挤在一个帐篷里，不知不觉中我父亲的藏语在阿拉旦巴不断地指导纠正下，开始流利起来。随着这项工作的结束，阿拉旦巴回到了他的庄园继续当小头人，我父亲也回到政府，投入新的工作中。

1954 年元月，我父亲随六名工作人员来到满掌雪山下，赶着驮着政府所需物资的牦牛队，到上红科草原上的一个后勤点。在路过莫坝庄园附近时天色将晚，队伍就将营地扎在离庄园不远的草滩上。我的父亲在吃过晚饭后去庄园看望他的藏族朋友阿拉旦巴。

阿拉旦巴看到驮运队到来非常高兴，硬是又留他们住一天，他让管家杀了一只羊煮了一大锅手抓，用血肠、肉肠和酥油茶、糌粑等招待他们。他俩就坐在帐篷里聊天。我父亲说："我们在路上时常碰到一些牧人，我怀疑有些是土匪装扮成的，说的藏语很多都听不懂。你在庄园也没事，不如跟我们去一趟，路上一旦有事你也好帮我们解决。我继续跟你学藏语，希望你像你父亲那样为政府多作点贡献。"

自从他们在工作组分别后，阿拉旦巴整天待在庄园无所事事，现在听到他的汉族朋友请他帮忙押运，高兴地答应了，第二天黎明跟着我父亲上了路。没想到在到达终点前一天上午，因为这二十余头很有规模的牦牛驮运队，在空旷草原上很招眼，引起一个牧人模样的人在身后跟了半天，到下午便出现了五六个人骑马挥着马刀——这是 1949 年被王震率领的第一野战军第一兵团在西宁消灭了青海军阀马步芳的骑兵后，极少数流窜到果洛的残匪——他们都是骑兵出身，骑术高明，在急速奔驰中冒着驮运队员打来的子弹迂回冲锋。

这对阿拉旦巴来说，可是从未经历过的你死我活的拼杀，吓得他双腿颤抖瘫在地上。就在我父亲安慰他不要害怕时，一个土匪将整个身体轻盈地斜跨在马背侧面挥刀朝他俩砍来。为掩护他，我父亲急中生智，一脚将他踢到一边，自己滚到土匪马下。那把已落下来的马刀尖在我父亲背上划开一道血沟，他急忙又滚了一圈到稍远的地方，抬手朝马肚就是一枪。那马在奔跑中轰然倒下，把背上的人摔得老远。他急忙挥枪上膛，对着从地上爬起朝他砍来的土匪又开了一枪。

战斗结束后，我父亲不顾刀伤，和众人把驮运的物资安全送到后勤点时已过去一天，伤口也开始感染。阿拉旦巴利用他的身份找到当地头人，快速组织了一个担架队，以最快速度骑马护送我父亲回到县上。这时骑兵三连正好有位兰州军区的军医，对他及时进行治疗，让他脱离了危险。

阿拉旦巴一直认为我父亲是为救他负的伤，还几乎死掉，认定这个汉人就是他的兄弟，在我父亲还没完全康复时提出要结拜金兰。藏族人的豪爽就是这样，也不管你同意与否，在县上民贸公司只管买了酒肉和一堆糕点，在病房完成了结拜仪式。我父亲长他两岁是哥哥，他自然就是弟弟，一个藏族男人和一个汉族男人的兄弟情义自此开始。

我父亲在伤好后再次动员他说："政府现在开始在草原上进行社会主义大建设，需要很多人参加，尤其欢迎像你这样的人，你也得向你父亲大头人学习，为政府为牧人为草原多做实事。"阿拉旦巴说："既然哥哥都这么说了，我就得听。"不久后便正式到了县政协参加工作，主要的工作是利用他的特殊身份，到各牧业点解决因草原地皮或其他原因引起的各类纠纷，以及帮助政府搜集土匪信息。

在他参加工作后的这段时间里，这对异族兄弟都在政府大院上班，两人虽都有单间宿舍，但还是常钻进其中一人的宿舍喝酒聊天，喝醉了就躺在单人床上睡上一夜，第二天起来各上各的班。

有个星期天下午，阿拉旦巴领着一个漂亮的藏族姑娘来到我父亲宿舍，对我父亲说："这是窝赛部落头人的女儿，我让她给你当老婆。"那个姑娘大大方方地站在旁边看着他等待回答，父亲一听吓得跳了起来，狼狈地落荒而逃，一天没回宿舍。阿拉旦巴在他回到宿舍时嚷着要问他是不是男人，要不然为啥连个漂亮姑娘都不敢见，两人抱在一起折腾半天，直到阿拉旦巴又要去叫那姑娘时，我父亲才真生气了，发怒地说："我是干部，怎么能随便找女人结婚？"

1955年夏天，从巴颜喀拉山下的上红科草原传来消息，当地的土匪头和四川过来的土匪不断掳走牧人的牛羊，甚至还杀死反抗的牧人，使这一带牧人的生活受到极大影响。

　　这天，阿拉旦巴找到他的汉族哥哥说："上红科那个土匪头子达琼我认识。"汉族哥哥惊讶地问："你怎么认识他？"阿拉旦巴说："我母亲最小的妹妹嫁给了吉迈部落的一个千户，我姨夫在果洛建政最初的两年里，因体制改革1953年底带着数个家仆和几条老步枪，连同国民党遗留在阿坝草原上的残余人员，组成一支'民族武装'的队伍，实际上就是一帮在草原上欺压牧人的流窜团伙。不过他在某次与果洛独立骑兵团的遭遇战中被打死了。他儿子达琼，就是我的表哥，接了他的班成了土匪头。小时候我跟着母亲去过他家多次，所以想着不如我俩去上红科找达琼，我和他毕竟是亲戚，以私人关系说服他投降人民政府，他今后也有条活路，牧人们也能平静地放牧过日子。"

　　我父亲高兴地说："如果凭你一个人能让他投降就太好了。"然后找县长汇报了这个想法，县长听后立即到政协找到大头人商量，大头人亲自给达琼写了封信，说明草原上的形势，让他悬崖勒马回班玛向人民政府投降，然后把信交给阿拉旦巴。我父亲和阿拉旦巴就骑着马相伴去了上红科。

　　没想到达琼根本不搭理他们的劝降，还认为这是表弟引诱他被政府抓获的阴谋诡计，不过看在亲戚的情分上没动他，却要把他的汉族兄弟给杀掉。在他的苦苦哀劝下，最后还是把我父亲痛打了一顿后才让他俩离开上红科。

　　俩人垂头丧气回到县上，正好在政府大院碰见来班玛县检查工作的扎喜旺徐。听他俩把这件事说了一遍后，扎喜旺徐立即让县长和政协主席到他住的招待所开会，说劝说不成就得消灭，坚决不能让达琼这伙土匪在草原上继续骚扰牧人的正常生活！

　　县长、政协主席又和骑兵三连连长商量了一个对策，让阿拉旦巴和政协的另一个年轻藏族干部化装成牧人，骑马前往达琼出没的草原侦查。阿拉旦巴他们，在搜集到土匪们要抢劫一户牧人牛羊的可靠消息时，向附近山谷中的骑兵三连一排发出信号。骑兵们挥着马刀，如洪水般将土匪淹没，达琼明白过来时已被解放军包围，他趁人不备骑马朝背后一条山谷跑去，岂不知阿拉旦巴一直盯着他，也骑马追了上去。

　　达琼回身见就阿拉旦巴一个人，放慢速度说："我们可是表兄弟呵，你放我一马，以后让我妹妹给你当老婆，再给你 20 匹马、100 只羊。"阿拉旦巴说："你成天骚扰牧人，还跟人民政府对抗，你觉得你能成气候吗？前几天我专门来劝你痛改前非，你非但不听还打伤了我的汉族哥哥，我现在可是政府工作人员，你说能放你逃跑吗？"达琼见他态度坚定，双腿一夹马肚又快速跑了起来，阿拉旦巴在他加速的瞬间从平行奔驰着的马背上飞扑到他身上，两人摔在地上缠打起来。

就在阿拉旦巴跑出来追达琼时，一个骑兵也从后面追了上来。他两在地上打斗时，那个骑兵端着步枪瞄准了达琼，这场清剿行动就这样结束了。

这年冬季，班玛连续下了一个多月的大雪，由于西宁至班玛还是简易公路，其中几座雪山也被封死，县粮站的仓库早在一星期前已没了粮食，这让数百号人一下陷入断粮的危急中。缺粮的消息往上级政府层层传递，最后惊动了国务院。国务院派兰州军区的飞机来县上空投，省政府通过电报告知班玛县政府，提前找到一片开阔的空投地，还约定了空投的记号。

由于县城处在狭窄的丘陵地带，不适合投放地的要求，领导最后选定将离县城五公里外、玛可河对岸江日堂那片宽阔地带作为投放地点，可由于玛可河是大渡河上游主流河，即使冬天也湍急如雷，原本河上有条钢丝索道，不久前却被土匪破坏还未修复，眼下唯一的办法就是先把钢丝索道接通，这就需要有人先渡过河抢修。

阿拉旦巴最初听到这个消息时，和他的汉族哥哥到附近寻找牧人，想找来羊皮筏过河，但冬天开始前，牧人们就去夏窝子过冬了，找不到牧人们就找不到羊皮筏，距约定的时间只有一天了，时间不等人，阿拉旦巴自告奋勇裸身站在结着冰的边沿上，准备泗渡冰河。

阿拉旦巴之所以主动要求游泳过河，是因为 10 岁那年他随大头人的父亲在成都住过两年。那时果洛高层人物，在成都或附近都有自己的行辕，而大头人又是个注重生活品质的人，家里修有游泳池，夏季会请来汉族教练教他们学游泳，甚至他的母亲也会游泳，有时还在教练陪同下到都江堰去游泳，他汉语说得好的原因也是这时练成的。

他的汉族哥哥把一瓶青稞酒用牙咬开后递给他，他一气喝完将酒瓶往冰面上一摔，清脆的响声像他发出泅渡的决心，他的汉族哥哥又用一瓶酒喷洒在他身上，和另外几人不停在他身上来回搓到发红，还在他腰间拴上一根长长的牦牛绳子，以确保他的安全，之后他便跳入了激流。

在班玛生活过的人都知道，那条河是如何汹涌澎湃，此时的河水更是零下数摄氏度，他几次都被淹在青白色的浪中不见人影，又顽强得像跳龙门的鲤鱼，在岸上人们的一次次惊叫声中一次次沉浮，好一会儿后终于斜着出现在下游数十米的河岸边，赤裸着青铁色的身体踉跄着走上岸……

他在河对岸一顿折腾，才把一根新钢绳架到原来的铁杆上，这边立即滑过去了农机厂的几个专业师傅，终于成功地接通并加固了新索道。当天他就感冒开始发烧，汉族哥哥要他回县城休息。他说："你也知道连续下了一个多月大雪，在这一带很难找到成堆的干燥牛粪当空投信号的燃料，我得去十几公里外的五扎寺找阿卡帮忙，别人恐怕干不了这事，我还是留下来吧。"汉族哥哥听了觉得有道理，从口袋里掏出感冒药给他，他随即按说明吃下。

阿拉旦巴和他的汉族哥哥找到阿卡，又到数公里外的天葬台找到天葬师，在他们的共同帮助下，直到凌晨才在指定地点堆起了三大堆牛粪。

那天是12月13日，上午11点，雪原的上空冒起了浓烈黑烟，格外刺眼。不久空中出现了"隆隆"作响的飞机，围着黑烟盘旋一会儿后，一个个犹如盛开的美丽格桑花的降落伞，飘向地面。

7月，阿拉旦巴被班玛县选为人大代表，到州政府所在地吉迈参加了果洛藏族自治州第一届人代会，并在大会上发了言。发言稿是他和他的汉族哥哥一起字斟句酌写了半个多月的，主要讲述了他在藏汉团结和草原建设中的经历。已当了果洛藏族自治州州长的扎喜旺徐，在听了他的发言后很是感慨，会后特意找到他说："希望你一如既往继续为民族团结和草原畜牧业发展作贡献。"他立即向州长提了很多建议，州长让秘书把他的建议一一记录下来。这个举动让他后来多次向他的汉族哥哥说："一个共产党的大官，随时随地都在关心牧人们的生活，我作为一个藏族青年，为什么不多做些呢！"

时光转眼就到了 1958 年 8 月，草原上不断传来各种令人担忧的消息，大有山雨欲来风满楼之势，在 8 月 25 日那天，一小撮反动的牧主头人，煽动不明真相的牧人发动了武装叛乱，甚至一度包围了县人民政府大院，青海省人民政府在接到班玛县政府的报告后，将这次动乱定性为"一次图谋已久，有计划有组织破坏民族团结，反对社会主义和人民政府叛乱"的破坏行为，要用"军事清剿和政治争取相结合"的方式尽快平息，当即给果洛独立骑兵团下达了平叛指示。这些从解放战争一路走来的骑兵，以秋风扫落叶之势清除了一切潜在危机，让代表着新生人民政权的那面鲜红的五星红旗在草原深处高高飘扬。

数天后，在审查几个主要叛乱策划者时，他们异口同声地说"牧人们都是在阿拉旦巴的组织下参与的"，刻意隐瞒两个百户用枪威胁阿拉旦巴的细节，这也使他纵有一身苦楚也没法说清楚，最后被判无期徒刑。

他的汉族哥哥虽不相信他是这样的人，可在事实面前又无话可说，在他离开班玛前一天，到县看守所见了他最后一面，他抱着他的汉族哥哥痛哭着说："你知道我母亲 8 月初就病了，我请假回庄园照顾我母亲，可没想到我被那两个小百户拿着手枪给软禁了，如果不照他们说的做，我就会被打死。他们还假借我名在牧区号召不明真相的牧人参与动乱……"

他的汉族哥哥无法证实他说的这一切，犹豫了一下还是对他说："做错了事就要承担责任，希望你认真改造早回班玛。"说完转身而去。这一别就到了 1981 年 6 月，直到他在监狱里给他的汉族哥哥写求助信为他平反。

这就是我的藏族叔叔阿拉旦巴的人生经历，都是由我父亲在我成长过程中，时不时讲起许多细枝末节串联而成。虽然我没见过他本人，但已很熟悉他了，直到这天下午，一个穿着藏服、光着一颗青色大脑袋的中年男人在我家门口看见我，大声叫着我的名字时，我立刻知道我的藏族叔叔阿拉旦巴从监狱里回来了。

事后我问他："你从没见过我，怎么知道你面前的陌生人就是我呢？"他说："这就是亲情的力量，我怎么不能一眼就认出我的侄儿呢？"

他搂着我的肩膀，像个小学生一样高兴地走进我家，从包里拿出一套早为我准备好的藏服，还有一双绣着吉祥图案的藏靴让我穿上。他看着我的装束，露出满意的表情，说："像个藏族小伙，你的藏族叔叔年轻时也被他的汉族哥哥打扮成一个汉民，很风光地参加过县上的好多会议，现在你也像我当年那样成了个藏族小伙。"

他这举动让我在后来意识到他把我当儿子看了，在我父母为他接风的晚餐上，当着我父母亲的面他郑重地对我说："等我死后就指望你把我送到天葬台天葬。"我听了以为那只是个玩笑并没理会。不过这样的话，他后来又在不同的场合说过两次，但我仍一直当成了玩笑话，没往心里去。

接下来的日子他就住在我家，可我家只有一间半的平房，他和我父亲一起把原先用来装牛粪的木棚改装成一间小木屋，他就住在里头。老部落有许多人后来都在县上参加了工作有了房子，知道他住在我家后，再三请他去住他们砖木结构的平房，都被他拒绝，他说："我要和我哥嫂侄儿好好聚聚。"

不久他恢复公职重新回到政协，补发了18万块工资，一下变成了有钱人。收到工资那天，他当即在民贸公司给我买了辆最时髦也最炫眼的自行车，这让我在学校成为最牛逼也是唯一一个天天骑着自行车上学的学生。接着他又收到公社落实政策归还他的庄园，他把庄园送给公社，要求政府改成藏文小学，又从补发的工资中拿出3万块钱当修缮学校和办公的费用。

这天，原庄园管家的孙子，现在已是民族中学的老师，请他到民中家属院的家里喝酒，认识了被叫来敬他酒的女学生卓玛，一问她的身世，竟是马倌，也就是他和我父亲第一次见面时，他打过的那个老男人的孙女。他哈哈一笑，说："哦呀（藏语助词），原来都是一家人。"一个月后她便退了学，虽小他三十岁还是成了他老婆。

他和卓玛结婚时，在政府大灶包了三十桌酒席，这时县上还没有任何一家饭店，政府大灶是最好的食堂，一般人可包不起这样的酒席。婚宴那天也不管认识不认识，有礼物没礼物，只要是县上的人都可以去吃饭喝酒。婚宴成了人们最为深刻的记忆。

当生活恢复正常后，他重新搬回政协大院那两间房里，老部落的人们纷纷来看望他，他在牧人心中依然还是他们的大头人，并不会因为时代的变迁而产生变化，每次来都会带来大小不一的一包包酥油，这可是牧人最宝贵的东西，他俩也吃不了多少，久而久之慢慢堆成了小山。

有天他到我家和我父亲喝酒，也给我带来一包酥油。喝酒中再次无意中说到他死后要我把他送到天葬台的事，我开玩笑地说："那些兀鹫我可不认识，趁着您还健在，您自己拿着吃不完的酥油，提前把它们打点好，到时让它们尽快吃掉您，也好减轻我的压力。"

他把我的话当了真，以后每个星期都和他老婆带着酥油到江日堂天葬台边的山坡上煨起桑烟，召唤兀鹫来进食。后来他对我说，起初那些高大的兀鹫落在他跟前，睁着犀利的眼看他时吓得他直哆嗦，但还是壮着胆，把酥油捏成团投到它们脚下。兀鹫们狼吞虎咽让他有了信心，后来彼此就越来越熟悉，甚至像个头领，坐在成百上千只兀鹫中间，指挥着它们吃。

即使有再多的酥油也搁不住坐吃山空，一年后他喂完了家里库存的酥油，又到县民贸公司掏钱买，又喂了一年后，因自己和老婆喝酒严重缺钱，才停止喂兀鹫吃酥油的行为。

也就在开始喂兀鹫吃酥油的那年，阿拉旦巴认为自己多年没喝酒了，实际上这只是个借口，酒只是牧人在常年零下几摄氏度的寒冷中放牧时需要的热量来源，但对他来说变成了另外一种意义，而且也没控制好量，到了逢喝必醉的状态，还把老婆也培养成了酒辣辣（青海话，嗜酒）。夫妻俩没事在家就划拳对着喝，能连着几天不吃饭光喝酒，最后养成他老婆只喝十几块钱一瓶的茅台、五粮液，别的酒说是喝着没味。

为喝酒我父亲专门找过他好几次，以兄长的口气要他不要再喝，好好生个孩子过正常生活。他用藏语"呀呀呀"地答应着，然后反问他的汉族哥哥："你知道喝酒的快乐吗？哦，你不喝酒，给你说了你也不懂。"

但我父亲并不理会他的嘲弄，只要看见他喝酒就会严厉地训斥他，要他注意身体，要好好工作。阿拉旦巴虽不再当面反驳，但态度却像大雪飘过山岗依旧我行我素，这也让我父亲慢慢失去耐心，逐渐对他有厌恶情绪。

有天阿拉旦巴来我家对我父亲说："我要带着卓玛去内地旅行，别在哪天死了连内地都没去过，岂不遗憾！"我父亲赞同地说："应当到内地好好看看祖国的大好河山，回来后再振作起精神，为班玛继续作你应有的新贡献。"

他们两口子从班玛县坐班车到了西宁，仗着有钱非要坐飞机去内地，但在买机票时却需要县级以上证明，他在他住着的西宁宾馆打长途电话，让他的汉族哥哥在县上帮他开证明寄去，他认为坐飞机才符合他的身份，然后飞到西安、北京、上海、武汉等地。

在这些大城市去景点都是从宾馆坐小巴，往往车刚开一会儿，他已经和我的藏族小婶喝醉了，要么唱着高亢的"拉伊"（藏族情歌），要么呼呼大睡错过那些景点。有时开车的师傅叫醒他，让他俩去看风景，他迷迷瞪瞪地朝远方瞄了一眼说："好好好，我已到此一游过了。"然后又"呼呼"地睡起来，小婶也在座位上没醒过似的睡过了所有风景区。

后来夫妻二人又去西藏朝拜——这里是藏族的圣地，按说应当好好看看，但他们老毛病不改，仍是一路走一路喝，几乎没有清醒的时候。回来班玛后我母亲问他看到了啥风景，他笑着摸着后脑勺看着他老婆卓玛说："你看到啥风景了？"卓玛说："都是同样的山，都是山上长着同样的树，都有河，河上修着同样的桥，城市里也都是盖着同样的高楼大厦，我看到的就是这些风景。"

就这样过了几年后，他把手里的钱花光了，但酒瘾却早已养成，没了钱就去找他的汉族哥哥借，说："我手里有三张定期存单不到期，提前取了银行会按活期利息算，很不划算，你先借我三百，随后连本带息还你。"

他把借来的钱全买成了酒，等把这些酒喝完，再去找他的汉族哥哥借钱，可他的汉族哥哥对他已经失望，知道他陷入酒的泥淖中不能自拔，劝说无效后就不再给他借钱。他多聪明呵，马上转移了目标，向他的汉族嫂子借。

我母亲很同情他，觉得他是个好人，因住过监狱受过不少苦，每次都是几百几百给他。他拿到钱就表态说："这钱我是要还老嫂的。"可就是不见还钱行为，而我父母除要赡养老家的双亲外，还有我们一家的生活，我母亲前后借给他三四千，这笔钱对我们这样的家庭来说是很重要的，所以当他再向我母亲借钱时，她让他先还完以前的借款，他佯装无辜，反问道："我借过你钱吗？”我母亲笑着骂他：“你脑子被酒精烧坏了。”从此也不再借钱给他，但不时买几瓶酒悄悄塞给他，他接了酒就说：“还是嫂子对我好。”

后来他就瞄上了我。那时我已在班玛县农行办公室当秘书，他用讨好的口气对我说：“好侄儿，你阿拉旦巴叔叔得了一种不喝酒肝子就疼的病，我这个月的工资还没发下来，你先借我一百，随后还你。”我那时的工资每个月也就一百零几块，给他那一百是我几个月的积蓄，但他可是我最亲近的藏族叔叔，县上那么多藏族人，就他成为我至亲的叔叔，我能不借他钱吗？一年下来也借他上千块，不过他对我说，“等你阿拉旦巴叔叔的存款到期了，连本带息一并给你。”我早知道他已没钱，我念着他当年给我买自行车的情义，甘愿用这钱孝敬他，并不揭穿他的假诺言。

有天晚上他带着我的小婶，到我宿舍让我给他买酒，我赶紧去给他抬来一箱。他喝了几口时，我问他在唐格木监狱里是怎么过来的，他像是突然清醒过来警惕地反问：“你问这个干吗？”然后把头扭向一边不再说话，那表情就像狠吸了一口纸烟，从嘴里吐出烟雾再用手来回一摆，23年的时光从此飘过。

后来他真得了只要一天不喝酒就浑身抽搐的酒精依赖症，有几次我去他家看望他时，见他病得难受，要带他去医院都被他拒绝了，而他却用可怜兮兮的口吻说：“你还认为你是我侄儿的话，先给我买瓶酒喝喝。”每遇到这种情况，我总是买一箱白酒送到他家。他每次在看到我买来的酒时，眼神中立刻闪出雪山上冰凉的光芒，迫不及待打开酒瓶盖深深喝上一口后回味地咂着嘴，再转头看着我说：“在这个世界上还是侄儿对他阿拉旦巴叔叔最好。”在喝完这些酒，又陷入对下一轮酒的渴望中，直到1986年3月28日被我父亲送到县医院，经一番抢救清醒过来后，又竟然莫名其妙地偷跑到值班室喝完护士的那瓶医用酒精，断送了性命。

我借了单位的“东风”卡车，把他的尸体拉到无数面五色经幡在狂风中荡起如同大海波涛的江日堂天葬台，看着年迈的天葬师，煨起孤独而又浓烈的桑烟，召唤着从四面八方扇动起矫健翅膀的兀鹫们，把我的藏族叔叔阿拉旦巴的灵魂带到遥远而又温暖的幸福天堂……

天才的史诗传人

我在 2015 年夏天途经果洛州首府大武回班玛老家探亲时，在那儿停留了一天，特意去看望分别多年的老友丹白尼玛，见他正看《门岭之战》，便想起从 20 世纪 80 年代就被青海格萨尔学术界誉为天才艺人，又因说唱内容丰富，具备神授、顿悟、闻知、吟诵、藏宝、圆光、掘藏七种品质于一身，与那些普通的只有其中之一或之二三技能的说唱艺人相比较，显得很是出类拔萃，被学术界称为"格萨尔王传活化石"的格日多杰，而此书正是他写的多部《格萨尔王传》中的一部。

丹白尼玛没退休前是州格萨尔王办公室的主任，2000 年左右就是格日多杰的直接领导，正因为这点，我在翻着那本书时随意问起格日多杰的近况，丹白尼玛便给我讲起他的故事——实际上 20 世纪 90 年代后期，那时我还在果洛上班也认识他，有过几回交往，但没丹白尼玛了解得这么细微。以下便是丹白尼玛讲的史诗传承人格日多杰的故事。

格日多杰的父亲老格日，被甘德县德尔文村里的人们誉为岭国时代的智赛南卡妥杰转世，还在儿子格日多杰幼小时就给他传授了许多智慧，包括许多格萨尔王的英雄业绩，这让他有点早熟般从小就区别于同龄的孩子们，但好景不长，老格日在 1986 年 8 月因患肝包虫病，导致呼吸窒息死于他的黑帐篷内。

翠年 10 月，格日多杰的母亲独自去下贡麻东柯河河阴与图兰木沟交界的龙什加寺朝拜，翻越一座山头时因搭乘的便车躲避不及对面跑来的一头牛，车子跌到了简易公路下的深山沟……

格日多杰在 16 岁这年成了孤儿。成了孤儿的格日多杰把父母留下老幼不一的三十余头牦牛和近百只绵羊，于 1987 年 8 月全部卖给了一位来德尔文草原收购牦牛的西宁回族商人，然后他拿着这笔钱，只身一人前往西藏山南地区扎囊县雅鲁藏布江北岸的扎玛山麓，朝觐由莲花生大师于 8 世纪创办的第一所寺院——桑耶寺。

据说，他来这里的原因是一次去甘德县龙什加寺朝拜时，偶遇寺主阿旺班玛南杰，闲聊中阿旺对他说，你的前世就是现在西藏桑耶寺里莲花生大师莲花台前那个小小的持灯使者。他听了这个震惊的消息后觉得此事非同小可，决定一定要亲自前去扎玛山麓朝觐前世，正好这时他父母双亡，手里也有一笔可以成行的钱，便不辞辛苦辗转千里终于到了这里，果然见到莲花生大师塑像前有位小侍童。他忙朝他的前世行跪拜礼，一个礼拜天天如此，向寺院供奉长明灯所需的酥油 100 多斤，还捐了 1000 多块钱。

格日多杰前后用了八个月的时间，完成了这趟朝觐后才返回甘德县德尔文村，不过那里已没一个亲人，连一顶帐篷都没有了。1998 年底，他流浪到了岗龙草原的赛西多卡村，给一户拐了几个弯的老表，也是纯粹的牧民家照看牛群。草原上的牧民从来不拒绝上门的客人，更何况还是知道底细有血缘关系的老表。可在半年后的某天清晨，牧主人到处找不到他，牛羊却一只不少围在圈里，这才意识到他不辞而别了。

格日多杰离开老表家是 1989 年 8 月，他不想在那儿固定下来放牧，总觉得有人在召唤着他往前走，然后浪迹到恰曲纳合村，恰好再次碰到来此做超度的龙什加寺住持阿旺班玛南杰，问他："是不是到西藏去了，见到你的前世没？"他说："去了，现在我的心愿已了，但眼下不知道去哪儿才好。"阿旺问他为什么这样说，他说："父母都死去，我是一个孤儿，也没了家，在草原上流浪到哪儿，哪儿就是我想去的地方。"阿旺沉思了一会儿说："那你跟我去念经吧。"然后他来到龙什加寺当了阿卡，跟着一个苍老得已记不住时间流逝的老阿卡修行。

老阿卡佛法高深，有着精深的佛学造诣，还通过多年挖掘寺院的藏品获得过许多佛教典籍，其中有不少格萨尔史诗故事的书籍，闲时就教格日多杰认识藏文字母，还把小学生用的课本给他看。格日多杰没事就在大殿或是宿舍地上照葫芦画瓢练习写字，白天坐在经堂上念经。到了晚上，老阿卡睡不着觉时就给躺在一边的他讲经文和时光一样长的格萨尔故事。老阿卡还自诩是格萨尔王时代米琼卡德的转世，和已去世的老格日，也是智赛南卡妥杰转世前的朋友，依照藏传佛教转世理论，前世所积累的学识通过转世会被他的下一代传承。

有一天老阿卡神秘兮兮地对他说："我知道你已经拜谒过你的前世，也就是莲花生大师跟前侍奉的小童，而格萨尔正是莲花生的转世，那个小侍童不用多说也是跟随格萨尔的侍者，所以你在得到我的全部智慧后，要把伟大格萨尔的那些为民造福祛厄禳灾可歌可泣的业绩，更广泛地传播到草原上的牧人当中，让人民牢记格萨尔的丰功伟绩。"

老阿卡说过这话后的第三天晚上，当他像以往一样在昏昏欲睡中继续给徒弟讲述格萨尔的英雄业绩时，格日多杰感到自己的灵魂像是飞回到了千年前的岭国，看到了格萨尔在岭国驱魔保佑人民安居乐业的创业史，就在再一次听得入迷时，老阿卡慢慢停止了他的叙述，飞向天国，而传输到他身上的道法与知识已悄悄生于他的心魂，单等法缘圆满时盛开。

那天，他到甘德县城里购买茶叶，碰到他父亲的朋友班玛丹增，在一番游说后以释迦牟尼的名义对他发毒誓："我们俩去挖虫草，生活后勤由我负责，你只管来挖就是，我还可将挖出的虫草高价卖给我认识的一个湟源回族人，所得现金俩人对半分。"班玛丹增之所以找他，是因为他有双慧眼，从小就是这一带有名的挖虫草人，别人一天挖十根，凭他的慧眼一天就可挖五十根，而他早就想着挣点钱捐献给龙什加寺表达他的感激之情，于是被说动。

另一个原因是藏族人一般不给别人以释迦牟尼的名义发誓，所以格日多杰相信那个带毒的誓言绝对真诚，和他合伙住在海拔超过5000米的雪山上，趴在五月的茫茫绿草皮上，顶着强烈的紫外线，一寸寸地搜索几乎跟牧草一样的虫草，即使遇到大风大雨也不下山，整整挖了一个虫草季。

那时虫草的价格昂贵，数块甚至数十块钱才能买到一根，还得靠关系才能买到，市场上的零售价更高，最后他们挖了上万根，而且都由班玛丹增保管。就在结束挖掘准备下山时，班玛丹增带着全部虫草失踪了，显然早就准备好了贪财溜走的计划。格日多杰想为龙什加寺捐款的事也随之落空。

格日多杰虽然很生气可也没办法，垂头丧气往山下走，准备再次去青珍草原典哲村给一远房亲戚照顾牛群。可等下到山脚时突然遇到一场暴雨，空旷的草原上是没法躲避的，他就冒雨沿着那条清澈的河水往下游继续走，但他明显感到身体沉重头脑发昏，喷嚏一个接着一个，在走到河流拐弯处时雨过天晴，恰好他也走不动了，便就地躺在那片茂盛草地上晒着太阳休息。

这个季节柔软的牧草地里盛开着各种鲜花，浓郁的芳香到处弥漫。意外的是，这时天空又飘过来一场比上午更猛烈的暴雨，足足下了一小时。他如一头牦牛一动不动地卧在雨中，原本的感冒更加严重，他整个人都处在天旋地转中，像一片枯草叶在狂风中飘荡着、抛弃着、摔打着，直到安静下来时已是满天星光。

奇迹发生了。他看到身披白色鱼鳞状坚硬盔甲，平时只有在唐卡上才能见到的格萨尔王骑着白骏马，从空中如风飘移下来走到他跟前，还把马缰绳拴在巨大的石柱上，弯腰搀扶起他，解下身上那件白风衣给他披上，他一下子就感到了无比温暖，顿时换了个人似的精神抖擞。格萨尔王说："你三世前就是莲花生大师前的侍奉小童，也是大师转化为我身边的牵马人。因缘在七世时流落民间，又因缘分未尽，我决定把岭国的创业事迹全部传给你，你要不惜一切代价把这些事迹传播到草原上，让牧人们永远不忘岭国辉煌。"

格日多杰像是生下就知道格萨尔王是莲花生大师的化身，也就是说，他前几世都一直在格萨尔王麾下牵马坠镫，自然有着千丝万缕的关联，又想起已去世的老阿卡也是他的师傅说过的那些话，豁然开朗，明白了他们都来自那个时代，穿越时空和他在此相见。他连连点头，兴奋不已地说："一定！我一定会做到的！我知道我也是为此而生的！"

"那好吧，我们现在开始传授。"说着一招手便从另一匹马背上取下装着书籍的担子，像是武术大师那样轻轻一击，全部书籍一下就像子弹击中了他的胸膛，他吓了一跳，心想我被打死了吗，低头一看竟然完好无损，正要问个究竟，突然间整个大脑麻麻的，如同被电磁波击昏，在三维空间的梦中看到霍岭帝国诞生的波澜壮阔的全过程，也如同老阿卡在他昏昏欲睡中讲述格萨尔那些英雄业绩一样，像一部漫长的藏戏永无止境地表演，让他看得如痴如醉。他正得意时，忽来一阵狂风把他吹到数十米高的空中，然后重重地摔落到很远的草地上。原来他做了一场梦，刚才的一切都是梦境。他仍躺在草原上，睁开眼，像是看见了吉祥的气象，在哑摸着的梦境中又安详地昏睡过去。

那时已是中午，早已雨过天晴，阳光灿烂，高原纯净的天空一览无余，这时有两位龙什加寺的阿卡骑着马要去一户牧民的帐篷里做法事，老远看到草地中躺着一个一动不动的人，其中那个年轻人说："那个人肯定死了，我们得过去帮他超度，让他安心离开人世间。"另一位年长者说："他不会死的，你看他头顶中间分明有株正在盛开的格桑花，双脚还踏着凤凰花枝，草原的热气蒸腾着他浮动着的身体，有文魁之形的人怎么可能死呢？"

那位年轻阿卡心里极度怀疑老阿卡的话，但也没接话，而是伸手搭在额前张望，心想哪是头顶长着的格桑花，只是恰巧头顶前有株格桑花在盛开，从他们看去的方向就像是长在头顶那样，脚下的凤凰花不过是在草原中随意长出的两枝无名的野花。年轻阿卡策马来到格日多杰跟前，见他早已奄奄一息，把目光转向老阿卡，等待处理。年长的老阿卡不仅是位佛法很深的阿卡，同时也是位藏医术很高的医生。草原上的寺庙里，很多老阿卡都具有这样的品德。他翻身跳下马，蹲在格日多杰身边看了看他的脸色，从怀里掏出一个锦囊，里面装着几个瓶子，从里头倒出些面粉状的东西，把几种药面合在一起倒入他的嘴里，再拿出自己随身带着的水壶喂他喝下。

格日多杰忽然被呛得"哎哟"一声睁开双眼，蒙眬中看到有位阿卡正在给他喂藏药。年长的阿卡看着他醒过来，对年轻阿卡说："能醒过来就好了。"然后阿卡烧起了三石灶熬了茯茶，还让格日多杰吃了糌粑后才与他挥手告别。格日多杰也觉得从此时开始，懒散的身体慢慢有了力气，感冒也减轻了许多，站起身继续沿河来到下游只有几户牧人的直合麻村，在河边一顶大黑帐篷里坐下来。

这家的主人叫班却，五十岁左右，热情地让他喝奶茶、吃糌粑，还端来羊肉手抓。等吃饱喝足躺在火灶边睡了一天后，格日多杰对班却说："我无法报答您的收留，只能将梦中学到歌颂格萨尔王的英雄业绩唱给您听。"

班却意外地说："你会唱格萨尔？能在我的帐篷里听到格萨尔的英雄事迹是我三生的福分，我愿洗耳恭听。"格日多杰让自己镇静了一下，然后猛然开口唱了起来，这让他自己都惊讶，那部漫长的关于格萨尔的藏戏，有情节有人物有地点有年代，完整地又在眼前展现开来，他一直唱到中午仍停不下来。

他吟诵史诗的声音，由最初的低弱到逐渐的高昂。他高昂的声音，吸引来路过帐篷的数位牧人，他们下马进入帐篷盘腿而坐，时而随着他讲述到某个细节时忍俊不禁哈哈大笑，时而又为格萨尔与黑色恶魔的鹰鹫搏斗唉声叹气，时而又屏着呼吸静静谛听，直到班却的女儿卓玛放牧回来他的歌声才停了下来，大家也才离开帐篷散去。

吃过午饭，班却的女儿对格日多杰说："我上午放牧不在家没听你说唱，下午你得给我补唱。"格日多杰看到那双顾盼生辉的眼睛，心里顿时被刺得酥酥发麻，说："好吧，我重新唱给你听。"于是又一发不可收地唱到了晚上。这让他再次惊讶，第一次发现自己在梦见格萨尔王后，竟然学会了这样的本领，他细想了一下，除了梦里格萨尔讲述的之外，还有小时候父亲讲的和老阿卡讲的太多的英雄业绩。所有人说的这些故事都汇成了一条奔腾的河流激荡着他的内心，让他的胸怀成了一片辽阔的被太阳照耀发出白色光芒的湖泊。就在他歌唱格萨尔的时候，帐篷外又一次出现许多不认识的牧人，他们不请自来，盘腿坐在帐篷里，饶有兴趣地听着他说唱格萨尔。牧人们并不习惯鼓掌，听到激动处就用特有的驱赶牦牛的"格嘿嘿"的感叹方式吆喝着，尖锐悠长的哨声穿过辽阔草原，直刺雪山之巅的云端。

晚上班却对他说："明天村里举办赛马会，你在人多的地方唱格萨尔，肯定会有很多人去听。"卓玛也高兴地说："我也跟着去，我还没听够。"

第二天，格日多杰和卓玛一同到了赛马会场，坐在人多的地方引吭高歌，听众从初时的几个到十几个再到几十个，这在人烟稀少的草原上已是相当多的人数了。他成了赛马会上最出风头的一个人。经过一天的吟诵史诗，他越发对自己感到惊奇并充满自信。让他意外的是，说唱时除了收到欢笑声外，还收到牧人们送给他的哈达、牛肉、馒头，甚至还有几十元钱，于是他连续唱了几天，直到赛马会结束才随卓玛回到她的帐篷。

那天晚上在帐篷里，班却对格日多杰说："你既然会唱格萨尔，为什么不到草原各牧业点为牧人们说唱呢？许多牧人们都像我们一样想听到格萨尔的业绩却碰不到说唱艺人，你若能到他们中间说唱，牧人们一定会像干旱的大地遇到雨露被滋润，精神也会如夏天的牧草那样蓬勃。"这话正中他的下怀，想起前些天晚上梦中格萨尔还有老阿卡在死前就是这样希望他的，便回答："我正准备去云游说唱史诗，传播英雄格萨尔的业绩呢。"

第二天上午，他告别了班却离开直合麻村。当他快走到青珍休麻村时，身后传来骑着马的卓玛的呼叫声，他一转身就看到了卓玛策马飞驰而来的身影，这让他的心里"怦怦"乱跳，他知道爱情朝他飞奔而来了……

格日多杰就这样收获了爱情，两人相伴开始在直尕日、辖青珍、江千、辖旦库、叶合青、恰曲纳合、西娘塘、龙木且、辖龙岗、赛西多卡、辖俄尔金、扎加隆、辖旺日乎等甘德草原上所有牧业村里说唱格萨尔王的英雄业绩。

为更符合一个说唱艺人的标准，他俩特地到果洛州首府大武找到"浙江裁缝店"老板，用羊毛毡缝制成呈菱形顶尖、左右两侧有两个钝角形、藏语叫"仲夏"的帽子，帽顶上插着各种禽翎，正面镶嵌着珊瑚玛瑙等珍宝，每一种珍宝在藏传佛教里都有一定的象征意义。这成了他在说唱格萨尔时的重要道具。然后他们重回到草原上，说唱过程中他一会儿把帽子放在肩上一会儿抱在怀中，一会儿放在地上一会儿又端在手中，模仿各种人物或物品，风趣幽默，帽子又成了说书人手里的镇板，成了引起听众注意力的道具。一时间，他的名声被草原上的牧人们广泛传播，像冬季的狂风而大噪起来。

果洛州政府"格萨尔王抢救办公室"研究员索南才旦，毕业于青海民族大学藏语系，后考入青海师范大学人文学院。是米教授的研究生，从事民俗文献学研究，主动放弃留校执教机会来到岭国发源地的果洛大武，专门从事格萨尔王史诗的搜集整理工作。1995年初，在大武从牧人口里得知甘德县竟有这么一个神奇人物的消息，感到不可思议，心想难道世界三大史诗的格萨尔王，凭几个江湖艺人空穴来风的演唱形成不成？一时产生出探险般的浓厚兴趣，也想证实这种天才的真伪，便搭车来到草原上四处寻找这个叫格日多杰的人。

那是6月中旬，草原上仍然寒冷，但春天的暖风还是缓慢地走到了高原，枯黄的牧草已经泛起一片葱郁。索南才旦走过十来个牧业点，牧人都说格日多杰昨天刚走，像风一样飘忽不定。虽几天未果，但线索越来越明确，沿着他说唱的路线追踪，索南才旦终于在德里尖一户牧人帐篷里见到了他。当时格日多杰正坐在帐篷里唱着史诗，索南才旦没冒然打扰而是坐在一旁看着他兴高采烈手舞足蹈地唱完那段史诗。

索南才旦以前多有耳闻在广袤的草原上，某人因为生病或其他原因，一夜间打开天窗与神界沟通成为先知先觉者，但大多属于天方夜谭名不属实，他也从没见过传说中的传承人。这次却不同，他真切地见到了传说中当过阿卡且有一定藏文化的格日多杰，此人矮瘦但五官端正，衣着不整，头发凌乱，旁边的姑娘倒是精神干练，漂亮得像草原上艳丽的花朵。

他俩盘腿而坐在火灶旁侃侃而谈了一个下午，觉得他有些真才实学，但仍心存疑虑，他的故事到底来源于哪儿，绝对不会像他说的做了场梦便知晓岭国的历史这么简单，于是邀请他去大武说唱，事实上是带他去做一个鉴定，看看他说的真实性到底有多大。

到达大武后，索南才旦把他夫妻二人安排在州委招待所后面一排土坯房里，那是20世纪50年代时内地盲流们盖的仅为栖身的小黑屋，四壁空空，也没有电灯，甚至还有些小动物在里面居住。他帮助他们打扫干净后就来到州政府大院"格萨尔抢救办公室"，开始了第一次正式交流。

索南才旦问格日多杰："你知道格萨尔多少故事？"格日多杰一指天空说："像天上的星星一样多。""那你知道岭国有多少英雄和美女吗？"索南才旦考试般地问他。他微笑着说："我把八十员将帅和三十位美女的名字写出来供你参考。"

索南才旦以为他不会写出这么繁多的人名，他说："可以呀。"然后他接过索南才旦给的一支笔和几张8K的白纸，趴到桌上一气呵成一挥而就写出了一大串名单。索南才旦拿过写满了数页纸的名单，看了一遍就被镇住了，喉咙里像噎住发出"咕噜咕噜"声，不知说什么，可还是装模作样又看了好一会儿才嗫嚅地问："你能把格萨尔王的故事写个目录列表吗？"

格日多杰又说："我给你先写个大概，详细写单篇名的话要十天才能写完。然后又趴在桌子上写道：格萨尔王传的史诗故事，初计共计120部，其中以上方《天界下凡》、中方《世上各种纠纷》、下方《地狱完成业绩》30部为开篇。然后是四大类：一是《天界篇》《英雄诞生》《赛马登位》；二是《降伏北方妖魔》《霍岭之战》《盐海之战》《门岭之战》；三是十八大宗、十八中宗、十八小宗等54部；四是《地狱救妻》《安定三国》《米孟银宗》55部等篇章。

格日多杰看着索南才旦笑着说："史诗太长，没法给你说得更清楚，简单地说就是缘起，神子降世，魔劫，苦其心志，莲花生大师，美女珠牡，江噶佩布，王者心态，征服之路和赛马称王这样一个过程，而且每部故事和每场战争都能构成相对独立的篇章，每部故事和战争又繁衍出数十个故事，其中又诞出更广泛的故事，这些故事就像天上的星星那样繁杂冗长，我只能先给你说这些。"

索南才旦看到《米孟银宗》时突然兴奋起来，在他此前整理过的格萨尔史诗以及多年研究中，几乎没人提到过这一部分，更别说是说唱艺人也能提及这部少见的故事，心想如果他要是真能写出来，既可以填补一项空白，也会引起更广泛的关注。

他便进一步考查格日多杰说："你能把这部分的开头写出来吗？"格日多

杰二话没说，继续趴在那张桌子上写了一个多小时，被索南才旦打断："你就先写到这儿吧。"然后拿过那页纸看着，这一看，何止惊讶，简直就是震惊。索南才旦并没流露出来那表情，心中暗叹还真的是名不虚传，如真要把那些目录写完至少要数千万文字，须费时数十年才可完成，否则就是空谈。但仅凭目录来看，还不能最后断定格日多杰能否叙述得清楚完整，需要写出一部部完整的故事才能鉴定真伪，于是说："光会吟诵史诗是不够的，最好的传播方式还是用书籍的形式，所以你要写出文字印出书。"他说到这时只看了格日多杰一眼，也不等格日多杰表态，直接给他安排工作："今后每星期一二三四全天写作，五六日来这儿录音吟诵史诗。"

此后格日多杰就按这样的节奏，每周前四天在那间低矮的土坯房里用索南才旦从西宁买回来的、用于书写经文的长窄条专用藏纸开始用藏文写作，而且他用的是著名的"琼赤"藏书体，这让他写的藏文像是受过专业书法训练，基本不加修改，一遍过。这种"琼赤"体，从700年前诞生到现在，都是由师徒有序传承，但格日多杰没有接受过正规教育，在寺庙里读了这样字体的经文后，竟然也能写得一手这样的字体，这让索南才旦赞叹不已。

每周的后三天，格日多杰就在索南才旦杂乱拥挤的办公室，坐在堆满了各类资料的桌前，对着洁白的墙壁打开录音机开始吟诵史诗。他不太习惯这种随着他的讲述遇到高兴或是沮丧时，少了真实听众们的说笑或叹息的噪声，只能听到他自己粗壮的喘息声和录音机"沙沙"的转动声，但他还是在很短的时间里适应了面壁录音的环境，且乐此不疲地忙碌着。

那天，索南才旦带着他十二岁的儿子扎西东智来办公室看望格日多杰，二十一岁的格日多杰和十二岁的扎西东智相谈甚欢。格日多杰将自己在几年前失去双亲，然后游荡到甘德县德尔文草原并在暴风雨中昏死，夜晚得道的经历讲了一遍，还将刚刚写好的《魔劫》一章送给扎西东智留作纪念。这使得扎西东智的眼睛里充满羡慕和敬意，他说："我也要像你那样去草原接受格萨尔王的恩赐。"格日多杰只是一笑，鼓励十二岁的扎西东智说："你也会成为草原上新的传说……"

当索南才旦再次给他1000元的生活费时，被格日多杰拒绝道："我不能再收你的钱了，你也要养家糊口，我还是希望你把我弄到编制里头，这样减轻你的经济负担，让我也可以安心写作和录音。"

索南才旦说："你写的文字已超过六十万，录音也超过上千小时，我已邀请北京、拉萨、西宁、兰州和成都的格萨尔专家来大武对你的作品进行鉴定，如果肯定了你的作品，无疑你就是个国宝，你的编制和住房福利等都会得到解决；如果鉴定你的作品属于伪劣，对不起，朋友，你将回到甘德草原继续你以前的生活。"格日多杰说："我非常期待专家们来鉴定，我就是一个正宗的格萨尔说唱传承人。"

2000年8月，杨恩洪、诺布丹旺、降边嘉措、米海萍，还有果洛当地的董诺尔德、白玛登保、丹贝尼玛等数位专家一起对格日多杰的文字和录音进行了半个月的鉴定，最后一致认为这不仅是原汁原味的格萨尔英雄业绩，还拓宽了目前尚未发现的题材，如《米孟银宗》这部分更具匠心视角，是《格萨尔王传》中的珍品。

这次鉴定更鼓励了格日多杰，他每天都是写作或者录音，连午饭都是由他妻子从他们住着的那间小黑屋做好送来，他好像已经忘记了草原上的生活，直到又过了一年，他的文字已达数百万之多，录音机都用坏了数台，而录音的时间达上千小时。

随着创作出的格萨尔越来越多，他的名声也大了起来，各路新闻媒体不断有人不远千里来找他采访，他的名声在民间和学术界传播得更为广泛。在这样的背景下，他清楚地意识到自己还是靠学者索南才旦这样热爱格萨尔王的公职人员，拿自己的工资资助才能正常生活，仍未摆脱流浪说唱艺人的身份。每当意识到这个问题时，面壁录音的他就会突然卡壳，连声音都哑了，或是正在行云流水地写作时，眼前那场漫长的藏戏就会突然中断。

这样的情况一次又一次地出现，每次出现这样的情况时，他便走出房间来到招待所后面的山岗上，看一会儿蓝天白云，感受一阵阵冷风刮过，编制工资住房的问题才像草原上的乌云被风吹散，卡壳的叙述在停顿后又恢复成大河奔腾。

不能说索南才旦不关心他的后顾之忧，他也以抢救办公室的名义打了数份报告，要求重视这样的来自民间的说唱艺人，但一直无果，他也只能望洋兴叹，然后不断地安慰格日多杰坚持下去，认为问题总会慢慢得到解决。

严峻的问题还是出现了。那天当格日多杰正在写《莲花生大师》那部分时，思路突然再次被打断，他以为像以往一样停下休息一两天会再来灵感，但是这一停一个月了也未能安心坐下重写，脑子里如同草原天空中惨淡的白云，而计划中每周五六日三天的录音早已中断两个月，关于格萨尔英雄业绩的那条河流在他脑海形成的湖泊，此时变得干涸……

正好这一个月来，索南才旦没像以往那样来办公室看他的写作稿和整理他的录音磁带，因为他十二岁的儿子扎西东智突然失踪了。扎西东智失踪前留下一张纸条，说他对格萨尔王充满景仰，决定学习格日多杰叔叔去甘德县德尔文草原流浪，决心在风雨中打开天窗接收岭国英雄业绩讯息，当一个受人尊敬的说唱艺人。少年的天真让索南才旦哭笑不得，这哪是你想打开天窗接收神谕就能打开得了的，又不是茶壶盖，打开就能往里注水那么简单。传说有时会害死人。他担心儿子出事，当即就搭车去甘德草原寻找儿子。

与此同时，格日多杰在大武找了好几次索南才旦没找到，以为他在回避不能解决的困难，何况此时他的写作彻底停止下来，编制和住房问题像是重感冒让他感到浑身难受，便在2001年2月和他妻子不辞而别，坐班车回他的故乡甘德县德尔文草原了。让他意外的是，汽车走了七个小时到达村子前的东柯河边时，他远远就看到了索南才旦迎面而来，他很奇怪索南才旦怎么会在这里，老远就高喊他的名字，一直低头闷走的索南才旦这才看到了格日多杰。

"你怎么回来啦？"他疑惑地问。"我在大武找你好几天都没找到，以为你回避我，不想再管我的事了。再说《格萨尔王传》我也写不下去了，原本汹涌如东柯河的思路都被这些烦琐事给堵死了，你知道河水干涸是什么样吗，就是格萨尔王把我的法力都收了回去，我必须回到德尔文草原，让心不被你'吱吱嘎嘎'作响的录音机打扰。对了，我来前把你的录音机给砸了，我想安静下来重新吸取神谕。"格日多杰愁眉苦脸地嘟囔半天，才想起来似的又说，"你怎么一个人在这里？"

"扎西东智十天前给我留了张条子，说他去德尔文村到你打开天窗的地方接收神意，也能像你天天写格萨尔的英雄事迹……但是，我在德尔文草原上寻找八九天了也没找到他，昨天在一条河边看到已死去的他……"索南才旦说这话时，眼泪流了出来。

格日多杰这才看到他用一张床单包裹着儿子瘦小的尸体，赶忙帮他从背上卸下来平躺在草地上，哽咽着说："是我害死了你，你为啥那么天真，不是所有人的话都能相信的，你为什么要相信我的话……"等他停止了哭泣，站起身来对索南才旦说："你等一下。"然后跑回村里拉来一头牦牛，把他自己身上穿的藏袍脱下，细心地裹好那具孱弱的身体，小心翼翼地放在牛背上，又对索南才旦说："我们去为他超度吧。"

三个人一起朝下贡麻龙什加寺走去。格日多杰和龙什加寺里的阿卡们很熟悉，找到住持阿旺班玛南杰把情况说了后，就看到一个四十多岁的老阿卡来为少年超度念经，但是让他们感到不可思议的事发生了，竟然没听到阿卡念超度经，而是在吟唱格萨尔史诗中返回天界的章节。

索南才旦悄悄问格日多杰："为什么不念超度经却唱起了格萨尔传？"格日多杰也是满心狐疑，去找住持阿旺班玛南杰问他是不是弄错了。住持阿旺班玛南杰说："这个少年不是为得到格萨尔英雄业绩的真传而死的吗？那就请寺里对格萨尔史诗最有研究的阿卡去念格萨尔，让少年的灵魂融入格萨尔英雄业绩传唱中，这比念任何超度经都更有价值。"

第一天他们都能听得明白，到了第二天唱风突变，格日多杰听出这是从未出现过的崭新的格萨尔王英雄业绩新篇章，这意外的出现委实把他们都惊到了。格日多杰忙拿出平时省吃俭用刚买回的小型录音机，放在阿卡身前录音，这让索南才旦大为惊奇地说："你不是讨厌录音机吗，为啥还买了个录音机？"他说："我时刻准备着在遇到艺人说唱新格萨尔业绩时，录下他们的说唱来自我完善呵。"索南才旦微笑着，竖起大拇指。

到了第三天，他随身携带的几盘磁带全录满了，可阿卡还在不停吟唱。他劝阿卡说："你不要再唱了，尽快把扎西东智给天葬后，我们一起去大武录音。"格日多杰指着索南才旦说："他就是主管这项工作的干部。"

阿卡摇头说："他管什么工作都没关系，关键是下个月寺里就要进行辩经会，我在寺庙苦学经文数十年，就是想通过辩经从一级格西上升为堪布，以便获得梦寐以求的最高学位，这是我作为阿卡的最高理想，所以不会随你们去州上录音的。"格日多杰很失望，但还是说："你知道《格萨尔王传》是世界三大史诗之首吗？""知道！"阿卡把脸一扬说，"我在寺院还负责搜集史诗，不过我想你也知道，阿卡的学问也是分等级的，尽管弘扬格萨尔王的英雄业绩非常崇高，但我还是要在寺院里实现我的梦想，然后再做说唱格萨尔的艺人。"

在结束扎西东智的天葬后，索南才旦问格日多杰："你还回州上继续整理格萨尔吗？"格日多杰说："我要留在这里向上师学习，如回州上再面壁写作会毁了我的大脑。"索南才旦听后不再说话，低吟着"唵嘛呢叭咪吽"离开寺庙，慢慢融入草原的苍茫中。格日多杰想起当年对师傅老阿卡和梦中格萨尔许下的誓言，心想，等受到上师的启发让思绪的河流奔腾后，我会继续弘扬格萨尔王的业绩。

一年后他回到了州上，在那间小黑屋继续写中断了的《格萨尔王传》。数年后终于在索南才旦的帮助下，转为国家公务员，坐进明亮宽敞的办公室，成为一个专职的史诗传承人。丹白尼玛也就是这时从州人大办公室调到从最初的"格萨尔抢救办公室"升格为局级单位的"格萨尔研究所"当主任，此后和格日多杰做了数年的同事。

丹白尼玛讲的这个天才史诗传承人的故事，让我看到一个民族在传承文化中的连接方式。因我从小在草原上长大，理解这种传承方式的自然性和重要性，于是有了拜访他的想法，次日上午我一个人去了州"格萨尔研究所"找他，一位年轻人对我说："他去龙什加寺庙找一位上师听他说唱史诗去了。"我正遗憾时，一眼就看到靠墙的书架上摆着数本格日多杰写的藏文和汉文版的《格萨尔王传》，像是对他数十年来天才写作的肯定。

英雄年代

在达日草原著名的查郎寺广场前，果洛所有寺院的活佛、阿卡和各部落大小头人千户百户都身着绸缎锦衣，还有众多穿着光板羊皮藏袍露出一条裸臂、背着双叉猎枪的牧人，骑马列成一支长长的队伍，等待着欢迎西北军政委员会果洛工作团的到来。

团长扎喜旺徐骑着一匹高大的白骏马，风尘仆仆而又威风凛凛，与书记马万里等人跳下马，和等候多时的大头人鲁藏加措行了顶额礼，在交换了毛主席画像、锦旗等纪念物后，人群中发出藏族特有的此起彼伏的"格嘿嘿格嘿嘿"的庆贺声。

这时，只有18岁的曲宏伟从那台"摩范"便携黑胶唱机响起的中华人民共和国国歌声中，将早已绑在旗杆上的五星红旗，于1952年8月4日下午3点，第一次升起在果洛上空。可就在升旗仪式结束时，他突然朝前一扑晕倒在地。随着一阵惊呼，队医紧急检查后，便将他安置在刚搭好的白色帆布棉帐篷里休息。他醒来后，一睁眼就见鲁藏加措大头人正襟危坐向扎喜旺徐团长汇报因历史原因，果洛各部落草原地皮划分不均，导致近些年发生过数十次武装械斗死伤数十人的情况……

他安静地听大头人说："为此，我在三年前专门请西藏噶厦政府驻玉树官员出面调停，但都没处理好，现在共产党来了，应当先解决这个问题，只有稳定人心，各部落团结在一起，工作团才能在草原上展开各项工作。"

扎喜旺徐当即组成由他、大头人和另几位科长，包括作为文书的曲宏伟在内的"果洛工作团调停械斗工作小组"，去械斗最严重的部落解决问题。第二天当他们走到哈尔更一带时，突然遭到四个身着藏服、流窜在草原上的马步芳残匪，隐在一处山坡上向他们打冷枪，几个队员都是身经百战的老红军，轻而易举地把土匪包围起来。土匪一看不是对手，骑上马一溜烟消失在草原深处。

果洛草原地处青海东南高原，人烟稀少，正因如此才成了马步芳残余势力流窜的地方。工作团初来乍到，还没摸清整个情况，怕土匪设置陷阱，也没贸然追击，仍按原计划继续前进。

天黑前到了一条背靠绝壁面临河流的地方，曲宏伟和两位科长搭起小帐篷宿营。半夜，他被一阵冲锋枪的响声惊醒，翻身跃起就看见扎喜团长站在几匹马前警戒，再朝远处一看，大头人和另两位科长端着冲锋枪，警惕地看着前方数只游弋在黑暗中闪烁着光亮的狼眼。刚才的枪声就是射击狼群时发出的。但狼群并未散去，而是继续在黑暗中徘徊，把他吓得轻喊出"妈呀"的呼叫。大头人听到后，把手里的电筒照向他，见他浑身发抖，便拍了拍他的肩膀说："没事的！你去把牛粪火生着，火光能保护好马匹。"

曲宏伟从马褡里掏出打火石，深吸一口气好让自己镇定下来，但总是打不到火石上，急得在那儿嘟嘟囔囔地用河南话骂着。大头人见状，接过打火石从容地敲击了几下，打火石冒出的火苗飞溅到牛粪堆上，火堆就着了起来，他这才在火光中稳定了情绪。牛粪火熊熊燃烧，直到火堆快要燃完，他又将装牛粪的马褡子点燃朝空中挥舞，像在黑暗中画出一个火太阳，直到黎明到来，狼群才留下几具尸体消失在微熹中。

在上红科，曲宏伟接触到第一桩调解案时，看到两个小部落的头人一见面就像发疯的野牦牛，掏出藏刀动手拼命。他们身后的牧人也像两股滔天的潮水。眼看着局面失控，大规模械斗要暴发，站在人群中的两位科长举起冲锋枪朝空打了一梭子弹。枪声让双方的人暂时镇静下来，扎喜旺徐趁机把两个部落的牧人拉开，各自坐在一边，再把两个头人叫到一起，让他们面对面说明一百年前因草原地皮划分不公而积怨的原因。那些牧人光着脊梁、手握藏刀，虎视眈眈为自己的领域要拼死一战的情景让曲宏伟紧张得快要窒息。

幸好几位老红军发挥出共产党人善于做思想工作的特点，在随后数天的调停中，喋喋不休地讲道理，甚至说到口吐白沫。连大头人鲁藏加措都没想到，敌对的两个部落在共产党干部的调停下，明白大家同在这片草原上，是彼此看着长大的，双方的姐妹互有联姻，有的还是亲家，哪有同胞自我残杀的道理，还明白了蒋马匪帮破坏为牧人谋福利的人民政府的阴谋。双方头人明白其中的道理后，首先握手言和，双方的牧人也跟着和好起来，那个滔天的浪头终成一片平静的海洋。

随后的几年，工作队以"团结互让，公平合理，既往不咎与照顾旧理旧规"的理念，在贡麻仓、上莫坝等四个部落间做思想工作，具体调解矛盾，使得动辄就要出人命的械斗在草原上逐步减少。

牧人们看到曲宏伟和宣传科长给他们发青稞、茯茶和牛羊饲料，甚至每顶帐篷还能收到几块银圆，供他们自由支配，感叹这些共产党人真是菩萨心肠的好人，是真正让牧人过上好日子的政府，自是十分拥护，这也为日后在草原上全面开展工作打下了基础。

曲宏伟不会说藏语，只能靠大头人口译一遍他再做记录，他觉得这样工作很被动，暗下决心自学藏语，平时总能看到他拿着小本在帐篷外的草原上背藏语单词，找牧人对话。

这事让大头人看在了眼里。那天见他在草地上踱着步背一句较长的藏语时，大头人对他说："这种学法太笨，明天你到我庄园来，我给你找位藏语老师，保证你很快就能学会。"

这时的果洛州人民政府虽已正式建立，但民主改革还没进行，各庄园仍保留着传统的旧制。当曲宏伟按照大头人之约，骑马到莫坝庄园大门口时，见早有几人站在门口端着盛着青稞、糕点和酒水的木盘要敬他酒，这是藏族迎接贵宾的仪式，他不懂这风俗，因平时不喝酒，现在误以为要他喝酒，不快地拨开敬酒的人朝庄园大门走去，用刚学会的藏语说"请让开"，不料一出口却成"请你滚蛋"，让迎接他的人一脸惊愕。就在这时，他听到一串河水流动般清脆的笑声，看到一位身着藏服的少女，正用雪山晶莹的目光看他。这突如其来的温柔让他莫名感到一阵羞涩，脸蛋红了起来。

少女用带着四川口音的汉语说："这句话说得不对，要说'请你让开，我不会喝酒'。"他说："我说的就是这个词。"她说："你刚才说的是骂人的话，如果他们的敬意被你亵渎了会捅你刀子的，这是我们藏族的习性，另外你还需要进一步熟悉我们藏族的风俗，像刚才面对敬你酒的人，你要用食指蘸青稞酒弹三下，表示敬天敬地敬朋友，你这样粗鲁地让迎接你的人走开是很不礼貌的。"他在她的说话中，脸色慢慢如朝霞红润起来。少女又看了眼红了脸的他，问："你就是曲宏伟吧？一看就是内地会害羞的少年。"曲宏伟抬起刚才因犯了错低着的头，红着脸不好意思地问："你是谁？"少女笑盈盈地款款走到他面前说："跟我上楼就知道我是谁了。"

在庄园二楼的客厅里，大头人对曲宏伟说："她是我女儿达娃映金，今年刚从炉霍中学毕业，前两天才从四川回来。"他转头又对那姑娘说："我看他一个人自学藏语很困难，还老学错发音，正好你在家闲着，教他学藏语，你教会他藏语可以让他为我们各个部落解决问题，这个小伙子很有能力。"

曲宏伟来青海前在老家河南已初中毕业，是个聪明人。达娃映金从字母开始教起，经过一段时间的学习，他进步飞速，也从她这儿知道果洛藏族很多上层人士，在四川建有商行和住宅，还把子女送到那里上汉族人的学校接受教育。达娃映金小时候就在甘孜炉霍一带上学，属于通悉藏汉双语的人。

有天达娃映金随着调解小组在贡麻仓部落调解到快结束时听到曲宏伟用藏语对部落头人说："今后你们不能再相互踩着尾巴走了。"达娃映金笑弯了腰，纠正说："不是踩着尾巴走路，而是不能沿着老路走。"当事双方听了大笑不已，这样的插曲很能缓和气氛，使严肃的思想工作变得轻松，曲宏伟的藏语水平也在这不断的差错中提高起来。

五月，兰州军区医疗队在莫坝庄园附近搭起临时帐篷当医院，这是草原上建政后的首次大规模义诊，很多年龄大的牧人一生都没见过医生看过病。消息一出，他们便从四面八方赶来，在医院的帐篷前排起长队。帐篷太小挤不下，军医干脆就坐在草地上就诊，因为语言不通，影响诊断的准确性，虽有几人翻译，但人手还是不够。曲宏伟知道后主动到其中一位医生跟前当翻译，他的藏语已经很流利了，一连一个月天天如此，达娃映金也常来帮忙翻译，还悄悄带来羊肉手抓或酸奶给他吃，有时趁着空隙，俩人坐在一簇簇格桑花前用藏语交流着，说到开心处会开怀大笑。

这天，当曲宏伟做完一个牧人阑尾切除术翻译后，达娃映金说："最近你太辛苦了，今天咱们骑马去草原上放松一下。"然后让跟着她的人从庄园马厩牵来两匹马，飞身上马朝草原深处驾去，曲宏伟也在急骤的奔驰中有如飞翔的鹰，不觉来到一处插着浓密经幡的台地上。

当两人跳下马朝高台地中央走去时，不觉中搅扰了正在进食的兀鹫，其中一部分很不情愿地"哗啦啦"飞了起来，还险些用尖锐的爪子抓住他们的头发。曲宏伟忙挥起马鞭驱赶，成群的兀鹫纷纷飞起，在他俩头顶盘旋，那些站在远处的兀鹫，原地不动用冷眼观察着他俩。

牧人格桑多杰见曲宏伟闯进天葬台，惊飞兀鹫，非常恼怒，立即骑马去庄园报告大头人鲁藏加措，这时的达娃映金也明白闯了大祸，忙和曲宏伟离开，可还是在半路上被从庄园出来怒不可遏的大头人父亲拦住。大头人第一次严厉地挥着马鞭，朝已懵了的曲宏伟抽去，说："你竟敢私闯禁地，一旦被工作团知道是要枪毙的！"

曲宏伟明白，按《果洛工作团进藏队员守则》规定，发生这种情况至少要被关禁闭。对工作团所有的汉族人来说，尊重民俗是首要纪律，前天他还听说玉树州一位汉族干部开枪打死一只兀鹫，触犯民族宗教政策造成恶劣影响，工作团为维护民族政策的严肃性，挥泪斩马谡的事。现在被大头人这么一骂，吓得他不知所措。

达娃映金哭着求情说："我看他在医院为医生和牧人当翻译太辛苦，带他出去放松，没想到跑到天葬台了，求阿爸息怒。"大头人气得也抽了她一马鞭，说："都是你惹下的祸，还不快滚！"然后安抚一番牧人格桑多杰后气呼呼调马回了庄园。

1954年元月连续下了一个月大雪，西宁通往果洛的公路被封闭，州政府所在地出现了断粮局面。为解燃眉之急，政府组织身强力壮的同志，编成十个小队，到数十公里外的中心站背运粮草。那里有建政初期设立的一个后备储备站，储有战备物资。曲宏伟和三个男青年一组，背着粮食往回走，一直走到凌晨两点才停下休息。

曲宏伟很快找到三块石头垒起灶台，从背包里掏出数块牛粪塞进三石灶，从地上一片积雪处刮起一团雪，放进小铁锅，再从挎包中掏出一块早就准备好的老茯茶顺手放在锅边的石头上，等着水开了下锅煮。一会儿，他在朦胧的光线中看到雪水烧开，摸着石头上的茯茶丢进锅里，四人喝着热茶吃了随身带着的馒头后就躺在雪地里睡下。第二天早上起身时却看到那团茯茶仍在石头上，锅里却是一锅被煮过的牛粪渣，几人笑着说："喝了一晚牛粪茶，竟然没喝出牛屎味。"

曲宏伟和达娃映金原准备在1954年"五一"结婚，到了4月中旬青海省委给果洛州政府发来电报，"蒋马反共救国军青海省第一挺进队综合游击队"从四川壤塘翻过雪山已进入班玛东部草原，要求班玛县政府与驻赛来塘独立骑兵团三连的一个排联合围剿——那时曲宏伟已从州政府调到刚成立不久的班玛县政府文教科当干事，也是剿匪队成员。

以往他和同事们虽与土匪有过相遇，但从未真刀真枪参加过战斗，心中不免忐忑，当他伏在隐蔽处看见穿着黄军装和便装的一队人马，溢出山隘口进入包围圈时，他的上下牙齿不停地碰撞着，身体也不由自主发着抖。当指挥员发出冲锋号后，众人像一群骏马驰骋起来朝前追击时，他的双腿像灌了铅，趴在地上怎么也站不起身，急得用双手不停地捶像是麻木了的腿，等好不容易恢复知觉，爬起身来时早已落在队伍的最末尾。

他看着冲到前面的队员，心想自己已落在最后头了还有什么可害怕的，这才稳住情绪，迈开步伐，端着枪朝前跑，可还没跑几步，突然感到被人在右肩胛猛击了一下，身体一个趔趄一头栽倒在地上失去了知觉。清醒过来后才知道，他是参加剿匪中唯一负伤的人，也因为是唯一的伤者，成了这次剿匪行动中的英雄，这个称号是在不久后的全县表彰大会上县委书记宣布的。不过他对自己的这个英雄称号从来都不认同，觉得那只是个意外事件。

他和达娃映金的婚期安排到了 1955 年"五一"，他俩是班玛县建立人民政府后第一对藏汉通婚者。扎喜旺徐正好"五一"前来班玛县检查牧业生产情况，鲁藏加措大头人邀请他主持了婚礼，部落里的牧人们甚至骑马走了四五天，从遥远的巴颜喀拉山牧区过来，附近的牧人更不用说，载歌载舞庆贺了三天。许多年后，参加过这场婚礼的牧人只要谈起曲宏伟或是已逝世多年的达娃映金，仍会提起那场宏大婚礼的细节，还说从此后再没见过这样排场的婚礼。也有的牧人说："没有县政府的成立哪有这样的婚礼，他们是沾了刚成立的政府的光了。"

翌年 7 月的某天，达娃映金对曲宏伟说："8 月是我的预产期，这是我们的第一个孩子，你请假陪我去炉霍生产吧，那里医疗条件好。"而曲宏伟在 5 月初被县政府任命为玛柯河大桥筹建处的负责人，那是果洛通往四川的国道，大桥正处在建设关键期，一时不能脱身，他就对达娃映金说："我这会儿请假恐怕影响不好，也不利于工作，咱县医院妇科的蒙美丽大夫，是北京医科大学支边医生，技术好人也好，我看你就在班玛生产吧。"

某天当他在河里监督打桩时，接到达娃映金难产的消息，连湿漉漉的衣服都来不及换，急忙骑马直奔县医院，蒙医生站在走廊里只对他说了句，"产妇四大杀手，子宫破裂、羊水栓塞、脐带脱垂和产后出血，达娃映金竟然占了后两项，情况相当危险，"她还想说什么时，他一挥手打断："知道了……"

曲宏伟在达娃映金床前，紧握着她的手，不停地用藏语或是汉语交叉着给她说着什么，寸步不离。到了晚上十点，在痛苦中与她永别……

果洛高原终年寒冷，冬季多雪。1956 年 3 月吉卡草原连续下了二十天的大雪，造成雪灾。消息传到县上后，曲宏伟被县政府派去调查雪灾情况，当他到达吉卡草原，还是被眼前的景象吓了一跳：牧人帐篷里老人燃烧着准备在夏天出售的牛羊皮取暖；帐篷外一头头牦牛被冻死，僵硬地躺在雪地上，四条腿伸向空中，一只鹰鹫站在上面不停地啄食尸肉；远处有几只野狗见他过来，忙退到数米开外的地方看着他。

早几天来到这里的一位干事指着牛羊尸体说："我最担心随着牛羊死亡发生的鼠疫，它的传染性很强，一旦开始传染，整个草原就完了，我建议我留下组织牧人抗灾，你马上回去向县委汇报具体情况，并请防疫站派人下来接种疫苗，防止鼠疫传播。"

县邮局1956年前还没架设通往各公社的电杆，公社与外界最快的联系方式只能靠骑马。曲宏伟骑着马回到县上，找王书记汇报了情况，然后又找到防疫站站长，希望他尽快到吉卡展开疫苗接种，可防疫站刚建立半年，仅有的三位工作人员，其中两位一周前带着几乎所有疫苗去了知钦草原，站里已无疫苗可用。

王书记立即用电台和州政府联系，请求支援疫苗，州政府的回复是，毗邻各县也因雪灾无疫苗借用，唯一的办法是到离班玛较近的四川阿坝县借疫苗，但是来往需要200余公里，即使这样也比来州上近许多，而且到州上还要翻几座大雪山。曲宏伟对王书记说："没有别的路可走，让我骑马去阿坝县借疫苗吧。"

这时鲁藏加措大头人已是县政协主席，听说此事后，立即让随他多年、以前常从甘孜炉霍往返果洛的管家跟着曲宏伟一起去。管家见到曲宏伟说："除了老路可走外，还有一条近路可近数十公里，但必须经过几处悬崖峭壁的谷地，尤其雪天很危险，你看走哪条路？"曲宏伟说："这还用问，当然走近路。"然后又对王书记说："你再给我配个人，预防路上出现情况也好有照应，三天后我会把疫苗带回来。"

王书记让他的通讯员刘欣武跟他一块去，还专门到县委大灶让大厨将现有的馒头和熟牛肉全塞到他们的马褡裢里，又在马厩里挑了五匹马，其中两匹为备用。

曲宏伟三人马不停蹄，一直走到了拂晓。在过一处狭窄的山谷时，曲宏伟骑着的那匹马忽然来了个急刹车，他还没回过神，整个人像颗石头被甩进前面数米深的坑里，马匹却原地站着不安地嘶鸣起来。管家和刘欣武连滚带爬下了马，趴在崖边喊："曲宏伟，曲宏伟，你没死吧，快答应我一声！"

俩人呼喊了好一会儿，在绝望中快要哭起来的时候，才听到曲宏伟在深坑底下回答："我的腿摔断了……"停了一会儿又断断续续说，"让刘欣武骑两匹马继续去阿坝……借到疫苗后速速返回，我和管家在这里等他回来……"

天亮后管家找到附近的牧人，经过数小时营救，把曲宏伟从深坑救上来时已到下午。他俩没有离开那里，而是原地等待刘欣武返回，直到黄昏三人才碰上面。他俩把另两匹马换给刘欣武，让他带着疫苗快速返回班玛，他这才和管家骑马先到了一个牧业点，一天后又辗转到了阿坝县医院，才知道腿骨和肋骨几处被摔断，经几个月的治疗已到了1958年7月。当曲宏伟返回班玛县途经班前公社时听干事说："前天下午县委机要员刘林清和张臣泰途经隆公麻时被埋伏的土匪开枪打死了。"之前也发生过数次这样的事情，要他路上注意安全。他知道乌云正朝他们覆盖而来。

曲宏伟安全地回到了班玛。以往在班玛县时，曲宏伟总会抽空到县委家属院看望前老丈人大头人。他始终把大头人看成自己在果洛的亲人，这次从四川回县上后，还没见过大头人，本要去看望又听说大头人回莫坝庄园一个多月了，便趁着周日骑马来到庄园，当晚和大头人聊到深夜才睡去。凌晨，曲宏伟忽然被一阵喧嚣声惊醒，透过门缝看见一群背枪的藏族人，还有几个拿手枪穿汉服的人，簇拥在大头人身边用藏语不停地说着什么。在莫坝草原只有大头人有号召牧人聚集在一起的能力，围着他的人自然知道他的分量，看来已将他软禁了。

那个围着大头人说话的是个冥顽不化的百户，正鼓动大头人召集整个莫坝部落的牧人们配合他们叛乱。曲宏伟走出来站在他们面前，用藏语说："你们千万不能乱来，果洛独立骑兵团的骑兵半天之内就会彻底消灭你们，你们不能逞一时之能毁了前程。"那个百户用手枪指着他对那帮人说:"先把这个汉人当人质押起来,如果大头人不从就先毙了他。"

大头人这才开口说:"他是我女婿,你们必须安全把他送回县政府,让我的人跟我确认他安全后,我才同意你们的要求,"并用目光示意他,"事发突然,你不能再在这儿住了,赶紧回县上去。"他明白大头人是让他回去报信,然后在另外两个人的护送下,回到数十公里外的班玛县城。他老远就看到县委办公室还亮着灯,知道县里领导正在开会,便把莫坝庄园的情况详细说了一遍。

直到第三天上午,一群来路不明的人开始向县政府冲击时,曲宏伟和政府各单位的人早已编成小分队,分批分队在掩体后开始反击。此时的曲宏伟已像个老战士那样从容不迫。在这次反击中,和他一起去阿坝借疫苗的刘欣武,被飞来的子弹打到脑袋,鲜血让挨着他的小学老师黄文举吓得大哭不止,他对浑身发抖的黄老师说:"独立骑兵团的骑兵正往我们这儿赶呢,别怕!我们会胜利的。"

此时他面对死亡表现出的镇定,和前几年那场剿匪时的慌乱截然不同,他的安慰让黄老师镇静下来。下午五点左右,阻击战进行到第五轮时,忽然听到有人高喊:"咱们的骑兵来了。"曲宏伟兴奋地从掩体后探出身,见骑兵挥舞着马刀从叛匪后面勇猛地冲杀过来,有的同事开始翻越掩体冲锋,他也跃出掩体朝前冲去,可就在高喊着冲锋时,一颗子弹击中了他的腹部,瞬间他就失去了知觉。

在这场反叛乱中有数位同志牺牲,他能活下来就是幸运的事。不久后,他被任命为县团委副书记,到县团委工作,直到 1960 年初,河南唐河支援边疆建设青年来到娘多山下垦荒种地,为加强对开垦农场的管理,他被调到开垦团任第二营党总支书记。

支青们在一年时间里开垦出了三万亩荒原,可第二年秋收时除了种植的萝卜洋芋这类根茎作物有收获外,粮食类基本颗粒无收……开垦一连连长黄小梅是唐河县毕业的高中生,在学校就是党员,是个有思想有担当的人,她和曲宏伟既是河南老乡又很能说到一起,自然就成了无话不谈的朋友。农场经历了一年颗粒无收后，政府决定所有支边青年一律遣返原籍，这时黄小梅公开了和曲宏伟的恋情，两人很快结了婚，并回到县上，再随着他到知钦公社当社长。到了牧业点，黄小梅当了唯一的汉族家属。

1966 年，"文革"在全国展开，曲宏伟被造反派从知钦公社揪到班玛县上接受群众批斗，成了县上的"黑五类"。到了 1969 年 3 月，知钦草原连续下了一个月大雪。雪灾对高原来说就像海岸上的台风，让人讨厌又无可奈何。这天，从偏远的克迈村来了一个年轻牧人找到他说，"我到公社找革委会主任汇报我们村被大雪封死，吃的粮食和生火用的牛粪都没了，牛羊更是被埋在大雪里被冻僵了，需要政府帮助救灾，可怎么也找不到书记，听说他们去州上造反了。曲乡长，你以前就是我们的乡长，现在快去救救我们的牧人们吧……""文革"前，他在那个地方当过乡长。

曲宏伟知道眼下运动正酣，而自己虽早已不是乡长，是"黑五类"，还是擅自从县政府马厩拉走他的那匹大走马，当夜去了克迈村。纷纷扬扬的大雪中他走了一夜，天快亮时迷失了方向，马匹不断惊恐地嘶鸣着。凭多年下乡的经验，他判断出附近有荒原狼发出的气息让马匹感到害怕，他想完蛋了，这冰天雪地遇到狼只有死路一条。就在绝望时，他突然看到风雪前方有顶亮着微弱灯光的帐篷，便大声喊叫起来。他的喊叫声让帐篷前的藏狗跟着吠叫，一个女人提着煤油气灯走出帐篷。这个牧女就是卓玛。

卓玛在风雪中认出以前的曲社长，她家的草库仑就是在他的帮助下修建起来的，那年他还在她家的帐篷中住过一个月。卓玛知道他为发展牛羊和修建固定冬窝子带着基建队给他们盖房的辛苦，多年来一直在心里感激着他。数年不见，没料他浑身僵硬，半夜三更出现在她的帐篷前，卓玛赶紧燃着仅有的牛粪让他烤火。当看到他弯不下身时忙去帮着脱了他的鞋，才看到他的双腿早已被冻僵，可牛粪火也将燃尽，一着急就把他的双脚裹在自己宽大的藏袍里……

他问："卓玛，你咋一个人在这儿？"她说："半个月前我就来这儿守我们家这群牛，就在准备回牧业点时开始下暴雪，原想等雪小了的时候再走的，可暴雪就一直没停过，把我困在了这里。哎……你咋一个人半夜出现在这儿？"

曲宏伟把在县上被牧人找到的情况说了一遍，然后又说："这里是我工作过的地方，眼下虽不负责具体工作，可也不能看着老乡们受灾不管。"卓玛笑着说："找你的那人是我表哥，他前天路过我这儿去县上时还给我说，只要能找到你，牧业点上的牧人们就有救了。"

曲宏伟吃了两团糌粑，喝了几碗清茶，觉得恢复了不少精神，对卓玛说："我现在就去克迈村，组织牧人们往公社集中，如果再晚情况会更坏。"卓玛的父母此时也在牧业点上，卓玛便主动和他骑马一起在暴风雪中走到第二天中午，才走到克迈牧业点。他看到牧人已断了粮炊，在坍塌的帐篷中瑟瑟发抖，当即召集起所有的人结队在风雪中行走一天到达公社驻地。

公社粮站站长是个责任心很强的人，尽管各单位都乱了套，但他一直坚守岗位。当曲宏伟要他发粮救灾时，他说得等县革委会通知，这句话一下惹怒了曲宏伟，"都到了人命关天的时候了，还等什么通知！"抡起拳头打过去，"这就是通知！"随后，公社粮站站长不得不开了粮仓，牧人们这才得以度过雪灾中最困难的日子。

卓玛救曲宏伟的事，随后演变成了一场纯粹的爱情故事。几年后当他在县上结束批斗重回知钦公社克迈牧业点，带领牧人大修草库仑和固定的冬窝子时，由于工作烦琐一直没顾上回县里。待在这儿的一年里，他得到了卓玛的悉心照顾。等黄小梅知道这事已是 1969 年的春天，她便在夏季带着儿子，坐车、骑马，辗转数种交通工具来到克迈村，把三块大茯茶、一套女式藏服和一台"红梅牌"收音机送给卓玛，感谢她对曲宏伟的救命之恩，还在她的帐篷里住了一个月。

不久，卓玛因早些年得的肝包虫病复发，来县医院治疗，黄小梅像待亲妹妹那样送吃送喝，并在她出院时主动付清了全部医药费。卓玛太清楚黄小梅为什么这样做，虽对曲宏伟充满爱意，但还是在回到牧业点的半年后，和本村一个牧人结了婚，这让黄小梅长舒了口气。

曲宏伟在牧区点上一待就待到了 1980 年秋天。有天，他遇到来知钦公社检查工作，当年在政府大院掩体前看到被土匪打死刘欣武吓得直哭的小学老师黄文举，此时早已是主管文教的副县长，他见曲宏伟脸颊浮肿，了解到他的实际情况后说："知钦海拔太高，你的身体已不适合在这儿工作了。"

不久，曲宏伟被调回班玛县，在文教局当了局长。他在基层的这些年深感牧区建设最大的问题是缺少有文化的工作人员，决心在县上办一所全日制民族小学，计划把全县各牧业点的适龄儿童全收到学校就读，为各乡发展储备人才。

他这一干就是五年。把校园教室宿舍和藏汉老师全部配齐后的这年，正好青海省卫生厅组织省人民医院的专家到牧区各县巡诊来到班玛县，专家检查了他的身体后说："你的高原风湿性心脏病非常严重，可能会随时死掉，不是吓唬你，建议调到西宁或内地，对这病才能缓解。"

他想着自己把三十多年的岁月刻在雪山草原和风霜中，可以问心无愧地回西宁养老了，就写了调动工作报告，但县委书记认为他工作有魄力，藏语也好，县上仍急需这样的人，就给他做思想工作。

这样阻止的事，让他想起父亲在 1985 年冬季病危时的往事。弟弟从老家发电报让他回去与父亲见最后一面，彼时班玛到西宁还没有通班车，必须找便车，而在县上如没人脉关系，常常多少天也找不到一辆车。幸好那段时间有从西宁送面粉到班玛粮站的卡车，他通过站长的关系，好不容易联系到了一辆，可没想到第二天卡车行驶在阿尼玛卿大雪山上突遇暴风雪，瞬间从山峰上刮下大量积雪把卡车埋在数米深的雪底，而这条路是唯一通往西宁的公路。

起初他以为暴风雪过了这一阵就能停下，可以继续翻越雪山回西宁，但暴风雪像个疯狂的巨人，不停地撕心裂肺地吼叫着，肆无忌惮地横扫茫茫雪原，把道路彻底锁死。司机很有经验，看了这架势，硬拉着他弃了卡车，从半山上连滚带爬几十公里，到了在茫茫雪原中只露出石头子那般大的黑色运输站。

这是青海省运输公司为进入果洛的司机们专门设立的加油食宿补给站，自然有吃有喝，他这才躲过不被冻死或饿死的厄运，但暴风雪却一口气刮了七天。架在旷野里的电线杆，是果洛草原上唯一与外界联系的线路，也被暴风雪刮断，他原想打个电话给家人报个平安，此时却被封困在阿尼玛卿大雪山的怀抱，完全与外界断了音信。随后又连续一个多月的狂风暴雪，更是把整个阿尼玛卿大雪山的积雪增加了数米厚。那阵子，除了大风整天贴着雪原吹起的响声，和随风冒起一溜卷白色雪沫外，整个世界犹如死亡般寂静。

他和司机随运输站的两名人员在这里过完春节，直到春季路上的积雪融化才勉强回到西宁，等坐上火车回到河南老家时，弟弟大吃一惊，以为见到的是他的冤魂。

原来春节前，老家到处传说曲宏伟奔丧途中，在一家小旅店被强盗大卸八块抢走了几万元钱冤死他乡。弟弟听说此事后，赶忙给班玛的嫂子黄小梅发电报询问，她也不知道丈夫被困雪山下运输站的事，回电说回老家已多日，而他弟弟在老家又数月不见人影，便确信那谣言是事实，悲伤地在他父亲的灵堂边为曲宏伟设了灵位祭奠。

哪想到他突然出现在弟弟面前，把弟弟惊得分不清是人是鬼。当曲宏伟把自己在雪山受阻的事说了一遍，弟弟才知道他的死是误传，但父亲早已入土数月，他一个人数次跑到坟前痛哭流涕，觉得这一生都在高原干自己的事，没照顾过父母几天，对不起他们的养育之恩……

高原的生活如一条漫长的河流，让他在激流中落下了一身高原病。他想着早点调回西宁，甚至联系好了省政府下属的一个单位，当他写的报告再次报到人事局后，被上次阻止他调动的书记看到，专门把他叫到办公室说："你要走的话，我得从现在开始物色接替你的人选，我估计不可能立即就能找到合适的，当然你也不用急，继续工作，等我找到合适的、能接你班的人了，你再走。"意思显而易见。

他想，既然这条路走不通，那就利用到省上开会之机去找老领导扎喜旺徐，请他出面说情，一定可以解决。可当他真到了省委大院，怎么也拉不下脸去敲老领导的门，徘徊再三还是回了班玛。在往后的数年里，他在民族小学的基础上又建起县民族中学，到西宁、兰州甚至他的老家河南等地招老师，扩建住宿楼。一忙又是几年，他每天要吃下数粒西药片以保心脏，又工作了五年，这时早就超过了他退休的年龄。

那天上午，他接到退休手续的刹那，心脏像被刀戳了一下，意识到自己这是真要离开班玛了，就像在荒凉的冬季掠过的暴风雪袭击了身体，让内心充满了冰凉。他有点无助般地拿着退休证站在政府大院里，抬头看了看明晃晃的太阳正毒辣而又温暖地照着自己，心想，这是自己到果洛高原的第四十一年。他又抬头看了眼太阳,觉得此时的紫外线比四十一年前更具辐射力，像是瞬间把一个少年变成了老年。

第三辑

雪山道班上的第一个冬季

山岗上风中分娩的牧女

我目睹了整个事情的全过程。

那天是 1987 年 8 月 4 日,正是青海省果洛藏族自治州成立 35 周年州庆日,因 3 日晚上喝了大量茯茶看《西藏,系在牛皮扣上的魂》至凌晨三点,我一觉醒来已是 4 日上午十点,起床后忙走到街上寻找社火队看热闹。这也是整个州庆活动中的一个重要内容。队伍里除部分藏族艺人外,还有一部分来自青海东部民间的表演,我们这些当地人都统称它为社火。

此时的社火队,早已一路狂欢到了大武这条唯一的十里长街的最东端。待我追上时,东西两支社火队不期相遇,按传统规定,两龙相遇必有一战,两支社火队已拉开叫板比赛的架势,场地四周早被人群围得水泄不通。我环顾四周,见旁边的山坡上稀疏地坐着显然是从牧区来的牧人观众,便爬到山坡上准备俯瞰。

我在一位穿着黑条绒藏袍、大约二十岁的牧女旁边坐下,和她并肩坐着的是位和她一样衣着的老妪,从模样上看像是她的母亲,两人正聚精会神地看着山下生龙活虎的表演。因为彼此都是看客,我并没在意她们的任何举动,直到看了一会儿收回目光时,无意中朝她们瞥了一眼,只见那年轻牧女略带痛苦的表情,用焦虑的语气对老妪说着什么,老妪听后起身匆忙向远处走去,剩下她有些心神不定地继续俯瞰山下热闹的场景,脸色却有了些凝重。

我没理由关心一个牧女的举动，继续专心看着在街头那处逼仄广场上两支穿着大红大紫耍社火的人们。随着录音机里播放着一首著名的青海民间音乐，人们跳起纯粹而极具张力的民间舞蹈，还有藏戏性质的表演，围观的牧人们随着情节欢呼着。

就在这时，隐隐约约有股轻微的如细风吹拂河水流动般的呻吟声在我耳边回旋，这游丝般的声音附在那欢笑声上时隐时现。我环顾四周，并未发现那声音的来源，以为是耳鸣产生了幻觉，而那声音也被山下一浪接一浪的叫好声吞没。

又过了一会儿，我无意地再次扭头朝旁边的牧女看了一眼，发现她已完全躺在草地上，我还是没看出有异常，以为她坐累了，或是被刚才的那阵大风吹得有些凉意，索性躺在草地上俯瞰山下的狂欢，因为我旁边不远处的牧人就是这姿势。就在我再次伸头看山下表演时，那种轻微痛苦的呻吟声，再次清晰地像风一样刮来撞到我脸上，这回我循声辨别出了那声音就是她发出的。

我有些意外地打量着她，突然看到她身下有条如蛇一样扭曲着的血水在流淌，而女人的眼睛始终盯着湛蓝的天空。我不由自主地随着她的目光也抬起头去看天空，天上只有堆积叠压着的一朵又一朵巨大而又梦幻的白云团，在一阵阵从阿尼玛卿大雪山巅生出的冰凉山风的吹拂下，犹如格萨尔王在岭国建造的无数艘征战的舰船，波澜壮阔地在天空之海航行。

这样的景象在果洛的天空司空见惯，并不值得她这样专注凝视，就在我把目光拉回地面时，恰好碰到她也低下头来看我，我立刻看到她疼痛的表情在那一时瞬变成纯净如月光的微笑。她的脸上竟镶嵌着一颗透明的泪珠，也许是她在忍受刚才的痛苦时无意留下的，现在被阳光一照，一抹光芒就刺中了我的眼睛，并让我心里一颤，蓦然明白她刚才并非是在看天上的云朵，而是仰起头在承受着某种巨大的痛苦。她的目光握住了我的目光，然后用胳膊撑起30度角的上身，朝我招手。我被她的举动惊讶了，半天没缓过神，仍旧死死地盯着她看。她见我发愣，就朝我努力绽放出和刚才一样友好的微笑，再次朝我招手。我这才眨了几下眼，反应过来似的指了指自己的鼻子，她微微点了下头。我立马跳起来走到她跟前，用汉语问她："有什么事需要我帮助？"
她说了一句我完全没有听懂的藏话，不过还是从那句话中听懂了一个"孩子"
的单词，但又不知何意，继续傻傻而又愣愣地看她。

　　她见我没听明白也没再说，而是把她的一只手递给了我。我这才清楚地
看到她早已满头大汗，汗珠挂在她紫色面颊和潮湿的额头上。我在握住她的
手时明显感到她手心冰凉，就势一把把她拉了起来，然后她坐在草地上，解
开系在藏袍腰间的红袍带，在撩开藏袍的一刹那，我分明看到她裸露出的腹
部高高隆起，像高原无数浑圆山头中的一个，结实而又美丽。她迅速用藏袍
围住了自己的身体，又像刚才一样款款躺在山坡上，继续仰起头来看天空中
那一艘艘舰船般的白云。这次我真的看清楚她并没有去看天空，而是闭着眼
睛忍受着又一阵朝她袭来的痛苦，那些白云在她闭上眼睛的时候，像梦境一
样飘过，她重新开始新一轮的痛苦呻吟。

　　此时我才恍然大悟，她是要面对湛蓝天空，在一阵阵冷风中的山岗上分
娩一个孩子。我惊呆了，不知所措，愣愣地蹲在她身边看着也听着她没停止过
的呻吟的痛苦，也明白刚才飘扬在录音机音乐上面的呻吟声就源自她。

　　过了好久，她再次伸出手来并使劲握着我的手时，她的手已不再冰冷而
是开始发烫，好像还出了一手的汗。我故意上下来回晃动了几下，想传递给
她一种镇定和勇敢的信息，不知她是否感受到，却清楚地看见她的眼角又有
一滴泪水划过脸颊，滴到她的身上，然后又是一滴。也许她根本不知道她曾
流下过这样漫长的泪水，当然也可能意识到这眼泪是幸福来临前必须经历的
阵痛。

　　她就那样一动不动地躺着，也不擦拭眼泪，让泪水如在太阳光下的草原
上潺潺流动的河流，以不动声色的方式表达着对新生命企盼的激情。

　　她开始喘起粗气，胸脯在急骤中起伏着，一次次来回运作发力，但都没
有成功，她的这些动作就像在马拉松漫长赛道上的喘息，我也如观众一直蹲
在她身边合掌为她祈祷加油。时间像是无边无际或是在瞬间掠过，终于看到
她在惨烈叫喊声中以排山倒海之势，也如同运动员在瞬间爆发出万钧之力掷

出那块铁饼而戛然而止。大地静籁无声，所有的河流也在这一时凝固，只有铁饼在空中迎着太阳无声地徐徐飞翔，然后一个婴儿被她强有力地弹在茂盛的草地上，清脆的啼哭声像果洛高原上飞隼的一个唿哨，猛地炸开嘹亮地传到远处……

我简直不能相信一位母亲分娩孩子的过程，竟然这样自然而又让人目瞪口呆，她打破了我对汉族人分娩生命的常识，一时把我镇得像个白痴回不过神。尽管我是在果洛高原出生并长大的汉族，从小对藏族有着至深的了解，此时还是迷茫失措，不知自己是被惊吓到了还是感动到了，就那样呆呆地看着这位年轻的牧女，我双手合掌，不自觉地吟诵起"唵嘛呢叭咪吽"六字真言在草原上代表对最美好事物最真诚的祝福，奇迹的是在我吟诵的同时，听到了她也发出同样的声音，她的声音虽然微弱，却像高原山里喷出灼热的泉水，也如"欢乐颂"铿锵有力的前奏，抒发出对生命激情的歌唱。

然而不平静的事还在后头。女人见我痴痴呆呆地看她，一时竟有了羞涩，朝我微笑了一下，抬手擦拭头上无数颗的汗珠，随着她的这一抹，草原上原本被她在呼叫声中凝固着的河流立刻奔流起来，天上的白云也开始飞翔起来。她从容地指着数米外的两块石头又说了句藏语，这回我大概听懂了，她要我帮她把那两块石头拿过来，可我不知道她要石头干什么，在犹豫不决中递给了她。

女人将刚才诞在皮袍上的婴儿放在一边的草地上，接过石头，支撑着裸露着健美的上身，把连着她和婴儿的脐带放在一块稍扁的石头上扶稳，另一只手拿起那块有点尖锐的石头，朝着脐带猛砸下去，她挥动臂膀的动作就像一个劳动者收获丰腴的洋芋那样从容不迫，石头撞击脐带时发出一连串的"吧唧"声，在空中显得很是清脆，也就是这独特的撞击声，击得我心惊肉跳魂飞魄散。

我就那样眼睁睁地看着她举起石头一下又一下地砸着，直到带血的脐带在"叭"的一声中被砸断，鲜红的血液从脐带中一泻千里流进山脚下的河流，那条红色的河流如一条飘扬的哈达，蜿蜒着向东方流去。

我看到她的脸上早没了一丝痛苦表情，反而很轻松，也很细心地将那根砸断了的脐带挽了个扣，宛如将那孩子的一生系在阿尼玛卿雪山白云缠绕的山腰上。她把啼哭着的婴儿塞进她温暖的藏袍里，再次缓慢躺下，也再次仰起头来看着湛蓝天空中飘着的白云。我也再度随着她的目光又一次仰起头，这回清楚地看到了她睁着明亮、宁静的眼睛，直直地看着那些巨大的白云。我想她一定想着她的孩子能在将来的岁月里，像岭国英雄格萨尔那样在高原上度过一生。格萨尔是藏族心目中的创世纪英雄，也是她心中以及刚出生孩子心中的大英雄。

在牧区，对于一个草原上的牧女来说，只要孕育的生命成熟了，就会自然分娩出一个新生命，并不会因为分娩而特意选择一个怎样的地方，而是随天意而择地，即使在风中的山岗上也要瓜熟蒂落。她的分娩也许只是这个民族千百年来繁衍中的一次，自然而又纯粹。也正是这一次，让我对藏族有了更加深刻的敬佩。

我让自己镇定下来，把随身带来的铝制水壶递给她，用藏语说："你喝点水。"她接过来仰头喝了几口，朝我微笑点头，那笑脸此时因分娩显得十分苍白，却充满了无限生动的格桑花的气质。然后她再次躺在地上，这回她闭着双眼，像是疲劳后在享受着休息的安逸……

一场不动声色而又惊人心魄的分娩过程就这样结束了。

这时那位离去的老妪，背着一个包从远处走到她身边来，连忙从包中掏出剪刀一类的东西，我这才明白，她刚才是找接生的东西去了，但她还是晚了一步。牧女微笑着指着我用藏语和她说着什么，老妪听了回头看了我一眼，没顾上和我说话，急忙把那个刚出生的婴儿接过来，用额头顶着他的身体，朝着太阳的方向举了起来，冷风仍在太阳光中不停地刮着，尽管这时是大武最炎热的 8 月，但气温仍让人感到冰冷，那个婴儿在老妪手上欢快地活动着手脚，像是热烈拥抱着雪山和草原。我听到老妪不停地吟诵着"唵嘛呢叭咪吽"，犹如一直在唱着冗长的赞美诗。

完成这个颇庄重的仪式后，她才来到我跟前，用藏语向我表达感谢，这句常用的藏语我当然听得很明白，就摆手表示不值一谢，同时转头去看仍旧躺在草地上的牧女，我们的目光又一次相遇，我清楚地看到她的眼里已恢复了温和，那是在牧区最常见的被阳光照耀在溪流上泛出明亮的光芒，那目光静静地在夏天的流水中穿过我的心脏。

老妪走到她跟前弯腰欲扶她起身，我见状赶忙过去握着她的手，把她拉了起来。我以为她会累得站不起身，可出乎意料地，她一下就稳稳地站起身来，还从容地整理了凌乱的藏袍，认真地把那根红色腰带系在腰间，随后下意识地低头朝刚才分娩的草地上看了看，像是寻找什么。地上什么也没有，只有一条如蛇一样弯曲着已干涸的血迹和两块被鲜血染红的石头。娘俩挽起手，嘴里仍然不停地吟诵着"唵嘛呢叭咪吽"，俨然没有发生过任何事情一般，蹒跚着朝雪山上的太阳走去。

尽管我一直看着她们的双眼，被强烈的紫外线耀得生疼，但我还是一动不动地看着，直到她俩完全消失在太阳光里，然后又看了好一会儿空旷原野里朦胧的雪山，才朝着她们的背影大喊："谢谢你们！"

周围的人，除了我看到牧女的这一系列动作外，所有的人仍然全神贯注地看着山脚下多年来不曾有过的狂欢，根本没有察觉到在这山岗的风中发生了什么事。庆贺果洛藏族自治州成立 35 周年的活动，还要持续多天才能结束，但是，这个于我有着特殊意义的 1987 年 8 月 4 日，让我对故乡果洛高原有了如同皮肤撕裂般疼痛的一生记忆。

以身相许的牧区生活

　　我老家是河南省孟县西虢公社的，祖上都是农民，因我是家里的大闺女，父母重男轻女从小不被重视，生下来都叫我妮或者妮子，直到七岁某天我和邻居小女孩王翠在街上正玩，她妈妈带她到小学去报名，看着我孤零零一人站在那儿羡慕地看着她们时，说："你七岁了，也该上学了，你爹娘也不管你，那就跟我们一起去报名吧。"我是在无意中跟着邻居王翠的妈妈去村里小学报的名。幸好这时村里的学校不收费，所以老师填表时问我叫啥名，我说："妮。"她说："你爹娘也不给你起个大名？"在我不知如何回答女老师的问题时，她指着桌上一本书，说："你以后就和这本书的主人同叫斯好。"我这才算正式有了大名，而且我脑子好使，比别的孩子更能轻松地拿下各门功课，成绩历来都是名列前茅。到了高中毕业那年，知识青年上山下乡运动虽已进入尾声，但仍要下乡锻炼，我原本就是农村人，不像住在城里的同学得选择，我便径直回农村当了农民。

　　我妹妹叫红娥，虽然名字土气，可有正式名字，长相一般，只上过两年小学，在家帮我妈养猪做饭，是个适合在农村生活的妮，但在随后的婚姻中，我却因为有文化和比她漂亮败给了她。

　　失败的原因是，我姥爷在20世纪70年代到青海班玛县基建工地当泥瓦匠时，把我二姨介绍给老婆病逝半年，还有个和我差不多大的儿子，在县招待所工作的吴学仪，然后我二姨就从老家来班玛县和他成立了新家庭。她和吴学仪结婚后生了三个女儿，她见自己没儿子就把继子当亲生，并在1980年，也就是我21岁时觉得肥水不流外人田，叫我去班玛县跟她继子结婚。我动身前遭到我二姨夫的反对，他说我是高中生，他儿子连初中都没毕业，最关键还嫌我漂亮，担心他儿子管不了我，反倒看上了我妹妹，说红娥和他儿子都没文化，也都没心眼，正好一对。

我二姨认为都是亲侄女，娶谁都一样，阴差阳错，我妹因没文化和长相丑反倒去了青海班玛县嫁给了原本属于我的有正式工作的二姨的继子，我意外接手了妹妹在家的农活。

我非常生气，连着几次把一摞碗有意给打烂以此来发泄情绪，却也没办法挽救，想来想去觉得必须主动出击，也要嫁个有国家正式编制的人好离开农村。我是个想好决定就会行动而毫不犹豫的人。1980年春节我对爸妈说："我也要去青海找我二姨，班玛县肯定还有未婚的小伙子，我要嫁个吃商品粮的，也要当有城镇户口的人。"父母虽反对可也阻止不了我，正月十六一早我坐班车到洛阳，转火车到了青海西宁，再转一周一趟的班车去了班玛县。

我二姨没想到我会来班玛，很不待见我，多次对我说："斯好，你先回老家，等这边有合适的人我就介绍给你，二姨会把你带出来吃商品粮的。"可我不相信她这话，知道我来班玛给她添了不少负担，就是赖着不走，还动员仁表妹和我一道把那间牛粪棚拾掇成简易小木屋，从屋里搬出来，不和她们挤在一起。虽半夜能把人冻醒，但我安慰自己说，只要找到能结婚的人，日子就会苦尽甘来。

我第一个认识的男青年是县银行的李小龙，是他主动约我看电影。我俩坐在影剧院的黑暗里，他会递给我一个他咬一口我咬一口的苹果，说悄悄话，但谈了两个月就吹了，原来他妈妈跟别人打听到我是个盲流也没工作，虽然漂亮也不顶钱花，就坚决反对。之后我再去找他，他就躲避不见，我知道不行了也不敢多留恋，赶紧换了新目标。

县政府办公室的司机于大江是河南新乡人，也是我老乡，人很老实，我们认识后我主动追他，他对我也不错，只要不出差就在星期天叫我到玛可河边洗他那辆吉普车，洗完车后我们就坐在车里聊天，他亲我的时候我也不拒绝，还跟他撒娇，前后有半年时间，但结果跟李小龙一样，他父母也嫌弃我没户口没工作而告吹，我二姨三番五次去找他妈想撮合成功，最终还是吹了。

后来，通过我大表妹又认识了小学老师史文胜，他是从青海东部山区招来的小学老师，不像其他人有家庭背景，这是我最为看重的一点。为了能嫁给他，尽早离开我二姨家，我很主动地追他，有天晚上我俩在他宿舍聊到十一点，准备回去时他抱住了我，亲我摸我把我抱到床上解我的衣服，我半推半就也想把生米做成熟饭绑住他，初夜就这样献给了小学老师史文胜。

我以为把他搞定很快就能结婚了，可一个月后史文胜对我说："咱俩不合适，吹吧。"我说："我把身体都给你了，你轻松一句不合适就完了？"哭着扇他耳光叫嚷你还我女儿身，他也不还手，说："这是你情我愿的事，没领结婚证都可改变。"这突如其来的变化让我蒙了。细一想早几个月前我就听到风言风语说，小学从果洛州民师分配来几个女老师，其中有个女的看上他了。当时我想他不可能变心，但他还是真变了心。

我顾不上羞耻去找校长，眼泪一把鼻涕一把地把事情经过说了一遍，想通过校长挽回这局面，可校长在安慰了我一通后，说："这是你俩的私事，学校也不好管，还是你们自己解决吧……"

晚上我一直在班玛大街游荡，回到小木屋时天都快亮了，然后倒下蒙头大睡，二姨见我一天没起床也不吃饭，站在床前骂我说："你就这本事，非要一棵树上吊死？"

也许是天意，有天我感冒去医院看病，在医院大门口看到一个藏族男青年摇摇晃晃拖着双腿往里走，上台阶时一个趔趄差点摔倒，我正好在他身边赶紧扶住他，他也顺势把手搭在我肩膀上，我把他送到了门诊还帮着他取了药，又送他去注射室打针。他离开医院时用生涩的汉语问我："你叫什么名字？"我说："叫斯好，住在招待所。"他说："我得了重感冒，多亏你帮忙，谢谢你。"

我问他："你叫什么名字？家住哪儿，要不送你回家。"他说："我叫扎西多杰，住在县政府大院。"然后摆摆手就踉踉跄跄地走了，直到看不见人，我才想起来我还没看病，这才回门诊。

第二天我在医院打完针准备回家时，突然见扎西多杰从西面摇摇晃晃走了过来，他也老远看见我，用汉藏夹杂的汉语说："你也来看病？"我想开玩笑说"我在等你"，可嘴上却说："这么巧又碰上了？"我俩在医院聊了一会儿才分开。

数天后，他来县招待所大院找我，那时我和我二姨正在院里劈木柴，班玛的燃料都是从亚尔堂林区拉来朽木，用大斧头劈成一小块一小块，再填到火炉里烧，那时我正背靠大门没看见他，他老远就喊："斯好，斯好。"我二姨立刻警惕地问他是谁。

我把他让进二姨家后，将我在医院里和他认识的经过说了一遍，二姨马上显得很慈祥，笑着问他是哪里人、在哪上班、结婚了没等一连串问题。扎西多杰说："我是江日堂公社的，13岁那年公社王社长见我在牧业点帐篷寄宿牧校学习第一名，年底就把我送到县民中上学，初中毕业时因为我汉语在同学们当中最好，县农牧局要招一个懂双语的人，我便被招到农牧局当干事，已经工作四年了，还是个单身汉。"

二姨突然兴奋地对扎西多杰说："晚饭我给你做饺子吃，你和斯好多聊会儿。"扎西多杰说："你家木柴还没劈完，我帮你劈。"我俩来到院子，他一边和我说话，一边利索地劈着木柴，直到我二姨喊我们才住了手进屋吃饺子。

正吃饭时我二姨夫下班回家，扎西多杰很意外地说："哦，原来这是你家呀，老吴？"班玛县城是1954年才建立人民政府的，工作人员多是当初建政来的工作队员和后来的移民，也就是内地一个大点村子几百号人的规模，彼此都认识。

扎西多杰走后，我二姨鼓动我说："我看这人不错，你主动和他谈谈。"我问二姨夫说："你觉得咋样？"二姨夫半天才说："藏族是游牧民族，常年在无人烟的草原上放牧，一年四季也见不到几回人，说话办事都没个准，这倒不是某个人的缺点而是民族习性，再说他们的风俗习惯和我们有很大差别，还有他们信教，你要想嫁给他还要做好思想准备。"停了会儿他又补充说，"我是为你将来的生活才提醒你，最后的主意还是你自己定。"

二姨夫的话立刻让我内心沉重起来，但我不知道那沉重对我在当时意味什么，这也反映出那时我年轻，没经过生活磨砺，一心想着出嫁把自己的农村户口变成城镇户口，可以拿到粮折到县粮站去买面粉，我就是为这个理想来班玛的，现在机会来了，也就顾不到这个一闪而过的沉重感，还反驳我二姨夫说："文成公主不也嫁了藏族的松赞干布，还名留青史呢。"我姨夫听了大笑起来，连眼泪都笑出来了，摇着头说："两回事，你一个平民小女子当不了文成公主。"然后不再说话。

半年后，也就是1981年"五一"，我和扎西多杰结了婚。婚后第一年我俩回他老家江日堂草原过藏历春节，初一早上天还没全亮，我穿着藏服和他三个妹妹，背着从来没有背过的一只木桶，到数百米外的河边汲水。尽管我只背了半桶可还是随着走动不停地把水洒了出来，一路累得气喘吁吁回到帐篷里还要替他们一家人熬一大锅奶茶，他妈妈在旁边指导我怎样做，我一下变成了藏族小媳妇。连着这样干到了藏历年正月初十，我又和他们一家人赶着几十头牦牛和羊群到数十公里外的草场去放牧，跟他们一起吃糌粑、喝奶茶，晚上住在四处透风的帐篷里，虽很不习惯，但还是努力让自己融入他们的生活。实际上，我用这种方式来改变我的农村户口，希望和城里人一样能吃到商品粮，是必须付出代价的。

随后我开始让扎西多杰想办法把我在河南农村的户口转到班玛县，但班玛县公安局让我提供户口所在地村、公社二级证明。我父亲一个老实巴交的农民不懂融通，直接去找村支书说事，支书光说研究就是办不成，他又去找公社社长，社长说："要村里拿证明后公社才能签字。"这样就误了一年。

我二姨夫看出了问题，让扎西多杰到江日堂林区花十几块钱买了两个麝香，我知道这东西在我们老家是稀罕物，二姨夫让我寄给我父亲并叮嘱他亲自送给村支书。不料过了半年，村支书对我父亲说："能不能让妮再寄两个来，儿子在部队提干要送礼。"就这样前后两年才把迁移证明寄来，我的农村户口终于变成城镇户口，我也像县上的人那样吃上了商品粮。

结婚第二年十月分娩前，我没按扎西多杰要我到他老家江日堂草原生孩子的要求，而是在班玛县医院生了一个儿子，出院回到家里，扎西多杰竟让我自己做饭带孩子，说："我们藏族女人生完孩子要背木桶去河边汲水，还要为全家人熬奶茶打酥油，从没听说过女人生完孩子要在床上躺一个月的。"

我想这个男人怎么不懂心疼人，我还是他老婆吗？一天没吃饭也没搭理他，他见我真生气了，便把我二姨叫来劝我吃饭带孩子，我二姨听说这事后指着扎西多杰大骂他不通人性。二姨夫听二姨说了这事后也来看我，并给扎西多杰讲坐月子的道理，语气很是严厉。扎西多杰笑着说："你们汉人讲究得真多呵。"然后才尽心做着饭菜，二姨也过来照顾，我这才顺当坐完月子。

两年后我的第二个儿子出生，这个儿子从小就调皮好动，他5岁那年的8月，正遇上扎西多杰和他的局长一起去吉卡公社牧业点下帐，一个多月都没回来。正是暑假期间，小儿子就由大儿子带着，成天在政府大院或是后面的山坡上摘野草莓玩，一天都见不到人，直到我下班后在山坡上找到他们，这才一起回家给他们做饭吃。

我住的那排房子离政府大灶很近，大灶旁边有口水井，井口没有任何防护，就那样张着黑黝黝的大眼对着蓝天。8月25日那天下午，他哥俩可能看到用水泥做的光溜溜的台子很干净，便爬到井台上玩，老二趴在井口朝下看，看到自己的身影随着水纹涟漪成了花样，就说："哥哥快来看，井水把我给剪碎了。"为了更清楚地看到自己的影子，他使劲把身体往里探，却用力过猛一头栽进井里，老大这才慌张地跑到基建工地上对我说："老二掉到井里了。"我一下就吓瘫了，工地上有几位师傅跳下手脚架，领着大儿子往水井那儿跑，等我被几个家属扶着到井边时，就看到二儿子已被打捞出来躺在水泥台上……

扎西多杰在吉卡公社接到这个消息，赶回县上已是四天后，当时我二姨还有我仁表妹都在场，他没说啥，到晚上就剩下我俩时他指责我不管孩子去挣钱，是我把儿子给害死了。我说："你要有钱还用得着我累死累活去当小工吗？你咋不给我安排个正式工作，那样我不就可以一边上班一边带孩子？"

　　扎西多杰的汉语虽好，但不可能说过我。他觉得我羞辱了他，一急就和我动起手来，一顿暴打让我在医院躺了一个星期。我二姨听说后拎着一把铁锹气势汹汹地来医院找他拼命，还是我最先看到她进了医院，赶紧让扎西多杰躲起来，否则我二姨真打了他，那还不是又给了扎西多杰再次打我的理由呀。

　　半年后，我的藏族婆婆去世了，按藏族的风俗要天葬，正式天葬前要组织寺院数位阿卡念一周的经超度，费用要两千块，同时还要付给天葬师几百块钱，还有他的一干亲戚也要来念经，招待吃喝也要用钱。我把存折里的两千块全给了他。几天后，他又来要钱，说至少还得两千块钱，我又把仅有的一张定期三年的两千块存单也取了出来，才算办完了丧事。

　　藏传佛教讲究人去世后，家里要给寺院捐酥油点长命灯，以便超度逝者的灵魂，可我所有的钱在天葬时都花光了，只能向我二姨借了一笔钱给他。他拿着钱到县城附近的几个寺院献酥油，一献就是几十斤。要知道那时一斤酥油十来块，相当于我们一家两天的生活费，可这就是风俗，我也没办法只得借钱支持他，我害怕别人说他不孝，看我们的笑话。

　　说到风俗，我给你说说我不能接受的风俗：1987年7月扎西多杰连续四个月的工资都没拿回家，直到有天晚上他从牧业点回来，我说："知道几个月没把工资拿回家了吗？你老婆儿子等着用钱买面粉呢。"

　　开始他说喝酒花完了，我不相信喝酒能把小半年的工资喝完，然后他又说借人了，我问借谁了他也说不清楚，这就让我怀疑其中肯定有鬼，为工资和他大吵了一架。数天后，在我二姨跟我的联合逼迫下，他说都给牧业点的益西卓玛了，然后解释说，因为他到牧业点下帐时，住在她家生了个儿子。这事在他看来也许不算啥事，但对我来说无法接受，他看着我一脸无辜地说："这个问题严重吗？再说我也就是给他们这一次的钱，以后我的工资都由你领。"

　　他对我要离婚的事有些不可思议，说："既然你要离那就离吧。"没一点悔改的意思，我这时才想起结婚前我二姨夫说的那些话的意义，也确实明白文成公主不是汉族女孩都能当的，我就是一个为了能吃上城镇商品粮费尽心思的农村小妮，当初就应当在老家老老实实地嫁个农村青年，但现在为时已晚，自己选择的生活只有自己承担。说实在的，这时我都想像二儿子一样跳井一死了之。

这时，我二姨夫来我家看我并对我说："婚姻虽是你自己选择的，但现在都有孩子了，我不同意离婚，他不是承诺以后工资都由你领嘛，这样你可以照顾好孩子和自己，一旦离婚你哪儿来的钱生活？凭你目前的状况还能找个什么样的人再婚。"我冷静下来想想二姨夫说得有道理，便咽下了这口气，日子就这么磕磕绊绊地过了下去。

某天，二姨夫把我和扎西多杰叫到家，说："你婆妈去世把家里的钱都花完了，孩子也小，你河南的父母也要你的帮助，扎西多杰的工资也只够你们吃饭，我给你俩出个主意，你也看到了县上有好几家私人开的小卖部，我也了解过能挣到钱，你们在招待所大门口盖间房，也开个小卖部，招待所你来我往的，人流量大，斯好守着小卖部还能安心带孩子，起步资金我借你三千，让红娥借你两千，你们自己再想法筹借几千，我再帮你们落实司机到成都或是西宁给你们带货……"

二姨夫这时已被提拔为招待所的所长，有权力让我在他们单位大门口盖间土坯房，还把单位一个破柜台摆在小卖部，又上了些烟酒杂货，我也就以小卖部为家吃住在这里，不到两年的时间就把五千外债全还完了。这时我又生了第三个儿子，有了二儿子的教训，这次我亲自带着直到他七岁上学，因县上又增添了数家小卖部，已基本没了利润，便把小卖铺转给一个河南老乡后，在家专心给孩子做饭。

到2000年时，两个儿子好像转眼就长大了，小儿子九月一开学就要到县民中上初中，虽说学费国家管，但生活费却是要自理的。大儿子在县民中参加高考后接到青海民族学院录取通知书，这意味着我要准备一笔钱，为他俩交学费和生活费。

我还没有给你说我这位酒辣辣（青海话，酒鬼）丈夫，那时他在单位被列入第三梯队，这意味着表现好的话他可能有机会当上单位领导，可他是个不争气的人。局领导就让他到公社做具体工作锻炼，他倒是也很愿意下去，但因为和牧人喝酒常醉宿牧人的帐篷，有几回还被牧民群众反映到局里。局长和县组织部的人都找他谈过话，他嘴上答应改正，可一喝酒啥都忘记了。

更可笑的是，有次果洛州农牧局的领导陪省上的厅长来检查工作，局长让他带几个人把会场布置一下开个大会，不料他晚上和几个人喝酒，一直喝到早上6点才散伙。到了8点，局长到会议室一看仍是乱七八糟根本没收拾，就让人到处找他，最后来我家找他时他还躺在床上睡觉呢。叫醒他后，他仍迷迷糊糊不知道发生了啥事，直到来人说"你为啥不整理会议室"时才想起局长要用会议室开会，昨天光顾喝酒忘了这事，赶紧到单位找局长解释，局长早把开会的地点换到了县委小会议室。这样的事屡见不鲜，次数多了领导也就任他去了，前程也就被他自己给断送了。这样的人你说他能进步吗？

到大儿子上大二时，我已拿不出钱供他继续上学，问扎西多杰咋办？正好他被农牧局新一任领导挤到刚成立不久的县旅游局，又正好大武地区刚刚开放，成为外国人攀登阿尼玛卿等数座大雪山的大本营。这时从内地来高原旅游的人络绎不绝，而大武的招待所只有那么几个国营的，条件也不是太好，早有河南老乡约我去大武合伙开民宿，现在我这么一问他，他说州上的朋友曾邀请他去投资小旅馆，我一听正合我意，便和他一同去了大武。

靠扎西多杰的关系，以我的名义在果洛州农行贷了十五万低息贷款，在州邮局旁边繁华地段租了一栋二层小楼当旅馆，除了吃住还代理租用越野车、找向导、洗衣服等所有客人需要的事项。我不仅当老板还兼服务员、大厨、洗衣员、联络员，凡是店里的事我都干。扎西多杰也主动和州旅游局的领导搞关系，争取接待登山客。没事时，他还到店里打扫卫生洗床单，换了个人似的，我很满足这样的生活。

第一年下来我就还了五万块贷款，我想这样干几年很快就会翻过身，到时在西宁买套房子定居了，不料第二年八月，有次扎西多杰开着越野车从大武送两个日本登山队员去阿尼玛卿雪山途中翻车，一个日本人飞出车门跌进山谷摔死了，另一个日本人和他自己都负了重伤，在医院抢救时扎西多杰因是 AB 型血型而严重缺血，一时找不到血浆，在大家急得团团转时医生问我是啥型，我说："不知道。"医生让护士给我做了个测试，结果竟然和他同型，就抽了我一大瓶血给他滴进去，等过了几天情况稳定后，把他转到西宁治疗，我也关了店门去西宁照顾他。

这事过后，我把家里的全部积蓄拿出来，不仅赔偿了旅游公司的车款，还赔了日本人一些钱，我又变回穷光蛋了。扎西多杰在西宁养好伤后，要求回班玛县的江日堂老家去休息，我想他回他老家可能心情会更好些，也便于彻底恢复就点头同意了。把他送走后，我又来到大武继续开那个民宿店，挣钱供儿子上大学。

一年后，有天有个年轻女人来到店里对我说："扎西多杰说你们结婚以来日子就过得不好，这是因为汉族和藏族有着不同的生活习惯，文化背景差别也很大，而我和他都是藏族能生活到一起，我建议你俩离婚吧……"

我知道我和他的婚姻到头了，很快把民宿店转给了别人，还了贷款后拿上还剩的两万块钱回到西宁，在横水桥一个叫圆树村的城中村租了间民房，花钱叫人把固定窗户改成了活动窗口，进了些百货又干起了小卖部的生意。可是随着城市建设，圆树村的房子也要拆迁了，我就搬到南川西路烈士陵园附近。

我那个小儿子从小就不是上学的料，不断惹是生非，不久后也不再上学开始在社会上混，小小年龄就学会喝酒抽烟，成天和一帮人鬼混。我一看他这样，就把他叫到西宁和我同住，想管教管教他，可我根本管不住。只要我骂他他就离家出走，不知去向，等到手里没钱时就到我二姨家去借，实际是索要。我二姨看他是外孙，每次不是五十元就是一百元，来要钱的次数多了就看出他的德行，便不再给他了。他见我二姨不给钱，就跪在地上给她作揖，有时能跪在地上一两个小时不起身，直到拿到钱才起身离去。

然后他又轮番去我仁表妹的家，用同样的方式向她们借钱。仁表妹都有正式工作，有两位还在农行上班，经济条件都不错，她们看他可怜就断断续续给他了不少钱，慢慢发现他不仅喝酒还去赌博，尤其后者是她们不能容忍的，就给我打电话说:"你儿子借我的钱,你要还。"我稍一算就有小万把块钱了,说:"我没钱,是你们愿意借给他的,以后不要再借就是。"

我和扎西多杰离婚五年后,他从大武退休回到西宁,竟然做通了我二姨的思想工作来找我想要复婚。二姨说:"看在孩子的面上,再说他有退休工资,以后你也有个依靠,就和他复婚吧。"我坚决不同意,扎西多杰看我不答应,当着我二姨和我妹的面给我下跪。他这举动让我想到我小儿子的那个德行,真让人没法说。

我二姨能出面撮合这让我意外,后来我才知道他去找我二姨时恰好碰上我二姨夫早起去街上锻炼被一位喝了酒、骑电动车的人撞成骨折躺在医院,扎西多杰像儿子一样跑前跑后,连续一个星期没有离开病房,还塞给了我二姨三千块钱,钱不多却表明了态度,连旁边的病人都对我二姨说:"你这儿子真是孝顺呵。"

我二姨知道我忙着挣钱,也没告诉我二姨夫被撞的事,她觉得反正有扎西多杰在那儿,他也愿意干,便让他尽孝心。直到数天后我二姨问他有啥事,他这才说:"我现在一个人过得不好,回家连个热饭都吃不上,我知道以前我犯过错,但以后会改正,保证对斯好好,你去给她做做思想工作,让我们复婚吧。"他这样让我二姨有点意外,想着这事对我有好处,当场就答应了,不过她还是留下话口,说:"能不能撮合成功,最后还要看斯好的决定。"

我在我二姨做了很多回工作后想,毕竟他是儿子他爹,既然他这样真诚就再给他一次机会,然后我们就复婚了,之后在青海二医院家属院租了一套楼房,可是不到一年又出了新的问题。

前面我就说过藏族大多数人信仰藏传佛教,他也不例外,当初我和他谈恋爱时我二姨夫就提醒过我,不过直到现在才有了深层体会。他专门把大卧室当经房,供上十几座据说是从西藏桑耶寺请来的黄铜佛像,每天早上五六点起床,点上几十盏酥油灯,雷打不动念经到八点,家里总是烟雾缭绕,让人不停地打喷嚏,到了阴历每月的初一、十五,更是提前一天就买来糕点水果当供品,不停地趴下站起反复磕长头,这成了他的主要工作,除此之外家里的任何事情他都不操心。

有天我外出办点事，让他替我去买中午要吃的蔬菜，他嘴上答应着可实际上根本不理我说的事，专心念他的经，到了饭点就坐在餐桌前等我给他端上饭。再说没复婚前他答应把他的退休工资卡交给我，可从没兑现过，生活费大部分还是由我来负担，我这不是给自己在家供了一个爷吗？……

我忍受不了这种生活，两年后就再次坚决离了婚，这是 2012 年秋天的事。之后我搬了三次家，最后在朋友的帮助下搬到城中村的尕庄，租了两间房，买了六台麻将机开了家麻将馆。

我在西宁连病都不敢生，一旦病了去看医生都心惊肉跳地为药钱发慌，要是住院更是要命，不过幸好身体还争气，没得过大病，所以我不能牺牲自己的身体去照顾扎西多杰，我得先把自己的身体搞好才能更好地生活。我是那种小心翼翼战战兢兢又笨又蠢地过日子的女人。有时候躺在床上想起往事，就很同情自己，觉得这一生活得特别没劲，像是白来人间走了这一趟。

大儿子这几年还算有点出息，只要从班玛回西宁就来看我，每次都会给我几千块钱。小儿子一年前被扎西多杰叫回班玛，想给他安排工作，可他游手好闲惯了不想上班，还常和别人打架，光我听说的他就被赛来塘派出所拘留过两次，后来和一帮年轻人四处流浪不知去向，前段时间又听说扎西多杰把他送到拉萨当志愿者，后来又有人对我说，他在班玛五扎寺当阿卡，可能是小儿子血液里流淌着更多藏民族的基因吧，我自顾不暇已没能力再保护他，只能撒手由他去了。

2000 年夏季的某天晚上，我像往常一样接到在老家上高中时一个闺蜜给我打来的电话，我俩常在电话里聊天，这天无意中聊到高中同学管涛，她说他十几年来一直跑长途运输，手里有三百万存款，住三层别墅，还有私家车，人一有钱在村里也有了威望，去年还当上村支书，活得可谓潇洒开心。开始时听到这些消息我还在笑，因为高中时这个管涛追了我两年我都没答应，当时我还问他："你能把我的户口转成城镇户口吗？你能把我弄成吃商品粮的吗？"现在我还能想起他听了我的话后盯着我看的那种绝望的眼神，我即使这样羞辱他，他仍不放弃，依旧对我好。在我离开老家去青海的前一天，专门到我家给我送了一根皮带，我妈说他送你皮带是想绑着你不要你走，我只是笑笑，把它当废物扔在一个抽屉里。我妈还说管涛是抹着泪出了咱家门的，一个小伙子咋这样脆弱。我听他哭了时心里真有点怜悯，但我知道他给不了我向往的生活。自从那天分别我就和他失去了联系，现在猛听闺蜜说起他的近况，竟这样出乎我的意料，心里很不是滋味，如壶里的开水上下翻腾，听着听着眼泪就不自觉地流了出来，我知道我后悔那时的选择了，也只能把自己打掉的牙咽到肚子里，马上挂断闺蜜电话，从此不再和老家的任何人联系，怕被他知道我的状况笑话我。

没想到第二天一早，和我一样定居在西宁的红娥来看我，这让我有点意外，直到她说："我去办事路过这儿，顺便看看你"，我心里才踏实起来。我们姐俩虽同住西宁，可一年也见不上几面，主要还是多年前的那个芥蒂仍挡在我们中间。说实话，因为我在心里恨了她这么多年，所以和她来往很少。她和二姨的继子结婚后生有两女一男，如今在达日和玛多当公务员，妹夫退休工资八千多，日子过得充实，和我完全不在一个水平线上，虽说两人是亲姐妹，命运却是完全不同。我看着红娥心想，要走多少路才能走到她这样的境地？我真是除了羡慕就是嫉妒，可也没有办法，这就是我的命运。

我为了改变自己的命运，来班玛一住就是四十多年，因混得不好，一直没回过老家，父母的面也一次没见过（哭声，呜咽地哭了好一会儿，连空气中都笼罩着一种悲伤，然后传出窸窸窣窣的擦鼻涕的声音），当初是我非要出来，父母拦我都没拦住，我有啥脸再回老家面对他们。

（据丁斯妤女士口述整理）

雪山道班上的第一个冬季

从翻越阿尼玛卿雪山开始，在这条起伏于雪山、无人区的草甸、漫长山谷，直抵班玛县城飘带般的简易公路沿线上，每70公里左右就会在路边出现一排孤零零的平房，宛如飘带上的蝴蝶结。每天傍晚从房顶伸出的铁皮烟囱里，冒出或浓或淡的炊烟，给无限寂寥的旷野增添着一份活力。这排房子就是住有数位工人的养路道班，他们每年4月至10月，对所属线路从雪山上融化下来的雪水或雨季造成的翻浆，或被车辆碾压成坑坑洼洼的搓板路进行维修，以保证公路畅通无阻。到冬季来临前的9月底，他们留下一名看守人，其余人员全部撤回县上过冬，待来年4月从县上返回道班和守冬人汇合，开始新一年的养路。

1982年9月底的某天，年满17岁的亓三彬，成为被指定留在海拔4300米高的满掌山顶第七道班的守冬人，这就意味着他一个人要在冬季的雪山之巅，面对寂寞度过漫长的冰寒日子，直到来年4月和老员工们汇合。

亓三彬是刚入职的新员工，从招工条件来看，是不合规范的，而不合规又能被招进来肯定有一定关系。这就不得不从1956年在河南唐河县响应党和政府支边号召，到青南高原修筑果洛史上第一条"花吉"（花石峡至吉迈）公路的他的父亲亓宏亮说起。亓宏亮在50年代几乎完整参与了这条近400公里大动脉的修筑全过程，是有过贡献的人。

之所以说几乎，是因为 1956 年夏季，当公路修到尾声时他收到老家发到指挥部的"父病危速回"的电报，不得不返回唐河。数月后他再回到公路工地上时已近竣工，因没编制就没存身的单位，可他又不想回老家，便在达日县养路段旁边盖了间小屋栖身，在县上打了一年零工。到了 1958 年 6 月，某天一位河南老乡告诉他，县养路段联合州军区兵工队，要从吉迈沿 1954 年果洛工作团赶着牛马进入班玛踏出的小路修筑 180 公里的公路，正在招人。这样他便以临时工身份再次来到新的筑路工地，两年后修通"达班"（达日县至班玛县）公路后，因无人区沿线的道班过于艰苦缺人养护，而他又自愿去艰苦的道班当养路工，在被省公路局转正后，上了满掌雪山顶上的第七道班，一干就是数年，因勤勤恳恳任劳任怨多次被评为县或是州养路段的先进，直到 80 年代初，才被县养路段从雪山顶调到海拔较低的第十道班。他儿子亓三彬也就是这时从唐河县中学"初中毕业"，想在县上参加工作，这对亓宏亮这样的人来说，是个不小的压力。

他知道儿子亓三彬从上小学一年级开始学习就不好，每到放寒暑假他妈都会为他的成绩揍他，他鬼哭狼嚎到了五年级就听不到嚎叫了，原来他妈不再问他成绩，只希望他能混个初中毕业证。可上到初二他就退学回到唐河他爷爷家闲逛了一年，然后拿着托亲戚给他弄到的一张盖有唐河一中公章的初中毕业证，回到班玛县，想用假文凭参加工作。他的事段上的人都知道，只是没说破而已，亓宏亮当然知道这条件更增加了儿子参加工作的难度。

最初，亓宏亮的想法还比较高，想让他到县政府或事业单位上班，一则别人不了解亓三彬的底细，二则可以避免上雪山，就找了县上几个老乡疏通关系，发现根本不像他想得那么简单。就在他觉得难度太大时，他老婆说："凭三彬的条件还想到县委坐办公室？我看算了吧，俗话说'龙生龙，凤生凤，老鼠的儿子会打洞'，你就是个养路工，还是想办法把他弄到养路段比较现实。"他听了豁然开朗，立马调转思路，琢磨起进养路段的具体操作办法。

每年 8 月是高原气候黄金月，州养路总段的领导，会按惯例在这个季节坐专车到各道班慰问一线员工。这天州段领导到了他所在道班，他趁空隙把管人事的副段长叫到他屋里，说："你侄子初中毕业了，你得帮他一下，让他进段来养路。"领导说："你是老同志又是老先进，段上会考虑你的要求，再说段上也需要新人。"

同时亓三彬的妈妈专门到民贸公司买了几斤上好的毛线，照着县养路段长儿子身高织了件毛衣，晚上到段长家给他儿子穿上，说："我就喜欢你这儿子，比我那小子聪明，不过即使再笨的小孩，也得有个吃饭的地方，段长你还得帮着三彬入段参加工作才是。"

眼看着一年过去了，到了年底，一直没听到任何回馈消息，亓宏亮有点坐不住了，便在春节前买了箱五粮液。买酒买毛线的钱对他来说是笔不小的开支，虽舍不得也只能咬牙放血，亲自去州养路段拜见段长再烧烧火。这时的班玛与州上不通班车，只能找货车，那天恰巧找的那辆货车驾驶室早坐满了人，他就咬着牙在 -30℃中，顶着砭人肌骨的寒风，坐在车厢货物上到了州上，又怕人看到他走后门，直到傍晚天黑时才贼一样潜到管人事的副段长家，寒暄一阵就把话题拐到亓三彬的事上，段长表态说："你是果洛第一批筑路人和养路人，多年老先进，三彬的事我心里有数，没必要再专门跑来州上。"亓宏亮脸上堆着笑心里却想，我不亲自来上贡，能引起你的重视？

终于在年底的 12 月 25 日，亓三彬被正式招进养路段成了养路工。在分配去哪个道班时，县段长发话说："年纪轻轻的，就去山顶上第七道班锻炼锻炼！"亓三彬知道这是整条线上海拔最高、条件最艰苦的道班，用嫌弃的语气嚷着要去离县城最近的第十道班，这个道班全是需要照顾的老同志和关系特殊的女养路工，他爸听了哈哈大笑，说："为安排你上班，我光赔笑就笑得脸神经疼了几天，你省省劲，让我脸上的神经恢复正常再说……"

亓三彬背着他妈做好的一套崭新行李，随一辆卡车来到满掌雪山顶上的第七道班。之后，他开始和另外四人扛着铁锹，把砂石铺在坎坎坷坷的路面上，然后推着铁皮小推车，从公路沿下五六米开外的砂石地里挖出砂石，再推到公路边，堆成长方体的小堆，一字排在数十公里长的沿线上，以便于随时对路面进行填补。

班长是个四十开外的中年男人，常利用晚上的时间点亮几根粗洋蜡，坐在他的宿舍，组织大家学习总段下发的那几本黄色封面的"规章制度、劳动纪律和养路工艺要求"为内容的小册子。这天是他上山后第一次参加学习，班长指着他说："三彬今年初中毕业，是咱们这伙人里最有文化的，让他领着大伙学文件。"

亓三彬不得不捧起小册子念给大家听，遇到不认识的字就跳过去，有时连一个句子也读不顺，磕磕绊绊结结巴巴的，不知别人听懂了没，他倒是记住了在冬季值班期间不能擅自离岗，如离岗需向领导报告同意，否则会受到处分的条款。当下心里想，一个人留在山上值班，不就是吃了就睡，睡醒了就吃这件事嘛，而且还发全额工资，疯子才擅自离岗呢。

学完文件回宿舍临睡前，他把这想法告诉了同一屋、比他早五年入段，也被他尊称为刘哥的人。刘哥其时已脱了衣服躺在了床上，听他这一说，支起光着的上身看着他说："我留在雪山上守着过冬，知道一个人在大雪山上半年不见一个人能把人逼急逼疯的体会，你太年轻还不懂得啥是寂寞。"他听了嗤之以鼻，说："那是你天天想你老婆想疯了！在山上和回县上有啥区别？不就是见不到人吗，再说在山上还拿全工资，为啥会疯？"刘哥听了他的话惊诧地把已躺平的身体再次撑起看了他一眼，回了句："你在山上面对的可是漫长的寂寞时间，那可是杀人不见血的无形刀，你懂什么叫时间吗？"然后重新躺下，呢喃般地说，"你懂什么是无形刀吗？你太年轻，还不懂得时间就是把无形刀的厉害……"

他见刘哥说得怪诞，便自顾自地吹熄洋蜡，躺下时又补充一句说，"我倒希望我能留在山上，说不定还能评为先进工作者拿奖金呢。"刘哥哈哈一笑，说："那今年冬天就选你留下守冬，也好满足你当先进拿奖金的愿望。"

某天下午，当养护到一处下面是汹涌大河的悬崖地段时，班长指着前面的路面对亓三彬说："你知道吗，当年这条公路修到这处悬崖时，要炸掉悬在山壁上的大石头，你爸从山顶吊下来去点炸药包，点着后一人趴在那儿等了半天也没响，等他过去检查啥原因时，刚走到跟前，炸药包就爆了，崩起雨一样的沙粒钻进他的脸颊，那些小沙粒做手术也没取出来，他算是毁了容，可也不在乎，反正已经有了老婆孩子，现在知道你爸脸上的黑点是怎么得的了，也明白大家为啥叫他亓麻子了吧？"

亓三彬心想，原来开辟这条路我老爹差点死掉，还真跟我有关联，就说："我这是李铁梅接过李玉和手里的红灯，前赴后继走在革命的大路上。"班长听了笑着说："还真是那回事！没想到转眼间你长大真接了你爹的班，也到了第七道班，不过现在的条件好多了，你就好好珍惜，认真地干吧，也像你爸那样当个先进。"

8月底的某天晚上，班长在组织大家学习文件前，对亓三彬说："你是今年第一年上山的新员工，按照传统新员工要留在道班守冬，我先给你打个招呼，你也好有个思想准备。"

班长见他表情诧异，又说："你爸当年在'达班'公路修通后，也就是在这个道班和你妈连守了八年。"亓三彬马上打断他的话反问："我妈也上山守冬？她可是家属又不是职工，你就给我瞎编吧。"班长又说，"这段历史你就不知道了，1959年你爸修通这条公路被总段转正后，回唐河娶了你妈并把她带回班玛，就是为看在冬季道班守冬时有个说话的人，他为啥要守冬，和你现在一样，新工人得从冬季守冬开始积累资历才能成为老员工，不过后来又增加的四年都是他自动要求的，他想挣全额工资能给你爷爷多寄点钱。"

亓三彬想起以前他妈曾对他发牢骚说："当年我就是在雪山顶上风雪交加没有一个人的日子里，整天看着暴风雪和狼群怀上你的，所以你的脾气才这么怪。"他当时并不在意，现在恍然大悟难怪自己长得这么瘦小，个性也这么差，原来都和老妈怀自己时营养不良有关。班长继续说："你妈怀你前就流过一胎，能在高原上怀上并且保住孩子，是件很难的事。她虽保住了你，但在医院生你时却大出血难产，段里的人都被段长叫到医院排队献血，才救了你妈一命……"

他打断班长的话，很不以为然地说："好了好了，说这么多不就是让我留下值班吗，我留下守冬就是了，你们都回县上去吧。"

他的话音刚落，其余的人竟然鼓起掌来。刘哥笑着对他说："你不是想当先进吗？机会来了。"刘哥转过头笑着对大家说："有三彬留在山上守冬，我们可以放心回县上过冬喽。"然后又转过头对亓三彬说："在山上有啥事就让路过的司机给我带话。"另一个人接话说："大雪封山都不通车了，咋给你带话，你不是哄人家小伙吗？"亓三彬笑着说："能有啥事，没事的。"班长说："也是，一个人在山上吃了就睡，睡醒了就吃，还真没事。"

亓三彬问班长面粉跟菜咋办，班长说："后勤上的事不用你操心，沿路又不是你一个人，好几个道班都有留守人，县段会统一按时给你们送补给的。"

9月底的某天，班长从宿舍里拿出几本黄色封面的薄册子，走到站在路边看着大家爬上卡车准备回县城的亓三彬跟前，说："这几本书留给你，寂寞的时候打开看看，时间也许能过得快些。"然后钻进驾驶室朝他一挥手，卡车屁股后冒起一股尘烟，离开了第七道班。

立刻，只有他一个人的道班突然间寂静下来，让三彬的耳朵里有了巨大耳鸣，他感到奇怪，这是以前从没发生过的事。他用双手捂耳朵，想把那尖锐的耳鸣声挤出去，但那声音像是从左耳流到右耳。他张大嘴呆呆看着矗立在云雾中不动声色的巍峨雪山，像要打喷嚏可又打不出来那样孤寂地站了好一会儿，耳鸣才慢慢减轻，他这才从公路上沿着被他们平时踏出的小路回到道班房。

还是过于寂静。他坐在房间窗户前，呆呆地看着从千米深的谷底弥漫开来的光明，一寸寸往上洇到头顶的黑暗处，突然有点害怕，忙站起身出了屋朝远处张望，见整个雪山正被黑暗吞噬，这才反应过来已到晚上，进屋点亮洋蜡重又坐在窗前，看着闪烁的火苗像烧破了凝固的夜晚让时间开始流动。他看着火光跃动，忽地闪出一个莫名其妙的想法，应该在学校时好好读书，要是能考个中专就不用像现在这样一个人在雪山上守冬，但念头也只是一闪而过，他知道自己不是块读书的料，能当养路工已经很好了，便回忆起他妈教他如何做馒头的技术，但脑子凝固了似的怎么也想不起具体操作过程，最后还是忘记放碱面，直接在烧起煤炭的火炉上去蒸馍，等出锅一看，一个个干瘪得像存放了三个月的土豆。

有天清晨，从寂静的院里传来阵阵骚动声，把他从梦里惊醒，透过玻璃窗一看，竟有头一米多高的鹿，瞪着美丽的大眼睛在院里找东西吃，这让他想起数年前在班玛上初一的那个夏天，跟着老师去江日堂山沟割香材时，看到丛林中有数头鹿一样的动物在奔跑，老师告诉他说那是麝香鹿，漂亮的模样给他留下深刻印象，所以现在他一眼便认出眼前的鹿正是麝香鹿。

它吃了一会儿杂物后要出院子，在大门口用头顶着数十根钢筋做成的铁门时，头上的角撞入几厘米宽的空隙拔不出来，且越挣扎越紧。他想挣钱的机会来了，拎了把铁锹准备打死它，取麝香，可到跟前却见它满眼恐惧，顿时起了怜悯之心，把它卡在两根钢筋空隙间的角取出后，推出铁门。麝香鹿跳跃着跑了几米停下身，转过头看了他一会儿，才消失在旷野中。

又过了几天的一个黎明前他被狼嗥声惊醒，光着身体趴到窗前就看到大雪中的三只荒原狼，在院里用爪挠门，吓得他赶紧用桌子抵住木门，还把所有洋蜡点燃放在窗台上，同时挥舞着手电筒，电光如长长的利剑在黑暗中来回砍。狼是怕火光的，在他一阵闹腾后悄然离去。后来狼群又来过两次，他因有了经验已不再那么害怕，还老练地驱赶着狼群。

雪季来临前的那一阵，路过道班的卡车很少，但有天还是有辆"解放"牌卡车在道班上面的公路边停下，司机沿着小路下来找班长，见只有他一个人在，就把一只一个月大的狗娃送给他，说："这是班长在夏天问我要的，既然你一个人守冬，就给你做伴吧。"

以后他就和狗娃一起吃饭一起睡觉，连到外面蹲坑拉屎也要带上它。有天傍晚他做好稀饭，盛满碗放在一张方凳上，那狗娃却先爬上来"吧嗒吧嗒"吃了起来，他也不介意接着把那碗饭吃完了。

有段时间他老是梦见多年前的同桌，当然同桌是位漂亮的女生。这天晚上他躺在被窝睡觉时，毛茸茸的狗娃钻进他的怀里，他梦到和同桌一起坐在春天的秋千上荡漾，不觉中有股炙热的激流从高压水管猛地射出，他感到从未有过的快乐，醒来一摸狗娃竟摸了一手黏液，他知道那是从自己身体里流出的，也不在意，往床单上一抹又睡过去。到了第二天十二点起床忽想起昨晚上的事，就烧了盆热水，把狗娃拉过来用抹布把它身上已结痂的黏液擦净，然后脱了内裤放在盆里去搓洗，洗着洗着竟然流出泪来，好一会儿才兀自像戏剧中的台词呢喃了一句："我的儿呵，你死得真早……"

亓三彬每天都睡到中午才起床，吃完饭就坐在门口看着远处的雪山发呆，脑子里一片空白，有天突然想起班长临走留给他打发时间的那几本小册子，便捧起书一个字一个字地看，一本册子从头到尾看一遍要用四个小时，一上午就过去了，下午再把另一本看一遍，一天就过了，到晚上点上洋蜡继续再看一遍，时间就到了凌晨。他常把"迪"字当"由"、把"仝"字当"全"字念，因为那段时间经常翻看那几本小册子，封面都被他磨得黑不溜秋看不出原色了。

这种阅读让他明确感到凝固的时间像夏天的溪流，哗啦啦地流动起来，寂寞和孤独被他用这种方式打碎成一道寒流，又被屋里热烘烘的气流逼出屋外，内心也就有了温暖和充实。

有天，一男一女朝道班走来，这让他吓了一跳。他已经很久没见过人了，不知所措地站在门口紧张地看着他俩走到跟前。男人说："我的车在二十公里外的山顶抛锚了，走了半天才到你这儿，饿坏了给弄点吃的，下次我从西宁给你带些蔬菜来。"他这才放松下来，不自觉地伸出手握住旁边一直没说话，可一直看着他的女人的手，直到司机说："别握了，她都能成你妈了，快去做饭吧。"

等吃过仅有的土豆和米饭后，女人说："我高反头痛得很，想在你床上躺会儿。"他激动地特意把单子揭下来拿到院里抖了抖，被子也拿出去抖了抖，才让女人躺在上面休息。男人就坐在火炉边烤火，他则莫名地在院里踩着积雪来回走动，想把兴奋掩藏到雪地里，直到女人睡了一觉起身要走时他又和女人握手道别，女人也就让他那么握着，这次是故意和他说闲话想让他多握一会儿，可司机在一旁有些不耐烦地朝他头上轻轻扇了一巴掌，笑着说："守好你的道班，等我下次来时给你带蔬菜。"他这才松了手。

女人走后，亓三彬总闻到一股芳香味，但又说不清是从哪飘出来的，无意中坐在床上突然省悟是从女人盖过的被子上散发出来的，忙把头埋在被子里好一会儿，然后跳起身脱光衣服钻进被窝，贪婪地继续闻着那味道，内心早被不知在何时烧起的熊熊火焰，灼烤到窒息而不能自控，又赤裸着身体跳下床，舀了碗冰水"咕咚咕咚"一气喝完，想浇熄那团无形的火焰，但那碗凉水反倒像汽油让他的身体更加旺盛地燃烧，他在迷迷糊糊中走出房间，站在院里想让自己冷静一下的，却不料天空下起雪来，密密麻麻的雪片粘在赤裸的身上，即使这样，他也没一丝冰凉感，依旧炙热难耐，就拍了拍苍白的胸膛以一个优美的弧度，像跳水运动员从十米高的台阶跳入水池一样，让整个身体跌落在厚厚的积雪中，溅起的雪花和正下着的雪片斑斓而缤纷，宛如梦境让他心花怒放。

他静静地躺在雪地上，听着自己的身体如烧红的铁块被丢进凉水中发出"滋滋啦啦"的声音，这才有了稍稍的惬意感，也让他的郁闷有了一次彻底的释放，快乐的心绪像雪花般盛开。

他就那样静静地卧在积雪中，不知过了多久，直到那只狗娃从屋里出来，围着他不停吠叫他才从梦魇中醒来似的，抱着小狗娃回到屋里。

他得了重感冒，三天没吃一口东西，床边水桶里的水，还是数天前从道班下十几米处的小溪处担上来的，感到口渴时，他就撑起身舀碗凉水喝下继续睡觉，毕竟年轻生命力旺盛，就这样又过了几天，怎么恢复正常的，连他自己也不知道，甚至不记得感冒后还发生过什么事。

在他感冒好了后的一段时间里，又连续下了数场大雪，养路道班被高大的满掌山吞噬，融入苍茫而辽阔的积雪中间，成为雪原的一片雪。他也陷进万籁俱寂而又柔软的永远半明半暗被冻僵的时光里不能自拔，但他心脏的跳动声又将这在冰封中凝固的时间撬动起来，朝前"嘀嗒嘀嗒"走动着，又让他如漏网之鱼没被时间凝固成标本晾在道班的房间里。

他每天都坐在窗前，看窗外的狂风夹杂着雪花，这景象就像世界从来都没有变化过，觉得自己在寂寞中变成了一份寂寞，在飞雪中变成一片掉进山崖下的飞雪。亓三彬忽然有点明白刘哥那天晚上给他说的时间了，便想什么是时间。时间就是坠入无底深渊的那股风，可刀子是什么呢，他还一时没想明白。

这天下午，那只狗娃不知为啥跑出了房门跳到院里，他跟着站在门槛前看它在雪地上跳动，看了会儿觉得无聊，便捡起地上铺路的小石头，瞄着狗娃一下一下又一下地打去，狗娃被打急了跑到大门口，用头想拱开大门溜出去，不料夹在两扇钢筋门缝中进退不得，嗷嗷叫着。他说，难道你要背叛我逃跑？顺手将半块砖头猛地砸在狗头上，它毕竟是只小狗娃，承受不了这猛烈一击，顿时血肉在两扇铁门中间如红梅花绽开，他看也不看转身回到屋里继续睡觉。

第二天他开大门时，两扇大门被狗的血肉冻粘在一起，怎么也打不开，他很费劲地才推开大门，然后就看到在完全结了冰的河边，有两个牧人赶着几只牦牛往前走，这是许久以来又一次见到人，一种亲切和兴奋油然而生，忙高兴地用半藏半汉的话呼叫牧人，还请他们到道班喝茶，帮着他俩把牦牛圈在院里，挽留他们住一晚。男牧人对他的热情感到困惑，指着他老婆用怀疑的口气说："你是不是看上她了？"他说："没有没有！就是想和你们聊聊天。"

牧人问他，你没有老婆吗？他说，没有，我一人在值班，春天就有同事上来了，他们一上来就热闹了。牧人笑着说，那我给你介绍一个要不要？他急忙说，要要要！你能给我领来一个最好。牧人看了一眼老婆就哈哈笑了起来，他才明白是逗他开心，就跟着笑，正是这笑声，让他再次看见眼前被寂寞凝固的时间像湖水被春风吹皱，荡漾出波纹开始流淌。

几天后，一场大雪再次飘扬起来。开始时他以为下几天就停了，不料纷纷扬扬或紧或慢下了二十多天，他看着漫山遍野起伏着的雪原，并没有意识到这场雪下得有多大，直到多年后看了《青海省公路志果洛段》才知道这是少有的大暴雪，尤其在满掌雪山顶，更是肆无忌惮地把沿线公路的山坡铺到了两米以上的厚度。

大雪让道班变成了一叶孤舟，在茫茫无涯的时间海洋上飘浮。本来这几天是送补给的人上山的日子，可能因为封山一直没能上来，而储备的食物正在减少，两天后连土豆萝卜都已吃完，他就光吃馒头喝开水，而山坡下的溪流早就冻死在积雪之下，根本找不到流动的河取水，只能在院里铲雪放在锅里化开。

他想着得节约着吃那几个馒头，多撑几天等后勤补给的人上来，但越想少吃就越觉得饿，吃得也就越多，几天后连面粉也快吃完了，送补给的人仍然没上来。空了的面袋意味着他要进入饿肚子的状态，在又过了两天彻底没了食物的晚上，想着明早继续等待还是主动下山。当想到不走就有可能饿死时，那个曾在他床上躺过的女人留下的味道像暗香幽幽飘起，而那几本被他翻黑的薄册子提醒他，一旦离开道班下山，被领导知道就会受处分，甚至开除都有可能。可又一想，即便开除也比不上连婚都没结而死了重要，不由自主地走到床边再次扑上床，把被子垫在鼻子下嗅着，仿佛寻找着那个女人身体发出的体香，这时离那个女人盖他的被子早已过去十数天，他能嗅到的只是自己的体臭味。

好一会儿，他忽地站起身，自言自语地说："球吧，老子都快饿死了还管球它啥制度，我还要找老婆呢！"一想到结婚，他仿佛看见自己拉着当年那个漂亮女同学的手，进入洞房花烛夜的情景，身体中迸发出让他感到极度快乐的炙流，一下让他的身体膨胀起来，他走到院子里想让自己冷静。

他想到山脚下的满掌公社，是通往班玛县与久治县的交叉路口，也是满掌公社政府所在地，有卫生所、银行营业所、粮店、小百货商店和一家清真拉面馆，与沿线这些鸟不拉屎的任何一个道班相比，就如繁华的上海。他还盘算着如果一天走20-30公里，剩下的三四十公里第二天就能走完。他的这种算法是在正常天气中正常的路况下，却忽视了大雪封山时一天是走不了多少公里的。他甚至还想着到了满掌公社先到那家拉面馆吃上一碗热气腾腾的牛肉拉面，嗨！他咽了口口水不再细想，也就下定了决心，在翌日清晨穿上单位发的劳保羊皮大衣，戴着护耳棉帽，和他妈在他上山前专门为他做的羊毛棉袄、棉裤、棉袜以及崭新的翻毛大头皮鞋出了门，还顺手把桌上班长留给他的已变成黑色封面的册子扔到地上，又一脚踢飞到了床下。

大雪仍飘扬着，他沿着时隐时现的公路朝前走，迎面而来的是从山脊那边旋转着的狂风皮鞭——他把自己幻作在山下看过的《第八个是铜像》电影里被敌人打得皮开肉绽的易卜拉辛·可瓦辛（主人公名字）承受鞭挞的痛苦，毅然朝前走着。

公路盘旋在上百米落差、直抵山谷的山坡间，较为平缓，他便如轮胎滚动那样滚下数十米的山谷，滚动时他听到自己的身体发出"嘎巴嘎巴"的响声，完了，他想骨头肯定折了，但此时已刹不住车，只有抱着脑袋顺着惯性往下滚，直到滚不动时才站起来检查身体，竟安然无恙。他兴奋地再次学着《第八个是铜像》中的台词那样高喊"消灭法西斯，自由属于人民"来表达他的兴奋心情！可就在他说完这话时，一股夹带着雪的狂风灌了他一嘴，让他不停地咳嗽起来。

天黑前他找了个避风的山谷。以前就听他爸说过，在雪原上睡觉一定要找积雪厚的地方挖洞，人钻进去又避风还能保存体温，即使有大型动物出现，人的气息也会被雪层阻断而保证了安全。他找了块积雪较厚的地方，用手脚当铁锹刨了个雪洞，一头钻了进去。

可半夜被饿醒时，他误以为还在道班的床上，猛一抬头撞到积雪才清醒此时正身处茫茫雪原中。他从雪洞里爬出来坐在静谧的雪地里，阴郁的天空掠过一阵阵乌云，叹了口气，又一次想起刘哥说的关于时间的那个话，忽然明白寂静的时间就是一把无形的锋利的刀子，无论你反抗与否都会对着你的脖子砍来，而且让你不知不觉中流干全部血液，那血液在暴风雪中变为白色的冰。

也不知几点了，他静静坐在雪地上想等待天色大亮再走，无意中一抬头看见不远处三四只狼正蹲在那儿，恶狠狠地看着他。他吓了一跳，忙跳起身来就跑，还不忘从身上摸出出门时带的那把藏刀，就在他累得气喘吁吁时又听到狗在吠叫，这才镇静下来，知道那是牧人的藏狗而非狼。

天色大亮后，他判断出自己已偏离公路，这时的他已走到山谷中的一处悬崖顶，迈开脚往山下走去时意外一脚踩空，他使劲地踩了几下，才从雪洞里拔出了腿，正坐在雪地里喘气时，竟然看到从雪洞中爬出来一只棕熊。

按说冬天正是棕熊冬眠季，棕熊不可能出现，但他很快反应过来，刚才自己的脚误踩入棕熊冬眠的洞穴把它惊醒了。正常情况下，棕熊一般不会主动攻击人类，但此时四目相对，让它以为遭到挑衅，仰起头一吼叫朝他伸出熊掌捆了过来，他头晕目眩滚下了山坡失去了知觉……

他醒来后看见自己躺在卫生所，还意外看到满掌道班的林小欧，疑惑地问她咋回事。林小欧说："你真幸运，你被棕熊打晕后正遇上赶着牦牛去天葬台的牧人，发现你一个人躺在雪原上昏迷不醒，又看到山坡上那只棕熊还在不断朝你这边张望，便知道你被熊打伤了，便赶紧把你驮到牛背上送到了满掌卫生所，你真是遇到了一个好心人呵。

"说来也巧，这几天我感冒很严重，从道班来卫生所找医生开药，看到那个牧人急着找医生，也就顺便探着脖子看了眼躺在那儿的人，这一看可把我吓了一跳，原来竟然是你！你不是在第七道班守冬呢吗，怎么会在雪原上被棕熊捆了一掌又被牧人救了，还被送到满掌公社卫生所，我赶紧问那个牧人啥情况，他就把遇到你的过程给我说了一遍，我想我得好好感谢他救了你一命，忙掏出身上仅有的二十块钱给了他。然后对医生说，这人是我们的养路工，赶快抢救……"

亓三彬心里像一块石头落了地，很放松地迷迷糊糊又睡了过去。他完全清醒时已是第二天，林小欧告诉他，"就在昨天下午县养路段组织数人开着推土机到各道班送补给，别的道班上的守冬人都在，唯独到第七道班不见你，在附近的河边山坡寻找了一遍也没发现你的影子，就把物资留在道班里离开了，他们从山上回到满掌道班听我说了你的离奇经历，觉得活着比啥都重要。"

亓三彬冻伤的事很快传到他爸亓宏亮那儿，亓宏亮立刻想起自己当年在山顶道班守冬的经历，明白儿子经历了怎样的孤独和寂寞，眼泪一下就流了出来，呢喃着说"我不该把你安排到养路段"，正踌躇不知咋办时，一位老乡（我的父亲）专门过来问亓三彬的情况，并建议赶紧到满掌把人接回来，县卫生院的条件比山上卫生所要好许多，免得留下后遗症。亓宏亮这才清醒过来和我父亲一起到县委找熟人，借了辆"北京吉普"并随车去了满掌道班。可车开到离满掌还有几公里时，因积雪太大寻不到路面无法前进而停了下来，亓宏亮只好步行到了卫生所，和林小欧轮流背着亓三彬回到停着吉普车的地方，把他拉回了县卫生院。

亓三彬回到班玛县养好冻伤已到了 4 月底，那天县养路段召开大会，总结去年工作和安排新一年工作，并对去年的先进工作者进行表彰。亓三彬参加了大会，没想到在表扬完数位坚守岗位的先进工作者后，听到对他"擅自离岗且无组织纪律"行为的警告和延期一年转正的处分，他愤怒地想冲上主席台和段长打架，自己快被饿死冻死还要背处分。又一细想，觉得没理由反驳，确实是自己没有请示任何领导就擅自离开了道班，也就朝众人笑笑，用唐河话说，那都没有啥，不开除公职就行。

第二天，亓三彬提着糕点来看望我父母亲，并对我父亲说："听我爸说他当时正手足无措犯迷糊时亏您专门找他，并带他一起去县委借吉普车把我拉回来，单凭他肯定借不来小车，连吴医生都说再晚两天就得截肢，等于是您保住了我这两条腿。后天我就回第七道班了，半年下不了山，特地来看看您，向您表示感谢。"

我父亲说："我和你爸是多年的朋友，你和他（指着我）在学校也是朋友，只要你健健康康的就好。"然后回头再次指着我说，"三彬这种顽强拼搏的精神值得你好好学习。"还没等我接话，亓三彬马上说，"这种要命的事，可不能让海滨哥学，我这也是命大，没被老天爷选中，幸运地活了下来……"

随后我父亲问他一个人在山上的经历，他说："我上山时刘哥就对我说，雪山上的时间是把杀人不见血的刀子，这话当时我并不理解，经过这场事才明白在雪山上的寂寞时间真是杀人不见血的刀子，我就是被那把刀子捅死又活过来的人。然后详细说了他如何从雪山顶走到雪山下满掌居住点的经历，在形容寒冷时说，眼看着零下三四十摄氏度的天气，把天地万物都冻成巨大透明的冰球，我像只小虫嵌在团冰中半死不活地僵硬着，真是喊天天不应叫地地不灵，还被那只棕熊打晕，就在我要死去时，老天爷让那个牧人碰到了我。"

然后他把鞋子脱掉，让我们看他那如精美玉器被碰掉三个趾头的左脚，我立刻想起我第一次看到断臂维纳斯雕塑时那种莫名的伤感，半天没能说出话。我妈握着他的脚心痛地直说，"真苦了你了，孩子！"他不以为然地用唐河话说，"那都没有啥，不就少了三个脚指头，穿上鞋别人也看不见，不像我爸脸上崩进的沙粒，成了麻子，影响找对象。不过开完大会后，段长私下悄悄跟我说，按规定处分我是一回事，但人情也是需要顾及的，夏天他给我一个月假作为补偿，随便我去哪儿玩都行，差旅费回来他给我全报销。"

亓三彬笑着说完这句话后顿了一下，有点得意地看着我们又补充道，"今年夏天我准备去西宁人最多也最好玩的大十字看上一天人群。"他又笑着转头问我父亲，"你知道我的命值多少钱吗？"我父亲说："一个人的生命怎么能用钱来衡量？"亓三彬说："能的，我的命是林小欧用二十块钱从牧人手里换来的……"

我父亲又问他："经历了这个冬季你还上雪山吗？"他说："这是我挣钱吃饭的职业呀，不上雪山养路还能干啥，我爸对我说过，既然干了这份工作那就把它干踏实了。"他说完这句话，转身想要对我说什么似的，但终究没有开口。不知为啥，他这欲言又止的神情让我在多年后的今天仍记忆犹新。

三十五年夫妻分居人

　　我在1985年11月底，从州农行调到班玛县农行当人秘股长时，正遇上报全州先进工作者王鲁汉的材料。行长说，小杨这篇材料你来写。我说，我刚来不熟悉。可行长转身从文件柜里拿出一沓材料又说，他是老先进，这是前秘书写的先进材料，你先看看，脑子里有个概念，以后也好下手写。

　　二十天后的12月25日，我在办公室看到有位意气风发、大约四十岁的中年男子，径直从外面走进会计和秘书合用的大办公室，一屁股坐在会计主管旁，抓起桌上的报表看了一会儿，用毋庸置疑的口气说，你计算固定资产折旧方法有错误，再核一下，要不总账不平。会计见他否定，明显不服地"啊"了一声不再说话，依旧把报表做完，结果真如他说的那样，只好满脸堆笑地请教了他一番，再按他的方法纠正了会计科目，总账就平了。

　　我惊讶地看着他，只见他一米七左右，头顶有点谢，皮肤白皙，五官端正，双眼大而炯炯有神，上身穿着藏青色中式对襟褂子，裤子则是当时流行的直筒形，显得一双腿很修长，脚上套着双千层底的老布鞋，给人和蔼精明还有一丝严肃的印象。这便是从材料中走出来的王鲁汉，我随即到他身边跟他认识。

　　他在年终决算后的1月5日回到王柔营业所，此后我因工作需要常和他通电话上传下达日常工作，有时说完工作顺便聊一下各自的生活。我知道他比普通的男人都要讲究生活质量，这点从他的衣着就可窥见一斑。而王柔公社还没商店，他用的某些品牌商品便在电话里托我在县民贸公司帮他购买，再找便车给他带到营业所，这样相处了一段时间后，关系就亲近起来。

5月底王柔所的出纳请结婚假，因所里只有他俩，他便给人秘股打电话要求支行派人替班。我向行长说明了想了解他的想法，便来到王柔营业所替班。

那天，我俩坐在营业室闲聊起某同事调到河北邢台老家的事，引起他一番长长的感叹，他说，1965年夏天，我父亲在济南为我办妥了调动手续，调令都发到了班玛人事局，那时银行还归地方政府管理，主管人事的老县长和时任行长都认为我是银行科班出身，有能力，一旦放我走，行里会发生错账乱账，年终会计报表就没人能顶上，坚决不同意，那是我第一次错失内调的机会。

我笑着说，不对呀，我看你的先进事迹上写着你从不要求内调，安心高原工作，你咋说上头不同意你内调？他瞥了我一眼说，你这当秘书的人还不知道材料怎么写的吗？然后继续说，我的第二次调动也没成功。那是银行改制后的1981年，我趁回济南探亲的机会专门拐到州上找州行长，把我一个人在班玛二十多年来给家庭带来的困难都一一说了，甚至说再不放我回去，我老婆要跟她老相好跑了的笑话，但行长一听我说调动的事，客气地说，再等等，找个适当机会放你走。我不相信他的话，前几任行长就说过这样的话，等他们高升到省分行，也没见兑现放我走的承诺。

后来我想来个既成事实，我在济南找到当年保定银校同学，现在是山东省人行人事处长，说我想调回济南并请他帮助，他是知道我的具体困难的，就点头答应，不久济南人行把调令发到州农行人事科，可人事科一直压着，直到三个月后我同学从济南打长途电话问我为啥不办手续，才知道调令早就到了。我坐车到中支找人事科长理论，他说行长不同意，也就没必要通知你，最后气得我找到行长和他大吵一架。行长也气得指着我的鼻子说，就凭你这态度永远也别想调走。

我把这事打长途电话告诉了我老婆，下半年她带着十岁的小儿子直接去了州农行，不顾形象地跟行长哭闹，还使出撒手锏，行长去哪儿，她领着孩子跟去哪儿。行长一看这招太厉害，就坐在办公室不敢动，光赔笑脸说好话，下班后请她到他家吃饭，她也不客气跟着去。行长没辙了，赶紧给我打个长途电话，要我来中支接我老婆，最后摊牌说，不是我不放，关键是你一走，班玛支行的工作没法展开了……

我一听就知道调动的事没戏，就和老婆商量说，要不我辞职吧，啥也不要了，光屁股回济南，老天饿不死瞎眼雀。我老婆说，你一拍屁股回家是利索了，可靠我几十块钱工资能养活这一家人吗；再说你没调令就没地址落户口，没户口就没法拿到粮折，哪来的粮油肉糖和布票，大人小孩咋吃饭穿衣，不要说瞎眼雀，就是明眼雀也会饿死。我说，我回不去，你带三个孩子太辛苦。老婆说，不是还有你爹妈帮衬，你继续跟你们行长提要求，明年再让济南同学帮忙调一次，你们行长总不能这样不近人情吧。

1983 年 7 月初，我在西宁参加全省会计工作会议，晚上就收到行长打来的长途电话，说半年报表前三天就多了十万元，一直抹不平，综合柜的会计查了三天也查不出来，总不能把不平的账报中支吧。你明天坐班车先到恰卜恰镇，我派行里的"北京吉普"到那儿和你汇合，你赶快回来处理报表。

那时候西宁没有直通班玛的长途客车，但有从西宁发往恰卜恰镇的，这里是去班玛县途中必经的一个小镇，即使到那里离班玛还有五六百公里，但双方同时出发能省出一天时间。第二天一早我坐班车到了恰卜恰镇，第三天一早坐上来接我的吉普，当天回到行里，查了一天账后发现，半个月前因为综合柜误将一万的传票多划了两个零，走账的方向反了。

说来也奇怪，只要我一到外地，行里的报表就出事。第二年夏天我请假回济南探亲，第一天刚住进西宁果洛州办事处，晚上行长打来长途，要我第二天立即返回，说班前营业所的出纳贾小旺贪污一万元现金后，还把整个会计账簿都毁了，你尽快把那个账恢复起来。我没办法，只有调头回班玛。不过说实话这账一般人还真恢复不了，我费了几天时间，从头至尾捋清后重建了一套账。

1984 年 6 月，济南分行的同学已当上副行长，在我的要求下再次将调令发到果洛州农行，这次人事科长倒是告诉我了，却说经过州农行党组会研究决定，不同意我的调动。呵呵，我连个党员都不是，更不是科级干部，竟然在党组会上讨论我的调动，这不是故意哗众取宠造影响嘛。既然你那么看重我的工作能力，那就提我当个行长啊，又没我的事，我估计他们是在故意压制我，怕我有能力显不出他们来，所以只让我当营业所主任，说得直接一点就是让我多干活为他们贴金。这是我第三次调动失败。不过此后我想通了，既然不同意我内调，我也就死了心混日子等退休吧。

我听到这儿有点不解地问他，既然你强烈要求调回内地，那你当年为啥要来班玛？他的情绪一下就高涨起来，我1954年初中毕业时报考了当时中国最有名的，也是号称金融界"黄埔军校"的保定银行学校，毕业前夕正遇上政府号召我们到祖国最需要最艰苦的地方，王蒙写的小说《青春万岁》就是反映我们那个时代的故事的，我被政府的号召和高原壮美的风光所吸引，当即主动写申请要求到最艰苦的青海。

到了青海后，省行长对我们说，果洛州是个牧区，那儿的人民银行才成立一年，正准备在各县建立支行，需要你们这些优秀的金融人才去发挥所学。我毫不犹豫地又到了果洛中心支行，那时州首府还在吉迈的黄河滩上，中支机关也在那儿，可我只在吉迈待了两个月，就被中支行长叫到办公室谈话，说班玛县银行刚成立，需要我这样的专业人才去建立各项目的账务。我又毫不犹豫地一路风尘来到班玛县银行，准备实现我的抱负。

我的档案被老红军出身、不懂金融财政工作的老县长看到，他说我既然是银行学校毕业的，肯定会算账，正好那时县委食堂管理员调到州上去了，没人管理食堂，便拍板把我分配到县委食堂当了大灶管理员。一年后的8月赶上被马步芳残匪和当地土匪联手的一次叛乱，那天我端着一杆半自动步枪，跟在担着饭菜的李师傅身后去给前线同志们送饭，半路上听到子弹"嗖嗖"从头顶飞过，也不知咋了在忙乱中走了火，一枪打到李师傅腿上，给他留下了终生残疾。

老红军县长知道因为我胆怯，给同志造成终生伤害后，非要开除我，县银行行长听说这事后找到县长说，他又不是解放军也没经过战争，只是刚从学校出来的学生娃，可银行需要这样专业的人，如果开除了对银行是个损失，让他来银行发挥专业特长吧。

然后他到我的宿舍找我，那时我正收拾东西准备回济南，听他说要我到银行上班，还说县银行在各公社建立银行营业所，要我去建立账务，我就兴奋地只说了句"那比打仗容易多了"，便跟他到县银行，正式回到我的金融专业上。

不过现在回想起来有点后悔，那时真该回济南，肯定也会和我其他同学一样。可惜没有后悔药。我到县银行一周后，带着三个从青海民和县招来的年轻人，骑马走了两天到达卡牧业居住点，开始建立营业所的各个专用账簿。不是吹牛，从会计到信贷到储蓄，所有账务都是我一手建立的，同时还建立起了各项规章制度，当年就取得全州先进营业所的称号。

营业所筹建完成时也就快到春节了，我已两年多没回济南探亲，请了四十天探亲假，原以为只是看父母，没料他们早就备好我结婚的所有事情，连洞房和酒店请客的宴席都备妥，我便给行长发电报请了婚假，和已谈了几年、也是我父亲同事的女儿结了婚。

一个多月像是躺在蜜窝里浑身都被甜蜜浸透，眨眼假期就到了，不得不告别新婚老婆返回班玛县，又连着到吉卡公社、多可河公社、王柔公社、班前公社分别建立了全套的账务及分户账，最后县行把我留在了达卡营业所当主任。1960年10月，和我搭档的出纳刘建军管着的现金少了三百元，这可是经济案件，县财政局长带着行长来查账时，刘建军说我向他借钱，他不好意思拒绝才从金库里拿给我的，而我一直不还钱才让他造成短款。他这分明是在害我，但领导们还是怀疑我和他有串通作案嫌疑。要知道银行的金库意味着国家金库，性质上等于直接盗窃国家资金。

我俩就被带到了县上，关押到班玛县新落成但还没住过犯人的监狱。关押到第五天时，我老婆从济南发来电报，说她近日要生孩子要我尽快回家，可没人通知我，直到多天后组织落实了那笔钱，是刘建军为给他病重的父亲看病私自挪用，并认定和我没有任何关联后才把我释放回单位，我那时才看到妻子发来的电报。

当我回到济南后，妻子给我说了生产时的情况，"直到临盆我才坐上我爸拉着的架子车去了医院，半路上孩子的头就先出来了，可怎么也生不出来，我一急硬把孩子拉了出来，我自己也大出血差点死掉"，虽当时没看出女儿有啥毛病，但到一岁后就慢慢显示是个低智儿。

两年后的夏天，我老婆从济南坐火车倒汽车走了六天来班玛探亲，到了县上才知道离达卡营业所还有 100 多公里，行长很关心此事，特意让她坐上刚分配给行里的"北京吉普"，让司机送她来达卡，可离营业所还有 5 公里时，一周来连续数场的大暴雨将汹涌澎湃的多柯河挡在了她对岸，我俩也只能如同牛郎织女般隔河相望。

这情况被当地牧人出身的女出纳看见，骑着公社的马到几公里外请到善驾羊皮筏子的老乡，硬是让我老婆坐羊皮筏，冒着生命危险渡过河来，这才和我在达卡居住点上住了一个月，直到她假期结束不得不返回济南才动了身。这时候那条河已恢复正常，我们很容易地骑马过了河，在把她送到县上找到便车去了西宁后，我才返回营业所。

达卡公社总人数也不超过十个人，来办理银行业务的人很少，日子显得无聊，晚上没事我就和公社单身汉们一起喝酒，有次喝晕了，半夜才醉醺醺回到营业所，还没进门呢便酒劲冲天蹲在门口呕吐起来，我的动静让女出纳听见了，出门把我扶进屋里躺在床上，还拿热毛巾给我擦脸。一个结过婚的男人好久都没和老婆亲热过，哪经得住另一个女人火一样的热情，烈焰就把整个夜晚都烧透了。

后来女出纳就有了孩子，因为是未婚先育，知道行里的规章制度，不想给自己找麻烦，一纸报告辞职回到她家的牧业点，她本就是当地牧人出身，在县上民族中学毕业后被招到银行的，所以也不计较这份工作，不久和一位民族小学的老师结了婚，这事对我们来说，像一场刮过扎陵湖面的清风，除了吹皱水波，倒也没留下伤痕。

不久我被县行调到林区班前营业所当主任，因那儿是玛可河林场总部所在地，场部把基本户及两个一般账户都设在营业所，我没去前的那几位员工经常出错，林场会计不断往县银行打电话投诉，我是肩负这样的使命到了那儿，一待就是数年，而且凭着我的能力，轻轻松松就把各项工作搞得井井有条，连续几年获得县上、州上和省上银行的各种荣誉。之后，有了荣誉，我更是年年老先进了。你现在明白我为什么是行里的老先进了吧？

随后，我患上了肝包虫这个高原特有的疾病。这病很麻烦，弄不好就会死，我在病中就想通了一个问题，在工作上行里需要我又不提拔我，也不让我内调，那我就找个环境好的营业所养病，而王柔属于玛可河林区的一部分，气候比班玛还好，一个月没几笔业务，就决定去那里当主任，等待退休回济南。

说到这儿，他站起身叫我去他的房间，把桌上摞着的一沓书法作品展开让我看，我说，你也不给我写幅字留纪念。他笑着说，我怕你看不上，然后弯腰从案下抽出两张宣纸摊开，用浓墨挥毫写下"壮志凌云""气冲霄汉"颇具颜体风格的楷书，在盖印章时特别说道，这八个字是我当年来果洛的宏大志愿，确实想在班玛干一番事业，这不，几十年过去后，当初丰腴的理想被现实的冷风吹干，变成了我手里的白纸黑字，也成为我青春岁月碌碌无为的见证。

一个月后，那个出纳结束假期回到王柔营业所，我也揣着他写的书法回到班玛县支行，还把他写的字裱成框挂在宿舍墙上，也希望自己能气冲霄汉起来。

1989年春节前，我在人秘股收到果洛农行办公室打来的电话通知，说由某副行长和人事科长、工会主席等人组成的慰问团，要到全州各支行和先进营业所慰问，第一站就是班玛。我明白那通知的实际意思是准备好后勤工作。

慰问团到达班玛的第二天，行长让我陪着去连续多年先进的王柔营业所慰问。王鲁汉对站了一屋子慰问团的人说，这个小营业所，能让这么多领导来慰问真是三生有幸，然后一本正经拿出账簿让他们检查。带队的副行长说，我们是来慰问，不查账，看看基层的同志有啥困难，说到这儿又想起什么似的说，哎，对了王所长，你以前不是一直要求内调回济南吗，现在我可以明确告诉你，只要你要求内调，我就同意放人。

还没等副行长把话说完，王鲁汉恼怒中带着嘲讽口气反驳说，你就不要再当好人了，我现在一把年纪又有病，哪个单位要我，你们现在想让我走，我反而不想走了，等着光荣退休呢。副行长本想表现一下他体恤民情的情怀，不料反被王鲁汉一顿嘲弄，有点下不来台。

我见状忙对王鲁汉使眼色，要他给副行长留点面子，不料他看着我又说，你杨海滨也别给我使眼色，你怕得罪他我不怕，年轻时他们不放我走人，到我老了他们却想当好人，这叫婊子立牌坊！

副行长听了骂声也不生气，继续说，那时不放你走，是班玛农行的业务离不开你，是让你为班玛金融作贡献，显示你的价值，你应当感到自豪。副行长挥着手侃侃而谈丝毫没看见王鲁汉一脸鄙视的情绪正在怒放，当说到"现在同意你走是因为有新人能顶上你的位置，不再需要你"这句话时，即使在多年后我还能清楚地记得王鲁汉怒斥的那句我从未听过的话：啥鸡巴玩意！现在你们终于说实话了，你们这些鸟人太自私，不感到无耻还大言不惭，快闭了你的臭嘴。

慰问团的几人听他这一顿牢骚都不吭声，默默地看着他俩显得尴尬。王鲁汉看着大家又说，从建行到现在几十年了，你们这是第一次下来慰问，慰问个球来慰问？还不是下来玩，等着吃招待饭！你们赶快去班前林场吃杨海滨为你们订好的宴席去吧。

副行长的脸上就有点挂不住，我赶忙解围说，王柔营业所的慰问就到此结束，下一站去班前营业所。不过这事并没有给他带来厄运，相反，1990年他被州行长任命为班玛银行行长，我收到文件时当即给他打长途电话告诉他这个消息，他在电话里笑着说，正合我意，退休前多拿几年高工资。几天后，他便从王柔营业所回到县里，走马上任当了新一届行长。

就在他上任的第二天，去年退休的农金股长陈栋梁的老婆从保定出现在办公室找我，说老陈三个月前去世了，来班玛办理相关手续。我是管人事的股长，自然是我接待她，在表达哀悼后，详细给她讲了抚恤金以及相关补助政策的具体办法。

办完手续后，王鲁汉问那女人，老陈得的啥病，咋回去不到一年就走了。她说保定人民医院的医生说，他长期在高原，各器官都已适应高原浅氧状态，一回到氧气充足低海拔的内地，肺部会因过浓的氧气而窒息，一句话，在高原久了已不适应内地的浓氧环境，人就容易发生猝死。

王鲁汉愣了一下，目光慢慢转向我，表情奇怪地自言自语说，氧气充足了也会让人死？我立即明白陈栋梁的死对他是个刺激。在那女人离开后，王鲁汉对我说，我现在也面临这个问题，老陈今天的结局就是我明天的结果。我说，高原病并不像你说的那样可怕，你到西宁"高原性心脏病研究所"去咨询下，那是专治各种高原病的专科医院，很有权威性，也好为你回济南做准备。

年底，我被调回果洛州农行人事科，和王鲁汉成了上下级单位。到了1995年初，王鲁汉把退休报告用挂号信直接寄给我，我知道他怕人事科的人耽误他的事，便立即给他打了长途电话，说力争不耽误一天，让他放心等消息。

意外的是几天后他来州上出差，晚上我请他到大武饭店吃饭，还喝了半瓶青稞酒，席间，他说上个月我去西宁时到省医院和二院，包括你说的高原心脏病医院看病，医生们都说我的肺、心、脑都有问题，回内地要面临闯耐氧这关，还说只要从高原下到内地，大部分人都面临猝死的风险。

我说，有解决的办法吗？他说，医生建议最好留在果洛，次之留在西宁，再次之定居兰州，再再次之到西安，最后回济南，随海拔高度减低，层层适应越来越浓的氧气。他说完这句话忽然笑了起来，真他妈日鬼，我怎么可能不办退休留在果洛，可回济南又害怕氧气太充足，老陈就是个教训……

头顶惨白的日光灯照耀着他，让他显得更加苍老。他说完那句话后端起酒杯一仰脖倒进嘴里，突然把头伏在桌上抽泣起来，即使哭泣也极力掩饰着那种冲动，像个少年那样无助。哭声在我听来像草原深处荒原狼的低嗥，让人感到刺骨的疼痛。我一时也无话安慰，等他平静后我说，你分居了三十五年，也盼了三十五年，无论如何得回去和家里人团聚。他不断地点头。这晚，他醉意朦胧摇晃着回到了宾馆，这也是我与他交往多年来第一次见他喝高了。

不久我就收到了省分行批复他退休的手续，并把它寄到班玛支行正式通知他退休。巧的是就在前一天，中支让我带队把从省银校毕业的六位新员工送到班玛支行，这就有机会在班玛为他送行。

分别的那天早上，他提着一个印着"上海"字样和外滩国际饭店画面的人造革大提包，将三十五年来的全部家当装在其中。在临上那辆拉货便车驾驶室前我与他特地握了手，这时的他早已谢了顶，脑袋两边与后脑勺上稀稀拉拉长着不多的头发，双眼耷拉着，眼袋更像阻挡青春时光的山包，堆在脸的正中央，让整个面部显得苍老，但他仍穿着他那招牌式的中式对襟褂子，脚上的老布鞋却换成三节头的黑皮鞋——高原岁月已把他打磨成了沧桑的老人。

两年后，青海省农行工会组织由各中支人事科领导组成的慰问团，到退离休老同志生活地慰问。果洛农行派我参加。我们第一站就来到了山东，王鲁汉就是我们在济南拜访的第一人。

这时正是天高气爽的秋天，我们来到与王鲁汉约好的一处家属院大门口见了面。我们就站在那儿看着街上来往的车辆和行人，聊他的身体状况和物价行情，他就是不说让我们去他家，我实在忍不住了说，你咋不请我们到你家坐坐?

他面露尴尬地说，我住的房子很小，说实话，和老伴的关系也不好，怕你们去了给脸色。我说，没关系，既然到你家楼下了，还是上去看看老嫂子。王鲁汉这才有点别扭地领我们上了五楼。由于多年前他老婆到班玛探亲时，我还帮过她找去西宁的便车，她一眼就认出我来，说，小杨来了。我赶快把慰问金和提着的礼物交给她，她很客气地说着感谢的话，转身去为我们倒茶。

屋里确实拥挤，厨房和厕所占去了一半，客厅只能摆下一张早已发黄的人造革沙发，一个坐垫上还烂了个口，卷起的边沿像一朵花。一个三十岁模样的胖女子像只安静的肥猫，在阴暗中眯着双下巴上的细缝眼睛看着我们。

王鲁汉说，这是我女儿。我马上想起他以前对我说过生第一个孩子因他不在家，他老婆把孩子生在架子车上成了低智儿的事。他用哄小孩的语气对她说，他们是果洛来的叔叔，快叫叔叔。她睨视了我们一眼说，不是小偷来我家偷东西的吧？然后不再看我们，而是把手里的遥控器朝电视来回摁着，电视里的响声充斥着整个房间。

王鲁汉低声对我说，她智商有点问题，不要见怪。他这话还是被她听到了，马上转头反击说，你智商才低呢。王鲁汉没理会她，苦笑着说，咱们去里头的卧室说话。卧室里铺了一张床，只剩下五十厘米的过道。我和省分行工会的李大姐在床边坐下，他女儿随即也跟着进来坐在床上说，你又想和我妈睡在这儿，出去出去，就把我们又赶回到客厅。

这时王鲁汉的老婆端着茶杯给我们放在茶几上说，不怕你们笑话，就是在生这闺女时，老王在青海没回来照顾我，给她落下的毛病。在她的印象中从来没有过这个爹，所以从老王回来那天起，先是不让他进门，后来不让他和我睡一张床，只要见他睡在我床上就拿木棒打，骂他是小偷，偷走了她妈妈，而且特别能骂人，一骂就能骂一天，在我们这个院里都是名人，没人敢惹。奇怪的是她妈说她时，她却不反驳，安静得像只猫一声不吭。

李大姐趁机对她说，像老王这样在青海工作、家在内地的同志大多顾此失彼，可以说为了工作牺牲了家庭和夫妻子女亲情，给家庭造成很多困难，我们这次来慰问的目的，是想了解一下咱们家里有什么困难，我们把意见带回去反馈给组织，看能不能帮着解决。

李大姐还想继续说下去，坐在旁边的胖女儿故意作对似的将电视倒来换去调着台，还把声音开到最大，然后起身不停地来回走动，客厅一下就没了地方，李大姐被她这一打扰，竟不知再说什么，扭头跟她说，你知道青海吗？她根本不理她的问话，继续来回走着。由于身体肥胖，像故意撞着李大姐瘦小的身体，这让李大姐感到窘迫，一时无话，只过了一会儿她扭头对我说，咱们是不是改时间再来聊？我跟着她立即站起身，王鲁汉如释重负般地赶紧给我们开门，李大姐对送行的王鲁汉和他老婆说，留步，不送。

我趁机和他约了个单独见面的时间，在我临离开济南前的那天下午，和他找了一家饭店边吃边聊。王鲁汉说，我都回来两三年了，也没融进这个家，刚回来那阵子只要晚上跟老婆亲热，躺在小屋的女儿就跑过来喊，你这个老流氓，别跟我妈睡在一起。只要我睡在客厅里的沙发上，她就很安静。有天趁着女儿睡着爬到床上刚和老婆动了几下，女儿提着早就备好的木棒朝我的头上打来，理直气壮地说，你在干啥，滚到外面去。

等两个儿子回家她对俩弟说，那个男人对妈妈要流氓，你俩把他杀了。再后来趁她白天到院里去玩的机会和老婆亲热，却发现自己不行了。老婆原本满心欢喜，见我这样就很扫兴，次数多了也就不再理我。性事一冷淡，更是影响到原本因多年分居造成的隔膜，我也就把客厅沙发当床睡了三年多。

参加工作的俩儿子，回到家基本不跟我说话，我主动跟他们聊，他俩也不愿多说，跟他妈就不一样，站在转不过身的厨房里能一聊一小时，那聊天声音让我听起来格外刺耳。

有次小儿子骑自行车撞断了腿，住到了医院，我每次给他送饭都想留下陪他，可他每次都指着我，也不叫爸，说让我妈陪我就行，你回去吧。大儿子那年想买辆电动车，回来问我要钱，在饭桌上看着我说，单位把我调到了很远的营业所，骑电动车上下班很方便，能不能支援我点钱，你听听，就是问你要钱也不喊爸，我问他要多少，给了钱还想再问他够不够，他拿着钱却说谢谢妈妈。

再说件事，今年初我到山东省人民医院做了个前列腺手术，虽不是大手术，按说两个儿子一定会到场守着我吧，可没一个来医院问我一声，更不用说到医院里陪我，从头到尾都是我老婆一人在忙，我老婆能这样对我确实不错了，我在青海那些年因为年轻，关系还行，自回来后越过越像路人，我也不知道夫妻关系出现的裂痕在哪里。

我保定银校的老同学，有几个毕业后留在济南人行，后来银行分家去了各专业银行，有的都成省行行长或是某个处处长，听说我病了都来看望，临走时留下几百上千块钱，这些钱在他们看来是小意思，可在我看来都是大人情，我从不主动找他们，觉得和他们这些有级别有地位高收入的人有了障碍，早不是一个阶层的人。这样给你说吧，我在济南没个说话的人，将来肯定孤独死的。

王鲁汉继续说，我的肺部有毛病，可是在济南看病很麻烦，要先自己垫付全部现金，然后才能拿发票寄给你，州农行又是一个季度报一回，再加上我老婆掌握财政大权，有时能为几块钱吵架，我就是有病了也不想去医院找那些麻烦。那天本想给李大姐提个意见，被我女儿搅了局，现在给你反映一下，像我这样的退休干部，啥时能改成在当地报销就方便了。

他有些颓废地说，我知道我在家里就是个影子，没人把我当回事，你说我心里能不生闷气，我也知道生闷气对身体不好，有些事不是你想控制就能控制得了的。我安慰他说，是时间让你们陌生，再磨合段时间，你们会和好的。

我在和他说这话时心想，得找他儿子聊聊，让他们理解王鲁汉这一辈子的不易，就问他大儿子上班的地址。第二天一早，我在经十东路信用社找到他儿子，我和他儿子坐在营业室柜台外的椅子上，我说，你父亲一个人在青海工作了三十五年，养活你们姊妹仨很不容易，现在老了从高原上回来了，你要多关心他。

他笑着说，从我记事起，光知道有这么个人在青海，印象很淡，他对家庭的贡献还没有他在济南省人行上班的叔叔帮得多，就是这个叔叔把我招到省农村信用联社，把我弟招到了××单位，逢年过节，那个叔叔都会提着东西来看我们，再看看他混的是个啥。

我说，你知道吗，你这个叔叔当年在保定银行学校跟你爸是上下铺，你爸在青海时就拜托他帮忙照看你们，包括你参加工作，都是你爸在背后操作的结果，他是看在你爸的面子上，要不然他为什么要帮助你们？

王鲁汉的儿子听了又说，好，就算那个叔叔帮忙是看在他的面子上，可他为这个家又干了些什么？退休后没钱买房子，挤在我爷留下的那间小屋里，动不动为鸡毛蒜皮的事和我妈吵架，我妈辛苦把我们养大，哪能容他这个，连我那个傻姐姐都很排斥他……

我一时语噎，好一会儿不知说啥，最后没话找话地说，你父亲一生都献给了边疆……还没等我把这句话说完，他马上插话说，献给边疆这样的大道理我不懂，不过你的意思我明白，不就是要我对他好点，你放心，我会把你的话转给我弟，我们会对他好的。

回到大武后，我和他通了几封信，有天我按他留给我的号码打了个长途电话，接电话的人却说，她是小卖部的老板娘，我让她转告王鲁汉，明天这时候让他等我电话，次日才与他通上电话，我说你退休金这么高，装部电话也好与外界联系。

他说，我也想装，可老婆反对，我也不想为此事生闲气，你以后还是打这个小卖部的电话，老板娘很好，会叫我听电话的。后来在又一次给王鲁汉打电话时，他告诉我他的身体最近很不好，还带着玩笑的语气说，哪天死了算了。我当时觉得他身体肯定有问题，劝他去好好检查下，他"好好好"地回应我，后面我由于工作忙，也没再追问。

2003 年 7 月的某天，王鲁汉的大儿子忽然来到果洛农行找到我说，他爸去世了。我并没惊讶，那次通电话我就有预感。他继续说，一年前我爸老是说腿疼，刚开始大家并不在意，以为是骨头有毛病，拖了将近一年实在疼得不行了，才到市骨科医院作了详细检查，原来早就得了肺癌，癌细胞早转移到腿上去了，我们一家人跑前跑后给他看病，但他还是走了。不过我爸走前，我们姊妹三人都开口喊他爸爸了，他是带着安慰离开我们的。我这次来果洛找您，就是办理他的丧葬手续。

我立刻沉重起来，一个人的一生就这样结束了。

第四辑

在草原上被嫌弃了的一生

被战友误伤后他成为高原新移民

　　枪声响起，被子弹射中倒下的刹那，井秉林将手中正擦拭着的步枪抛在脚下"扑通"一声栽倒在地。这动作让对面也在擦拭步枪的王得胜吃了一惊，他一低头看见自己的步枪口正冒着似有若无的袅袅轻烟，一种微涩的火药味在众战友目瞪口呆的寂静中漫开，再一转头井秉林身上已渗出把绿军装洇成一团的鲜血，他才反应过来自己的枪走火了，忙把步枪往通铺上一撂，跳到井秉林身边高喊，我的枪走火打中井秉林了。

　　这是班玛县武警中队 × 班在下午例行枪械保养时发生的事。坐在门口的战友从王得利的喊叫中反应过来，赶紧到隔壁叫来卫生员，卫生员看着汩汩流着的已把他上身洇湿的鲜血，慌慌张张地用绷带包扎好伤口，背着他一路疾跑来到县医院。半小时后虽止住了出血，但医生对随后来的中队长说，子弹正打在左胳膊肱骨处，而且是粉碎性的，有可能留下终生残疾，咱们县医院条件有限，建议把伤者送往西宁治疗。

　　这建议超出了中队长的权限，他当即到县邮电局打长途电话，请示果洛州武警大队长，然后借了县政府的"北京吉普"，连夜把人送往八百公里外的青海武警医院。青海武警医院的骨科是有名的，经半年多治疗井秉林并没留下残疾，准备让他出院时他却磨叽着不想归队，还到处找人托关系想让医院开残疾证明，计划转业时留在班玛县当公务员。他知道一旦转业回蒙阴，肯定还是当农民。

残疾证明一直没办成，井秉林不得不在年底回班玛县武警中队。那时中队已将他和一批战友复员，可他以负伤残疾之名仍穿着没有帽徽领章的军装，赖在中队不走，到县、州二级民政局找领导，还到省武警总队和州武警大队反映情况，说自己若复员回农村生活肯定不能自理，要求组织就地安排工作。

最后还是州武警大队长出面，和班玛县政府交涉后最终认定井秉林工伤，符合残废军人标准，这样班玛县政府把他安排在以建筑为主的51劳动合作社，虽是个集体单位，他没达到进机关的目的，但比同批复员回农村继续务农的战友要强许多，起码变成吃商品粮的人了。

办好入职手续时是1978年夏天，因为他在老家高中毕业参军，又脑子灵活，进单位没几天跟领导的关系搞得非常好，加上人又聪明，跟着师傅学泥瓦匠一学就会，一点就通，师傅们都愿带他到县上各基建工地。两年后的1980年正式转正后，他回了趟蒙阴老家探亲，其间在他姑姑介绍下，娶了农村姑娘张雅丽为妻，蜜月过后带着她回到班玛，正式开始新一代移民在高原小城的新生活。

我和井秉林的认识有些意外。那时我在班玛县农行负责后勤，单位每年12月31日进行年终决算，全行人员通宵达旦要把一年的账务全部轧完，忙碌和辛苦可想而知。行长让我想法在县上找台相机，给全行员工拍张合影留念，顺便拍几张加班加点的照片报给州农行，而这时县上有相机的人很少，正为难时得一朋友指点，便去隔壁招待所找刚开张几天，在一处空地前的墙上挂着很粗糙的天安门布景为牧人拍照的张雅丽。

她先是在行里拍了全体合影，然后给加班的人员拍了多张照片，几天后到农行来送照片时，悄悄要我随她到招待所，又给我单独照了几张免费照片，这样我们就认识了。到了夏天某个星期天，我和几个同事去玛可河边黑刺林野餐，又叫她帮着拍照，结果她没来而是井秉林扛着那台三只脚的大相机来了，我这才知道她是井秉林的老婆，一来二去我和井秉林慢慢成了朋友。

1988年春节他来我家拜年，喝了几杯酒后闲聊问他怎么没生个孩子，他听了这话就流起眼泪来。一个男人当着另一个男人的面流泪肯定有痛处。他说我连着两年生了俩儿子，可都在一岁左右时得了种怪病，发高烧死了，这不我老婆又怀上了，再过几个月就要生了。

他这一说，倒让我隐约想起以前听县上的人说过这事，心里就有些同情。到了下午，一个司机朋友从西宁给我带来十几个苹果，这在当时的班玛可是难得一见的好水果，想起井秉林说他老婆怀孕的事，就提着苹果去51社他家看望，闲聊中又不自觉地说起夭折的儿子的事，夫妻俩当着我的面哭得十分伤心，可见这件事对他们的打击有多大。井秉林在送我出门时神秘地说，《西游记》你看过吧，我的前世就是孙悟空大闹天宫时主管天庭筵席的侍卫官，因为那场大乱没有管理好筵席，被玉皇大帝贬到人间一十八辈，玉帝为了罚我，让我在部队挨枪子，生儿子夭折。

我有点匪夷所思，想不到现实生活中的身边人，还跟这部神话故事有关。他看我惊讶，解释道，班玛县的李医生是咱县最好的医生了，连他都说从没见过我死去的儿子得的这种怪病，去年我回蒙阴时专门找到一位很有名气的阴阳先生算卦，他看了我的相貌又查了我的生辰八字，告诉了我原来的身世，不瞒你说，我已跟着他学了四个月的法功。

我说，那你就发功保佑你老婆这次生孩子平安健康不出事。我原本是讽刺，不料他却认真地说，当然！我已施了法。我也就理解为这是一个男人在承受了不能承受的痛苦后，为自己找到的一种精神安慰罢了。

不久后他老婆又生了个儿子，起名张拴儿，没让儿子跟他姓井，而是改为她老婆的张姓，意为儿子不是他井家人，还要把儿子拴在人间，这形式是山东蒙阴一带的民间风俗。他把这风俗带到了班玛。这回两口子对小儿子格外谨慎，有点咳嗽拉稀就赶紧送医院，这样安全地度过了一岁凶险期，而且还十分健康聪明。就在他们咽下紧张的那口气时，四岁时孩子却得了小儿麻痹症，最后落得一条腿跛了，虽能一瘸一拐地走动，但脑子被连续数天的高烧影响，落下智商障碍后遗症。

他老婆生下儿子的第二年，又生了一个女儿，起名张如意，长得十分健康，且聪明伶俐，也没得过啥病，这足以证明是他有遗传问题，和《西游记》之类的神话无关。有次我们一起喝酒时我说了我的看法，可他坚持说，世上万物都有出处，你看不见的东西不代表就不存在。我说你把神话当成现实就是脑残。他翻脸道，这个世界就是由阴阳两界组成的，你爱信不信，然后愤怒地起身走人。

这年班玛县要成立以县林业局为主管的县级林场，地点在森林密布的多柯河公社。一个新单位成立需要很多人，井秉林早就不想在51社干了，现在有了这么个机会，花了几十块钱到县民贸公司扛了箱"郎酒"找到林业局长，说自己是转业军人也是党员，正是年富力强的时候，想到林场锻炼，请局长考虑接收自己。

一个月后井秉林被调到了多柯河林场，分配到巡山队当组长，主要的工作就是防止盗伐树木。这工作虽然辛苦，但明显比在51社盖房子要轻松，更重要的是从企业到了事业单位，收入也明显高了许多。

当巡山员第三个月的某天在山上转悠时，井秉林遇到三位当地人明目张胆在砍碗口粗的柏树，他便上去亮明身份阻止砍伐，还说要罚款一千元。那三人听了面面相觑，其中一人忙掏出十块钱塞给他，要他放他们一马，以后再也不敢砍树了。他说，那不行，还得把你们带到派出所，砍下的圆柏也要拉到林场，要通过你们的劣迹教育这一带的人们，山上的树是不能随意砍伐的。他把话说得很严重是吓唬他们以后不能随便砍树，没想到起了副作用。就在他说这话时，有一人趁他不备，抢起一根树枝朝他后脑勺砸去，他当场晕倒在地，也不知过了多久，等清醒过来时，那几个砍柏木的人早已不知去向。

他立即报告给刚成立不久的林场派出所，由于当地人住得分散，公安带着他去找那伙砍树的人，可他们早不知跑到啥地方了，时间一长也就不了了之，但这让他意识到在林区不能硬干，对当地人要笼络，同时他发现柏树是可以卖钱的。

不久后他回到县上调休，县委办公室的一位老乡就托他在多柯河林场买六根直径数十厘米以上的柏树，想托运回老家为他父亲做棺材。多柯河林区有的是这种柏树，但是砍伐后运到县上的这几十公里路程却是很麻烦，不过碍于当初老乡帮过他的情面，他还是答应了。

他回到林场后，叫上一位和他关系较好的牧人，悄悄上山砍了六棵圆柏树，连夜赶着驮着柏木的六头牦牛到了县城附近的山沟，交到老乡手里。井秉林当初在老乡要他砍柏树时就说好了，让他给牧人数元钱当运费，柏木本身并没要钱，后来他只收了老乡一条感谢他的烟。不久后，能砍柏树的消息被县里的人知道后，又有几个老乡要他运柏树，他觉得自己冒着风险，不收钱怪对不起那份辛苦，从此开始，只要有人要柏木，他提前说了一根树干多少钱，一副材木多少钱，运输回到县上多少钱，这钱名义上是给牧人的，实际上都是他拿了，再往后发展便根据质量、粗细、长短明码标价，使柏木价格不断上升。

井秉林把这一本万利的生意做得神不知鬼不觉，而且很顺手，之后便愈发大胆起来，有时同时往县上派三个牦牛队，一天可以挣到几十块甚至上百块，一年下来光这项收入就数千元。不过，还是应了那句"要想人不知除非己莫为"的老话，那些买了柏树的人，也许是在无意间透露出了这个消息，这事便在县上成了公开的秘密。正好有段时间省林业厅和省公安厅联合下文，整顿林业系统偷伐偷卖活动，县公安局要求赛来塘派出所出面打击偷盗林木的行为。

于是在某个晚上，派出所所长得到有牧人从多柯河林场赶着驮运柏木的牦牛在县城前的山谷中交易的消息，提前蹲守在那儿，果然抓了个现行，巧的是那天井秉林竟然是和偷运柏树的牧人一起来的。公安出现在他面前时，他惊讶了半天说不出一句话来。

他被带到了县公安局，随后就查出他倒卖柏树的问题，但他很够朋友，一直没有说出那些买柏木的人，坚持说都卖给了司机，而司机都是四面八方的人，根本不好查找。于是公安局局长把他拘留了三天，罚了三百元款了事。

井秉林重回多柯河林场，场长说，你看你弄的啥球事，我都没法说你，也不知道把你安排到哪个岗位上才好，这样吧，你到伐木队先干两年再回来。伐木队是林场最危险也最辛苦的工作，井秉林啥也没说，想着只要发工资去哪都行，站起身来到宿舍卷起行李，搬到从青海循化县招来的撒拉族伐木工的工棚里，天天和民工们一起上山砍伐树木。

林场的森林都在河谷两岸的半山坡上，山体呈三四十度的坡，伐木工三人一组，两人站在树身两侧，一人站在山坡上方用一根绳子拉着固定，等那两个伐木工把树锯到五分之一或更少的时候，喊口号让那俩人离开，锯树人在锯断那一刹猛地一推，巨大的树身就"吱吱嘎嘎"地朝山谷倒下去，伸在空中的树冠在与别的树冠相互交织的过程中发出"噼里啪啦"的响声，随着树身倒下，沉闷的回音如响雷在山谷回荡，整个过程稍不留意就会发生安全事故。

井秉林在这样的工作环境中踏实地干了一年，甚至在这一年里没请过假，也没回县上看过老婆孩子，是整个场部最早超额完成伐木任务的人，年底排名第一。

在伐木队的时间一久，他就发现其中的程序有重复且浪费人力等不合理之处，便盘算怎样组合更合理。国庆节会餐时，他跟伐木班长和场部安全部长提改革建议。场部安全部长采纳了他的建议，把三人一组改成了两人一组，在锯到大半时共同朝山谷中推树，树身随着两个人的推力能更安全地冲向山脚下，这样伐木工的安全也得到更大保证，进度也明显加快。井秉林重又回到领导们的视线里。

又过了一年，伐木班班长被调到场部安全部当部长，井秉林被场领导安排接了班长的职务，这样他虽可以不和伐木工人一起再去锯树，但伐木任务和上百号伐木工的安全却成了他的主要管理工作。

伐木工人都知道安全的重要性，但干久了还是会麻木。这天他在巡视时发现两个工人违背伐木要求，其中一人专心锯着树，可没留意他的伙伴正靠在树下打盹，打盹的人也没看见那棵树朝他砸来，井秉林在一边高喊了一声的同时，一个箭步上去推开那个工人，自己却被瞬间倒下纵横交错的树枝砸得失去了知觉。

等他醒来后看到自己头上包着纱布，胳臂和腿钻心疼痛，正坐在"北京吉普"车上，便问旁边的同事，这才知道是送自己回县上医院。晚上9点到县医院拍了片子，胳臂、腿被树枝压断，而且还是以前在中队被战友误伤过的那条左胳臂，脑袋也被撞成了脑震荡。井秉林在县医院住了几个月，其中还有两个月去西宁检查，等他再回到多柯河林场已是十个月以后。此时，县上正掀起停薪留职风潮，他想都没想，婉拒了单位要给他的升职、嘉奖，申请停薪留职回到了县上家里。

虽没了职业，可饭还是要吃，手里没钱当然不行，他老婆张雅丽的照相摊早已冷冷清清基本歇业，家庭经济收入已断了来源。不过，井秉林观察到从西宁、成都等地去多柯河林场拉木料的卡车，都要在县上住一宿，很多司机找不到合口的饭店，尽管有一家清真面馆和县招待所食堂，可品种单一、价格较贵，就和老婆一商量，下了决心把全部积蓄拿出来，让在蒙阴老家开小饭店的小姨子来帮忙，在县上开了家以小炒为主的"山东饭店"。

井秉林把开饭店的事想得过于简单了，饭店开张后，上门来收税和检查卫生等管理单位的人络绎不绝，光接待这些事就让他头痛不已，还有些吃饭不给钱挂账的，而这些人大多是县上的地痞，又不敢得罪，就更让他头痛。这天号称"西宁马坊一爷"的县养路段老熊，带着他的小兄弟又来吃饭。井秉林说，你已欠我一百五十多块了，我是小本生意赊不起账，这次你得先把账结了再吃饭。老熊掏出十块钱说，先炒菜吃饭吧，总不能饿着，剩余的钱下个月发工资马上还你。

等他们吃饱喝足抹嘴要走人时，井秉林拦下老熊说，平时找不着你人，今天我得跟着你去取钱。老熊听了很不高兴，用手拍了拍他的脸说，你咋不识抬举？顺手把手中杯里的温茶水泼到了他身上。井秉林在武警中队学过擒敌拳，平时没人的夜晚也时常练习，现在被老熊激怒，伸出拳头朝老熊的脸上打去，老熊万万没想到井秉林会打他，像只恶狼跳起来和他扭打成一团，一时把小店弄得鸡飞狗跳，一片狼藉。

这时恰好派出所的民警来店里吃饭，看到全过程，上来拉架，混乱中老熊竟然打了民警几拳，被警告袭警罪加一等，然后把他和一个正在吃饭的食客一起带回派出所调查。他俩因扰乱社会治安同时被拘，等到一周后井秉林从拘留所出来时，张雅丽早把饭店关了门。

这天傍晚，井秉林和从西宁来拉木材早就认识的山东老乡司机，坐在已关门的小饭店里闲聊时说，这个小饭店开了一年多，不仅没赚到钱反赔了不少，欠我饭钱的人还和我打架，我也因此被派出所拘了几天，现在算是彻底关门歇业了，也不知道今后再干啥？

司机马上接话出主意说，现在的人好多都买了私家车，有轿车就会有毛病，维护修理的生意非常好。我有个朋友在西宁开了家轿车维修店，是那种一次只能维修一辆的小店，就那，一年下来能赚辆"桑塔纳"。井秉林说赚钱好的行业需要大投资，我连开小饭店的资金都不足，从哪儿弄那么多钱去启动？

坐在一边的小姨子冷不丁地插话说，俺舅家的大表哥在蒙阴信用社当主任，你要是想开维修店，让俺大姐回老家找他贷款，我看一准能行。小姨子的一番话一下就让井秉林动了心思，然后就和张雅丽商量如何贷款的事。张雅丽说，轿车维修店要到人多的西宁才能开，在班玛根本不可能，但到西宁住哪，先把这问题解决了再说贷款的事。

井秉林突然想到原县委办公室的老乡，后来在班玛驻西宁办事处分到了一套房子，一直空着，两家关系一直都很好，就找到老乡说，你在西宁的房子也不住人，时间长了就毁了，不如让我先住，你啥时回西宁我啥时腾地，我按月交房租。然后和老婆张雅丽回了老家，把老家的老屋以及值钱的东西都当作抵押物，贷了二十万元，在西宁祁连路找到一家四间通体的临街房，作为修理车间，还通过朋友介绍来两位维修师傅。他堂弟在蒙阴就是干汽车电工的，也被他叫来当维修师傅，这样就把维修店的生意做了起来。

井秉林是老板，每天都是最早来最晚归的人，有时一忙连着几天都不回家，吃住在店里。张雅丽是财务主管，负责全部配件购买和收费开票等具体工作，也是一天忙得不沾家，因和西宁人打交道，还要天天谈判进货，渐渐地她满口的蒙阴话变成了西宁话。生意一好，又把另外一个小姨子和母亲接来给大家做饭，整个家庭显得蒸蒸日上。

一年后张雅丽算了一下账，各项收支基本持平，这不包括仓库里堆积的数万元配件，不用想就知道肯定是赚了钱。要想挣着大钱就得有大投资，井秉林和张雅丽一合计，买了些青海地方特产，再次回蒙阴老家找到舅表哥，想再贷二十万，表哥说，我们银行是不允许异地贷款的，上次我还以为你在当地用，没想到你跑去了西宁，就这事上级领导还批评了我。

井秉林就请他表哥到西宁来玩，其实是让他来考察这个轿车维修店。在表哥和他一起查看轿车配件仓库时，他拿出去年盈利的详细账簿说，这个行当这几年非常有发展潜力，现在还需再贷二十万购买高级车辆的配件，而维修高级轿车才有大利润。

表哥见生意确实不错，每个月的利息都能按时偿还，就给井秉林又贷了二十万元。这样一来，维修店一下就显得更有势力，广告上还添加了奔驰宝马宾利甚至劳斯莱斯一类高级车的维修项目，年底竟然在修理厂旁边的小区里买了一套商品房。

这时女儿张如意也从大学毕业，学校把她分配回果洛地区当老师，可她不想再回那个艰苦的地方，也没到单位报到，直接到维修店当了业务员，因为年轻漂亮能说会道，善于和年轻人打交道，很多人的车都冲着她来维修。儿子张栓儿因为小儿麻痹行走不便，小学没上完就一直在家待着，这两年跟着堂叔学电工，基本上能修个大概，所以整个维修厂生意一直平稳上升。第三年时，祁连路维修店已不能满足需求，便把厂子搬到交通更方便、人流量更大的西宁城北小桥大街某处临街的小院里。

在井秉林把修理厂搬到小桥的这年，我从班玛县银行调回老家郑州，他还为我送行吃了顿饭。数年后的 2009 年，我回了一趟青海，老友相见自然要喝两杯，趁着酒兴，他给我回忆起我调离班玛后他的生活状况，还讲到了他回班玛县开饭店赔钱的事和如何到西宁开修理厂的事，语气里全是对往事的嘲讽。我说，你应该感谢那时的艰苦经历，没那些经历就不会有你今天的成功，他愣了一下，像是感觉到了什么便说，有道理，你说得有道理。现在我就带你去参观一下厂里的维修车间。

我到了办公室，突然看到一位穿天蓝色厂服而又非常熟悉的女人，可半天也没想起她是谁，她却认出了我，笑着和我握手问好，介绍说自己是当年井秉林救的那个工人的老婆。我这才反应过来，哦，你也跟着井秉林干呢。

她说，你离开班玛后，多柯河林场不再伐木，转入封山育苗，我老公失业回到老家种地，后来听以前在林场的人说，井秉林在西宁开汽车修理厂当老板呢，有次我来西宁看病，顺便找他看看有没有我能干的活，他就让我来后勤当杂管，啥都干，还让我老公跟着钣金师傅学钣金和喷涂技术，现在也阿拉巴拉（青海话，意为基本）能上岗了。

井秉林说，本来就是朋友，他两口子过得也难，再说厂里需要人，找别人还不如找老朋友放心。然后他指着车间说，咱们到车间看看她老公的钣金技术咋样？说着我俩走出办公室来到一处空地上，我停下脚步问他，如果当年你没挨王得胜那一枪，复员回蒙阴农村现在会是啥样？

他说：你还不要说，我前几年就想过这个问题，所以去年年底我回蒙阴时，专门到王得胜农村的家找他，他儿子说他现在在县城某建筑公司看大门。据我所知，这工作在我们老家是很好的工作，一个月有几百块工资，已是相当不错，可我在县城的街道上转了几圈后才在郊区一处私人建筑公司的大门口见到他。

王得胜虽和我一样大的年纪，但看起来比我老十岁，明显是被生活的压力压垮了。我们谁也没提那次走火的事，他只说他在广州打了多年的工，现在干不动了不想再外出，托亲戚找了这份看大门的工作。然后问我现在干啥，收入有多少。我很庆幸当年挨了他那一枪，要不然复员回来肯定也是这样，一想到这儿，心情一下子沉重起来，再没兴趣和他闲聊，就找了个理由匆匆离开，临走时给了他一千块钱，他木讷地接过去啥话也没说。

我说，你年轻时在班玛当过大仙，是不是当年就已测出自己的命运了？他带着苦笑看着我说，你就别提这事了，当年我是连着死了俩儿子心里怵，才跟着蒙阴一个师傅学法术，别说我才学了四个月，就是学四十年也不一定能学成，那可是一门大学问，我当时只是为了求得心里安稳吓唬别人而已，哪能预测我的将来呢。不过通过学习八卦，让我意识到人这一生都是注定的命运。我说，虽有注定的成分，但还是要努力，你现在的状况就是努力追求的结果。

不久后他的一个好朋友告诉他，在柴达木盆地西部冷湖镇，因为石油勘探一夜就聚集了30多万石油工人，而绝大部分人的家都在西宁或是兰州，石油工人的收入都很高，很多人都有自己的小轿车来往西宁与冷湖之间，当然就可能需要维修，可冷湖镇却没个像样的轿车维修店。

他敏锐地意识到，这是个千载难逢的好商机，马上和这位朋友专门去冷湖考察了几回，得出的结果是，这是个时不我待天赐良机的商机，果断地又到信用社新贷到一笔款，加上这些年在西宁挣到的钱，和合伙人一起出了300多万在冷湖买了块地作厂址，盖起了两栋二层楼房，底层作维修车间，同时代理"奔驰"专卖，干起轿车维修和品牌销售，之后三年的生意确实如他所料，红红火火，还有私家车主为维修保养排队，甚至还有司机找他说情，想要插队提早维修。

他和合伙人头三年就收回一小半的投资，就在他满怀信心在三年后收回全部投资时，不料天有不测风云，冷湖石油人随着国家的政策，开始大调动，30万人的城市似乎一夜之间少了90%，仅剩下当地的数千人。这让井秉林的维修厂和销售代理也在一夜间回到了原点，如梦一样让人感到不真实。

张雅丽是个有胸怀的女人，并没因失败而沮丧，反而鼓励井秉林要振作，要像个男人重新站起来，并策划着在西宁重操旧业。一年后又在西宁把轿车维修厂开了起来，规模却是小了许多。让他们没有想到的是，4S店如雨后春笋般兴起，他们这样不正规的维修厂，生意惨淡，也就勉强维持了一年，便彻底关门歇业了。

井秉林在家浑浑噩噩了一年，有天偶尔听到退休回西宁的老乡闲聊时说，近年来随着自驾游的兴起，班玛一带成了红色和人文的旅游景点。班玛不仅有牧区、林区、农业区，藏族历史上的三果洛就发源于此，明朝土司的碉楼还完好无损地矗立在玛可河谷的河岸上，还有红军长征经过留下的诸多遗迹，政府把以前的简易公路都修成了一级公路，还和四川邻着的几个县的公路连成了网，交通方便起来，也就带起了班玛县的特色旅游，可县上缺少有特点的吃住行一体化的宾馆。老乡在说完这句话时对他说，我建议你回一趟班玛看看有没有商机。

井秉林对班玛的情况十分熟悉，一听就知道机会再次光临，便说，不用回去看，那里的情况闭着眼都熟悉，当场托老乡帮助物色个地段好的私人楼房。老乡说，正好，你也知道我女儿婆家是当地藏族，在县上繁华地段的政协旁边盖有一栋三层私人楼房，一直还空着，你想要的话，我可以让他租给你，价格你俩谈。就这样，井秉林再次准备在班玛投资有特色的旅店，想东山再起……

2019 年夏天，这个山东老乡和老伴一路从西安、洛阳旅游到了郑州，他在班玛时就和我父亲是朋友，所以他从洛阳出发前就给我打电话，让我陪他去开封玩，我从郑州东接到他后，首先请他吃了河南的合记烩面，吃饭期间他主动给我讲起井秉林和他的那家小宾馆，说他在班玛开的宾馆第一年年底收入确实不错，比县政府办的莲花宾馆入住率都高，这和他提供的各类服务有关。可没想到第二年有个牧人住店，不知怎么带有一包炸药，你也知道在班玛私人用炸药是常有的事，关键是炸药在半夜爆炸把那层楼给炸塌了，还死了一个人，他赔了不少钱，就这我还没让我那个亲家要他赔偿二层被炸出一个窟窿的损坏，如果要赔还得几万，这就一下又把他打冰（青海话，失败）了。事后他本来不想再干了，可他老婆张雅丽却坚持要干，说她在班玛县就看好这个行当，可此后生意一直半死不活，我来河南旅游前他在班玛还给我打过一个电话，说生意比去年有些起色，我估计他说的是安慰的话，我理解他这样说的意思。

我笑着对老乡说，井秉林是个屡败屡战永不气馁的人，他不会倒下去的。而我说这句话时却在暗想，要不是他老婆张雅丽在他背后支持他，他可能早就趴下起不来了。有的女人比有的男人更强大。

从四川来挖虫草的那家人

那天傍晚，大武在刮了一整天的狂风后突然宁静下来，因在屋里闷了一天，我趁机走出房间站在单位大门口透气。这时，看到三个外地人从运输站方向走到我跟前，朝挂在墙上的那张牌子看了半天，像是确认无误后问我，果洛农行有没有个叫岳西翔的人？我反问，你是谁？男人拿出身份证让我看，我是从四川安岳县来找我表哥岳西翔的。我把他们领到我隔壁，大声喊，老岳，你老家来亲戚了。顷刻，岳西翔从家里出来。当他看到那三人时满脸惊讶，愣了会儿才带着埋怨的语气说，你们咋来了？一转头见我看他们，就指着那人对我说，我表弟仇××，我听着名字拗口，在和他握手时开玩笑地说，就喊你仇恨吧，这样顺口。他立即纠正说是 qiú 不是 chóu，我笑着说，啥球不球的，叫你仇恨好记。

我顺便问了他一句，来的路上还顺利吧？他摇头说，不顺利！班车离大武还有 40 公里过一座大桥时，被设在桥头检查站几个戴红袖章的人拦下，他们在车上逐个检查身份证，说果洛的自然环境已遭到严重破坏，凡外来挖虫草的人一律不得入内，结果除两个人是果洛身份证外，其余都被赶下了车，戴红袖章的人要我们站在桥边等路过的班车再回西宁。

被赶下车的这伙人，在车上时连句话都没说过，那时却像老朋友一样商量咋办。最后，一个河南人出主意让大家佯装往回走，在离检查站数公里后，从包里取出一根绳子，大家排队牵着绳子蹚过那条淹到胸口的河，沿着山脚下的沼泽地再往前走了数公里，等于以大桥为中心绕了个大圈，才又回到公路上，又陆续堵上了去大武的便车。我们仨就是给了司机三十块钱，相当于多买了一张从西宁至大武的车票，司机才把我们带到州运输站的。

岳西翔听到这儿更不高兴地说，真是的！你们来果洛也不提前打电话或是写封信问问啥情况，就敢贸然来了。仇恨一家三人不接话，只尴尬地赔着笑。

5月1日一大早，我见仇恨带着老婆儿子去了东倾沟，心想他们终于要去挖钱了，可是2日下午他们又返了回来，便奇怪地问他怎么回来了？他面露凶色，恨恨地说，狗日的×××（某管理系统）想方设法从我们身上榨油水，派五六个当地人守在唯一上山的路口，要每人交500元门票，不买就不能上山，没得办法，只有回来找老表借1500块钱买门票。

5月3日，仇恨一家三口又不见了，中午下班时见岳西翔，问他咋打发老表的，他说，我老表回来跟我说，既然都从四川上来了，也只有硬着头皮掏钱买门票，你就是再困难也得借我钱。现在你让我们回四川，我可是连车票钱都没得，你还得借我，所以只有等我们买了门票进山挖到虫草卖了钱才能还你的钱，否则你赔得更多。我心想他们去东倾沟前，已经跟我借了一千块买面粉、工具，现在不借钱让他们回四川，就像他们说的那样，我就亏大了，就把压箱底的钱都给取出来，才打发他们去了。唉，还不知道后面是啥情况。

随后几天大武连续下暴雨，唯一的砂石长街上流淌着浑浊得像河流一样的洪水。据州气象局报道，这是大武建政以来遇到的最大洪水。这天下午，我在办公室接到东倾沟营业所主任打来的让我叫魏行长接听的电话（行长办公室的电话因洪水已打不通）。我正准备起身，见从外面进到大办公室的魏行长，就把话筒交给他，他就站在我的桌前听电话，我在一边能清楚地听到主任急切地说，营业所这排砖木结构的房子，被洪水冲出了很深的地基，随时有坍塌的危险……

魏行长略有所思地边听电话边看我，然后一手捂着话筒一边对我说，明天你去趟东倾沟营业所，看看到底啥情况，把问题解决了，然后对着话筒"哦哦哦"一阵后说，我让办公室的杨海滨明早到你那儿去解决问题。他放下电话又对我说，估计营业所房子的地基被洪水冲刷得很严重，你赶紧上去抓紧解决。

岳西翔听到我去东倾沟的消息后，晚上来我屋里说，你到了那儿抽空去看看我老表，那里离大武近，连着下了几天大雨也不知他们是在山上还是山下，如有困难能帮助解决的就帮助一下。我跟岳西翔是住了几年的邻居，又因为我是单身常到他家蹭饭，关系一直不错，便点头说"好"。

到了东倾沟营业所一看，就像所主任汇报的那样，家属房和独立的两间营业室前后地基被雨水冲得很深，整个房子的地基都泡在雨水中，确实岌岌可危，如不及时回填加固真有可能泡塌。我赶紧作了解决预案向魏行长汇报，这样我就有了等待州工程队组织人马从大武来处理的时间。因事先有岳西翔嘱托的事，这天午饭后我从营业所所在的河谷岸边，朝处在四五百米高缓坡上的公社大院走去，想了解一下挖虫草的情况。

正在半山坡上走着时，有个年轻人迎面在远处朝我喊"杨叔叔"！我有点意外，在这里还有人认识我，那人到我跟前停下又说，你不是州中支的杨叔叔吗？一个黝黑中透着光亮，完全本地人肤色的年轻人见我困惑，又说，我是岳西翔的侄子，前几天在我大伯家还一起吃过饭，你忘了？我这才明白他是仇恨的儿子，挠了挠头看着他，几天不见，咋变成了黑人？都认不出你了。

年轻人说，来的头几天不知道高原阳光的厉害，脸部被紫外线晒了一天后晚上不仅火辣辣地疼，用手一抹就脱一层皮，后来开始下雨，我们就在山上蒙着塑料布蹲在地坑里避了四天，也不知咋回事，脸色就像化学反应那样变黑了，不仅是脸，只要被紫外线照射到的皮肤都这样黑。

他继续说，那两天我爸妈本来想下山避雨，因雨水太大，怕被洪水冲走没敢下来，结果把我爸淋感冒了，今天早上雨停后，我和我妈扶着他下山来卫生所看病，原想打个点滴能好得快些，没想到要90多块药费，我爸就没打针，花了比四川贵三倍的价钱买了盒药吃了，可一直不见好转，正想回大武去找我表叔拿点钱看病，远远地就看见你上来了。

我问他，你爸现在在哪里？他说，在卫生所院里的草地上躺着呢。我随他一起来到了公社卫生所，一下就看到一帮在乱哄哄气氛中或躺或坐的挖虫草人，看样子都是被大雨淋感冒来看病的。卫生所只有一个年轻的藏族医生，连个护士都没有，他又看病又当护士又开药、扎针，忙得不可开交。仇恨躺在草地上有气无力地朝我笑了笑说，老杨，借点钱给我看病，不然要死在这里了。

我看他的样子像是重感冒，当然知道在高原感冒有可能会造成肺气肿而死亡，忙把身上原本要"零存整取"还没来得及上存折的工资掏出来，总共有八张十元两张五元三张一元，全给了他。

他收了钱又问，能不能搞点吃的东西，我们已经三天没吃饭了，饿惨了。我便让他儿子跟我一起回到东倾沟营业所对所主任说，他是中支岳西翔从四川来挖虫草的侄子，前两天下大雨在山坡上躲雨没敢下山来，带的干粮都吃完了，灶上有馒头的话给他一些，随后我让岳西翔给你伙食费。主任便将一锅馒头全都给了年轻人，他当即狼吞虎咽吃了两个，才点头说"谢谢"。

第二天一早，太阳在阴沉沉的乌云后挣扎着露出小半边脸，不一会儿又被远处涌来的巨大乌云团层层叠叠挤压着，就像要爆炸那般惊心动魄地悬挂在天空。据我的经验判断，这样的云层肯定是个大晴天，便在吃罢早饭后再次到公社卫生所，看看仇恨的病好了些没，结果院里早没了人，想必他一家人都上山挖虫草去了。五月对于挖虫草的人来说，可是发财的最好时节。因为本地人相传，如果再往后推迟，天气变暖，虫子要是破壳从草芽里钻出，那可真要变成草了，将一文不值。

我站在这个位置回头一看，整个山川的地理地貌清晰地呈现在眼前：柯曲河谷底缓慢隆起的数十公里高的巨大山坡上，都用铁丝网纵横交错地拦成一块块草库仑，各个空地间有牛羊散漫地啃着草。人们要想上山必须走那条唯一的山路（当地叫牛路），可山腰中间的路上却架着一道缠着铁蒺藜的横杆，明显是上山的收费站，横杆后有两个背半自动步枪的当地人在验收门票，旁边的草滩上扎着一顶白帐篷，上头冒着烟，里头坐着几个人在喝茶。

我走到横杆前，背着半自动步枪的人问我要上山门票。我说我是州农行的，你们草库仑建设就是我们贷的款，随便上山转转也要门票？那人说，你没事到这里转悠啥？另一人从背后走过来说，哦呀（藏语叹词）是你呀，前些天我到大武农行贷款还到办公室找你盖过公章，你还认识我吗？那人也不等我做出反应就和我握手说，上级部门把这条路包给我们，在这儿设卡收挖虫草的人上山的过路费，他当你也是挖虫草的才收你门票。他见我不停地往山上张望，便指着大山又说，草山上的虫草本来是我们自己要去挖，你也看到了，全被这些内地来的人给挖了，还严重破坏了草山环境，所以收取的费用是准备治理环境用的基金。

我明白他说的从辽阔的山坡草丛中剜出一根草就是破坏环境，是为了收费找理由的谎话，但凭我之力也不可改变这行为，便不再接他的话，只说，你们的理由太牵强，你们对挖虫草的人每人收 500 元治理费就是乱收费。那人说，只要过了这道门，进入私人草库仑收费就低了，我的那块地给了三个四川人，每天只要五根新鲜虫草作为费用，收费不高吧？

我知道和他说不清楚，把话题一转，我一个朋友在山上挖虫草，想上去看看他挖到了没有。他说，我知道你是农行的，又不是专门来挖虫草，只要你有劲爬山就上去，即使你在山上挖几天也没关系。

然后他拉着我走到离公路几米远的地方停下说，你要早点下来，要不碰上收购队把你当成挖虫草的人，你又没有虫草卖给他们，那些人可都是些二球，会打你，我不是吓唬你，是真的！他拍了下我补充说，收购队的人真的厉害，你要提防。

我走了一小时问了两个当地牧人，才看到上面用藏汉两种文字写着"户主索南才让"的木牌子插在一块草库仑地头，然后看到一个妇女正趴在用三块石头支起的一个小铁锅前，用牛粪夹杂着从山下带上来的木柴燃火，可火焰怎么也燃不起来，乌烟瘴气让她站起身不停地揉着泪眼大声咳嗽，直到擦干眼泪一抬头，猛地看到我，意外地也很高兴地笑着说，哎呀，老杨上来了！

我说，昨天晚上没见你们，也不知仇恨的感冒好了没，特意上来看看，如果不适应高海拔气候的话就早点下山，身体要紧，这也是岳西翔在我来前特意让我转告你们的。她说，果洛海拔太高喽，头晕恶心，面条米饭煮都煮不熟，吃了还拉肚子。她正给我说着高反感受呢，像慢半拍似的突然停了正说着的话，跳到我刚才说的话题上，用讥讽的口气说，不挖虫草下山？他说得轻巧，借他的3000块钱不要了就下去嘛。她可能察觉出不应当这样说，有些不好意思笑了笑，用坚决的口气又说，得留下来挖虫草！同时转身往山坡上一指，我的那个屋头个（四川话，屋里头的那个，简称屋头个，指老公）跟我儿子上去找虫草，我留在这儿做饭，一家人分工明确，争取多挖几根虫草，挣了钱好回四川。

我走到灶边掀起锅盖一看，里头是用面粉做的糊糊，又往用塑料布搭的一处小小窄窄的地窝式帐篷里看了眼，里头堆放着半袋面粉和潮湿的牛粪以及一截牛毛毡和一条薄薄的棉被，还有两把锋利的镢头。

看到镢头想起刚见她时，她在腰间用绳子绕了两圈，像扎了根武装带，身后斜插着一根镢头，我说，在高山上增加一两的重量，就相当于在内地负重一斤，你最好减轻身上的负重，这对心脏有好处。女人说，常有路过这儿问我挖到虫草没的人，白天屋头个和儿子都在山上找虫草，就我一人，我想万一有事我就拿镢头当兵器，这是防身用的，不能卸下，再累也要背上。

既然是防身那就要得。我学着她用四川话说。前些天连着下了几天雨，你们在山上是咋个过的嘛？我坐在正冒着浓烟的三块石头灶边问她。她半天没吭声，眼泪就流出来了。我装作没看见，去看广阔天空下起伏着的茫茫群山，山坡上的人们犹如蝼蚁在蠕动。好一会儿，她控制住了情绪才说了起来。

我们上山后的第三天上午就开始下雨，当时心想，我们上山就是挖虫草的，也不想下山躲雨浪费时间，冒着雨在草地上继续找虫草，等雨下大了就躲在用塑料布搭成的小帐篷里。她扭头指了一下我刚才看到的那顶小帐篷。我们就蹲在那儿等着雨过天晴，但是第一天雨就没停过，山上非常冷，也没了干牛粪生火做饭，便和我屋头个商量，如果第二天还下雨就下山去，山下好歹还有卖吃的东西，不至于挨饿，毕竟还有儿子呢。

那雨一直下到了第二天晚上还没见停，我们仨在第三天上午手拉手，跌跌撞撞地下山。可下到一处山头上时，看见一个和我们一样挖虫草的人，不过他不像我们有伴，而是一个人斜着身体控制着重心，慢慢往下挪。雨水像是往草地上抹了一层润滑油，很难让人保持平衡，他越过横在他面前由山上流下雨水形成的小溪并落地的一刹那，还是因脚底打滑来不及刹住身体，整个人失去重心一头栽倒在雨水形成的一汪很浅的积水坑中，就不再动弹了。我想坏了，这个人要出事，便对我屋头个说，都是出来挖虫草的，都不容易，你下去看看，能帮就帮他一下。

我屋头个小心翼翼地，还是滑了两个屁股墩才下到那人旁边，我儿子也跟着滑了下去，一起把那人扶起来拍他的背，使劲摇着，但他还是一动不动没了任何反应。我屋头个高声对我说，人已被水给呛死了！可就在他帮那人翻身时，突然看到那人口袋里装着一把用红带子扎着的虫草，又朝我喊，他身上有虫草！

我听了忙说，快放回原处，死人的东西我们不能拿，不然会倒霉的，你俩快回来吧。我看着我屋头个放下虫草，有点不甘心地边走边回头恋恋不舍地说，我觉得应该把那虫草拿走，咱要不拿，让别人碰见肯定也会拿走！

我一想也是，人都死了还要这东西干啥，便又说，你要是不害怕就拿走吧。他说，人都死了怕个鸡儿。转身回去从死人身上拿走了二十根虫草，和儿子一起回到我站着的那个山头上。

我看着阴沉沉不停下着雨的天，又看看那个被一汪雨水溺死的男人说，这雨下得太大，草皮也太滑，那个死人就是教训，我们要是摔倒就是要命的事，还是回地窝帐篷等天放晴再下山，保命要紧。我们仨小心翼翼地又往上爬，雨天爬山比下山容易掌控身体重心，我们安全地回到那个塑料布搭的地窝，蹲在那儿看着白雾茫茫像是被人捅塌了的雨天，这时我们已经两天没吃过一点东西了，可也没得办法只能忍受。

我在大武表哥家就听他说过几次山上有狼和哈熊一类要人命的动物，担心要是这些动物来了咋办，就蹲在地窝里胡思乱想，可时间一长就瞌睡，只要一迷糊就梦见狼、熊在咬我儿子，弄得我总是一惊一乍，神经高度紧张。为了不瞌睡，我们开始怀念老家所有的亲人，而且轮流把以往好玩的事都回忆了一遍，等把这些话说完了，我让我屋头个讲鬼故事，他这一讲不要紧，更吓得我觉得整个世界都迷离恍惚的。

地窝里只够两个人背靠背坐在干燥的地上迷糊一会儿，另一人就守着，预防万一有动物来或是雨水涨大了可以随时叫醒睡觉的人，这样煎熬到了第三天，三个人成了三根软面条，第四天雨才慢慢停下，我屋头个被雨淋感冒了，而且很严重，不得已和儿子扶着他一步步下了山。到东倾沟卫生所看病，可医生是当地的藏族，说的普通话，也好好听不懂，但还是听明白要我们输液，一算药费90多块，我们刚上来哪有那么多钱？虽然握着二十根从死人身上搜来的虫草，可也不能当钱花呵。只好开了是四川三倍价钱的感冒药，这是我们身上最后的一点钱了，然后计划着让我儿子去大武找岳西翔借钱。碰巧半路上遇上你，有你这百十块钱，我赶紧让屋头个输了一瓶液，他身体立刻就有了好转，见天气放晴就连夜上山。我们耽误不起时间，得争分夺秒干完这一个月。

我听完她的话站起身来说，我上去找他们看看挖的情况咋样。她说，你喝点水再上去呗。实际上我刚才看到他们用的水，都是灌在瓶里从山下带上来的，哪好意思再喝，就摆手拒绝，等爬了二百多米后，脚步再也抬不起来，心脏"嘭嘭嘭"要冲破胸膛，头也像要爆炸那样地疼着，我知道这是高山反应，奇怪自己可是在这里长大的人，也竟然有高山反应，如果再不下山，脑袋真有可能爆炸，便赶紧转身下山去了。

翌日，从大武过来的工程队到了营业所并开始动工，数天后工程结束。那天下午，我利用休息时间再次爬上了山，想着等回大武后也好给岳西翔说说他老表在山上的具体情况。

这回我老远就看到他们一家三口都匍匐在草地上，那动作就像青蛙伏在荷叶上盯着到嘴的虫子那样专心致志，我喊了两声他们都没听到，直到我走到他们跟前说都趴在那挖"地雷"呀，他们才发现我来了。

仇恨赶紧站起身来和我握手说，草山主人索南才让见我们一天只能挖三五根虫草，连给他上缴的任务都完不成，就教我们在挖虫草时要连续趴在或跪在草地上蠕着身体往山上一寸寸搜索，眼神一定要敏锐，不能多眨一下，因为虫草芽就长在牧草丛里，如果你不直直地盯着，它会在你眨眼的瞬间变成草叶。

正说着就听到他儿子在前面兴奋地大喊，我找到了一根！只见仇恨趴在地上和儿子头顶头，用各自的镢头扎进它两边的草地，小心翼翼地往上挑开草皮，款款拉动虫草的头，再把虫草拉出草坯，带着泥土装进塑料袋，同时赶紧从衣兜里掏出几粒青稞填进土坑，再用镢头砸了砸，念声"阿弥陀佛"，往后退了两步，又趴在地上瞄着附近更大面积的草地仔细搜索，不一会儿就看到第二根。在掘出虫草后，爷俩又一起呢喃着"阿弥陀佛"，还是和刚才一样重复着那些动作，将几粒青稞种子埋在挖出虫草的草皮下。

我说，咋一挖就是一对呀！仇恨说，牧场主人索南才让对我说，虫草也是讲究阴阳平衡的，就像内地的银杏树，有雄必有雌，一般来说，只要挖到一根，附近肯定还会有另一根，所以在挖到一根虫草时要以这根为中心扩大范围搜索，必定会有第二根，这也算是一个经验。

我说，牧场主这么好，还教你们如何挖虫草？仇恨说，他是有目的的，在山下我们缴了 1500 元门票钱，那是给他们上头管理层的，进到他这片草场必须每天给他交五根新鲜虫草，这才是给他的草皮费，按一根虫草最便宜的价格一块算，一天就是五块，市场上每根至少要高两毛以上，这也是他本人落的纯利，要是我们挖不到，他就没有一分钱的收入。然后再挖出的虫草才能属于我们自己，所以说我们在这儿干一天有半天是给别人干。

我问他，那你往土坑里填青稞是啥子意思？仇恨说，索南才让告诉我，虫草是山神的头发，是很神圣的东西，只有有缘人才能在大山上的牧草中遇见，你挖一根虫草等于揪了山神一根头发，他就会感到疼，所以见到虫草时要不停地念六字真言安慰山神，但我们不会说藏语的六字真言，他说那你们就用汉语阿弥陀佛来代替。索南才让特别交代我们挖出虫草时，一定要用他们藏民族的传统方式回填祭品表示虔诚，一是祭祀阿尼玛卿这座山神保佑我们平安；二是求神山让我们能够平安地多挖一些，他还送给了我们十斤青稞籽，我也觉得他说得有道理，就让老婆、儿子挖虫草时照他说的那样做。

在海拔4500多米也许接近5000米的高山顶上，我头疼欲裂，赶紧坐在那儿一动不动，也不敢说话，只能俯瞰着山脚下那条如哈达一样的格曲河蜿蜒刻在山谷底，像一道巨大的鸿沟考验着人们是否有意志跨越它去实现梦想。仇恨他们一家人就是这样勇敢地翻越鸿沟爬山追求梦想的人。此时他注意到我可能高山反应了，就问我，你是不是头疼了？

我憋了一口长气说，你们在山上没感到头疼吗？仇恨说，咋不头疼，刚上来那几天疼得要爆炸，可为了能得到虫草，这点疼都忍受不了咋发财？仇恨看着我还在揉着头说，我们这些人的身体贱，比不上你和这些虫草贵重，如果我们能挖上五千根死了都愿意……

我忽然想起收费站索南才让说的强行收购虫草的事，问他有没有遇到这种情况。他用惊恐的语气说，刚上来的第二天就在半山坡上碰到五六个当地男人，围着可能挖有几十根虫草的一个四川人，要强行收购，那人不愿卖给他们就发生了争执，对方的人围着他拳脚相加，最后鼻青脸肿的还是把虫草买走了，什么买走，就是随意给了他几十块钱，说明没抢劫，他一个人也没办法，只能躺在地上哭了半天了事。

有天晚上已经到了后半夜，我们仨挤在地窝棚里正睡觉呢，也不知从哪儿突然冒出五六个当地人，还跟着两条大藏狗，奇怪的是那狗竟然没有发出一点声音。他们给我看了一张证明，说是县上×××单位派来对我们这些盲流执法检查，并问我们这几天挖了多少根虫草。

我说刚上山没有挖虫草经验，连着几天只挖到几十根。一个中年男人问一百根有没有，我说48根。那人就让我拿出来看看，我想他们既然是×××单位派来的执法人员，便放心地拿了出来，那男人打开强光手电筒照着虫草，又叽哩咕噜说了一阵当地话后对我说，我们是东倾沟×××虫草收购队的，你的这些虫草我们按标准全收了。我说我不卖要带回四川自己吃，那人说你们到我们这儿，就必须按我们的规定办事！我还想说啥，就看到旁边的两个人准备动手了。

我老婆也看到了，赶紧过来拉我，说他们也是按政府规定的价格收购，那就让他们收购吧，只要给钱到哪不都是卖。然后问那个男人，你们给多少钱一根？另一个男人从上衣口袋里掏出三十块钱说，看你们态度好就不没收了，按市场价六毛一根，零钱你就不用找了。他的语气像我占了多大的便宜，我还想和他们理论，却被我老婆推到了一边，那帮人这才心满意足地离去。

我坐在山坡上生闷气，我老婆安慰我说，生啥子气哟，强龙斗不过地头蛇，保护自己的安全才最重要。咱们的办法就是惹不起就得想法子躲得起，从明天开始，把所有挖到的虫草集中放在塑料袋里，天黑前在离我们较远的地方挖个洞埋起来，有人再来强收，即便搜身也没得关系，等我们下山前，再刨出来带走不就要得了吗。

我儿子马上接话说，那就埋在那个哈喇（当地人俗称，学名旱獭，体形粗壮，四肢粗短，前爪发达，掘土能力强大，在山坡上到处有它们的洞穴）洞口，除了我们别人谁也发现不了。我觉得这是个好办法，每天都把我们挖到的虫草装进包了两层的塑料袋，埋藏在哈喇洞口前的土坑里。

仅过了一天，晚上又来了两个穿着藏服却说着流畅汉语的人，我估计是汉族故意打扮成藏族，到我们住的地窝前向我们收购虫草的。我说这几天挖得很少，只有几根，他们不相信，我就站起身让他们搜，他们当中的一个人拿着一把藏刀站在一边冷冷地看着，他把我浑身上下都搜了一遍也没搜出一根来，满脸迷惑又搜查了我老婆和儿子，也没有搜出，就骂骂咧咧地说了句，"真是一帮笨蛋，连根虫草都没挖出来"，转身走了。

最可恨的是昨天晚上，都半夜了，我们躺在地窝小帐篷里睡觉，忽听到窸窸窣窣偷挖东西的声音，我以为收购队的人又来了，他们最喜欢半夜上山，忙从脖子下抽出枕着的镢头，可当我翻身往外偷偷一看，原来是来了两只藏狐狸正在灶台边找食物，我猛地跃起身，把狐狸吓得高高弹起，其中一只又落到了我的怀里，也把老子吓瘫喽，倒在地上半天起不来，个龟儿连个小动物都来欺负我。

老杨，你说上山来挖个虫草咋个就这么担惊受怕，要不是还欠着我老表和你的钱，我早回四川了，我才不愿意在这儿受这个窝囊气。我笑着接着他的话说，你这是上了贼船就得咬着牙在贼船上干。他说，你说得太对了喽，这就是命嘛。他一边继续趴在地上往前搜索，一边跟我说着话。

我说，明天我就回大武了，你有啥事的话我可以转达给岳西翔。他说，在山上一天只吃两顿饭，都是些糊糊面条吃不饱，也买不起大米，如果他能给我弄点锅盔吃吃最好了。他说这话时停下在草地上搜索的目光，站起身看着我，没锅盔弄点馒头也行，你也看到了，山上的日子不好过。

我说，这事就不要麻烦他，这样吧，让你儿子跟我下山，我再给你们弄点干粮，也让你们好歹应付几天。然后我和他儿子一起下了山，通过营业所主任给他们买了 10 个大锅盔和将近 50 斤的青稞面粉。他儿子说，杨叔，我没钱呵。我说，是我送给你们的，不要钱。

在工程队完成了基建工程后的第二天早上，我随工程队的卡车一起回了大武，结果到了 28 日，我记得非常清楚，那天是个星期天，我的生活习惯是星期天睡懒觉直到十一点才起床，那天天还没亮，岳西翔急促地敲着门高声喊，杨海滨快起床！杨海滨快起床！

我猛地一惊，来不及穿衣服一骨碌爬起床来开门问他咋了，他说，刚才我侄儿用东倾沟营业所的电话打到中支值班室，说我老表出事了，你熟悉那里的情况，请你跟我去一趟看看啥情况。我这才松了一口气说，你叫人的口气让我以为你家失火了，然后穿了衣服走到院里，看到行里的那辆北京越野车已在等我们。

两个小时候后我们就到了东倾沟，他侄儿如丧家之犬萎靡不振地早站在公路边等着呢，见到岳西翔放声大哭，说我爸爸凌晨死在山坡上了，我妈也死了。猛听他这一说倒把我吓了一跳，我才走几天这俩大活人说死就死了。岳西翔说，你先别哭，慢慢说到底咋回事？他侄子哽咽着有些语无伦次地说了起来。

5月31日以后再挖到的虫草，都蜕变成干瘪的虫壳子了，这一年一季挖虫草的季节要结束了，我爸妈决定不再挖虫草，准备下山回大武。因前几天听说山下的检查站会把所有经过那里挖虫草的人带着的虫草，一律按当地市场价格收购，那连一块钱一根都不到，如果真是这样我们就会吃大亏，然后我爸妈商量着先下山去侦察一下具体啥情况，再说下山的事。

我们到了山下后发现山坡上收门票的检查站已经撤了，但设在通往大武唯一的柯曲河大桥上的检查站仍然没撤，白天仍严格检查，就像听说的那样以当地价格强行收购，可在晚上，尤其到了凌晨一点至四点这段时间，这帮人都回到屋里睡觉，没人值班是个空当儿。为了可靠，我们又多观察了两个晚上，情况都是这样，于是决定3日下午由我和我爸上山去取回埋在山坡上的那1000多根虫草，我妈就在山下等着，然后趁着检查站的人后半夜睡觉那段时间悄悄过桥，再在半路堵便车回大武。

我和我爸上山取虫草时，被我妈拦住，说下午太明显，等天黑后再上山不易被收购队的人发现，我们就听了她的话，傍晚时分上了山。当我和我爸气喘吁吁，心脏像要跳出胸膛时才爬到我们埋在地下的虫草处时，已是晚上九点。

高原上的月亮要比内地的月亮明亮十倍，月亮悬在空中发着明亮的光，让我们老远就能看见几只哈喇在到处乱窜，以前我好像没看到过这情景，也许精力都在挖虫草上没注意过，今天是第一次看见，它们在见到我们后发出婴儿般啼哭的叫声，这在山上的夜晚显得很瘆人，尤其当我们走近它们的洞穴时，它们居然将整个身体站立起来，双爪合掌如人作揖那般来回晃动。

我和我爸胆战心惊地把它们都撵走，很快找到藏虫草的土洞，但是眼前的景象却让我们大吃一惊，那个洞口已面目全非，被人故意破坏了似的凌乱不堪，我爸疯狂地用镢头刨着，先是从土里刨出几根虫草，但大多都已成了两截或更碎的几节，再刨就见到已被哈喇咬成碎渣的塑料袋。他将藏着虫草的洞口翻了个底朝天也没找到我们藏着的那1000多根虫草，它不翼而飞了，彻底消失了。

我爸开始哭了，在抽泣中对我说完蛋了！完蛋了！虫草肯定让哈喇扒开吃了，然后就揪着自己的头发猛地打着自己的脸，"噼噼啪啪"的声音在夜晚发出寒冷而又清脆的响声，让我心里直发毛，同时想着不可能！绝对不可能！哈喇咋会偷吃虫草，这不成精了！我忙接过他手中的镢头继续刨了几十厘米深，这深度比平时埋虫草的要深一倍，还是连个虫草影儿都没见到，反倒又挖出一些塑料袋的碎屑。我一屁股坐在地上半天没吭声，心想辛苦了一个多月挖来的虫草，到头来却让哈喇给吃了，顿时感到整个世界都死了，可我仍不相信这事实，又站起身继续刨土坑，希望奇迹发生。

我爸不停的哭声像哈喇的哭声那样瘆人，一把鼻涕一把泪对我说，我都翻了底朝天了，你还能翻出虫草来？这可怎么办呀老天爷，我们的虫草咋就喂了哈喇？他又开始扇自己的耳光，那响声比刚才的低沉了许多，隐约地再次飘荡在山坡上。他继续自言自语地说，你这么大人了咋就这么没出息，竟然把虫草喂给哈喇了！然后继续打自己的耳光，一直哭个不停。

我不甘心地再在洞口刨了一会儿，已挖到石头层了，直到这时我才确认虫草肯定被哈喇吃了，便过去拉住他的手说，你就不要再打你自己了，就是把自己打死了也找不回来那1000根虫草，我看咱们还是下山想别的办法吧。

我没想到这1000根虫草对我爸打击有那么大，悲伤有那么重，他还是忍不住悲痛边走边哭，我跟在他后头下到一个山头时，他光顾悲伤，没留意脚下一处凸起的山石绊了他一下，他的身体猛地开始往下坠，我下意识地伸手去抓他但还是落了空，他像一块巨大的石头"哗哗啦啦"滚落到下面一个山头上，而这两个山头有数米高的落差。我急忙把自己的身体往后仰着，平衡着移动重心下到他身边，见他睡着一般一动不动，怎么喊都不吭一声，再去摸他的鼻孔已没了气息，我想起我们刚上山时遇到那个被雨水淹死的人时我妈说的话，我们真不应该拿死人的那二十根虫草，现在果然沾了晦气倒了大霉。不过到现在我一直都在想着我爸是因丢失虫草不想活了故意跳下山崖，还是无意中被摔死在山上，反正他就以这样的方式摔死了。

我赶紧脱了我的上衣盖在他的头上，快速下到山下见到我妈，把埋在洞里的虫草让哈喇给吃了，我爸在悲痛欲绝下山的路上没留意脚下的石头，一下跌倒摔死在另一个山头上的事告诉了她。

我妈听了好一会儿没出声，我以为她没听清，正要晃她，突然她歇斯底里尖锐地哭出声，然后疯了般往山上跑，我想拦住她都没来得及。她有多年高血压，这次从四川来前特意随身携带了五十多块钱的高血压药，怕她在高海拔的山上不停爬会出事。我赶紧跟了上去，她奋力爬山的同时喘着粗气哭着说，老天爷呵这是咋啦？我不要虫草我要人！我不要虫草，我要我们一家人都回四川。她不知疲倦地继续往上爬，当我们爬到已经能够看见我爸尸体的不远处时，她突然回头看了我一眼，还连着高声喊着我的名字，一下就瘫倒在地上。我急忙上前蹲在她身边赶紧搂着她，叫着"妈！妈！妈！""你醒醒！"同时使劲掐她的人中拍她的脸，但她根本没一丁点反应……

我根本想不到我妈也会死去，愣愣地看着她，脑子里一片空白，连哭都忘记了，不知道接下来咋办。痴痴呆呆地坐了半小时才想起下山，跑到你们农行营业所找到那个主任，把我爸妈的情况给他说了，借用营业所的电话打通了中支值班电话。

岳西翔抹了把不知啥时挂在脸上的泪，说那还坐在这儿说什么，赶紧上山救人吧！我说，老岳，你冷静一下，他说他爸妈都死在山上了，你救什么人？岳西翔这才反应过来，对对对！我被吓糊涂了，你说说这两口子好好的，咋就一下子都死了呢！小杨你看我已控制不住我这两条腿了，你去找个人把他俩抬下来吧。

我看了眼他不由自主机械性地颤抖着的腿，知道他确实被吓坏了，安慰他说，我去营业所找主任，让他联系当地人，先找个驮牛把人给驮下来再说后面的事，然后就往东倾沟营业所的方向走去。你快点回来！岳西翔在我身后用颤抖的声音说，然后又重复般地感叹着说，这可咋办呀？

主任见了我说，昨天半夜岳西翔的侄子来敲门，说他父母都在山上摔死了，我马上让他用所里的电话给岳西翔报信，还知道你们今天肯定会来处理他们的尸体，一早就让所里的藏族员工从他家赶来了两头牦牛，现在就在营业所前面的草地上吃草，等你们牵着牦牛把死人给驮下来。

果洛地区，藏族死后的习惯都是天葬，所以在这儿不可能买到棺材也没有火葬场，更不可能把尸体送回四川，岳西翔和仇恨的儿子商量后，大家在山脚下朝阳的地方挖了一个很大的坑，把他两口子，包括他们一家人的虫草梦都给埋葬了。

回到大武后，岳西翔当晚请他表侄还有我在"蜀香园"吃了顿饭，又给了他侄儿五百块钱，第二天一早就把他送上班车打发回了四川老家。送走他表侄后他来到我宿舍说，我赔了五千块钱还垫上了两条人命，你说他们这是来挖虫草了还是来寻死的。他说这话时，眼里不自觉地流出泪来。

7日那天，我在大武影剧院前碰到州工会的老邓，无意中说起今年挖虫草的事，便将岳西翔老表两口死在山上的事说了，他也感叹地说，这哪是挖虫草，分明是来偿还前世的冤孽来了。

我说，我咋从来没听说过挖虫草挖到钱的人。老邓说，你应该听说过有同行没同利这话吧，我侄子两口今年也是在东倾沟山上挖虫草，一个月下来除了花销和被收购队强行收购的几百根外，另外几百根在市场上以一块二到一块五卖了，还有几百根偷着带到西宁，以一根两块钱卖给了东关的老板，总共挣了万把块，还准备着在农村老家盖房子呢。

我看着街头熙熙攘攘交易虫草的人们，心想着有多少男男女女怀揣着发财的美梦，不辞辛苦千里万里从各地来到大武，为这小小的虫草演绎出一场场悲欢离合的故事。难道这就是人生？

1988年5月，让我记忆犹新的年月，即使从四川来挖虫草的那三个人的事情过去多年，我仍能清晰地回忆起这桩旧事。

在草原上被嫌弃了的一生

倪瓒劲参演《金银滩》电影的起因是 1953 年夏天，从绍兴到湟源牧校报到后，听当地同学说再往前走三十公里就到青海湖了，他从上小学就知道那是中国最大的内陆湖和最漂亮的高原湖，趁还没开课这几天有空，搭了一辆便车去参观。途经金银滩草原时遇到一帮人正在拍电影，他从未见过拍电影，好奇地下了车夹在为数不多的人群中看热闹，正巧有位手拿铁皮喇叭的男人对他说，快换藏服和骑兵打仗。

他愣了一下，那人说，你不是群众演员吗？他马上反应过来，转身按要求做了。趴在草地上打枪的姿势还被那男人表扬说"不错不错"，之后和群众演员坐在帐篷里聊天时才知道，那个拿铁皮喇叭的人是导演凌子风。

他又演了两个镜头，不过最后连张完整的脸都没露出来。而他拍镜头时生出要当电影演员的想法，只过半天，就被凌导否决了："小倪呀，你还是去学兽医吧……"

他拿着一块钱的报酬回到湟源牧校。经过两年专业学习，在 1955 年 6 月毕业前听说果洛玉树一带的工资是西宁的双倍，就写了决心书要到那里去工作，然后在某天坐上一辆拉货的便车，五天后到达 1952 年成立的果洛藏族自治州首府吉迈，并被分配到达日县兽医站，工资标准为行政 26 级。这时才明白所谓的高工资其实是内地没有的各类高原补助，工资标准全国都一样。

这时的达日全县干部家属总共不超过二百人，县城只有几排横着的土坯房，荒凉寂寥地处在黄河边的草滩上，不过它在达日人心中可是经济文化都高度集中的繁华都市，谁都不愿离开这里下到连公路都不通的牧业点。

倪瓒劲也想留在县城，因为他是牧校的毕业生，报到后的第三天，县兽医站站长就为他配了匹长着豹花斑纹、能听懂人语、日行百里的大走马，第五天一早，他便随着县上的干部到牧业点下帐（帐篷）去了。

骑马初上草原，他就被辽阔草原上蠕动着的一群群牛羊所吸引，心想大显身手的时候到了，可到了牧业点上才知道，人民政府虽已成立数年，可牧人们仍遵循着旧规旧制，头人千户仍处于统治地位，对危害牛羊各类传染病仍像以往那样放任自流。头人们的态度影响着牧人的态度，他们对兽医的到来更是不以为然，甚至出现阻挠兽医进行防疫，这对倪瓒劲想要在草原上全面展开防疫工作增加了很大的难度，他也有了英雄无用武之地的感叹。

他每天耐心宣传政府政策，告诉牧人们自己所做的一切都是为了保障牛羊的成活，而且所有药品的费用全由政府提供，不收他们一分钱。牧人们仍然很抵触，让他一时束手无策，找不到好办法打破这局面。

不过也有例外的事发生。1956年初牧人才旦多杰请了一位从四川阿坝过来的游医，花了一块银圆把他家一匹马给骗了，几天后马因感染死了，牧人专门找他来了解情况。他这才知道原来这里的牧人为了让自家的马匹增加体力不生病和性情稳定，都有骟马的习惯；也因为在辽阔的草原上很少能见到真正的兽医，只能选择这些来路不明的游医，事后再找游医却不见踪影。

掌握了这些情况后，他信心满满地对才旦多杰说，我是专科出来的兽医，骟马对我来说就是件小事，政府早就规定，兽医做这样的手术一文不收，而且我还敢向释迦牟尼也向你保证，我骟过的马一匹也不会死。如果死一匹，我自己掏钱赔你两匹。

才旦多杰听了他向佛祖保证的话，就相信了他的说法，便请他为自己的另外一匹马做骟除手术，然后让邻近帐篷的人也把他家的两匹马拉来做骟除手术，结果真是没花一分钱，而且马匹都平安无事。这消息一下在桑日麻草原传开，牧人们在没有得到头人千户的允许下，自发地牵着自家的马匹在才旦多杰家的黑帐篷外扎下小帐篷，排队等着倪曼巴（藏语，医生）做骟除手术。

这时候的倪瓒劲脚上套着长筒黑马靴，下身穿着黄色呢子长裤，上身穿白衬衣，显得十分精干，额头前略带卷曲的长发下，一双明眸皎皎如明月，这形象让牧人们印象深刻。他每天早上从才旦多杰家的黑帐篷里起来后，在帐篷前的草地上活动一会儿身体，回到帐篷里喝完多杰才旦的女儿加三木尕烧好的奶茶，吃完酥油糌粑后正好是霞光照耀在整个草原的时候。他潇洒地挽起双袖，挨个检查排着队的马匹，告诉牧人如何做准备。

那些天他的工作紧张而有序，在牧人配合下，动作行云流水，一天最多骟到35匹，最少也能骟到15匹，这样连续工作了半个月，所有马匹平安无事，没发生一例死亡现象。才旦多杰从一开始就有意把他骟掉的马睾丸堆在一个石头台上，直到积攒到几百个堆成一大堆，臭烘烘地吸引着一群在高原上较少见到的苍蝇"嗡嗡"乱飞，像故意在炫耀他骟马的技术。

桑日麻的大头人听说后骑马来查看，才旦多杰从小就是头人的马倌，此刻更是恭敬地带着头人看了倪瓒劲的骟马现场和那堆马睾丸，确信了他的医术后对才旦多杰说，看来倪曼巴还真有两下，你带他到部落马厩把那些该骟的马也给骟了吧。他和才旦多杰到部落的马厩，用了几天时间又骟了数十匹马，从此他的医术就在这片草原上传开了，牧人们的牛羊有病时，也不再向头人千户报告而是直接来找他，整个困局被他以这样的方式打开了。

冬天的时候，才旦多杰的牛群得了急病，几天就死了好几头牛，这对任何一户牧人来说都是致命的事，但他作为头人的马倌还是马上向头人作了报告，可一直没得到找兽医看病的许可，情急之下擅自骑马来到离他家数十公里外的牧人帐篷，把正在睡梦中的倪瓒劲叫醒说，牛瘟像黑风一样把我的牛群一扫而光，请你快快去救救我的牛吧，再晚了我们一家人都没命了。

倪瓒劲知道牛羊是牧人生活的来源和所有财富，二话没说连夜来到他家，连续数天给他家的牛羊打针预防，在用完带来的血清后，眼看着还有一部分牛羊没有注射，决定立即骑马回县兽医站取防疫药。

这时已近黄昏，而且山岗被前几天的几场白雪覆盖，县上到桑日麻草原还没公路，高原景象几乎是重叠着的，也没有任何参照物，在这样的天气和环境中行走很容易迷失方向，才旦多杰怕他一个人迷路或遇到野生动物发生危险，而他自己除了照顾这些病了的牛群外，还要照顾年迈的已瘫痪的母亲，便让独生女儿加三木尕背着他平时背着的那杆双叉猎枪，与他一同骑马去县上兽医站取所需药品。

两人走了整整一个晚上也聊了一个晚上，几乎要在马背上睡着了才到县城，这时天色已经大亮，他们在兽医站领完所有需要的兽药后，甚至都没来得及在单位食堂吃顿热饭，只拿了几个馒头就急忙往回赶。回到帐篷后又连夜挨个给牛羊打了预防针，让健康的牛与病牛以及邻居的牛羊隔离开来，并对牛羊粪便认真地进行消毒。这让才旦多杰大为不惑，连它们的屎尿都要消毒？才旦多杰这也才理解了倪瓒劲真是一个好曼巴，配合着他封锁了自家与邻居们的来往，直到过了数天见到牦牛不再死去而且一个个恢复了原来的健壮样子，悬着的心才放了下来。

加三木尕为了感谢他，专门将蕨麻红糖酥油和青稞炒面混在一起，为他做了平时敬佛才用的一种非常好吃的藏式点心，表达对他的谢意，同时他也看到她看他的目光中的火焰，但他知道自己的身份，初来乍到不敢正视，怕自己控制不住引火烧身而犯下错误，影响自己的转正定级。

之后又有几户牧人家发生这样的情况，都来找倪瓒劲去为牛羊看病，忙得他一天到晚往返于几个帐篷间。经过几个月的治疗，桑日麻草原上的牛羊再也没有发生过任何病情，他的兽医工作开始进入良性循环的状态，冬季深入牧人帐篷防冻保畜，春天帮助牧人接羔育幼，接下来就是大抓七八九月，即在牧草茂盛的夏季，为牛羊增膘和过冬前的屠宰做准备。

就这样，他一直干到1957年春季才离开这片草原，第一次到桑日麻政府——这时候的县政府已把整个达日草原划为九个区政府，这里为二区——象征着政府的两顶棉帐篷就扎在山脚前一处平坦的草原上，可帐篷外，一头威风凛凛牛犊大小的纯白藏獒充当着门卫，它对生人格外敏感，见到他时发出的吠叫声，如炸雷般震得他的心脏像是裂碎那般。

以往倪瓒劲每次下帐前都随身带些水果糖，一则到了牧人帐篷里分给孩子和家庭主妇，尽快取得他们的信任；二是遇到凶猛的狗就剥几颗喂它以换得友善。现在他见白藏獒如此凶狼，忙在几米外向它投掷水果糖，随着次数多了就慢慢接近它，在连续喂了七天后，白藏獒就剩下摇动尾巴的欢快表情了。之后只要他一个人去牧人家为牛羊看病，都会把拴着白藏獒的铁链打开带它一起去，那獒尾随着他就像他的跟班，在草原上成了一幅画。

某天早上，从县兽医站来到二区的站长对他说，刚才起床发现我骑的那匹马不见了，可能是昨晚忘给它下马绊跑远了，你到山背后找找，把它给我牵回来，别弄掉了。

说话的这人是他的直接领导，他当然要听指挥上山寻找。在翻过一座山头后看见前面半山坡上有几个黑点，还以为是牦牛在吃草，等靠近看清时竟是几头荒原狼，他下意识地往后看了看在寂静中不动声色却露出诡异气氛的苍茫草原，再回头看，那几头荒原狼已朝他围拢过来，吓得他撒腿就往山下跑。

起初还能控制住身体，但随着往下冲的速度加快，整个身体如裹挟在泥石流中不由自主朝山下"飞"，一不小心还被脚下的石头给绊倒，失去重心，又重重地砸在山坡上，他立刻闻到一股浓重的血腥味，也顾不及哪里负了伤，想站起身继续奔跑，可浑身像散了架怎么也站不起来，心想：完了！狼要上来了。

就在这时，他看到那头不知啥时候出现的白獒朝荒原狼冲去，双方发出的撕咬声像滚滚春雷，轰轰隆隆，让人毛骨悚然。他再次努力让自己站起身来时，看到狼群节节败退四处逃散，白獒身上的几处伤口像被太阳照耀出的红云，它正骄傲地挺在山头朝他张望。

他又忽见从侧面半山坡上跑来一位气喘吁吁的牧女，到他跟前惊叫着：阿啧啧，怎么是你呵倪曼巴？他也看清了来人竟然是才旦多杰的女儿加三木尕。他问她，你怎么在这儿？她说，前面的草原是我家的冬季草场，最近我一直在这儿放羊，刚才看到狼在追一个汉人就跑来救人，没想到你被白獒救了。

他说，我们兽医站领导的马昨晚上走丢了，他让我今天帮他找回来，所以我就上山来找，没想到遇到了狼。她一听就说，我今天早上看到有匹马在前面的山头上吃草，会不会是你们站长的那匹？俩人翻过一座山头在一条山谷里找到了那匹马，这时已是下午四五点，等他俩回到加三木尕的帐篷时早已满天星斗了。

隐藏在加三木尕眼中的爱慕火焰，在重逢中再次热烈地燃烧起来，她挽留道，你一个人回去路上不安全，住一晚明早再走吧。青春的燥热将寒夜笼罩下的帐篷点燃，直到第二天早上喝了她的奶茶后，他才骑着那匹马回到二区。

接下来的这段时间，他常到加三木尕的帐篷，有时连着几天都不回去，二区的人问他去哪儿了，他说给牧人的羊看病去了，这理由让所有的人都深信不疑。一年后的夏天，当倪瓒劲再次从达日县到二区桑日麻那两顶棉帐篷下帐时，被才旦多杰叫到了他的帐篷。当他看到加三木尕怀中的孩子时惊讶地说，不可能！不可能！才旦多杰说，有啥不可能，他确实是你儿子。加三木尕以难以置信的眼光看他，阿啧啧，倪曼巴难道不是个男人吗？倪瓒劲一下惭愧起来，开始哀求才旦多杰道，你们有啥要求尽管说，千万不能告诉领导，那样我会被开除公职的……

才旦多杰说，我只是告诉你这个孩子已在大头人那儿报了户，取名智加旦增，可大头人说，我们要按照部落传统叫他倪智加，表明他的血缘和你相关，我们对你没有任何要求……

他喘了口长气，第二天将自己存的三百元钱给了加三木尕，半年后加三木尕嫁给了同部落的一个年轻牧人。他听到这个消息后，专门在县上买了十块砖茶和一箱白酒来看望才旦多杰，才旦多杰也专门为他杀了只羊，从此再没人说起这事。这个消息在多年后才被传了出来，不知道是倪瓒劲喝酒时吹牛吹出来了还是才旦多杰漏出了风声，总之达日县有几人知道他的风流韵事。

倪瓒劲1961年第一次回绍兴探亲再来达日县时，带回一位清爽又落落大方、穿着江南特有青色花纹衣服的女子，他俩挨个给同事发喜糖，告诉同事们他在老家结了婚的消息，可不知为什么结婚多年一直没有生育过儿女。有人说那是倪瓒劲年轻时被加三木乺的事吓成了阳痿，也有人说他老婆生育有问题，还有人开玩笑说他把马睾丸骗得太多遭报应了，总之直到 1987 年退休，他两口子都是形影相随。

不过当时，他和才旦多杰一家的纠葛并没有完。1958 年 8 月 16 日清晨，果洛骑兵三连一排的骑兵和国民党残匪以及当地少数反动势力组成的武装发生了一场激战。当时倪瓒劲还在巴颜喀拉山下的草原上为牛羊治病，那天下午在回桑日麻二区的途中，他被一帮背枪的牧人截住。开始他还以为他们要他去帐篷为牛羊看病，就用藏语问牛羊的症状是什么样的。那帮人说，你说啥呢，你已被我们俘虏了还看什么病。他大惊失色地说，什么，我被你们俘虏了？你们是谁？他这才知道上午在这里的那场激战，他们是在打扫战场时遇上了他。

怎么这么倒霉？正撞到人家的枪口上！倪瓒劲跟着他们走在路上时这样想。其实他早已听到从草原上传来打死汉族干部的消息，不过他认为那些事都有针对性，自己是牧人欢迎的兽医，没人会对他咋样。直到这时他才意识到自己错估了形势，被牵涉进去，可也没办法逃脱，只有跟着他们走到湍急的多尔柯河边，牵着马走过一晃三摇用藤条编织得像个圆筒的吊桥来到三面环水、背靠悬崖绝壁下用石头垒起来的一处藏式建筑院内，被塞进一间石头房。

意外的是，傍晚倪瓒劲无意中竟然看到了才旦多杰，刚要高声叫他，就被他示意不要出声。天黑后才旦多杰悄悄来到他身边说，我们的一个千户在战斗中被解放军俘虏，大头人准备用你当人质交换。这里三面环河，一面是几百米高的绝壁，你就是想逃也逃不出去，所以你安心等着交换回县上吧。他好奇地问才旦，你咋在这儿？他说，你忘记了，我是头人的马倌，他去哪儿我跟着去哪儿。

一天后倪瓒劲听才旦多杰说，那个千户被人民政府释放了，不需要他当人质了，可有个小头人主张杀死他。他听了绝望地看着才旦多杰说，阿柯（藏语叔叔）救救我……

次日黎明，才旦多杰赶着将倪瓒劲五花大绑成的一个肉团，蜷缩着驮在牦牛的柳筐中，才旦多杰走到由两个藏兵把守的唯一通往外面的吊桥前说，这个汉人昨晚上死了，大头人让我把他送到天葬台，否则我们这里会很晦气。

其中一人走到牦牛前想掀起柳筐上的破衣服查看，才旦多杰在一旁用早备好的藏刀往牦牛肚子上轻轻一刺，牦牛猛地跳起把那人吓了一跳。才旦多杰说，人死了没啥好看的，大头人让我快点离开。那人也不再检查，说道，快走快走。就这样，倪瓒劲在牦牛背上的柳筐里躲过检查。等过了汹涌的多尔柯河又走了好远后，才旦多杰才把他从柳筐里卸了下来，脱下自己身上的藏袍让他穿上快回县上去……

多事之秋被时光很快碾过，草原开始民主改革，旧规旧制得到彻底改造，社会主义制度让整个草原变得欣欣向荣。达日县政府在二区扎着棉帐篷的旧址上，盖起了土木结构永久性的砖瓦房。

对达日县这样的纯牧区来说，要想发展草原，畜牧业是重中之重，而兽医工作就是重中之重的基础。倪瓒劲在以往数年里的表现深受县兽医站站长欣赏，他被当作骨干继续派到各牧业点做各项预防工作。有一年卓德拉哇尔草原再次爆发了大规模的口蹄疫——那时草原上的口蹄疫就像流感一样频繁出现，有时一年要来几回。他作为县兽医组的组长，带着新来的兽医就像火警队员，哪儿有疫情就第一时间出现在哪儿，他的名声更是让全县更多公社的牧人知晓，也传到了县委、县政府几个主要领导那儿。后来有小道消息说，他可能被提拔成兽医站的站长。

有天桑日麻乡长到县上开会，正好和县兽医站站长坐一起，而乡长和倪瓒劲不仅都是文学爱好者，在桑日麻还互借阅彼此的藏书，也都喜欢集邮，还不时交换积存的邮票，当然最重要的一点是，乡长知道倪瓒劲的医术高明，对全乡牧人来说是个福星，便对站长说，你就别把倪瓒劲派到各个公社了，我们那儿的牧人对他很熟悉，他也熟悉我们那儿的牛羊情况，你让他在桑日麻驻点吧。

这时的兽医站站长早听到那个要提拔倪瓒劲当站长的小道消息，知道他正威胁到自己的位置，顺水推舟把他推到桑日麻，让他在那儿长期驻点。这样在县城有一年没露面，加上站长在主管县长那儿不断打小报告，传说中他要当站长的消息，像草原上的季风吹过了季节而被领导忽略了。

让倪趱劲名誉扫地的事，还得从他刚结婚的老婆回到县上说起。那时站长催他到桑日麻大抓七、八、九月催膘育肥工作，他和老婆的热乎劲还没过，不想下帐，他老婆也不想让他走，但又没理由拒绝，便想了个邪法，在家用半斤盐煮水喝，血压飙升到了一百五六后到县医院看病，自然被确诊为高血压。他拿着医生的证明找站长，说血压太高，经常头晕目眩怕下去出事。

他倒是躲开了这次下帐留在县上陪老婆，而他喝盐水的事，在一次和同事喝酒吹牛逼时给吹了出来，于是假装生病的事像宰鸡时飞舞着的毛在县上传开，有人说他恋媳妇，更关键的是，在讲究思想品德的年代，他被看成是思想落后的人，县主管领导听了站长添油加醋的汇报，更是在不同场合的大小会议上点他的名，让他名声一时狼藉。

在桑日麻公社驻点半年后，乡长找他谈话说，据县政府指示，从今年起县兽医站不再集中购买全县各类预防疫情的兽药，而是让各公社自己统筹购买，你不仅是咱们公社唯一的驻点兽医，也是我最信任的人，我想让你把购买药品的工作负责起来。不久，桑日麻公社把各牧业点上生产队的公积金都集中到公社，尤其是对牛羊预防用药这一块，划拨出专款统一到了他手里，还特别委派他到省城购买整个公社牛羊四季防疫用药。

这就需要他去西宁出差。从桑日麻公社去西宁并不方便，先骑马走一天到县城，县上不通班车，只能凭私人关系找便车，十天半月能找到一辆算是很顺利了，然后坐便车再走三天到西宁，所以不可能再找一个人去监督，这样倪趱劲都是一个人带上数万元的现金支票，去西宁购买各类兽药。

第二年年底，公社请县财政局的会计年终审核，当然包括倪趱劲的账务，结果发现账货不符，少了数百元。几天后倪趱劲找到乡长说，没掏净装发票的信封，从中又找到两张要求重查。翌年初还是财政局的那个女同志，又来复查，仍差数百元，这就意味着他挪用专款或贪污，而他又一时说不清楚这款短在哪儿，就留下了不明不白的尾巴。去西宁购买兽药的工作，也被乡长指定让新来的兽医王得利接替，他重新开始为牧人的牛羊看病。

乡长之所以这样决定也是有原因的，至少在以往的工作中有两件事让乡长对他有了不好的看法。一是倪瓒劲有年回绍兴探亲回来后送给乡长一套第二个五年计划的纪念邮票，乡长也回赠他一套"大跃进"的邮票，但有天倪瓒劲趁乡长到县上开会，从他办公桌抽屉里拿出他的邮册，也没打招呼就把他最宝贵的四方联给"拿走"了，起初乡长还以为自己弄丢了，后来知道被他"拿走"，很是恼怒，为顾及脸面也没对别人说，怕一旦说了他就成了一个真正的贼，没法在公社做人，可见乡长还是有些格局的。

第二件事是某天他俩到牧业点下帐，倪瓒劲趁女主人不备把她打出的酥油（从牛奶中抽出奶油）给吃了，因这里的牛奶质量好，熬开后都会有层筷子厚的奶皮（油）。正巧他狼吞虎咽时被乡长看见，就骂他是老鼠偷吃东西，他有些不好意思地解释说，我给牛打针劳动量大，等不到开饭时间就先吃点东西垫下肚子。这样解释也说得过去，可后来乡长无意中又碰到几次他偷吃奶皮的事，他也不再解释只笑笑了事。

所以当乡长听说倪瓒劲的钱账不符时，认定他品德有问题，一反常态说他是个贪污犯，还到处传播这消息。于是他贪污公款的名声像泼在白衬衣上的墨水，再也洗不干净了。

按道理说，出现贪污问题，组织上肯定会出面处理，该赔偿、该坐牢或该开除公职都会有个结论，奇怪的是从此数十年竟没人出面过问过，他贪污的名声如一张贴在墙上的标签，撕了一半因另一半被胶水粘死在风中招摇。他虽极力否认说被人冤枉，也数次向县上领导提出落实问题的要求，可从公社到县上就是没人出面，也不知是无意还是有意，把他弄成了被风干的臭牛肉似的远近闻名。

这年秋天，他骑着他的豹花斑纹大走马，到巴颜喀拉山下纳尔根玛牧业点下帐，在一片大草甸上与一只哈熊（棕熊）不期而遇。这时期草原上时常能碰到大型野生动物，豹花斑纹大走马被突然出现的棕熊吓得炸了蹶子，把他从马背摔下来独自跑得无影无踪。哈熊也愣在那儿看着一动不动躺在地上的倪瓒劲，在觉出没有危险后才大摇大摆地离去，让他避开了一难。

他被摔在地上时就觉出左臂疼痛难忍，因纳尔根玛牧业点没医生，便自我断定是脱臼，以为过两天会自动复位，不料一个星期后疼得更厉害，意识到问题有点严重，赶紧骑马回桑日麻。公社的那位藏族女医生原是州卫校护士班毕业的，对这类病没有经验，也没能力让脱臼的骨头复位，等他拖延数天回到县上已是一月后，医生说已经不可能再复位了。

倪瓒劲的左臂落下了残疾，永远僵硬地挂在胸前，就连每天早上穿衣服都是右手握着左手折腾半天才能穿好，骑马下帐时先把一根绳子绑在马鞍上，另一头绑在残疾的手臂上做好固定，右手再去抓马缰绳，以便控制马行走中的方向和速度。以后来入职的年轻人知道他因为脱臼没有医生帮助复位落下残疾还要骑马下帐时，都对他肃然起敬。

倪瓒劲的工资在 1956 年分配到达日县满一年后，就被转正，定为行政 25 级，又因他为牧人骟马的事名噪一时，被县委书记点名表扬而涨到行政 24 级。以后单位再涨工资都是按 1% 或 2% 的比例递增，起初在民主评议工资时因年纪轻、资历浅，就是论资排辈也轮不到他，等有资格了又因购买兽药账务问题没落实而被排除在外，所以他的工资也就一直保持着 24 级多年没动过。

1977 年是他在桑日麻驻点的第 21 年，因为年龄大了，身体确实出现了问题，成为在 50 年代中期下到公社里最后一个被调回县兽医站的兽医，也就是从这时候开始，才算正式和老婆团聚。这年底又恰好遇上涨工资的机会，这是粉碎"四人帮"后人们保守的思想意识有了较大改变后的第一次，他参加了兽医站的民主评议工资大会，想着大家一定会看到自己在工作中的成绩，对涨工资有了期待。

所谓民主评议会，即全站数个兽医都来参加投票评选，果然像他想象的那样，当着他的面，其中两人表态说，倪老师到达日工作后就没涨过工资，在基层工作成绩突出，这次合乎标准应涨一级，大家七嘴八舌一致表示同意，他听到这儿一高兴，忍了好久的内急实在忍不住便起身出了会议室小溲，等他再回到会议室就听到对他一直怀有偏见的站长宣布说，通过民主评议，某某某的工资涨一级。等会议结束了也没听到自己的名字，他便拦着问站长，我不是刚才被通过了吗，怎么没我的名字？

站长绷着脸说，刚才举手表决时恰好你不在场，没人举你的手，这次你没被评上，不过希望你继续努力，下次还是很有希望的……他愣了半天没缓过神，然后大笑说，你们这些雕虫小技比我当年演《金银滩》的演技还拙劣，边说边笑，连眼泪都笑了出来。大伙目瞪口呆地看着他，几个人有点不好意思也莫名其妙地跟他一起笑。他在笑声中用谁也听不懂的绍兴土话骂了好几句。

有天他老婆无意中听邻居议论说，县屠宰场的屠宰工推着成架子车的牛羊蹄倒在河滩上当垃圾，便琢磨着达日县是个纯牧区县，各家各户主要的副食都是牛羊肉，没人会把牛羊蹄当成肉的一部分，再说那东西不干净也不好拾掇，就想到了废物利用，然后和倪瓒劲一起到河滩捡回一麻袋，俩人在火炉上燎毛剥皮炖煮，那阵子他家总是飘着臭烘烘的气息让邻居很反感，但却也解决了他们家整个冬天的吃肉问题。

达日县自成立以来，一直面临燃料供应困难的局面，各单位都是用卡车从大武或是海南州的温泉煤矿拉煤，有的人有钱有关系能找到卡车也去拉煤，对倪瓒劲这样没关系的人来说就是件天大的事。不过他在牧业点上待过多年，有烧牛粪的经验，就和老婆到县城外的一条山谷捡牛粪，虽然他的一条胳臂有残疾但并不妨碍他另一只手的活动，牛粪山坡上到处都是，一来不用花钱也不用求人，二来也解决了生活之必需，用他老婆的话说还锻炼了身体。别看他老婆是南方女人爱干净，捡牛粪的时候穿着干净的旧衣服，戴着白线手套，不嫌脏更不说累，一天能捡好几麻袋，等倪瓒劲下班后，用从基建工地要来的报废了的架子车——他托熟人到西宁买了些配件，把架子车修理得如同一辆新车——推着它来到山脚，把老婆扎好口的麻袋摞满整整一车，用一条长绳来回捆好，再拉回家。

有天邻居一时断了烧柴，又急着给上学的孩子做饭，见他俩正卸牛粪便说，我家断了烧柴，孩子又快放学了，你有这么多的牛粪给我一袋呗。他老婆说，再多也是我们辛苦捡来的，不是天上掉下的，给你一点救急可以，但不能给你一袋，我家老倪的工资 24 级，你家老王 19 级，我问你要点钱你给我吗？要想烧牛粪就拿钱来买。邻居被她说得不好意思，便给了一块钱买了一麻袋。

这给了倪瓒劲启发，捡牛粪不仅能解决自己需要的燃料还能挣钱，于是一到星期六，两口子带着行李和干粮去山上，晚上住在牧人帐篷里，把馒头送给牧人，牧人用羊肉款待他俩，这让他老婆感叹地说，在山上不仅吃了牛肉还看了风景，太划算了。到了星期天晚上再把捡好的牛粪装上架子车拉回兽医站。之所以选择晚上是避免别人说倪瓒劲不务正业，当然他恪守着职业道德正常上班时间从不请假，捡牛粪的事都是利用业余时间。

那几年县上的人们经常能看到一个男人用根绳把残疾的一条胳臂绑在一个前轴上，另一条胳臂紧握另一前轴，弓着腰吃力地拉着装着高高牛粪麻袋的架子车，那个女人在架子车后面奋力推车行走的身影。他老婆留下自己要用的牛粪，剩下的用不同型号的麻袋标上价格出售，因大家都面临着燃料难的问题，而且他们出售的价格适中，有很多人都来买，他老婆一改往日的抠门，竟然不时去民贸公司买新鲜的牛肉吃。

再后来，邻居便起了嫉妒心，到处宣扬说一个贪污犯的老婆在县上做生意，这话传到畜牧局长的耳朵里，正好第二天他到兽医站办事碰上倪瓒劲，严肃地对他说，听说你没下帐而是在家做生意，我可告诉你，公职人员做生意是要受处罚的。

他说，我没做生意，你也知道我老婆是家属，她一个人辛辛苦苦到山上捡点牛粪卖给缺燃料的人，和你老婆在县上基建工地打小工是一样的性质，再说像您这样高工资领导的老婆都去打小工，像我这样低工资人的老婆到山上捡点牛粪卖也不算啥。局长有点尴尬说，你要注意，不要让别人提意见。他哈哈一笑说，只要局长没意见，别人就不会有意见……

倪瓒劲年轻时就抽烟，现在烟瘾更大，但因工资低舍不得买烟，平时遇到关系好的同事就直接要烟抽，遇到不给他发烟的人就支着鼻子嗅对方飘过来的烟味。那天他到站长办公室，一眼就看到烟灰缸里有四根烟屁股，这时期还没过滤嘴香烟，烟头都很短，他伸手抓起四个烟头搓均匀，摊在早已备好的长条纸上，卷成喇叭状，抽出根火柴棒一划拉，"滋啦"一声，一阵青烟中冒出火花。他叼着烟头对着火苗深深吸了一口，那烟像是穿过整个身体后，他才重重吐出一个浓重的烟柱。他闭上眼睛，陶醉在慢慢散开的烟霭里。

这举动正好被进来的王得利看到。这个王得利就是当年在桑日麻查出倪瓒劲账务有问题，被乡长指定接了他手续的那个王得利，此时已被调到县兽医站当秘书。倪瓒劲吸完那支用四根烟屁股制成的烟，听到站长要他到桑日麻开展口蹄疫防治工作便说自己最近的血压是真的很高，怕下去了有麻烦。站长说，那你去医院开个证明，如果正常，你还是要下。此时的倪瓒劲确实因为血压太高不能下帐，等他真有病时，站长反而不相信他的话了。

王得利在距此事多年后给我讲起倪瓒劲时，首先说到了这个细节，还感叹地说，那个时候的达日县我从没见过有谁捡烟屁股吸，倪老师是第一个，而且从他随时掏出早就备好的长方形纸条的动作来看，捡烟屁股吸肯定有好久了。他有时确实让人同情，但有时做出的事又让人感到不可思议。譬如有次他到医院打针，顺手将护士的一瓶酒精带回家，后来才知道是他老婆爱干净，喜欢用酒精消毒，他又不舍得花钱买，可一瓶酒精才多少钱呵？不值得！而这事被护士当笑料给人说了——他不仅演过电影，还能写一手好公文，有几年桑日麻公社的年终总结都出自他手，医术也是全县最好的之一，本来一个有才华的人，不重小节却成了人们嘲笑他的理由。他面对强大的舆论时又无力反抗，自然成了被嫌弃的人。

1987年前，凡在果洛高原退休的人都有一笔安家费，但这个政策在这年恰好取消了，而他又刚好在这一年退休，眼看着两手空空回老家很不甘心，找到原籍浙江金华的主管县长，用绍兴土话在他的办公室哭诉了自己在达日草原三十来年的经历，一个老男人的痛哭流涕让主管县长起了怜悯之心，协调着将他的工资从24级升到23级后才给办了退休，这样比原先要多拿几千块钱，这让他心满意足地和老婆结束达日草原的岁月回到了老家绍兴。

不过他在老家有没有怀念过青春的草原，不得而知，因为从他离开达日县兽医站后就没人再跟他有联系，但我知道每个人的生命都会留下岁月的痕迹，他也一定会留下属于他的痕迹。王得利最后对我说，站在公正的立场上客观地讲，倪老师是个优秀的人，他那些小毛病和生存的环境是息息相关的，不能因为他有些小毛病就否定他是个优秀的和对达日县畜牧业作出过贡献的人。

我听了他的话心里五味杂陈，也让我猜想这是个什么样的人，便在 2019 年 12 月，拜访了和他同时代还健在的几位老同事，并有意聊起关于他的话题。我注意到大家的情绪都像街头爆米花机炉膛燃烧出的热烈火焰，尤其谈到他的某些细节时，更像米花机的胸膛炸开一地的米花来，让我像看电影那样看到他在那个波澜壮阔的大时代中，走过的最好的 31 年时光的全部经历。

我突然想打听一下他现在绍兴的生活状况，可身处绍兴的朋友马上在微信里回复我，你打听晚了，也见不到他了，12 年前他就病故了。我推算了一下时间，那应是 2008 年，离我们很近，转身就能看到那般。

漂泊高原终生难返故乡的盲流

　　"解放"卡车终于在晚上十一点左右开进一个黑漆漆的院子里停下，司机跳下驾驶室朝车厢高喊"班玛县到了"，就钻进有灯光的一间土屋。躺在车厢洋芋堆中昏睡着的田荣贵在听到喊声后忙睁开眼，匍匐着身体爬到车尾，扒开篷布，从露出的一条缝朝外看，只见不远处有盏发黄的电灯泡，吊在一排房头的屋檐下照出一圈光亮，再远处便是茫茫黑夜，他觉得不像县城，就把头又缩了回去。

　　还是三天前的中午，田荣贵的大舅在青海省唐格尔木劳改农场找到运输队的这位司机，托他把田荣贵带去班玛县，司机说驾驶室早坐满人了，大舅说没座位就扛大厢，然后托起他的屁股，硬把他塞进早被篷布裹得严严实实的一车厢洋芋中。他立刻变成了一个洋芋。经过三天蒙在车厢不见天日的摇晃，在昏沉中听到司机的喊声并看到篷布外的黑暗后，田荣贵还以为在开玩笑，继续躺在洋芋堆上打瞌睡，十几分钟后司机没见他下车，再次来到车厢前喊他下车，他这才相信班玛县真的到了，赶紧从车厢后的篷布缝隙里挤了出来。

　　司机说，你去找老索吧。他还没来得及回话，胸口一股恶浪已冲到嘴边，忙蹲在地上激烈地呕吐起来，等平静下来站起身，司机早已不见了踪影。他在黑暗中踌躇了一会儿，朝亮着电灯的房角走去，在拐弯处的阴暗里席地而睡。天气寒冷，半夜被冻醒后他来到街上转悠，直到街上有了行人，才向他们打听老索的住处，可都不知道他说的老索是谁，便责怪自己来时光顾高兴没问清具体地址，在街边傻愣着不知所措时，忽见路对面的邮局，灵机一动掏出大舅临别时塞给他的五块钱中的一块，给大舅打了个长途电话，这才问清老索不在县上，而是在莫坝公社砖窑厂，离县城还有四公里。

这时已临近中午，大街上只有几个养路工在工作，他走到其中一个年龄较大的人跟前问了才知道，沿着来的这条公路往回走，就能到莫坝公社砖窑厂。他心急如焚地往回走着，怕天黑前找不到更麻烦，可走了一段就头晕心跳喘不上气，赶紧趴在地上休息了一会儿才恢复正常，知道这是高山反应，无意中朝县城看了一眼，见班玛县城处在一条大河岸的微型平原上，规模还不如他们村子大，而且房子大多是土坯房，连个砖瓦结构的房子也不多见。

当他喘着气又走了一段，老远看到一个用木板搭起的大棚子，上面冒着一股浓重的烟霭，下面两个窑口边摞着一排排整齐的青砖，便兀自笑了，心想总算找到砖窑厂了。

他问一位双腿沾满泥巴正脱土坯的人，谁是老索？那人指了指前面一个瘦小的男人，他走过去朝那个瘦小男人鞠躬，索叔，我是王家成的外甥田荣贵。那个瘦小的男人看着他有点意外地说，我这几天一直在这儿接你呢，你怎么从县上来了？他说，昨晚司机把我直接拉到县里了，天黑也没问出你的地址，今天早上给我大舅打了长途电话，才知道原来你在莫坝公社。

老索说，你舅就是个糊涂虫，我在信上说得那么清楚，他还是没给你说明白。不过能找到我就好，你先适应一下这里的气候，再说干活的事。之后边领着他朝一处用土坯垒起来的简易房走去边说，我和王家成是老朋友，今后你在我这儿干活，有啥事就给我直说。说话间有个藏族妇女拿着两床被子在门口递给他。老索说，她是我老婆，你以后叫她索大婶。

田荣贵次日一早便蹲在那儿看人如何打土坯，只见那人用一块砖的厚度，做了四个青砖大小、带着底板的空心方格模具，把和好的黄泥使劲摔满四个方格，再用一条木头平板沿模具两边，从头至尾刮掉多余的泥巴，抬起模具猛地翻个个儿倒在地上，款款取出模具，地上就是四块土坯。这个活的技术含量不高，有力气就行。

老索见状就指着那人说，这一步不是主要的，和泥才是关键，你要早早上到山头上劈出好黄土，堆在场地上饮透水，要光着脚不停地踩踏，时间越长越好，直到把黄泥踩筋道了就算合格了。你还要注意当中不能掺黑土，那样黏度不够，打出的土块一旦有裂缝，就不能当砖来烧。我可提前告诉你，如果你打出的土块晾干后验收不上，那就等于白干，辛苦不说还不挣钱，所以打土块前的准备工作一定要提早做好，一次到位，后面少麻烦！

老索还指着面前几十米高的黄土崖说，班玛县城附近就这个山头是黄土，它就是你的衣食父母。说罢扫了眼四周见没人，双手合掌，呢喃了一句含糊其词的话后对着山坡鞠了一躬。田荣贵也学他的样子，合掌朝山头鞠了三躬，算是拜过了财神爷。

到了第三天，田荣贵感觉已经完全适应了高原气候，找到老索说，索叔，我去和泥打土块吧。老索也不说话，领着他来到黄土山头下面的场地上说，俗话说，三十岁前人吃土，三十岁后土吃人，你正是吃土的年纪，撅着屁股把这块土给我吃完了，你就有钱了。

白天干活倒也充实，晚上没事了就到老索家喝索大婶煮的茯茶聊天。有天老索问他，你舅是解放前来青海服刑的，你来青海为啥？田荣贵说，不瞒索叔，我是地主出身，1966年"文化大革命"开始后就把我爸批斗得不行，我和我弟、我妈还要天天陪斗，有次开批斗会要斗我，因我在地里偷刨了生产队的红薯，被群众检举，结果我爸怕我出事，他主动上台承认了这事，革命群众就让他"坐飞机"，就那还得天天背个大扫帚去扫街，我平时出门像只狗，只敢沿着墙脚走，怕有人看见找麻烦。

一个壮劳力在生产队出一个工，满分是十分，像我这样年纪的人至少也得记八分，虽和大伙干同样的活也只记五分，就因为出身不好，不能与贫下中农同工同酬，分到手里的粮食也就少，而且一直寻不着媳妇，有亲戚给我说了三回亲，都因为出身，女方连面都不见。

有天我妈去看我姥，我姥告诉她，我在青海劳改的大舅刑满释放留在那儿就了业，她立即谋划着让我偷跑去找他寻活路，我知道一旦我偷跑离开村子，她和我爹肯定要受更大的连累，村革委会连贫下中农的子弟都不让外出，何况我这样的地主狗崽子，但她还是执意让我离开家乡，在外面无论咋混也比在家强，这是我妈说的原话。

可没有村革委会的证明，连车票都买不上，不过我爸上过初中，从小就喜欢书法篆刻这类，是个乡村文化人，偷偷刻了我们村和公社的假公章，盖在他写的假证明上，我用它当护身符，拿着他给我写的"青海西宁市南大街55号"的地址，偷偷离开了老家。

我爸给我的钱刚够买张从郑州到西宁的火车票，所以我从老家步行了三天走到郑州，为了省钱在火车上三天没吃一口饭，饿了就喝水，到西宁就晕倒在车站广场上，有个说河南话的中年妇女给我一个馍，才让我缓过劲来，然后我在火车站前面几个拉面馆要些残羹剩饭填饱肚子，问了无数人，才摸到西宁市南大街55号，守大门的师傅听说我找犯人王家成，就说西宁的这个55号，是青海这几个农场的总部，也就是通信信箱，这个人在离西宁还有一百公里戈壁滩上的唐格尔木农场。我一听就蔫了，一屁股坐在地上不知何去何从。

守门的大爷问我咋回事，我就把寻找我舅的情况给他说了。他听了安慰我说，既然这样那我就帮你个忙，当晚还让我在他值班室的椅子上睡了一晚，第二天帮我找了个农场内部车队他熟悉的司机，让我搭上便车去了唐格尔木劳改农场。司机一直把我送到了农场卫生院门前，在一个角落里找到正在清除垃圾的我大舅。

我在我大舅那儿一个星期都没吃过一顿饱饭，他见我食量大，也不知从哪儿弄了一堆洋芋煮着让我吃。那里的洋芋干、面、沙，比我老家的红薯都好吃，恁大的洋芋我一顿吃了十个，像是多年来第一次吃饱了饭。我大舅不仅管不起我吃饭，也没能力给我找个哪怕是临时工的活。我正发愁时，他说，我有个在一个宿舍住了几年的狱友，现在班玛县烧窑，只要能找到他，你就有出路，然后口述让我给你写了封信，一直等到有了你的回信，我悬着的心才算踏实下来。现在来看就像我大舅说的那样，只要找到你，我就有出路了。

原来老索和田荣贵的大舅在监狱里同住一室，不过五年前老索出狱回了渭南老家，不久后碰上在青海省班玛县当副县长的姨表哥回渭南探亲，欲找个烧砖师傅带到班玛县开个砖厂，解决县上日益增长的基建所需的青砖供应问题。而老索从小就跟着他父亲在窑厂长大，是烧砖的好手，这时正好刑满释放在家闲着，就被表哥带到班玛县，安置在唯一有黄土的莫坝公社，并在那儿建了这个砖厂。打土坯是当务之急的工作，可当地的藏族人是不干这样的体力活的，只能由内地人来干，所以他手下干活的人都是他老家来的人。他收到王家成的信当即回信，只要不怕吃苦，这里有干不完的活，也有挣不完的钱，还写了详细地址让田贵荣如何找他。大舅接到信的第二天，就把他推进蒙着篷布拉洋芋的卡车车厢里，他这才在昏天黑地中来到班玛县。

老索听后叹了口气说，这年头地富反坏右都是专政对象，我出身虽好可打残过人，住过十来年监狱，不过在社会上也不算是好人了，我们能凑在一起那就是缘分，所以你要珍惜这机会，踏踏实实干活，也好挣点钱回河南娶个媳妇。

田荣贵记住老索的话，活干得非常卖力，别人和泥用一个小时，他精工出慢活地用两小时，别人中午午休他却用这段时间，不惜下力站在泥水中使劲踩踏，打出的土块合格率在这伙人中最高，一干就是两年，深受老索信任。

可在这年底的某天，县公安局的人来窑厂查他们的身份证明，老索知道田荣贵是标准的盲流和地主狗崽子，赶紧让他躲在小屋里回避，让那些有证明的渭南人去应付，但躲过初一躲不过十五，有天素大婶让他去县上唯一的民贸公司买盐巴，被在那儿转悠的公安碰上，要查他的原籍证明，他当然没有，公安就把他带到局里，他不停地解释说，我是莫坝砖厂打土块的小工，已来两年，我的身份证明在从河南来的路上弄掉了，只能往老家写信让大队给我开证明寄来，才能拿给你们看，眼下我没任何证明，你们不信可以问老索。

他说这话只是应付，也知道大队根本不可能给他开证明，而这时村里也正四处找他回去接受改造，只是一直没找到他人罢了。他这番话也说得真诚可信，旁边一个年龄较大的公安相信了，说他的确是老索的工人，咱县上盖房用的青砖都是他们烧的窑，我在窑厂见过他几次，放他走吧。那个年轻点的公安听了便对他说，你赶快往你老家写信，把你的证明捎来，再来局里备个案，以后你再没有证明就按盲流对待，遣返原籍。

这次经历让他意识到随时就会出现的危机，画地为牢般地几年没敢走出超过砖厂一公里，即使这样小心翼翼，还是发生了一件意想不到的事。1973年8月的几天，气温高达十几摄氏度，这在班玛县是少见的好天气，打土坯的几个人趁好天气，拿着钢钎、十字镐到山头上劈黄土，一股股黄土从几十米高的山顶像瀑布倾泻而下，可不知啥时候，县农机厂的王胡子竟开着拖拉机在下面装黄土，被一块黄土覆下时连车带人给埋了，等发现时把人挖出来早已七窍出血，去医院的路上就没了气。

这时"文化大革命"还在深入，县公安局以阶级斗争观点分析了王厂长的死，结论是王大贵这个八路军老战士，战争年代都没被敌人打死，现在却被一群盲流劈的黄土给压死了，肯定是阶级敌人对革命干部的报复，于是县公安把他们所有人全都带到派出所审问。

渭南那几人都有盖着原籍鲜红公章的证明，是无产阶级阵营里的阶级兄弟，唯独田荣贵没有任何证明，公安便怀疑他是地富反坏右，并将他单独关押，审他的那位公安正是以前抓过他的那位，他说，以前我就感觉你不对劲，果然又碰到了你，你的证明从老家寄来了没？那个公安看他不吭气，又说，我就知道你在耍滑头，你就是个盲流，你要老实交代才好被政府宽大处理，如不老实，一旦查出只能坐牢。他一连蹲了一个星期的小号，还是没能说清自己的身份。

老索自田贵荣进去后，就担心他出事，赶紧求副县长的表哥出面，当领导的毕竟有些关系，又托人做王大贵老婆的工作，说这只是场意外，根本不可能有人故意害死谁，再说盲流们和他都不认识，更是无冤无仇，也没有这个胆。那妇人自然明白这道理，看在副县长的面子上，也不想连累无辜，主动到县公安局找到办案的民警说，这是意外，和那几个盲流无关，他这才被释放回到莫坝砖窑厂。

渭南那几个人怕再出事，几天后卷起行李回了老家，田荣贵因为没证明，不敢也不想离开砖窑厂，一直死心塌地在这儿干活，从此更是不敢离开窑厂半步，只在窑厂和土坯房的住宿处走动，这样平静地又过了两年。

有天老索对他说，你年纪也不小了，出身也不好，连个证明也没有，现在就是让你回老家也回不去，成了一个标准的黑人，看来不管你情愿还是不情愿，老天爷算是要把你焊在班玛县了。我已让你大婶把她侄女介绍给你当老婆，你俩凑在一起过日子吧。我给你说，只要有媳妇有地方住和有饭吃，就是成家立业了，以后再见你舅也算给他一个交代。

田荣贵赶紧说，我太愿意了，索叔！让你和索大婶费心了。老索让田荣贵在砖窑厂不远处，用他打的几千块土坯盖了两间简易平房，也没举办仪式，就和那个藏族姑娘结了婚，说是结婚，也一直没领结婚证，反正就住到了一起。之后一如既往地打土坯，以窑厂为中心，一公里开外的地方都没出去过，唯恐再碰上县公安给自己找麻烦。他的藏族老婆就在附近属于她娘家的草场上放着陪嫁的一群牛羊。对藏族人来说，有了牛羊就等于有了全部生活来源，俩人就这样过起日子来。田荣贵就像玛柯河边的红柳，鲜活而又顽强地在高原上扎下根来。

1975年秋天，老索和老婆以及牧业队十几位牧人，坐上公社那辆"青海湖"牌卡车，一起去达日县的查郎寺朝拜，一时找不到司机，临时叫来一位开过拖拉机的牧人开车，卡车行驶到满掌山顶时突然翻到数十米深的山坡下，老索当场死亡，他老婆虽奄奄一息，熬到营救人员出现，可还是没撑到第二天就咽了气。

老索死后他们这伙人凭着经验烧了两窑砖，都因技术不过关全成了次品，反贴了不少煤钱，烧砖的事算是彻底停止，大家也作鸟兽散。

随着国家形势的发展，对盲流的管控也相对宽松许多，这时田荣贵已和县上的人混了个脸熟，尤其公安上的人都认识了他，他自己也不再像前几年那样严厉约束自己，也敢单独去县上自由活动了。1975年春节前几天，他去县民贸公司买过节的东西，在人群中听见有个男人说一口豫北话，赶紧过去问那人，你是豫北人吧？那人说，我老家是河南温县的，你是哪里人？田荣贵说，我是获嘉县的，离温县很近，咱们是近老乡啊。

俩人一细聊，田荣贵才知道此人叫陆晓剑，在县文教局当科长。身在异乡能碰到个近老乡，自然很是亲近，后来没事他就常去陆晓剑家用老家话喷闲空（河南话，闲聊），时间一长，两人关系就走得很近。

陆科长知道像田荣贵这样娶了藏族老婆的河南盲流，平时吃惯了面食，生活中最需要的是面粉，而在班玛县买面粉，只能用居民粮折去县粮站购买，有钱也买不到，所以陆科长不断把他的粮折给他，让他买自己节约下来的面粉。田荣贵也不断提着牛羊肉和牛奶回报这友情。

这天，田贵荣来到陆科长家愁眉苦脸地说，砖厂停了一段时间了，现在连饭都吃不上，陆科长能不能给我找个活干？陆科长说，在班玛混生活还是很容易的，你在影剧院围墙外盖个简易房，再去西宁多进些自行车配件开个修车铺，你没见县上骑自行车的人多了，但没人会修理，独你一家生意就能挣钱。

田荣贵赶紧请陆科长给影剧院的领导打了个招呼，沿着街边盖了两间简易房，第一个在县上修理起了自行车。果然像陆科长说的那样，生意相当不错，天天见他在街边满手满身油污拨弄自行车，门前的杨树上挂满了废弃的车轮胎，像实物广告一样招揽生意。让他更为高兴的是，年底老婆生了第二个儿子，为此春节期间他还专门请陆科长到清真饭店吃了一回拉面。

1976年后，公安对盲流们的管理更加宽松，田荣贵就想和分别多年的父母取得联系，又生怕将眼下来之不易的生活毁于一旦，便把这想法告诉了陆科长，并征求他的看法。陆科长说，目前县公安不会再具体管你这样的盲流了，你可以跟老家人联系。但田贵荣说，以前我就吃过这方面的亏，小心行得万年船，还是谨慎点为好。陆科长听了他这话，知道他是一朝被蛇咬十年怕井绳，就问他在老家的亲戚关系，然后给他支招，说先给你姑夫的表弟写信，再让你这位远房亲戚转交给你弟，经过几道弯，别人不可能知道你在班玛县，也不会暴露你现在的住址。田贵荣按照他说的这样做了，一个月后，他弟弟在接到信后竟然也辗转来到班玛和他会面。

有关河南获嘉县田氏兄弟在班玛县的故事，连我这个小学生都知道，班玛县毕竟就那么大，总人数屈指可数，偶尔在街上见他俩，我和同学们便跟在他们背后起哄，叫他们河南盲流六毛二，当然这是羞辱他们的话。

有天我看到田氏兄弟来拜访我父亲，我父亲就是那个河南温县人陆科长，他在1952年随老红军扎喜旺徐进入果洛后，几十年都没回过故乡，很重乡情，对来自故乡的田氏兄弟俩很好，很热情地款待了他俩。

田氏兄弟俩和我父亲坐在我家客厅闲聊，我在一边听田荣贵叨叨着他以前的事，伤心时还会哭，哭完就用手背去揉眼睛擦泪水，同时还不停地擤鼻涕。

田荣贵问我父亲，这不华贵一来就多了一口人，今后吃饭挣钱的事咋办？我父亲谋士似的说，要我看很简单，你两口不是吃住都在街上的车铺里吗，那就继续修你的自行车，让华贵去莫坝住你们原来的土坯房，白天去放他嫂子的那群牛，先有个着落再看看有啥机会，有些事不可能一步到位，得慢慢来。

田华贵在莫坝草原上放牛时，认识了一个甘肃甘谷来他放牛的草场上捡牛粪的盲流，一聊才知道这人和他情况类似，甚至比他还可怜，家里连烧柴也没有，只能捡点牛粪当燃料。同是天涯沦落人的境况，让他将自家的牛粪连着给他送了一年，两人就成了朋友。田华贵的实诚品质让那人看中，后来通过我父亲，把比田华贵整整小十岁的妹妹嫁给了他，两年后生了一儿一女，1979年一家四口回了女方甘谷县西坪村老家，那是山区，也是个穷地方，没人在意他们的出身。

有天田荣贵对我父亲说，田华贵在甘谷县西坪安置好后，偷偷回获嘉把我老父亲也接到了甘谷，我母亲一年前就去世了，所以我们一家现在是断绝了和获嘉县的任何联系。

我父亲听了有点惆怅地说，你们这是和乡梓断了根呵。田荣贵说，人这一生吃穿差点都没啥，只要精神上不被人欺负，再苦的地方都是故乡，再陌生的人都是亲戚。我父亲说，你的体会很深刻，但是我还是希望你不要与获嘉县绝交，那里毕竟是你们田家的根。

田荣贵说，我因为地主出身没人看得起，被老家彻底遗弃成了个黑人，是班玛县收留并养活了我，是我的藏族媳妇给了我一个温暖的家，所以我这辈的老家就是班玛县，我也永远不会再离开这里，至于我弟在哪过一生，那是他的事，老家获嘉我看是很难再回去了。

1983年某个星期天，田荣贵到我家对我父亲说，修理自行车的生意不中了，县上有四五个修理自行车的铺子，生意都被他们抢去了，也不知再找个什么事干。我父亲说，班玛是个牧区县，民贸公司有足够的牛羊肉供应居民，多年来最需要的就是蔬菜，以往各单位食堂都是自己包车从西宁拉菜供自己单位的人，但县上的人只要听说哪个单位拉菜回来了，都会蜂拥去买，彼此都认识也不好意思不卖，买菜的人不仅花了钱还要领人家的情，如果你能在这里种些蔬菜卖，一定会大受欢迎。

田荣贵说，看看，还是领导有眼光，和我们这些没文化的人就是不一样，他学着当时流行的电影《地道战》里一句著名的台词，伸着大拇指表扬我父亲说，这主意实在是高！大大地高！我父亲又说，我协商着把县中学跟民族中学之间那块荒地给你去种菜，不过话说在前头，如果民中要盖学生宿舍，你就要马上给人家腾地。

田荣贵是个聪明人，得到指点后很钻研，询问了很多人后得出班玛县最易收获的蔬菜是萝卜、洋芋，次之是大白菜，于是花费了数十天，把那块荒地整理成了一畦一畦的菜田，同时托人从西宁带回菜种。

整理完菜地后，他到靠近地边的班玛中学厕所掏大粪。这天在挖大粪时很投入，根本没注意下课铃声，仍站在厕所下扒粪，这让三五成群站在不远处憋着屎尿的女学生指手画脚，大骂他这个河南盲流六毛二，有个女同学把这情况跑去报告给了班主任，班主任马上意识到会把女同学给憋出毛病，赶紧从办公室跑到厕所后面，朝三十米开外站在粪窝中的田荣贵高喊，哎，那个河南盲流六毛二，你赶紧给我出来！让学生入厕。

田荣贵从屎坑里走出来后，忙从衣袋里掏烟递给老师，身上带着的屎味随风飘荡着，老师摆着手往后退了几米说，你的劳动非常有意义，但不能影响同学们正常入厕，快让开，让学生们解手。

他这才反应过来，站在远处独自吸着烟，三五成群的女同学才入了厕，等打铃上课没了人，他又进去接着扒粪，然后把大粪堆在架子车上，一车一车拉到新垦的地里铺开，被太阳一晒，空中弥漫着浓重的腐臭味。这条路是学校家属院与教学区的必经之路，老师们路过这儿就大喊"太臭了"，他听到老师们的反应后，怕有人找麻烦，当天晚上连干了一整夜，把那些摊在地上的粪埋进地里，掩盖住了四处弥漫的臭气。

田荣贵掏粪的事在我们学校轰动一时，班玛县是高原牧区，他是第一个以这种方式体现劳动人民本色的人，也让我们这些学生明白，人类的大粪可以当蔬菜的肥料，而蔬菜长大后又可以供人们食用。老师也利用这机会赞美掏粪人的高尚品质，连那周的作文题目都是"当我看到掏粪人的感想"。

这个作文题目让我想到一个把自己放到大粪坑里的人，干着最肮脏的活，到底是地主还是劳动者？晚上我把这疑惑说给父亲，他回答说，他是个善良的为了生活的盲流，是个好人，我们应当对这些劳动者充满同情。

不难想象田荣贵凭着耕种的经验，如此精心侍弄从未种植过任何农作物的肥沃黑土地，长出的白菜个个肥壮硕大，卖相漂亮。可他不敢忘记自己是个盲流，害怕贸然上街卖菜被县税务所罚款，从第一天到街上摆摊时，就主动去税务所报税。县税务所自成立以来从未发生过个人主动上税的事，经办员赶紧请示领导，领导也是现场找了相关文件，说这是小商贩，上三毛钱税就可以了。税务所长表扬他说，你是咱县第一个自觉交税的人，带了个好头。

他拿着三毛钱税票心想，我才不管你说我是第一个还是第二个带头人，只要不罚钱就好，然后放心大胆地在路边正式摆摊。以后只要来卖菜便先来交税，办事员见他几乎天天来缴税，就给他办了个月税，省去了他跑腿的麻烦。

最先发现他在路边卖菜的是医院的护士，然后是在银行和政府上班的女同志。有一次，有位藏族妇女来买白菜，不知是忘记带钱了还是什么原因，而且还不太会说汉语，就把秤好的白菜又放下要走人，田荣贵用半生不熟的藏语说，我们藏汉一家人，我照顾藏族妇女，这棵白菜不要钱，送给你了。更多的时候碰到像他一样的盲流，他会老远喊人家过来拿棵白菜。也有的时候那些上班的工作人员路过时称了菜又没带钱，他也让他们拿走，他们大都下次来时，把上次的钱一起付给他。他几乎成了名人，县上的人几乎都认识他。

到了八九月萝卜、洋芋下来时，更是出奇地肥大。而青海当地人又喜食生萝卜，他种的萝卜水分很大，销路非常好。那些小媳妇、老男人称完萝卜、洋芋后，他主动多给一个萝卜或是两个洋芋，这就吸引更多的人来买，有时连数十公里外的江日堂和莫坝公社的牧人也骑着马来，一下就有点供不应求，他种的菜也就有了点名气。后来也有几个内地来的盲流，以他为榜样种了同样的蔬菜，也拿到他摆摊的地方和他竞争，说来奇怪，都不如他卖得快，而且那个地方逐渐形成了班玛最早的蔬菜交易市场。

有天县长普尔娃路过田荣贵的菜摊，突然想起他老婆说过，有次她忘记带钱去买白菜，那个河南盲流没要钱送了她一棵白菜，也听干部们私下议论过田荣贵在班玛种植蔬菜给大家带来方便的事，便走过去对他说，我准备让政府大灶抽出个专人，在山下开两亩地种菜，以解决县政府大灶吃菜难的问题，到时请你去给他们指导一下如何种菜。

他觉得自己种菜的技术被县长看上，是种莫大的荣誉，激动地说，只要普县长信任我，啥时叫啥时去。然后自夸说，种菜我还是有经验的。普尔娃县长接着说，有次我老婆没带钱来买你的白菜，你不仅没要钱还送给她一棵呢。他说，原来那人是你老婆呀，早知道我多送她几棵，不过我老婆也是当地藏族，在我身上最能体现出藏汉一家亲。普县长又说，从政府角度来看，你帮助我们解决了一部分蔬菜供应难的问题，要感谢你。田荣贵咧着嘴笑着说，我虽是个盲流，但我遵纪守法不是二流子，积极种菜、修理自行车为县上人服务，也算作贡献了吧。

普县长在临走时塞给他两块钱，说补上他老婆买菜没给的钱。他追上去硬把两块钱还给普县长，俩人在街上像打架，最后还是普县长黑着脸让他收下。

年底田荣贵光卖菜的收入就有上千块，春节前叫我父亲到民贸公司给他当参谋，花了三百多块钱买了一块"英纳歌"手表，那天我和同学正在公司营业厅闲逛，正好听他对我父亲用青海和河南土话夹杂着说，活了一辈子就散一瓜（青海土话，浪费），烧包烧包（豫北土话，炫耀）。

夏天时，县民贸公司从成都进来一批七块钱一条的深蓝色涤卡直筒裤，这在班玛是最时髦的衣服，很多同学都买了，我母亲也给我买了一条，田荣贵见我穿上显得很潇洒，就问我妈在哪买的，之后跑去给两个儿子一人买了两条，尽管他两个儿子的个头要再等几年才能穿，他还是不惜花钱先买了下来。

也就在他给儿子买新裤子不久后的几天，二儿子田格日在某个星期天中午骑着破自行车，沿着公路去玛可河边玩，当骑到河边气象站大门前时，一只很大的藏狗突然从河滩窜出来疯狂撵他。这时的野狗常吃草原上带着瘟疫的哈喇（学名旱獭），身上带着很多的病菌，把他吓得摔倒在地，野狗就在他的腿上咬了一口，后面又有几只狗跟了上来围着他咬了几口。田格日歇斯底里的叫声被气象站一个人听到，赶紧跑过来驱散了野狗，见他有了几处伤口，忙把他扶上自行车送到县医院，医生买过田荣贵的菜认识他，派了一位护士去把他叫来医院，才知道儿子被带有鼠疫病的狗咬了，因医疗条件和各方面的限制，数天后就死了。

田荣贵伤心欲绝，五六天滴水不进，我父亲知道后，带着我一起到医院看望他。他的藏族老婆是信仰藏传佛教的，对于生死有着超然态度，并不像他因为儿子的死而寻死觅活，而是当着我父亲的面劝说，你不能因为儿子死了你也死掉，你要活下去，还有几个儿女要靠你养呢！

这话点醒了田荣贵，从那天晚上开始，他强迫自己吃喝，才慢慢恢复了元气。然而天阴偏逢屋漏雨，也就在他出事的这段时间，街上陆续出现了两家较大的蔬菜铺，他们是包了卡车，定期在西宁或是成都批发各类蔬菜拉回班玛来卖，那时班玛至成都的公路已修通，价格也比他种的菜要便宜许多，这下他的菜就没了市场，恰好民族中学扩建寄宿楼，早早通知他还地，他就停止了种菜，又回他在街边的自行车铺里住了。

1987 年后，班玛县开始办理第一代居民身份证，之前人口普查员到他家摸底登记，他闻风而逃，害怕被查出没户口被公安遣返河南，有时他也想去找普尔娃县长反映自己身份的问题，但害怕被领导发现让公安来抓他，想着多一事不如少一事，继续四处躲避，虽说人在班玛，却没人知道他到底有没有户口。

他儿子和女儿出生后，都是他老婆用牧民身份去报的户口，他像个隐形人从不出面，就这样一直躲藏到 1995 年 7 月全国开始统一使用第一代身份证后，他仍是个无法证明自己身份的人。

时光就像玛可河奔腾的激流，一下就来到 1998 年，班玛县开始整治街道违章建筑，打造果洛的卫生城，他的自行车铺被列在违章名单中。他一时找不到可以替代的门面，只好搬回莫坝那处土坯房，和老婆一起回到草原上放起了牛羊，当牧民吃喝总是有保障的。

翌年，我随着我父亲退休回到了老家温县，之后便断了与班玛县的联系，直到 2015 年春天，班玛县同学建了个微信朋友圈，才和失散多年的好友又牵上了线。因我父亲回到温县后常常念叨田荣贵，说他是个好人，就是不知道他这些年的情况，当听说我和班玛的同学有了联系，便让我打听一下他的近况。我通过班玛的藏族同学问到田荣贵大儿子田扎西的电话，可他在电话里用生硬的腔调问，你是谁？

我解释了半天他才恍然，说他阿爸 2009 年 7 月去世，他阿妈 2012 年去世，他俩都是按藏族的风俗天葬的。停了一下想起了什么似的又补充，他阿爸最后死在莫坝乡他当年垒起的老屋里，他从当年来班玛后就再也没离开过这里，因他是盲流，没有户口和身份证，直到死去都没出过班玛县……

我父亲听到这消息后感叹地说，人都是菜籽命，撒在肥田里肥长，撒在瘦田里瘦长，田贵荣被命运撒到只长牧草的高原上，也不知是啥命……

第五辑

走，到果洛去

革命者龙中汉在果洛的燃情岁月

冲在追击队伍最前头的那匹青色骏马，在即将追进国民党残匪马队中的时候，随着前方突然的枪响，一个趔趄和骑在背上的龙中汉一起栽落在地，身后围剿队员的马匹在这瞬间呼啸而过，空旷的草原上立刻剩下那匹马和他，显得十分孤零。他懊恼地爬起被草地刺得流血的身体，看到倒在地上的"青骢"左前腿被土匪的子弹打折，鲜血顺着断茬如溪流淌，痛苦地低声嘶鸣。

他脸上凸出一排紧咬牙齿的槽印，不假思索地走到它身边跪下，掏出手枪，闭上双眼抵着它的头连开四枪。随着枪响，他听到自己的坐骑发出最后的嘶鸣，但仍闭着眼跪在那一动不动，不知过了多久才睁开噙泪的双眼，看到死于自己枪口下被他称为亲哥的"青骢"眼眶里那泊泪水，像一望无际的扎陵湖，淹没了整个蔚蓝的天际。

直到围剿队押着几个被活捉的土匪走过来，那个穿着藏式羊羔小袄的人，看到"青骢"的尸体时朝他伸出中指，他还没从刚才的痛苦中回过神，怒不可遏地跳起身大喊，老子杀了你！随即举枪连打两枪，那人张着嘴露出惊愕的表情捂住胸口倒下。这是 1958 年 8 月 29 日下午，发生在班玛县知钦草原上的剿匪事件。

这匹死去的"青骢"，是龙中汉在四年前的 1954 年 10 月，因与嘲笑他的州政府秘书打架，被州组织部调到刚成立的班玛县政府报到前，在政府马厩里选马时无意中看到瘦骨嶙峋的它站在旮旯角，像专门在等他走到它跟前，故意仰起硕大的头颅发出嘶鸣引起他注意。他一眼看中这匹淹没在一大群马中的珍品河曲马，兴奋地忙把它牵出马厩，站在强烈紫外线的阳光下再次审视着它，拍着它的背说，从今天起你就叫"青骢"了。这个名字是他小时候第一次骑过的一匹马的名字，他还说，从今天起你就是我亲哥哥！那马也像是回应，再次朝他嘶鸣。

这时又来了位二十岁左右的青年，俩人一聊才知道这个叫马常禄的青年，竟是他老家临夏铁寨人，从兰州畜牧学校毕业分配到果洛，而果洛又将他分配到班玛，也是来挑马去班玛县报到的。他郑重地握着马常禄的手说，欢迎你来班玛，牧人最需要的就是兽医。马常禄说，我看你很懂马，请你帮我也选一匹，也好明天一起走路。

次日，马常禄骑在马背上边走边说，我真担心你这匹马走不到班玛就累死了。龙中汉说，你虽是学兽医的可还是不懂马，这匹马可是全世界最好的河曲马，你别看它现在瘦弱，半年后我把它养出原本面貌时，你就知道什么是天下第一了。

当他俩走到满掌山下一条狭窄山谷时，突然发现山谷两边顶上密密麻麻站满了人，这可把龙中汉吓得出了身冷汗。他马上意识到有土匪埋伏，忙招呼马常禄下马伏在地，我们被土匪埋伏了，准备战斗。

马常禄第一次到果洛高原就遇到这样危险的情况，早吓得伏在草地上哆嗦起来，两排牙齿不停地发出清脆的颤抖声，问他咋办，又说，我还没结婚可不敢死呵！趴在草地上观察着的龙中汉听了这话笑了起来，回头看了他一眼说，我也没结婚呢，不过请你相信我这个抗日老战士，肯定会让你结婚的。之后匍匐到青骢跟前，从褡裢里掏出望远镜朝山头瞭望，好一会儿才把紧张的情绪放松下来，站起身来说，别怕了！山顶上那排黑影不是土匪而是秃鹫。

龙中汉和马常禄正好原地休息，吃了干粮继续上马走人，不过经历这场虚惊后，龙中汉以军人的敏感时刻关注着沿途的动静，这时果洛还有不少土匪出现，不时能听到政府人员伤亡的消息，所以他手里的冲锋枪基本没有离过手。

从早上上路，龙中汉骑了两小时马后跳下马步行了一小时，也要求马常禄像他一样走路，但马常禄一直处于高山反应头痛恶心中，不愿下马来，他也没勉强他，可到傍晚时马常禄却高喊，我怎么没有腿了！我的腿呢？龙中汉立刻后悔起来，应该从一开始就强迫他下马走路，长时间坐在马上不活动，果然出了问题。

他赶紧跳下马，把马常禄从那匹马上抱下来，坐在燃起的牛粪火前脱掉他的皮鞋袜子，见两个脚指头已冻得发黑，赶紧帮着搓脚指头，不料清脆的响声中马常禄的脚趾被他搓断了两个，可马常禄竟然不知疼痛。他忙用帆布马料兜到冰河舀水给他泡脚，等从脚上泡出一茬冰恢复原色后，在断了趾头处撒了些随身携带的藏药面，但马常禄仍无感觉，他知道他冻坏了，不得不中止行程，原地休息一天。第二天重新开始上路后，马常禄学着龙中汉的样子骑马两个小时就跳下来步行一个小时，让血液始终保持循环，终于在第六天傍晚到达班玛县城。

龙中汉自己掏钱从牧人手里买了虫草、麝香、贝母，又在民贸公司买了茯茶、青盐，一起绞碎拌在豌豆饲料里，每天晚上十一二点去给"青骢"加夜料。"青骢"只要听到龙中汉走进马厩的脚步声，就会发出撒娇般的"哼哼"声，两只大眼也会深情地看他，每星期六下午他还牵着它到兽医站，给它打葡萄糖液，半年后它就成了全县最强壮的骏马之一。

他骑着这匹被他看成亲哥的骏马，在后来的四年里，背着中原太岳军区老首长李聚奎分别时送他的冲锋枪，走遍全县民主改革前划分的十七个区，参加过七次大小不一围剿国民党残匪的战斗，直到民主改革的1958年8月，在知钦草原追击那股土匪时它的腿被打断。他知道一匹骏马如果断了一条腿，就像一个军人失去双腿上不了战场，屈辱地活着不如让它有尊严地死在战场，这才当机立断狠心开枪打死了它。他是牧人也是军人，对马匹有着最为深刻的了解。

这样的道理在1934年他还在夏河当"娃子"（奴隶）时就懂得，不过那时他还不叫龙中汉，而是叫曲江才让这个藏族名字。对于少年时期的往事，是他和马常禄后来骑马一同下帐去知钦草原的路上聊起的。马常禄在数年后和我聊天时又告诉了我。时过境迁，现在除了我，整个班玛县已经很少有人知道龙中汉的故事了，甚至都不知道县上还曾经有过这么一个人，而他的故事又常常跳跃在我的记忆中，让我时常看到一个性情中的男人在班玛高原上的燃情人生。

那天，龙中汉骑在马背上，对马常禄漫不经心地回忆起他少年逃离故乡到青海的原因时说，至于是哪天我已记不清楚，只记得那天天气非常晴朗，我早早守在数天前就观察好的已抽了穗的一大片青稞地前的土路边，等着加拿大驻夏河传教士皮埃尔·特鲁多骑着自行车经过这里去夏河县城的女儿，准备"干掉"她。

此事的起因缘自曲江才让的阿爸。三年前他就开始为这所教堂放牦牛，可前几天一头牦牛被荒原狼咬死吃掉，传教士特鲁多扣了他当月的工钱，这个老实的牧人两手空空回到帐篷把这事说给他老婆，正好被已14岁正在火塘边喝茶的儿子曲江才让听到，他觉得这是意外事件，草原上哪有放牛不被狼吃的经历，那个外国人不能让他阿爸在山上放一个月牦牛，连一斤青稞面都没拿回，便想着如何报仇。恰好他的朋友东措来找他，他给朋友说了这件事后，又恶狠狠地说，我要干掉这个传教士。

东措听懂了他想杀死传教士，就说，传教士的女儿每天下午都从教堂骑自行车去夏河县城，你在半路上把她拖进青稞地干了，也不用冒风险去杀人，就能为你阿爸报仇。

当黄头发高鼻梁大嘴巴的外国姑娘，骑着自行车出现在夏河县城与教堂中间这段平时少有人出现的半路上时，他一把将她拖进了茂盛的青稞地。起初那姑娘还挣扎着呜咽地喊着听不懂的洋话，可当她的嘴被曲江才让的嘴捂严后，就不再吭声，只有曲江才让像野牦牛在草原上狂奔后的喘息声在飘扬。

当天晚上东措慌张地找到他说，传教士和县长率领十多个县治安大队的人来抓你了。东措见他毫不在乎继续喝茶，急忙又说，你要是落入县治安大队的手里必死无疑，赶快跑吧，外国女人不是让你一个娃子随便干的。

他这才意识到问题的严重性，抬腿就朝青海同仁方向跑去，数天后到了多哇草原，在一户牧人家帮助放羊。这里离夏河很近，不断听到县保安队仍在抓他的消息，为了安全，他继续往北到了曲库乎草原。

那天，他顶着毒辣的太阳，在草原上漫无目的地经过一处用土坯垒起院子的大门口，看到一个五十来岁的藏族男人，正在院里给两匹马洗澡，停下脚步站在门口看了一会儿，走过去说，让我来洗……

男人见他洗马的动作干练也洗得干净，知道是个放马出身的人，便问，你是哪里人，要到哪里去？他充耳不闻，只看着放在茶壶边的锅盔，可怜兮兮地说，阿柯（藏语，叔叔），能不能给我吃点馍馍，我一天没吃东西了。等他坐下吃完锅盔，那人又问，你是哪里人？他这才抬头看着他，有意隐瞒在夏河被县治安大队追捕的事，说我是夏河的"娃子"，父母都死了，自己在草原上流浪呢。这时的男人正在找一个帮手，便对他说，我在这一带贩运马匹，你就跟着我把这些马匹送回尖扎滩，我管你吃喝，你也不用再流浪，愿不愿干？

第二天曲江才让和这个叫索南才旦的男人，把在曲库乎买到的数匹马骑回尖扎滩，后来又数次往返贩马，就这样他在同仁草原站住了脚，还挣了一点钱。这年 8 月，他和索南才旦在赶着几匹马回尖扎滩的途中，遇到一伙手持武器的盗马贼，他俩想在混乱中赶马逃跑，可他骑的马却被火枪击中，负了伤的马慌乱中把他颠下马背，其时他的脚还伸在马镫中没抽出来，就被拖着疯跑了好远，直到马停下时他的腿和肋骨都被撞断了。

索南才旦把他安排在一个亲戚家养伤，这家有个和曲江才让年纪相仿的姑娘，因大半年的朝夕相处，两个年轻人竟相生情愫私订终生，他康复离开的那天晚上，信誓旦旦地对她说，等挣够了钱买帐篷，我就来接你……

不久的某天，他和索南才旦赶着十二匹马回到尖扎滩，中午突然来了数个穿黄制服挎着马刀的骑兵，围着十二匹马看了一阵，夸奖说这几匹马不错。其中一个军官对索南才旦说，日本鬼子已经打到陕西了，你们的马匹应征召给国家作贡献，然后就要赶走那些马。

索南才旦坚决不从，在反抗中被那些人围着打了一顿，还是那个军官模样的人说，你懂不懂匹夫有责保卫国家的道理，你应该积极为国家做贡献，不是护着马不给国家。曲江才让吸取了上次被盗马贼打伤的经验，忙对索南才旦说，阿柯，让我跟去照顾这些马吧，过几天就会回来。这意思是说，他会找机会把这群马赶回来，让他放心。

他骑上其中的一匹马，跟着这伙骑兵赶着自己的马群和一路上不断又从别的牧人手中抢来的数匹马，翻过拉脊山到了上新庄骑兵驻地，才明白这批马是青海骑兵师在内地与日本骑兵战斗中减员的补充，他自然也被顺便安排在这支骑兵师当了马夫，不过此时他仍想着找机会把那十二匹马赶回尖扎滩，交给索南才旦，然后去找那个已以身相许他的姑娘。可还没等机会出现，便在1938年初随骑兵团开拔到了临潼，亲眼看到骑兵们挥着寒光闪闪的马刀，把专门破坏公路和抢劫沿线抗日物资，由日伪组织的"白莲教"一个个劈死马下，受到当地百姓赞许的情景，他明白了什么是抗日救国，也不再计较那十二匹马，反而计划着等骑兵师凯旋回青海后，再向索南才旦说明情况。

一年后的1939年2月，骑兵师到了河南项城，包围了驻扎在淮阳的日军并展开激战，数天后，日军从开封调到援军反包围了他们，危在旦夕的战场形势迫使骑兵师突围，曲江才让在随大队人马往外突围时，为掩护一个班的战友负了重伤，倒在一户人家的大门口。

他们的抗日行动深受当地百姓欢迎，所以被这户人家搭救。巧的是这户人家是共产党的地下交通站，他很快得到康复，救他的那个共产党人问他，是回青海还是跟着共产党继续抗日。他毫不犹豫地说，参加共产党的军队打鬼子。那人又说，在中原用藏族名字易暴露身份，你就随我的龙姓叫龙中汉吧。他问，这名字是啥意思？那人说，此后，你就是中国一个顶天立地的汉子了。

曲江才让以龙中汉这个汉名，被送到了太岳军区一个小分队，后来被上级知道是青海骑兵部队的骑兵，又是藏族，还善养马，辗转被抽调到第一军司令部，专门为李聚奎司令为首的数位首长养马。

1945年抗战胜利后，他被抽到内蒙古自治运动联合会盐务局，李聚奎司令在和他分别时，送了他一支崭新的冲锋枪，希望他在新的岗位上永当一个真正的革命者。从此这支枪就和他形影不离，他牢记老首长要他当革命者的嘱托，在新单位任武装干事，负责将内蒙古皮货羊毛运到内地，然后购买内蒙古急需的盐巴再运回内蒙古，直到1948年彭德怀的第一野战军进军西北，需要熟悉西北情况的作战人员，他又被调到了西北军的先锋团，一路参加了兰州、青海的解放战斗，并在西宁解放后，留在省政府刚成立的8个处中的军事处当代表。

1952年初的某天，获知西北军政委员会果洛工作团正在招兵买马，赴果洛建政的消息，想起多年前曾到那片高原贩过马，熟悉那里的语言和风俗人情，而且还是初恋的地方，如果到那儿能找到心爱的姑娘，将是件多么美好的事，他便主动报了名。

1952年8月3日，龙中汉随西北军政委员会果洛工作团220人的大队，经一个月的行军，来到果洛腹地查郎寺，在寺前小小的广场上完成升旗后，次日带着剿匪大队随牧人向导，到了尕当松多一带围剿国民党残匪马良，以及从靖懋逃匿的国民党特匪周迅宇、何本三人联合组建的"民族联军"。这时，这伙人在果洛杀死数名牧人，赶着抢劫来的数百只牛羊正向阿坝方向流窜。

一天后，剿匪大队追上并包围了这伙土匪，一场战斗就在草原上展开了。空旷草原上的战斗，除了打死和活捉外，许多土匪都极善骑术，就有了漏网逃脱的匪徒，后来就传出谣言，说他故意放跑给了他十块银圆、用藏语向他求情的夏河土匪……

龙中汉本身就像兀鹫爱护自己的羽毛那样爱着自己的名声，那谣言从四面八方朝他吹来，让他痛苦不堪，就想和传播者打一架，让人们知道他是个真正的革命者，不久后发生的一件事，让他找到了为保护名声而战的机会。

那时，他加入果洛工作团后就以军事顾问的身份，训练州政府剿匪队，这些队员都是从各部门抽调出来的机关干部，平时参加军训，有战事时集中出动。这天军训休息空隙，办公室秘书可能是一时起兴，也有可能是恶意地对他说，老龙你为什么放跑土匪，是不是你真的收了他的银圆？

他立刻跳了起来，瞪着已冒出火焰的眼走到秘书前说，你记住，我是军人，也是共产党员，在我手上不会放跑任何土匪，而你却是个造谣者！说罢把聚集多天来的怒火挥拳打在秘书那张原本英俊的脸上，秘书满脸鲜血倒在地上，然后扑上去揪着秘书又一顿猛打，秘书哪是他这个职业军人的对手，趴在地上好半天一动不动，等众人去拉他起身时才发现已昏死过去……

打人事件在果洛工作团轰动一时，影响面十分广，几个主要领导专门开会研究如何处理。组织部长也是军人出身，很理解他珍惜名声大打出手的原因，但还是批评他不该动手打人，不像共产党的干部，为严肃组织纪律，给他了一个党内警告处分，并调至1954年10月刚成立人民政府的班玛县去工作。

也就是从这时起，他和这匹叫"青骢"的骏马建立起深厚的感情，并骑着它一路艰难地到了县上，可他仍念念不忘自己军事顾问的身份，总是背着李聚奎司令送他的那支被他磨掉油漆露出铁青色的冲锋枪，无论平时还是节假日，与"青骢"形影不离地在班玛县城转悠，做出随时打仗的姿态。

他这个行为让和他一起来班玛的兽医，也是他多年的好友马常禄不以为然，认真地对他说，现在是和平时代，你没必要天天背着冲锋枪上下班，再说你总是凶神恶煞的样子，别人也不敢接近你。龙中汉说，虽说现在明面上没了国民党反动派，但土匪还在草原上流窜，我作为军事主管哪能放下枪呢，我要时刻保持警惕，保卫人民政府和人民的安全。

于是，他这形象给刚刚建立政权的班玛县仅有的200多人留下深刻印象，有很多人私下叫他"战神"，即使过去多年，当年在班玛工作生活的那批老人，只要提到"战神"就知道说的是龙中汉。

县政府1955年初提出"工作要上去，干部要下去"的工作方针。下去就是要求机关干部下到牧人帐篷，和牧人同吃同住同劳动，了解具体情况，再把情况反馈给政府。他这时的职务是县农牧局副局长，由于牧人出身，自然知道牧民们的生活全依赖牛羊，而牛羊的事不是坐办公室或在会议室开一场会就能解决的，所以他格外看重兽医，这天便叫上马常禄和他一起骑马到知钦下帐，了解牧人们养的牛羊的具体情况。

他俩骑着马来到知钦波涛汹涌的多柯河前时却犯了难，不知道怎样才能过河，突然看到远处骑马过来一个二十来岁的牧女，用藏话问他是龙局长后，又调转马头跑去，好一会儿才又见她和两个藏族男人扛着羊皮筏子走来，这才明白牧女要专门送他过河。

在他牵着"青骢"上羊皮筏子上时，牧女用藏语高声问，难道你没带硬币？他困惑地说，啥子硬币？牧女说，凡坐羊皮筏子过河，都要给水神投币以祈平安。他摸遍了衣袋也没摸出一分钱来，不好意思地看着那牧女说，我是甘肃人，不知道这里的风俗。她早有准备地拿出一块银圆递给他，银圆在他的手里跳跃着穿过一串浪花，被他投掷了很远后被河水吞噬。他们上了羊皮筏子顺利过了河。

这个牧女叫卓盖，她的阿爸昂亲多杰是知钦草原上的一个百户，也是进步头人的亲信，是欢迎共产党来草原建政的开明人士。他几天前就接到进步头人的通知，说县农牧局的龙局长要下来了解牲畜情况，要他把龙局长安住在他的帐篷里。这时的草原还没进行民主改革，仍遵循着旧规旧制，这个百户可以说冒着大头人对草原上数位百户千户下达不接待汉人命令的风险，让女儿把他接到了自己的帐篷。

天黑的时候，百户昂亲多杰家的牦牛和羊群都从草山上回到了羊圈，龙中汉让马常禄睡在主人的黑帐篷内，自己裹着藏袍来到羊圈，把冲锋枪放在身边，蜷缩成头脚几乎连成360度的身形，和百户各自躺在羊圈内墙前那层厚厚的羊粪蛋上睡觉，为牛羊值班。

三月的草原仍旧寒冷，第二天早上，马常禄来羊圈前，看到龙中汉和百户的藏袍以及挤成一团的牛羊背上都覆盖着一层积雪，还有股裹挟着雪花的狂风，从远处肆无忌惮地猛烈地以90度角撞到羊圈墙上，粉身碎骨地朝蔚蓝天空飘散成雾状，好半天才回过神，缩着脖子瑟瑟地叫醒龙中汉说，你可是农牧局的局长，竟然也睡在羊圈里，你不知道昨晚上下雪了吗？

龙中汉看着他惊讶的表情，用手拨拉着头上的雪花笑说，看来你真不了解牧人的生活，我告诉你，只要牧人家的帐篷扎在草原上，所有的男人晚上都要睡到羊圈里，预防狼、熊一类动物半夜袭击，保护牛羊是牧人的头等大事，即使我是县上来的也不例外。他看着仍没从惊讶中回过神的马常禄又说，就连头人也不例外，你以后下来也得入乡随俗，不能当干部天天睡在帐篷里。

龙中汉在这儿一住就是半年，了解到了许多情况，就在结束下帐准备回县前，昂亲多杰百户却要他把女儿卓盖带走，这让他有点意外，他想等自己在果洛稳定了，回尖扎滩把初恋姑娘带来结婚呢，就婉拒了他的要求。昂亲多杰知道这个情况后又说，尖扎离果洛还有数千公里，再说一个牧人家的姑娘不可能这么长时间不嫁人，你还是娶卓盖回家过日子吧。他一想也对，这么辽阔的草原，即使走到哪儿也要一个星期，可到了那儿又去哪儿找她呢？就和卓盖骑马回县里到民政局领了结婚证，正式组成了家庭。

大多藏族信仰佛教，卓盖自然也不例外，他们结婚两年后也没个孩子，一个藏族女人不能生孩子那是要受歧视的。她专门到江日堂五札寺找到活佛烧香许愿，还领走了活佛送她的一只纯白绵羊。她把一根鲜红的布条，穿过羊耳绑成雪原上盛开的格桑花，寓意早生孩子，从此那只羊就成了她的宠物，她走到哪里那羊就跟到哪里，她吃什么那羊也吃什么，连晚上睡觉也卧在她的床边，这举动和龙中汉背着冲锋枪骑着"青骢"四处巡逻一样，也成了班玛县那个年代的独特风景。

这天，龙中汉又叫马常禄和他一起去知钦下账，和以往一样，他依然带着老婆卓盖，他这举动在全县干部中是唯一的，没有哪位干部会带着老婆下帐，她骑着娘家陪嫁的大走马，让马驮着那只洁白的绵羊，这样的行程就相当慢，直到天黑后三人才在临河前的草滩上搭起帐篷。

卓盖从褡裢中掏出小水壶从冰河里灌满水，煨在她从附近捡到的干牛粪支起的三石灶上烧起茶来，等吃完糌粑早已满天星斗，龙中汉两口在帐篷左边躺下，马常禄在右边躺下，还没一会儿，龙中汉那边的动静就大了起来，这让马常禄很是骚动，高喊道：老龙，老龙，你动静小点，我还没结婚哩，你们干事也得顾及我的情绪呵……

动静倒是小了下来，但仍然没停止，卓盖在龙中汉气喘吁吁中说，哎呀呀，小马呀，我一直怀不上孩子可咋办，别人会骂死我的，我得抓紧时间要孩子，你说老龙动静小了我还能怀上孩子吗？就在她说话时，那只白色绵羊听到动静从帐篷口站起身来，走到他俩前"咩咩咩"地叫了两声又卧回原地。

已 70 多岁的马常禄在数十年后的 2021 年冬天，给我讲述龙中汉这段往事时，让我忍俊不禁，可他却没笑，继续说道，藏族女人没有孩子那可是头等大事，也因为我们是好朋友，他两口子并不回避这样的事。

我和马常禄 80 年代中期都在班玛县工作，起初并不认识，直到 1988 年某天他来找我借《静静的顿河》时才认识，但 90 年代因各自工作调动，先后离开班玛而失联。2020 年初，他通过班玛老友加上了我的微信，这才在分别多年后共同回忆起班玛时，不约而同提到龙中汉，我眼前立即浮现出小说人物般的龙中汉，背着冲锋枪骑着骏马在县城巡逻的背影。

80 年代后期，也就是马常禄看完我借给他的《静静的顿河》，在某次下帐途中专门给龙中汉讲了格里高力在红白两大阵营徘徊的故事，并以漫不经心的口吻问，你的前半生当过国民党军也当过解放军，那是什么样的感受？他听了并不回答，而是不紧不慢骑马朝前走着。马常禄策马追上，在并排行走中又问了一句，1954 年，传说你私放土匪的事到底是真是假？

他听了这话显得很冷静，不再像以前那样冲动，有些语焉不详地说，我当初被国民党的人抓去当骑兵后，一直在内地打鬼子，没有参加过国民党军，更没有参加过白军，中原之战突围后，我参加了共产党的军队，南征北战了数十年，是一个合格的革命者。至于那个我收了土匪银圆的事，是 1952 年我在州政府剿匪队的军训中，纠正那位曾被我打过的秘书时，一时冲动用冲锋枪托砸了他两次，他觉得我故意打他，怀恨在心，私下造谣的。

马常禄这才完全了解了那个关于龙中汉谣言的来龙去脉。但世上总有些怪诞的事，往往越不想碰越有可能被触及。1966 年，"文化大革命"开始，班玛县第一批就揪出他这个"隐藏在革命队伍中的历史反革命分子"，揭发他剿匪时为了几块银圆放走了一个土匪；还有一次他的兄弟"青骢"被土匪打断了腿，他为了发泄情绪开枪打死已投降的土匪，严重影响了我党的统战工作；

加上殴打革命干部等诸条罪状,最后他被县革委会开除党籍公职,遣返老家夏河接受家乡人民的改造。

这次回乡是龙中汉自 1935 年逃避加拿大传教士追杀后的第一次回乡,父母早已去世,他只能住在堂弟家参加生产队放牧。他常常躺在草地上晒着太阳想起失去音信的妻子,如果她能回到知钦她娘家,自己也回到知钦与她团聚,生活总比现在要好得多。

于是在半年后,他沿着当年的逃跑路线,再次进入青海同仁县、循化县,并步行了数十天,风餐露宿走到宁(西宁)班(班玛)公路线上的共和县,堵了辆去班玛送货的卡车,在离县城还有五十公里的多贡麻公社跳下车,从那儿又步行数天走到知钦,没想到妻子在他被遣返回夏河不久后,也从县上被遣返回知钦,在坐羊皮筏子过河时,不知波浪太大还是有意为之,纵身消失在波涛汹涌的河水中,就像他当年祭奠河水时投入河中的那枚银圆一样。

正当龙中汉走投无路时,遇上了在 1963 年下帐时就认识的木匠桑诺。那年桑诺得了一场急病,几乎要病死时,是他组织了数匹快马和三个年轻骑手,一路轮流背着他骑马赶到县医院,还掏了二百多块钱付了手术费,从此成了生死之交。桑诺早就听说他被遣返回了夏河,没想到在知钦相遇,忙把他请到自己的帐篷,当听说他早被开除公职没了吃饭的地方时,安慰他说,你就跟我学木匠吧,草原上的人们谁家不需要装炒面的木箱?光做这个活就够你吃一辈子了。

于是他跟着桑诺学会了木工活,在后来的数年里,知钦草原几乎每顶帐篷里都有他做成的炒面箱或适合游牧用的简单家具,他也成了继桑诺之后知钦草原上有名的木匠,并以手艺人的身份四处流浪。1969 年,桑诺把一个小他十岁的表妹介绍给他,他掂量了一下现实,知钦草原将是他最后的归宿,也就再次成了家,再次成了纯粹的牧人,一年后他老婆为他生了一个儿子,生活重新在班玛高原上开始。

1971 年 8 月,四川色达数十牧人越界,进入知钦多柯河林区偷砍松树,被知钦牧人阻止并发生争执,最后双方还动起手来,但此时知钦的牧人还没色达的多，有两人当场被他们打得负了伤。

龙中汉听说后，当晚立即组织数十牧人，先让几个人边打着架边把他们引诱到一处狭窄的山谷，另一部分人在那儿接应，再将对方包围起来瓮中捉鳖。他像当年在兰州包围马家军被他俘虏了的敌人那样，把他们集中起来，让几个年轻牧人端着步枪来回巡视，造成一种强大的心理压力，他站在他们面前耐心给他们讲道理，劝说不要再闯入界，然后让那些人一个个给他表决心，才把他们放回了四川。

可到1973年5月，色达的牧人为林区和草原地皮的利益，再次发生越界砍树的事情。这消息被知钦的牧人提前获得，并早早地告诉了他，他也再次发挥了自己的军事特长，继续率牧人用军事手段，把对方分割包围在几处森林中，然后再次把他们召集起来，还把那个带头的人吊在树上，用藏语把他们臭骂了一通，上次我就给你们说过，不要越界，你们不但不听，还硬要这样干，我开枪打死你们不算过吧。话音还没落地，举枪就朝他们头顶扫射了一梭子弹。子弹从他们头顶飞过，吓得他们脸色发白，好几个人不由自主地趴在地上磕头求饶道，今后再也不敢越界了。

他见已取得震慑效果，又说，我们都是放着牛羊的牧人，两边还有婚姻的舅老表关系，不可以自己打自己，不过话说回来，就是打仗你们也打不过我，老子连日本鬼子都打过，还怕你们这帮人不成。最后又说，老子再次放你们一马，如果下次再让老子抓着，那老子可真动武了。

他想对方再三闯界肯定有原因，一调查才知道20世纪40年代中后期，壤塘草原上的一个千户，到果洛当了上门女婿，来时带了一大片的土地作为入赘礼物，民国政府就把这块地皮标注为青海地域，可解放后随着人口的增加，当初千户带来的那块土地不被他们承认，才有了不断的草地纠纷。

他知道这个问题不会从此消失，开始从被管制的牧主头人手里搜集到从清代到民国甚至更远时期两省交界的证明、历史文书和历史照片，及那位入赘千户带来的实物，想着这些证据哪天就能用上。而此时正值"文革"，被改造的牧主头人恨不得将全部"四旧"都交给他，他小心翼翼地把这些东西当宝贝似的装在一个炒面箱，秘密藏在他石头房中的地窖里。

拨乱反正后的 1979 年，果洛州政府给他平了反，恢复了党籍、公职，摘掉了头上的不实帽子，还提他为副县长，安排到达日县某岗位任职。他找到州委组织部长坚决要求重回班玛。州委组织部长说，你回班玛想报复当年搞你的人吧。他说，回班玛的真正原因是我在那儿待了半辈子，有感情了，你想像我这样没心眼的人会用阴谋诡计吗？组织部长说，这点也倒是，你连打人都是光明正大，料你也没那个心眼。他嘿嘿一笑说，我就是要建设好我的故乡——班玛县。

1982 年，他重新回到班玛，在某个重要岗位上当了领导，首先让已是班玛兽医站站长的马常禄，连续数年到青海湟源牧校招来应届毕业生，并把他们分到各公社当兽医，这是他一生最看重的，也是保证牧人牛羊安全的大事。同时让全县干部恢复下帐的传统，只要他下帐，每次仍叫马常禄一起去，在牧业点依然和年轻时一样睡在羊圈里守着牛羊。除了畜牧业，龙中汉还搞起了"三配套"建设，要牧民由游牧逐步向定居轮牧转变，使粗放的牧业逐步向冬春补饲发展，逐步改变了靠天养畜的被动局面，这项工作一直进行了很多年，在青海牧区成了一个榜样，并在牧区推广使用……

1985 年 8 月数十名牧人，再次从色达壤塘越界进入林区，大肆砍伐森林，还组成了一个汽车运输队，班玛一方的牧人不知从哪儿弄来了冲锋枪，当场打死对方两个砍树人，当然也被对方打得两人负伤，双方一下进入对峙状态，往下只要有个风吹草动就是大乱，这紧张情势一下惊动了两边的公社，公社怕应对不了混乱局面，立即报告给了县政府。

就在械斗的乌云形成时，老木匠桑诺立即派他儿子骑马连夜来到县上，把事情报告给龙中汉，他作为县上的主要领导，最担心的就是发生大规模械斗，便连夜随那小伙到知钦，冒着风险找到色达那几个带头人，其中两个是他以前放回的人。他说，我前几年就连着放过你们两次了，你们仍然这么闹，现在发生这么严重的事件，你们是要负主要责任的，这回也不是我能解决得了的，让上级政府来处理吧，并从容地让双方的人都往后退了 500 米，算是暂时把炸药包上已燃烧起来的导火索熄火了，避免了一场凶险的械斗。

他用无线电台火速将这个情况上报到果洛州政府，州政府更担心发生数十年不曾发生过的武装械斗，立马来人帮他一同解决，同时又逐级上报到省政府，最后到了国务院，国务院很重视此类纠纷，在极短的时间内专门在成都召集了青海和四川政府代表参加的协调会，龙中汉拿出多年来搜集到的历史文书、照片甚至实物等证据，在一番唇枪舌剑的交涉后，成功维护了原界，并在国务院代表的见证下，双方签定了团结条约，彻底解决了数十年来边界数次大规模的械斗和纠纷。

事后，色达的牧人给他起了个绰号叫"老龙王"，那意思是他既厉害也狡猾还凶狠，而这个名字一直在青川这块草原上流传了很多年，老人小孩都知道，尽管很多人并没见过他本人。

龙中汉 1987 年退休时，正赶上县政府计划在西宁修栋干休楼，凭他的资历可挑好的楼层，他一问一套房个人要出三万块钱，一时拿不出钱来，就跟牧人老婆回到知钦草原，他觉得还是草原宽阔，城市里的高楼大厦总让他有窒息感，而且一年前老木匠桑诺也去世了，知钦草原除了他再也没人会做木工活，便重操旧业继续当起了木匠，并以这个身份像以往那样在知钦草原上继续游荡。

毁誉参半一生的卫毅然

起因

公社的数位干事，1962 年 7 月 31 日下午 4 点左右，包围并打死土匪扎琼返回公社大院开会时，纷纷抢功说自己功劳最大。这样喋喋不休地争论到天黑也没停止，社长见状进屋取出根粗大洋蜡，点燃后放在屋外的窗台上照明，旷野的风将众人的身影吹得有些魑魅般飘忽起来。就在众人继续争论时突然一声枪响，老范应声发出沉闷如叹息声后栽倒在地。

很快县政府的调查组就到了知钦，现场就他们几个人，每人都配有枪，谁都无法证明跟自己无关。社长建议调查组从射入老范身上的子弹口找出射击方向，看是谁站在那里，卫毅然就成了怀疑对象。

调查的结果是，卫毅然三年前从县翻译科分配到知钦公社当干事，因出身牧人家庭，从小放马骑术好，参加过几次对流窜到知钦草原上的土匪的围剿行动，其中一次还受到政府红头文件表扬，在大家眼里是个不错的人。不过调查组还发现他在一个多月前和老范吵过架，可没发现他要打死老范的理由。此后案件便搁置起来，不过他是这群人里唯一因此事受影响被调回县上的人。

他回到县上后，一直没有具体工作，一个人有公职而不能正常上班，内心的焦虑可想而知，几次找领导反映情况也没结果，却在无意中听说是社长从中作梗，正好有天在街上碰到刚从知钦回县上的社长，上去跟他打招呼似的猛地用臂膀搂住他的脖子笑着说，是不是你在捣鬼？社长说，谁开的枪谁知道，他说我的枪根本没走火。社长又说，所以这事才不了了之。他又说，是你建议组织部不给我安排工作要我反省的吧？也不等社长回答，就用臂膀用力猛夹他的脖子，直到他脸色发紫不停咳嗽才松开，又说，以后没依据的事不要乱说。

晚上没事到隔壁串门聊天，这也是班玛县五六十年代的习惯。家属院的住房都是一排排并列而盖，每户两间，一墙之隔相邻而居，聊天时就聊到了自己的遭遇。隔壁的老戴就说，我早就听说了你的事，这事的背景超出你的想象，不过我那儿缺个食堂管理员，你来不来？

邻居叫戴米信，在县人民银行当行长，这时的银行还是县政府下属部门，戴行长看在他住隔壁的情分上想帮他一把，卫毅然这才有机会到银行干了一年食堂管理员。他是个有心人，某天晚上又到邻居戴行长家说，咱们银行是业务单位，为今后发展，能不能让我去干业务，银行的人不懂业务不就是个废人。

戴行长考虑到他从未做过任何业务，县支行营业室也没空位，就把他分配到只有主任和他的达卡营业所。主任把金库（存有两万块钱的铁皮箱）钥匙交给他，让他当出纳，只要公社干部或牧人来办理存取款或发工资，都由他先从金库取出付款，再由主任复核后付现。这叫双人临柜，是银行最基本的规定。

夏季的达卡营业所，按惯例要配合县民贸公司到牧业点收购牛羊毛，当场付给牧人现金，一去就是半个月。虽说是收购旺季，但整个牧业点上缴牛羊毛的牧人总数也就那么多，付款工作并不是太忙。第三天的时候，公社通讯员骑马来找主任，通知他回公社参加多贡麻与达卡间简易公路建设的贷款会，主任临走时反复对他说，一天也没几笔付款，你初点后再让公司的老王帮你核一下，千万不敢出错。卫毅然说，放心吧！像我这样聪明的人能出错吗？

这样就剩下卫毅然一人为牧人付款。两天后，有牧人去公社办事，顺便找到主任，把卫毅然说他出大事了的口信带给他，主任知道银行出大事都是和钱有关，当即骑马赶回牧业点，果然是卫毅然短款 2000 元。这时一头牦牛 40 元，一只羊 12 元，短款 2000 元可是笔巨款，紧张地拿着总共几十笔的付款凭证和他一起到取过款的牧人帐篷里，一个人一个人核对看是否多付了，最后也没查出结果，这下把主任吓坏了。按银行规定，出纳短款主任要负连带责任赔偿的，凭他的工资需要还三年，就算和卫毅然平摊，也要两年不吃不喝才能赔清，觉得已没能力处理，当即把短款的事打电话报告给了戴行长。

戴行长明白这是班玛县人民银行建行以来最大一笔短款，在电话里对主任说，保护好付款凭证和库存现金，我明天下去细查。行长打这个电话时，卫毅然就站在一边听得清清楚楚，可等行长来了要他拿出付款凭证时，他却说昨天在院里整理传票时被大风刮跑了几张，付款凭证已不齐全。缺少付款凭证，金库里的钱就成了一锅糊涂账，行长感到蹊跷，觉得其中一定有鬼，就做卫毅然的工作，说咱们是邻居又是多年朋友，可不能出啥事……

卫毅然听懂了他的意思，脸色凝成高原冬天般冷峻的表情，信誓旦旦地说，我可是清白的，没拿公家一分钱，真是在院里整理凭证时被大风给刮跑了。次日，戴行长和公社书记一起又找他谈话，这次行长用剖开他内心手术刀般的犀利目光盯着他说，你就给我老老实实地说实话，昨天你咋会突然想起来在院里整理传票，还被风刮跑了呢？

他瞪着眼将行长的目光反射回去，拍着胸脯坚定地说，我可是 1954 年进果洛的老同志，虽不是党员，可品行端正，咱们住了几年隔壁，平时为人你是知道的，如果连你都怀疑我，那我就跳河死了以证我的清白。说罢就出了房门往大河边走去。出营业所时，所主任一看情况不妙，就跟在他身后，在河边拉住他说了好一会儿话，直到戴行长赶来说，我相信你的话了。他才不再闹跳河，回了营业所。

不久，戴行长把他抽回县银行，安排到了农金股上班，这个工作不接触钱，而是常年下帐到牧人中调查贷款使用情况。10 月初，县银行接到县政府遵照果洛州人民政府精减人员的文件，末尾附有各单位要精减人员的数量，其中县银行有一个名额，行里几个领导一商量，11月上旬某天，戴行长把卫毅然叫到办公室，宣布了他被精减回老家的决定。

他当即跳起来指责戴行长办事不公，顺手拿起旁边火炉上的那把铁钩子，把戴行长打得头破血流。旁边的同事赶忙拦架，他又把拦架的人打伤，秘书就把电话打到了县公安局。那时班玛县还没有派出所，片刻来了两个公安要带他走人，戴行长一手捂着还流血的脑袋，另一只手伸得老长拦住他们说，我们自己解决。

其实戴行长怕再闹出更大的事，在稳定卫毅然的情绪不久后的某天，还是给他办理了精减返乡手续，让他回老家去了。

距这件事后数年，有次戴行长坐民贸公司的货车去达卡公社营业所，路上闲聊，司机漫不经心地道出当时短款的经过。他说事发前的那天傍晚，我正蹲在另一顶帐篷后，无意中看到卫毅然把一叠很厚的10元人民币，分四摞塞进刚拔出来的四个"尕拉"洞（藏语，扎帐篷时砸进地里的木楔子拔出后的洞穴）里就走了，我想这钱他肯定是贪污的，要不然他为什么会藏在草皮的洞里，正当我提上裤子去把它掏出来时，恰巧公社干事过来叫我开车去办事，我怕他发现这个秘密，便计划着晚上再来把洞中的钱给挖走，结果天黑后去了竟然见社长在那儿转悠，半夜再去，四个洞已空，我怀疑社长把钱给吞了，否则他为啥那个时候在那儿转悠，平时这会儿他都在喝酒。到了第二天你们营业所就发生了短款事件，可我也没证据证明是卫毅然贪污的钱，也知道他好打架斗殴是个二球脾气，多年来没对别人说过，直到今天才给你第一次说。他停顿了一下，看了戴行长一眼又说，卫毅然都精减了几年，短款你们也赔了，知道咋回事就行了……

复职

就在县银行的人忘记还有卫毅然这个人时，1979年到了，这时全国都处于拨乱反正时代，摘掉"地富反坏右"帽子和在"文革"中被平反的人们，纷纷回原单位复了职，卫毅然趁着这股大趋势，也回到班玛县银行要求复职，而这时县银行已转制成央企，为独立的中国农业银行，行政领导管理权早就归属果洛州农行中心支行。

卫毅然了解到这个情况后，从班玛县到了州府所在地大武，找到州农行行长反映情况，行长听到他强调当年的短款不是他造成时，无不带着讽刺的口吻说，当时没给你处分，那是老戴同情你，不过有一点我不明白，你那时发的什么神功，能让大风把付款凭证吹到天上还消失找不见？自己做的事自己最明白。然后冷笑一声说，你就不要强调这点了，把你的材料交给戴科长，就说要求恢复公职，不要再跑题，千万不要把别人当傻子。

人事科的戴科长，正是当年他在班玛县被精减时用铁钩打过，曾经在他没着落时让他到银行上班的邻居戴米信，他在银行转制后，被果洛农行调到州中支当了人事科长。卫毅然知道自己要想复职，必须要通过汹涌大河上这唯一的吊桥去见戴科长，否则无他路可走，横下心来眼皮一耷拉，用手在脸上抹了一下，硬着头皮去找戴科长，正好在去办公室的大院里碰到，这回他只字不提当年短款的事，只说现在粉碎"四人帮"了，全国都在平反，我要求组织恢复我的公职。

戴科长显得很客气地说，好呵，我给领导们汇报一下你的情况，你就等消息吧。这让他感到意外，觉得戴科长是个好人，复职的事可能不会有太多麻烦，可两个月了也没等来一点儿音信，知道自己想错了，就在某天晚上提着水果罐头和两条"哈德门"香烟到了戴米信的家，一进屋就跪在他面前谦卑地说，当年的事都是我的错，我恩将仇报辜负了你，求你原谅也同情一下我，帮我恢复公职吧。

戴米信坐在沙发上还是和以前一样笑看着他说，咱们不存在私人恩怨，只有工作关系，如果你认为你以前真的做错了，明天到办公室当众跪下，我才相信你是真心认错。第二天上午上班后，忽见卫毅然进到人事科，直接走到戴米信前"扑通"一声跪下，一下就吸引了所有人的目光，只见他低着头用所有人都能听见的声音说，戴行长，当年我不该恩将仇报用铁钩打你，我确确实实错了，向你道歉。

办公室很安静，大家都惊讶地看着突如其来的情景面面相觑，一时不知如何处理。好一会儿后众人才清楚地看到卫毅然的双眼一直盯着戴科长，目光里全是乞求，脸上竟然挂着泪珠，也不知是感到耻辱还是真诚，反正脸上确实挂着眼泪。一个中年男人对另一个中年男人下跪，确实让人产生了很大的同情心。

戴科长却不动声色地一直抽着烟，继续微笑地看了他一会儿，才转头对旁边来找他核对数字的办公室秘书说，小杨呵，跪在地上的是谁？秘书正想回答，忽见他脸上意味深长的微笑，咽了口口水没接话，卫毅然这次用戏剧台词的口吻说，罪人卫毅然负荆请罪，特来向你谢罪。

如同高原冬天里暴风雪来临前的滚滚乌云，卫毅然当众给戴科长下跪认错的事在单位传开来，一直到数年后的某天，卫毅然已恢复公职，在州农行门卫和戴科长一起聊天，这时他俩早都化了干戈，偶然聊起恢复公职的事时戴科长对卫毅然说，当时我是看你能伸能屈像个大丈夫，才给你办了手续。卫毅然接话说，知错就改就是好同志，当年我确实做错了，当然要给你道歉。事实上卫毅然后来私下跟我聊天时说，给他下跪那是为恢复公职，给人低头就是五分钟的事，但仰头的日子可是三十年……

过程

我就是那个办公室秘书，目睹了卫毅然下跪的全过程。我在州中支因是单身，住在农行家属院最尾排的最后一间，没想到卫毅然恢复公职后，住在我隔壁成了邻居。他留在州中支是因农行在全州招收了 90 名新员工，要举办为期一年的培训班，需要管理学员吃喝拉撒的人，而行里那时正缺人手，他就顶上了这个位置。

这期间发生在他身上的一件事，让我大为惊讶和对他的能力刮目相看。80 年代职工被提拔或是涨工资，都要以文凭为依据，这是硬件，没它你连资格都没有。卫毅然工资不高也想涨级工资，那天找到戴科长问他，我 50 年代初期从"革命大学"毕业，那个学历算不算正式学历？

戴科长想了半天，才想起果洛州政府成立初期，确实在青海民族学院办过两期叫"革命大学"的培训班，专门招收青海当地高小毕业和从内地来青海的支边青年，以解果洛急需干部深入基层的燃眉之急。不过时过境迁，数十年后的今天，青海民族学院不可能再保留当年的档案，便说只要你能拿到当年的毕业证，当然承认。

卫毅然求我帮忙给他写了数封反映情况的上访信件，从他的叙述中我才知道，原来他的老家在青海东部平安地区的脑山，是个半藏半汉杂居的村子，他从小就会说藏语，还上过两年乡村小学，在村里属于有文化的人，那年正赶上政府在他们村招收藏语翻译，以他的条件便被录取到了"革命大学"，经过政治和文化课的学习后，分到了刚建政不久的班玛县，在县翻译科当了翻译。

他拿着我写的材料，花了几十块钱在街上复印店复印了多份，往西宁跑了数次，据他说找到在民院食堂当大师傅的表哥，又通过什么神秘关系找到某个院长，终于拿到青海民族学院补发的"革命大学"毕业证书。还别说，当他找到戴科长把补发的毕业证递给他时，戴科长惊讶地看着他半天说不出话，半年后他的工资果然提了一级。

也因为这事我俩便亲近起来，我常去他家串门还有个原因，就是他会煮青海熬茶（熬读孬音，青海话）。晚上或有空的时候，我便去喝茶，听他聊年轻时的经历。他回忆往事，犹如果洛著名的玛可河在春天解冻后，带着无数冰块相互撞击奔腾的河流那般，滔滔不绝。

有天晚上他对我说，1961 年夏天，那时我还在知钦公社当干事，有天牧业点上的牧人来报告，说阿坝有伙盗马贼偷走他家五匹马跑了，希望政府能够帮他追回来。当时公社的书记、社长都在县上开会，只有我一个人在值班，我想我们政府的职责就是保护一方人民安宁，就擅自做主追回被盗的马，就和牧人各骑一匹，又备了两匹开始追踪，等骑着的马跑累了就换另一匹继续追，在第二天上午追上了赶着十来匹马的那伙人。

可我拿不准他们是否盗马贼，故意大声用果洛藏语喊，你们还往哪里跑，还不快点儿还我的马来！那几个人一听，都转过身来，用明显的阿坝藏语说，这是我家的马，怎么是偷你的马！我在证实了他们是盗马贼后，立刻举起半自动步枪想震慑他们，没想对方的一个人反应极快，挥起双叉猎枪开了一枪，幸亏双叉猎枪准性太差，子弹打在了旁边牧人的臂膀上，我骑着的马也被突如其来的枪声吓了一跳，猛地嘶鸣一声尥了蹶子把我摔倒在地上，我就势一滚坐起身来举枪还击，一个盗马贼就从马上栽了下来。

同来的牧人不顾伤痛，趁机早将老式双叉猎枪支起，和我一起朝盗马贼开了枪。那帮盗马贼一看我们有半自动步枪，顾不上偷来的马就跑远了。

这次追击盗马贼算是我的幸运，如果碰到一伙即使没有半自动步枪，全都用双叉猎枪的人，我也可能被他们打死，你就知道我年轻时是多冲动多二球的人，这事让知钦的牧人都知道了，你知道吗？牧人最佩服勇敢的人，所以这带的牧人对我都很尊敬，但公社书记却批评我做事鲁莽，警告我以后要谨慎行事。

我听到这儿插话问他，听说你到果洛还剿过匪？我这一问，反而让他用不屑一顾的语气看着我讥讽地说，不是我小看你这个小文人，你们实在是碰到了好时代，要是放在50年代遇到土匪那会儿，你基本上是废物。

他说，1959年6月29日由杨坤生书记和公安局局长李涛为正副组长，加上省军区驻果洛第63团3营一个班共42人组成的民警工作团，来到吉卡公社召集当地牧人开大会，动员他们将枪支上缴，防止他们被动参与反对民主改革的运动，不料第二天下午竟被别有用心的人——二百多号从四面八方聚来的人包围了，形势一下子就严峻起来。

杨书记、李局长，还有解放军班长，临时组成了指挥部，同时派人去果洛军区求援，但后来听说报信人跑出去没多远就被土匪打死了，所以我们那时是孤军作战。我和几位队员趴在前面较高的山坡上，监视土匪们的动静，刚开始双方相互试探着一晚上没动手，但土匪们最后还是没按捺住，仗着人多势众在30日早上6点朝我们开了枪。

那天上午有两回打得很激烈，土匪还发起了两次大规模的冲锋，都被解放军的机枪给压下，然后转入你一枪我一枪相互射击的折磨战，这打法除了保护好自己，就得用智慧引诱敌人暴露位置，让枪法准的解放军战士开枪点射。你想我是啥人，精得跟猴子似的，在阵地上来回蹿跶引诱土匪的注意，那帮人只顾看我的动静了，一个个无意中探出身体暴露出具体位置，解放军战士稳稳地端着枪点射着……

说到这儿卫毅然用轻蔑的语气说，我说你们这些文人没用是有依据的。当时政府办公室秘书邵兰岭非要跟着我想表现一下，可他根本不知道我在1948年被国民党征过兵受过几个月的军事训练，这跟政治无关，没解放前我们那一带的年轻小伙，到了一定的年龄，都会被招到当地的军队参加军训，属于民风强悍的那类地区。后来我又被招到"革命大学"，其间还有部队的军事教官教我们如何打仗，到班玛县后还参加过两次剿匪，有实际战斗经验，所以见他身体沉重反应力迟钝，我就对他说你就别跟着我了，还是待在后面保命吧。他固执地说我要跟着你找机会打死一个土匪立个功，他这样说了我就不好拒绝，过了两个小时，在我俩跳过一道沟转移阵地时，我身轻如燕飞了过来，他吭哧了半天没跳过来，被飞来的子弹打中，死时直直瞪着我，让我难过了好多天。

这场仗一直打到了傍晚依然是难分难解，天黑前土匪急了，再次赤裸着上身开始朝我们勇猛进攻，我们还真有点抵不住的意思，直到晚上11点仍未取胜，杨书记组织大家趁夜晚突围。我和解放军战士排在队伍最后作掩护，直到天亮到达安全地带一检查，我们一共牺牲了6人，其中两名是解放军战士，损坏了4把短枪和2把半自动步枪，损失了40匹乘马和20头牦牛。事后才知道土匪死了30多人，牛马更多，这也是我在班玛第一次没打胜仗却消灭土匪最多的仗。

我就是在这次战斗后被县政府的红头文件表扬的，我的档案里都有记载，而这时节正是草原上民主改革的关键时期，县政府对一些有势力的牧主头也就格外关注，以防再发战火。有天我到政府办公室正碰上乐都人李小顺很委屈地对主任说，他胳膊又粗身体又肥，我根本打不过他，叫他也不搭理，实在没办法把他铐来。主任说，你平时不是吹你有多牛逼吗，这会儿不牛了？我问，咋回事？主任说让他去把那个东尼曲珍的千户叫到县上参加学习班，以防止他鼓动牧人和被别人利用，然而却叫不动他。

　　我最看不起平时吹牛自己有多厉害、遇到事就窝囊的人，对主任说，我去一趟，就和另一同事背着枪骑马到了莫坝部落，在一顶帐篷里看见东尼曲珍正和一帮人喝茶商量什么事。我大吼，东尼曲珍，你给老子站起来！这猛一声有气势的呐喊，让他吓了一跳，下意识站起身，直到看清是我才镇静下来。我用藏语对他说，你马上跟我去县上参加政治学习。他说，我又没犯法，为啥要去县上学习？不过他还是在我的注视下走出了帐篷，当走到一块空地时他说，我俩摔一跤，如果我输了就跟你走，赢了就不走，然后挑衅地看着我。摔跤这种方式是这里牧人们的一种风俗，并以胜负来决定某些事的走向。东尼曲珍想通过这方式赢得主动权。

　　随他出帐篷的几个牧人，也都不怀好意地把我们围了起来，发出藏族人特有的"格嘿嘿"的嘲笑声。其实县上许多人都不知道我年轻时在家乡练过功，到果洛这些年的晚上也从没间断过，别看千户身体肥壮，那都是虚胖，几个回合就让他的身体与地面发出沉闷的撞击声，痛苦地"阿喷喷"了半天也没爬起身来。

　　就你这样还想与政府作对？我边说边掏出平时配的手铐，把他铐了起来，围观的人不再兴奋，都默默地看着。我抓住时机对他们宣传说，人民政府将永远在果洛草原上存在下去！我怕他们听不懂我的意思，又说，几年前西藏都成立自治区了，知道什么叫自治吗，就是藏族自己管理自己，我们果洛也很快会成为自治州，牧人们都要翻身当家做主人了。

　　为防止他半路作乱，我用绳子绑在他的腰上，另一头绑在马鞍上回了县。这事后来让一起去的同事在县上到处吹牛逼，说我多能打多厉害，我也不反对，我就是有能力的人，这是事实。

　　可没想到在知钦公社参加班玛县最后一场剿匪，大家聚在一起争论谁的功劳最大时，不知谁的枪走火打死了一起剿匪的老范，而对于他的死，政府至今都没定性，可社长认为我对他有意见暗中开了枪，理由是一个月前我俩吵过架。他根本不知道老范借了我十块钱半年不还，问他要时还要赖骂我，气得我差点动手揍他。退一步说，就算我对他有意见，为十块钱也不敢打他黑枪，他是有老婆孩子的人，明说吧，是社长对我有意见想趁机把我挤兑走。

挤兑我的原因是1961年冬天，我从县上回公社时从民贸公司买了一箱"江津"白酒带回知钦。你可能不知道，整个公社在偌大的草原上仅有两排房子，只住着我们这几个年轻男人，夜晚需点洋蜡照明，然后就是不断听到草原上的狂风中夹杂着荒原狼的嗥叫。要是在我老家，实话说小伙们都会翻墙头找姑娘们约会去了，可我们是国家干部不能那样做，我就组织大家喝酒打发时光。那天晚上都喝高了，为了啥事我记不起来了，社长骂我是个土匪，岂不知打土匪是我们最重要的工作，骂我土匪就是对我人格最大羞辱，我立即反驳他说，你别以为我不知道，那次咱俩到牧业点住在扎西家的帐篷，你一个人溜到旁边的白帐篷去干啥了，你才是真正的土匪！

社长一听这话，端起面前那杯酒朝我脸上泼来，同时把正吃的馒头打在我脸上。我是个血气方刚的男人，跳起身揪着他的衣领就是三耳光，清脆的响声一下让我清醒过来，我怎么能打社长呢，可是已既成事实就愣在那儿不动。他也在这响声中清醒过来，一张惊愕的脸呆呆地看着我足有几分钟，可能为保持他的尊严，一抬腿跺了我一脚，我顺势倒下时看到大家都停下喝酒看着我俩。我赶紧装作被他那一脚踢坏的样子，"哎呀哎呀"地大叫，还对他说，我俩扯平了，从地上爬起来继续喝酒，他也再没吭声，我以为事情过去了，但后来从他敌视的目光就知道我俩之间已长出了铜墙铁壁。后来我被他整回县上后，找到我隔壁住着的老戴，才有了去银行上班的机会。

又一天晚上，我在他那儿喝茶时他告诉我，新员工的学习班即将结业，他不想在州农行，想回班玛知钦草原。我的青春就是从那儿开始的，也准备让生命在那儿结束。这句抒情的话让我印象深刻，我怀疑他骨子里就是个诗人，可惜他不写诗，也不懂诗，只是个普通的银行职工。

救人

卫毅然回到班玛县银行后不久，给我打了个长途电话说，县行长考虑到我是老同志，没让我去知钦牧区，而是让我到海拔低气候较好的班前营业所。班前营业所处在玛可河右岸一块微型平原上，一公里外便是青海省林业局所属同名林场总部所在地，河岸上蜿蜒建有数排家属院、子弟小学、机关和数个圆木加工车间，是个有着几百号人，也相对繁荣的居住点。

让卫毅然没想到的是，林场总部在班前营业所开有基本户，还有两个一般户，业务量比县行还忙。他也不好意思再找行长调动，便安下心来上班。一晃就是两年。这年夏天某星期天，他睡懒觉到十一点才起床，之后去林场总部那个新开张的"蜀香苑"小饭店吃饭，饭后坐在河边的朽木上休息时，忽听有人凄厉高喊：有人掉到河里了！有人掉到河里了！快救命！

他往河里一看，一个人随着玛可河湍急地起起伏伏。他十三四岁时，跟着父亲到循化县帮他撒拉族的朋友在黄河边种西瓜，夏天相当炎热，常被撒拉人带到黄河里游泳，所以从小就会游泳，听到歇斯底里的求助声时，便毫不犹豫起身跳进了河里。

班玛县属于高原大陆性气候，基本上四季无夏，即使在所谓的夏季8月，最高气温也就几摄氏度，可想而知河水有多凉。卫毅然跳到河里立刻被一个浪头打蒙，还呛了一大口水，挣扎着从浪里露出头来，晃了晃脑袋让自己冷静一下后才清醒过来，并在河面上很快地扫了一眼，瞄准前面水中的黑影游了数米，一把抓住那人的衣服，可那人反过来却死命抓住他，像电焊焊在救生圈上让他无法游动，也让他俩如石头一样一起又沉到了河底，恰好被一股巨流托出水面，抓住他的那只手被巨大而有力的激流冲开，瞬间那人被冲到数米开外，不幸的是，这时他的小腿开始猛一阵抽搐，把他吓了一跳，赶忙在激流中来回蹬了几下，让腿上的肌肉恢复了正常，这才稳住情绪再次抬起头寻找那个落水者，可已不见了那人身影。他急忙往前游了一大截，才再次看见只露在河面上的头发，而且眼看着就要沉入河底了。他在心里喊了声

"不好"后奋力划去,一把抓住正往水下沉去的一撮头发往水面上拔,同时吸取了刚才的教训,在把他拔出水面后挥拳先把他给打晕,让他不再像刚才那样拼命挣扎而影响自己,才顺利拖着他随波逐流往下游,这时才看清是个十五六岁的学生。

那人虽不再挣扎了,却死沉死沉拉不动,就在卫毅然也开始筋疲力竭有点不由自主地往下沉时,听到河岸上有人高喊,"快抓住木头!快抓住木头!"他抬头一看,见岸上有人不断往河里扔着松木,其中一根已漂到他身边,他费尽力气一把抓住,可还是被冲来树木的冲力给划破,鲜血把河水染红了一片,他感到剧烈疼痛但也不敢放手,忙把身体伏在木头上面喘了口气,再把攥在手里的那人也托到松木上,随着河流又往下漂了数十米。在遇到河边摆着一排高高的木垛时,早有几人在那儿截住了他。

几天后,林场的领导率领一干人,敲锣打鼓到营业所来感谢他,除给营业所送了一面"品德高尚 舍己救人"的锦旗外,还奖励了他一万元现金,学生家长也奖励他三千元。几天后,这事被记者写成新闻稿在《青海日报》上报道出来,年底他成了班玛县银行的先进工作者,之后又成了全州农行系统先进工作者。

不过奖金的事在银行内部引起了争议,有人认为他享受荣誉就应把奖金上缴国库;有人认为他冒死救人拿奖金是对他救人行为的肯定;还有人说他动机不纯,完全为了钱才救人,一时把他推到舆论的风尖上,但他好像并没在意别人怎么说,也不回应,仍是我行我素,毫不理会。

某星期天他在林场一家小饭店吃饭时,有个年轻人到他跟前说,你拿了那么多奖金也不请兄弟们的客。他说,我拿多少奖金跟你没关系。那人就骂骂咧咧说,你太抠门了。他说,你不要看老子老了好欺负。然后走出小店回避他的挑衅,年轻人一直骂骂咧咧地跟着他。当离开场部走到沿河没人的路上时,那人想趁他不备,撂倒他,其实他早就提防着呢,灵敏地一个就势反手,在小伙胸口重重一拳,将小伙撂倒在地,又一个箭步跳过去朝他脸上就是一拳,说道,你个狗日的还想偷袭老子,快滚!要不老子就砸死你个王八蛋。然后转身径直回到营业所。

下午他在营业所门口，老远看见从林场方向走来两个年轻人，那个头上包着纱布的年轻人对同来的人说，就是他打的我。那人见是卫毅然，笑着说，连他你都不知道，回回回！回家！咱俩加起来也不是他对手，他有功夫。原来那人是玛可河林场的一个混混，在卫毅然刚到班前时和他动过手，知道底细。

结果

这年年底我到班玛县农行出差，特意去了趟班前营业所，见到卫毅然时自然聊到救人所得奖金的事，问他咋不把奖金上缴单位博取名声。他说，我跳到河里抓住那个孩子时，他像装了铁块的渔网缠着我，把我拽到河底，中间我还抽了回筋，差点淹死，我觉得那钱是他们从心里感谢我的，我收下了没有任何问题，我也不觉得我是个没有道德感的人。我对名声没兴趣，这笔钱能让我的生活更好过一点儿。

说到这儿，他盯着我看了一会儿像是征求我的意见，见我没吭声便继续说，再说我从 20 岁后就像玛可河林场最耐寒最耐活的针叶松树，牢牢扎在这儿几十年，早成了当地人，打算在退休后用奖励我的钱买栋碉楼住呢。说罢看着我又停了一会儿像想起了什么又说，单位里还有人说我像个小混混，可他们不知道，我不教训那帮小混混就要被小混混打，我一直认为我是个正直的人。

自我们在班前分别后不久，我便调到西宁，和他再也没见过面，也没听过他的任何消息，心想他这是安静下来过日子呢，这是件好事，他能平静地过日子就是他最好的状态。

被一纸档案毁了一生的女人

直到在班玛县上初中一年级的某天，我才知道邻居汪贻梅因为丢失档案而失去工作的事。起因是她丈夫王喜才得了感冒，斜躺在他家门外藤椅上晒太阳，她则是屋里屋外递水递药，忙得顾不上擦一把额头上挂着的那串汗珠，这让我想起刚看过的《高玉宝》动画片中的那个地主，学着其中的台词，冲到他跟前大喊，你这个贪图享受的老地主，为什么自己不干要剥削劳动人民。我在骂他这句话时，并不知道他以前的经历，只是信口开河而已。

没想到他条件反射地跳起身，朝我的屁股上就是一脚，扭着变形的脸骂道，你个小兔崽子，敢骂老子是老地主！告诉你，老子可是正儿八经的中农！汪贻梅在一旁"咯咯"地笑着说，你跟个孩子较啥劲？然后摸着我的头安慰说，你不能骂他是老地主，就因为他被人诬告是地主，阿姨才落得当家属的下场。

这场景被在一旁洗衣服的我妈看见，停了手里的活，愤愤不平地对汪贻梅说，骂他老地主不亏！要不是他耍小聪明，你们也不会被马自力下放到农村。我惊讶地问我妈，汪阿姨被下放过？我妈说，当初马自力追你汪阿姨两年，可她死活看不上，嫌他没文化，但忽视了人家是县领导，拒绝不就等于得罪了吗，正好那年你王叔隐瞒出身被组织发现，马自力趁机把他俩下放到河北农村去了，一待就是几年，好不容易回到班玛，可你汪阿姨恢复公职时档案却不见了，没了档案就证明她不是公家人，也就没法重新入职，从那以后和我这个没文化的人一样，成了没工作的家属。

然而 1955 年的汪贻梅可是无限风光的人，根本不像她落魄后的这样寒酸。那年 7 月，她即将从省党校结业到西宁商业局上班，恰巧被班玛县组织部长来西宁党校招干时一眼看中，跑去找到主管分配的副校长要这个人，从副校长嘴里得知她是学生会主席，很有组织能力，而且人又长得漂亮，这些特点都符合他的招干条件，硬凭着三寸不烂之舌让校方同意他的要求，然后又用一周时间说服了汪贻梅，让她放弃在西宁上班和其他几人 10 月份去班玛县，之后被分配到团委当干事。

班玛县是 1954 年才建政的小县城，汉族干部基本上来自果洛工作团，本来就没几个人，更不用说漂亮女人了，她的出现着实让县上的年轻小伙们骚动不已，也引起了马自力的注意，他虽早在陕北老家结了婚，但还是在看到汪贻梅后动了追求她的心。

追求的人中还有她现在的丈夫王喜才，他是 1954 年班玛建政后的第四个月，从青海省委分到县委办公室当秘书的，很有名，每天早晚喜欢在宿舍外的空地上练沧州武术高人张之江创建的独特拳法，颇具燕赵大侠风范，算是文武双全，这点很符合山东人汪贻梅的择偶要求。

王喜才也是个有心人，一直留意汪贻梅在县上的行踪。有天晚上见她一人在团委办公室看书，便直接推门进去说，我路过这儿，见你在看书，顺便看看你在看什么书，哦《青春之歌》呀，我那儿有《野火春风斗古城》和《林海雪原》，明天带给你。这些书在那时都是最流行的，但并非每个人都能买得到，相互借阅是最流行的方法。当然也是他追求汪贻梅的高明手段，只是没被她识破而已。

她说，太好了，明天我去你那儿取。问他住第几排第几间，随后聊天的话题相当投机，一下就聊到了凌晨，后来这样的事经常发生。有天晚上电影队在大院放映露天电影《地道战》，王喜才早早搬着板凳坐在正中间，当第一盒胶片放完，放映员扭亮电灯换第二盘胶片时，忽见汪贻梅站在身后的人群里，便起身挤过去把板凳让给她坐，她摆手拒绝，但他非要给她，弄得俩人打架似的让人侧目。王喜才是故意造成这样的效果的，他想让全县人都知道他俩的关系，让别的年轻小伙趁早死了追求的心。然后他还不断写情书，但又不直接交给她，而是到邮局寄，几天后她在去食堂的路上碰到他时，悄声说，干吗要花钱寄信，直接给我就好，说完莞尔一笑不再多语。

而马自力的情况与他不同，自小就在陕北参加了革命，资格很老，虽是书记却没多少文化，自然不会浪漫那一套，只会抬着官架子居高临下讨好她，每次都很严肃地把她叫到办公室谈工作，谈完了工作才问她有什么困难需要他出面解决。有几次还特意打电话通知她，和他一起坐1955年县上唯一的"北京吉普"专用车下帐。那时县上的工作重点就是深入牧区调研，将情况反馈到县上，政府再根据这些调研出台相关政策。

有次他们从牧区返回县上，途中，马自力为讨好汪贻梅，特意让司机拐到一处山坡前看岩画，他看不懂那些像小孩画在崖壁上的画有啥好看的，可汪贻梅却看得津津有味流连忘返，还在回去的路上给他讲青藏高原的历史。吉普车在过一条七八米宽的河时，车轮被河边大石头卡住翻在河里，她的右脚恰好卡在两个座位中间造成骨折。发生这样的事，即使一般同事也会在骨折后探望，他作为领导更应当主动关心才是，何况一直在追她，但他却在二十多天后才去她的单身宿舍，绷着个脸摆着谱，牛逼哄哄地说了几句关心她的官话走了人。

那时县上还没医院，仅有个卫生所，根本治不了骨折，她也就一直躺在家里养伤，直到一个月后马自力要去西宁开会，才让通讯员把这消息告诉她，她就搭上他的便车到省医院做检查，这才发现骨折的地方长岔了，需要折断重新再接，她不得不忍着巨大痛苦重新接了一次。

王喜才在她骨折后的那段时间里，三天两头去看她，还托朋友从宣传部长那儿悄悄借到她梦寐多年的《少年维特之烦恼》这部不容易看到的小说，让她在病休的时间里，在精神上经历了一次哥特式的爱情。不久后，她到西宁住院，他还专门请假到西宁陪她，要知道那时去西宁光找便车就非常困难，更不用说路上需走三四天像孙子一样管司机吃喝，凭这点他就感动了她。他更是在医院里推着坐在轮椅上的她散步，到东关电影院看了一回电影，买她喜欢吃的点心和到街上回族饭店吃饭，晚上就睡在她病房外的走廊里，把一个月原本回河北老家探望父母的假期用完，在给她留下五十块钱后才离开她回了班玛。

马自力在她去了省医院后，做的唯一一件事是从县委以办公室公事的名义，把长途电话打到了省医院骨科医生办公室，托医生找到她，先是说了几句安慰话，就对她直接表白说，我最近抽空回趟老家办手续，等我离了婚后我们就结婚，我会对你好的……

王喜才在某天无意间听到马自力说汪贻梅要出院，就给她住院的省医院打了封电报，在确认她出院的具体日期后，再次请假去了西宁，并在果洛车队找了辆便车陪着她回到班玛。

就这样他俩水到渠成，在 1957 年国庆节举办了简单的婚礼。没想到王喜才从参加工作起，在填各类报表中出身一栏时，故意隐瞒地主而填成中农的成分，直到一年后县上开始清理革命队伍中的阶级敌人时，被他的老乡揭发出来，隐瞒成分可是一件非常严重的欺骗组织的恶性事件。

马自力追求汪贻梅失败后，一直窝着一肚子气，现在正抓着情敌王喜才的把柄，立即派人到河北邢台他老家调查，证实他本人的确是地主出身，不过一岁时就被父母过继给中农成分、没有儿子的姨妈，并在姨妈家长到十五岁时又回到亲生父母身边。他从小能受到良好教育，和他地主家庭的经济实力有关。不过公正地说，他填写出身中农比较准确，但马自力却认定他是地主出身，在阶级斗争的年代，地主可是无产阶级专政的对象。

马自力没放过这个机会，以欺骗组织为由，把他处理回了原籍，那个年头的政治运动特别多，下放干部的理由也很充足。在组织部处理王喜才的同时，汪贻梅的直接领导找她谈过一次话，让她与王喜才划清界限，甚至暗示她离婚就可以保住公职，她也想过离婚，可觉得不能违背爱情，经过一番深思熟虑，最后还是跟着丈夫下放到他的老家河北邢台农村。她认为马自力是个卑鄙的小人，从心里看不起他。

县上的人对这件事议论纷纷，觉得马自力私仇公报，至少该给人家留下吃饭的活路。不过也有人认为，像王喜才这样隐瞒出身的人，就应当这样处理，出现这样的看法是因为他有文化，自恃清高，看不起那些没文化的干部，得罪过一些人，所以关键时没人替他说话。

王喜才回到农村后心有不甘，不断写信上访但均无消息，第三年在汪贻梅的鼓励下，从邢台坐火车到西宁，找到1954年招他到青海省委工作的老领导反映情况，三个月后班玛县委这才纠正当初工作草率的错误，恢复了他的公职，王喜才急忙回邢台接上汪贻梅，一同重新回到班玛县。

1959年8月的某天黄昏时分，一辆"解放"牌卡车一路风尘停在县委大院的一排房子前，一个女人抱着个孩子从车上跳下，和穿着对襟褂子满脸憔悴的背着个大包袱的男人，来到一家门前敲门，开门的女主人在惊讶中大喊，天哪！我的天哪！汪贻梅回来了……这个惊叫的人就是我母亲，也是汪贻梅在班玛时最要好的朋友。

我妈赶紧给他们做了一大锅面条，特意加了一大块牛肉。汪贻梅看到牛肉就说，我在河北农村连饭都吃不饱，你这儿还有牛肉吃。我妈看着她说，你忘了班玛是牧区，就是有牛羊肉。他俩狼吞虎咽把那一锅都吃完了，晚上我妈让他们一家人睡在床上，而我们一家人打地铺睡在地上。就这样直到数天后，王喜才和我父亲把隔壁的房子打扫干净，我妈又把我们家的被褥送给他们了一套，他们才算再次在班玛安下身来。

之后她俩聊天时，汪贻梅不断给我妈说她在邢台艰苦的农村生活，说到婚姻时强调说，我现在算是想通了，可也后悔了，当年如果按马自力说的等他离了婚娶我，现在的状况一定会好得多，光图王喜才有文化了，可又有什么用，还不是被赶回农村受了这几年罪。然后又叹气道，一切都不能从头再来啦，命运就是这样安排的，都怪我的命不好。

王喜才很快回到县委办公室，重新当起了秘书。轮到汪贻梅恢复公职时，奇怪的事发生了，组织部竟然没有找到她的档案，部长专门把她叫了去问她，1956年你来班玛时把档案交给谁了。她说，档案怎么能私带，都是组织上一级一级移交的。部长说，你的档案暂时找不见，等我们找到你的档案才能落实你的工作，恐怕要把你的事往后拖一拖，不过不会太久。

汪贻梅有点不祥之感，过去了大半年也没消息，像一条新鲜的鱼儿被晾在风中成了鱼干。她又去找部长询问，这时的组织部长是她离开班玛后新调来的，跟她不熟悉，有点公事公办的架势回答说，仍在查找，一旦找到就通知你了。可随着时间过去得越来越久，她期待的复职如泥牛入海，就是没一点儿消息。

她琢磨了很久，觉得问题的症结仍和马自力有关，找了他几次反映情况他也不回应，于是她把上访信写到了州、省政府的相关部门，上访信像投进一泓湖水中的树叶连点涟漪也没有，更不用说动静了。直到几年后她才知道这些上访信都被省上、州上退回县组织部，要求当地政府落实解决，相关人员在请示马自力后见他没表态，就搁在一边，那泓湖水就将所有飘浮的树叶沉到了湖底。

汪贻梅见上访没结果，转而去找县长、宣传部长、组织部长，不厌其烦地跟他们说，组织部怎么可能把我的档案弄丢？肯定有人害我不让我复职。这话说多了那些人只要见到她就回避，恐怕她不停重复的那套话得罪马自力被牵连。

两年后，马自力高升被调到州上，她觉得绊脚石被搬开有了大希望，继续隔三岔五来县组织部要求查找她的档案，办公室的年轻人一见她来了，先给她端一杯茶，然后坐在她对面聆听她翻来覆去的那几句话，再后来因常来说得多了，办公室的人也就不再接待，她也自觉地闭了嘴拿起桌上的报纸看，一直看到中午才起身回家为女儿做饭。

她天天来组织部，坐在那张空桌前看报纸的行为，甚至影响到了办公室上班纪律，让部长觉得有点不像话，可又没办法不让她来，因为她反映的情况很正当，就去找新来的书记商量如何处理，结果是同意给她落实政策，可还是那个老问题，仍是查遍全县所有干部档案，独独不见她那份，这就意味着她来路不明，落实恢复工作的事再次被拖延下来。

　　王喜才见事情到了这步，就动了心思，主动接近组织部长，尽管自家有孩子，但还是在平时抽出很多时间帮部长看他家的四个小孩，甚至有时上班时间也帮着带；到了星期六晚上更是带着两家孩子去看电影，电影票都是他掏钱买的；星期天还到部长家劈烧柴，那是个很重的体力活，即使一天很卖力也劈不了多少；过年过节自己舍不得花钱买东西，却舍得买东西给部长送这送那。很多人在背后骂他溜沟子（方言，屁股），可都没看出他无可奈何的心境。

　　部长当然知道他的意思。这年春节后要去西宁开全省组织会议，去前特地到汪贻梅家对她说，我要到省上开干部会议，如果你有空就搭我的车同去西宁，开会期间我抽时间陪你到省委组织部再查一下你的档案，没有档案，我就是想解决你的事也没依据，没有依据所有的话都是空的。

　　那时汪贻梅不到两岁的儿子还在吃奶，心想坐部长专车来回也就三四天，就托邻居——也就是托我妈帮着她丈夫王喜才照看，而我妈是一个真正意义上的家属，在家除了做饭外没其他具体事，便拍着胸膛说，去办你的事吧，孩子由我帮着他爹一起来照顾。

　　没想到几天后县委决定让王喜才带领一个小组，包括我父亲在内，到知钦乡搞社教，这是政治任务，来不得一点含糊，王喜才便把他儿子完全托付给了我妈，两天后我妈突然收到河南老家的电报，说她父亲病危让她速回，不得已又把照顾小儿子的事托付给了关系密切的沙靖月，然后心急火燎地回了河南。让人没意料到的是，沙靖月连着几天喂小孩喝牛奶都没啥事，可第五天晚上喂完奶后小孩开始拉肚，起初她还没在意，到了次日才发现已拉脱了水，赶紧送到条件简陋的县医院，医生只能给他吃消炎药，到了晚上这个小儿子终究没了呼吸。

　　汪贻梅随组织部长到了西宁后，一同到省组织部查档案，档案馆里的人对部长很熟悉，自然十分热情地在翻完一堆档案后，再次查无结果。回班玛途中走到花石峡时，从阿尼玛卿大雪山传来封山的消息，这样的事在冬季时常发生，她被堵在花石峡，直到数天通车后才回到班玛。

当她回到家里知道儿子病死的噩耗时，疯也似的上山寻找埋葬儿子的地方，没人敢给她说具体位置，她整天在山坡上徘徊，幽怨凄怆的哭声很是瘆人，有一段时间像是精神分裂，原本漂亮的女人现在只能用"丑陋"形容。

知钦公社的书记和汪贻梅是山东烟台的老乡，平时也有来往，这年夏天获知王喜才以工作队长的身份到他们公社驻队，便提议让汪贻梅随他一起来当炊事员，一则是见她在县上的惨状于心不忍，想让她出来散散心换个环境，也好恢复一下精神状态；二则也能顺便挣几十块工钱补贴家用。果然她到了知钦牧区公社后的精神状态，还真像老乡说的那样，逐渐恢复过来。

八月底的某天，乡政府突然被国民党残匪和流窜在久治草原上的土匪偷袭，公社书记立即组织全乡干部进行反击，汪贻梅 50 年代在嘉兴当过几年线务兵，虽没参加过实战，却有着军人的基本素质，也要求参战。乡书记说，你把饭做好送到阵地，就是对我们的最大支持。

这天中午，她在食堂蒸了两大锅馒头，还做了一桶紫菜汤，挑着担子来到公社院子前面的壕沟，招呼大家吃饭，然后跑到伏在壕沟边沿的王喜才身边说，我替你守着，你快去吃饭吧，同时接过他手里的枪，习惯性地像军人那样举枪朝前瞄准，突然看见对面有个穿黄色汉服的人，站在草丛中举枪朝她射击（也许是王喜才刚才站起的身影让对方看见），她恰好在看到他时抢先一步扣动步枪扳机，并在枪响后立马闻见一股血腥味，同时也感到从对面飞来的子弹紧贴着她的左胳臂穿过的那种剧痛，倒在壕沟里大叫起来。

这个情节让人匪夷所思，就像假设的一样，但事实就这样无巧不成书，如果没有那个习惯性瞄准动作，她可能已死在对方枪下。负伤后的汪贻梅心想，自己为保卫人民政府流了血，还打死了一名土匪，也算有功之人，这会不会是个好兆头，被耽误了数年的公职趁这股东风给解决了。公社书记很懂她的心思，专门以公社名义给县委写文件为她请功，可恢复公职的事仍悄无声息。

汪贻梅在知钦乡上打死土匪的事，让组织部长知道了，同时也知道她是从兰州军区转业到青海的军人，那天专门找到她说，你应当去兰州军区政治部确定一下当初转业到青海时，他们是否把你的档案给转来，会不会遗忘了，你的问题要从根源上寻找才有希望。

她专门去了趟兰州，不过到了军区才知道，当年的首长们早去了白银、敦煌，她坐火车去了敦煌，然后又坐汽车到了白银，费了一番大周折才知道老领导又调回兰州了，她又返回兰州，最后找到已成省上某主要领导的老首长。

老首长听了她的遭遇后分析说，你应该知道转业的程序，在你到青海的同时档案也随人到了，兰州军区不可能光让你走人不转档案，再说没有档案青海是不会接收的，所以你应该去青海组织部门查才是正确的思路。

她又回到西宁，再次到省委组织部查找档案，经办人已数次接待过她，见她又来无奈地说，你的档案确实随你去果洛报到了，这个程序不会错，如果出问题，一定是果洛方面的问题，我敢向您保证，我这里确定没您的档案。

她第几次来到州组织部已记不清，经办人倒是很同情她，耐心对她解释说，没档案当年班玛县怎么安排你工作，明显是县组织部的问题，你继续找他们落实才是唯一的正确方向。

她的问题像是足球又一次踢回班玛县组织部，可县组织部的经办员信誓旦旦地说，我已把全县干部档案至少翻了三遍，独独没见你的那份。然后补充说，骗你不是人，我敢向毛主席保证！这句话是当时县上流行的口头禅，连小学生都习惯这样说，经办员一急竟然也这样对她说，这也说明她绝对没说谎。这更是让她从一开始寻找时的怒火一直烧到后来的灰心丧气，再到无能为力而一蹶不振，觉得自己还没死呢就已被埋葬，不可能再有重见天日的时候了。

彻底灰了心后，她常做一些令人匪夷所思的事来驱散心中的郁闷。20世纪70年代的那些年，班玛县居民取暖做饭的燃料，都是从70多公里外的玛可河林场拉回巨大圆木，用大锯拉开再劈成小块，这种强体力活一般都由家里的男人干，以前王喜才为讨好组织部长，星期天去他家干的就是这种体力活。现在只要汪贻梅想起档案这事，郁闷时就代替王喜才，像个男人那样先将斧头或是铁锲子砸进圆木撬成两半，再举起锋利的大斧头，劈成很小的一块块，用体罚般的方式来发泄心中的痛苦。

这天她站在那堆圆木前脱了外衣，只穿一件秋衣抡起大斧头专心劈柴，这时的她早已没有了以往斯文的形象，在这些年寻找档案的经历中她已沦为强悍的妇人，曾经的美丽如粗壮的松树粗糙不堪，这点从她劈烧柴的动作中就能看出。正在这时，路过这里的沙靖月老远就对她说，县委新来了位周书记，你去找他反映一下你的事，你要让县上所有领导都知道你的情况，说不定有翻盘的机会。

沙靖月说这话时她的左脚正踩在圆木上，右腿也已弓了起来，同时将斧头举过头顶正准备砍下来，而沙靖月的话让她一时有些心不在焉，空中的斧头在落下时直接砍在了她的右脚上，顿时鲜血直流。

这把沙靖月吓得哇哇大叫，也惊动了在隔壁的我母亲，她赶紧推出自行车扶汪贻梅坐上后座，把她送到了县医院。医生脱下她的鞋子见小脚趾仅连着一层皮，对我母亲说，已不可能再连接起来，咋办？汪贻梅在痛苦中抽着冷气毫不犹豫地说，那就把它切掉。

也就是从这个时期开始，汪贻梅老是觉得胸痛，到县医院一检查，医生怀疑她乳腺方面有问题，建议她到西宁详细检查，还说这和长期生闷气有很大关系。她去西宁一检查，还真查出乳腺癌来，立即在省医院做了切除手术，幸亏王喜才陪她去西宁前带了两个从牧人手里买来的麝香——20世纪六七十年代班玛县有很多野生香獐，牧人可以随便打猎，所以班玛县的人家都有保存几个麝香的习惯。王喜才让她每天喝麝香水，直到喝完两个麝香后才日见康复，当然这和医院的治疗有关，麝香只是起到了辅助作用。

到了1980年夏季，有天她在街上偶然遇到原班玛县委组织部长，也就是当年在党校动员她来班玛县工作的那个老部长，不过此时他早已是青海省政协一位副主席，眼下正和州政协一个检查小组在班玛检查工作。她站在一棵白杨树下，将自己这些年来的生活状况给他详细说了一个多小时。

部长起初是站着听，后来实在站不动了，一屁股坐在树下马路牙子上继续听。她的经历让老领导很同情，心想这不是把一个同志的一生都给毁了，当天就给果洛州委组织部打了一个长途电话，做了具体指示，州委组织部又给班玛县委做了指示，要求彻底解决汪贻梅的历史遗留问题。

班玛组织部为了让汪贻梅眼见为实，放心她的档案真的不存在，特意安排她和经办员一起又查了一遍全县干部档案，结果不要说档案了，连一点蛛丝马迹都没发现，心想就算动用了省领导也是这结果，便彻底泄了气死了心，从心里认定自己就是个家属的命，从此彻底放弃了恢复公职的想法。

就在她决定放弃寻找档案时，意外的事发生了。这天中午刚吃过饭，班玛农行魏行长拿着一个牛皮纸袋来到她家，说最近行里在拆除老金库前整理存放在里头数十年来的会计档案，意外发现你的人事档案夹在其中。据老同志回忆，1955 年或是 1956 年，县上连续下了多天暴雨，那时我们银行和组织部还住隔壁，大家的办公室还都是土坯砌的，但银行金库却是用钢筋水泥盖的两大间，很结实，也不怕雨水浸泡，组织部管档案的同志怕存放干部档案的土坯房塌了不安全，临时把全县的人事档案搬到金库，暂时存放在金库三年，之后才搬到新盖好的组织部档案室。我估计他们在回搬时没有清查数量，将你的档案忘在了金库，因为金库不允许闲人进入，多年来也没被人发现，要不是这次我们拆除金库整理会计档案还发现不了。我知道你为你的档案寻了几十年，就赶紧给你送来了。

汪贻梅掏出档案里的一沓文件，翻了几张，见的的确确是自己寻找了多年的档案，忽然像老鹰展开双翅飞翔那样张开双臂，那动作很是夸张，很快又像折了那样软绵绵地耷拉下来，一屁股坐在地上放声痛哭，高喊道，老天爷呀，你可睁开眼了！眼泪鼻涕一串串地往下掉。

王喜才在里屋睡午觉，听到她凄惨的哭声吓了一跳，出来一看，原来找到了梦寐以求的档案，想着这些年来为找档案连儿子的命都贴了进去，更不用说身心受到的创伤，不自觉地跟着她老泪纵横，好一会儿才蹲下身挽着她把她拉到椅子上坐下。可她仍一个劲儿地哭，不一会儿就哭晕在地上，一番抢救后才苏醒过来。

魏行长看着她，无限感慨地说，真是可恶！别人一个小小的失误却毁了一个人的一生！这下可好了，有了档案就会恢复公职，老汪你可算是苦尽甘来了，以后就好好享受生活吧。

这天下午汪贻梅一反常态，精神抖擞得像个小姑娘在班玛县仅有的四百米长的大街上，走了两个来回，又来到玛可河边，看着湍急的河水哼起山东小调来，兴奋之情难以言表。

四个女儿下班回家不见有人，正四处寻找时看到爸妈回来，这才知道母亲的档案找到了，第二天一早汪贻梅到邮局打长途电话，把这消息告诉了省政协的老部长，老领导也很高兴，念着旧情马上给班玛县组织部打电话，要求尽快解决她的历史遗留问题。

县组织部长当即查看了她的档案，这才知道汪贻梅的哥哥汪贻槐在1945年孟良崮战役攻占国民党整编第74师的那场惨烈战斗中牺牲，是位特级英雄，她家早在1948年就被文登县人民政府认定为烈士家属。汪贻梅也在初中毕业后的1950年，参加了中国人民解放军到浙江嘉兴驻防，四年后的1954年随部队整体换防到了大西北的兰州，数年后又和全师战士集体转业来了青海，并在省党校华东经济训练班学习半年，后被班玛县组织部长动员1955年4月被分配到班玛团委当了干事。

很快春节就到了，县民政局的人敲锣打鼓来到她家门口，在她家大门钉上了一块"光荣烈属"的牌子，还把一张大红纸上印着的慰问信交给她，同时给了她一个装着钱的信封，直到这时，县上的好多人才知道她是烈士家属。她在县上的地位就这样重新恢复起来。

可恢复公职的事，并没有像她期待的那样马上办理，又拖了将近半年仍无消息。她去组织部找部长，他说，你的事已经很清楚了，组织上还需要办些具体事就能很快解决。

王喜才知道这当中肯定有一环出了问题，但不知道具体卡在哪儿，便托县民贸公司的老乡去成都进货时，给他带回两箱五粮液，和汪贻梅在某天晚上到部长家闲聊时带去了一箱，部长打着哈哈说，你老王也搞这？部长说到了她恢复公职的事，不是县上不办，而是州组织部个别领导有不同意见，马部长你认识吧，有机会到州上看看他。

王喜才这才意识到问题原来卡在这儿，这个年轻时的情敌，多少年后还在找机会整他，心想人在屋檐下不得不低头，又和汪贻梅带着另一箱五粮液去了趟大武，找到马自力家。马自力还是和在班玛当书记时一样保持着一种威严，皱着眉听着他俩结结巴巴地说，好几年没见面了，正好有事路过大武，顺便来看看老领导。他当然明白他们来的意思，寒暄完后当她说到自己的档案找到了，还需要老领导关照时，他一挥手对他俩说，你的事州组织部刚刚开了会，已拿出了解决方案，你们就回去静待佳音吧。

1985 年 8 月 5 日，汪贻梅拿到了县委组织部恢复公职并分配到县文教局的红头文件，三十年来的委屈被这一张红头文件驱散，她像小孩一样不停地亲吻着这张让她于 8 月 8 日到单位报到的文件泪流满面。

为庆贺她恢复公职，当天下午，她和我妈到县上百货公司买了五六瓶水果罐头、几斤糕点和"江津""刺五加"红白酒各五瓶，我妈在我家炒了几个菜端到她家，和汪贻梅女儿做的几个菜并在一张大桌子上，先是我们小辈轮流给她敬酒，后是同辈敬酒，她一改多年来不喝酒的习惯，一律来者不拒一仰脖子就下了肚，最后趴在地上翻江倒海地吐着，连苦胆都吐了出来。她的大女儿都嫌弃地说，我妈这是要耍酒疯呵。

王喜才说这是压抑了多年的火山总爆发，咱们得让她耍一次一辈子中可能是唯一一次的酒疯。可当我妈看见她吐出的污物中有鲜红血色时担心地说，都吐血了，要不要去医院看看，王喜才说，三十年都没这么高兴过，睡到明天就好了。

她大女儿把她抱到床上，拿来湿毛巾给她擦了擦脸后小心地安置她睡下。王喜才在第二天七点起床时推了一下她说，早点起床吃饭，也好正式去上班。她没听见似的继续睡着，到了八点仍然一动不动。王喜才感觉不对劲再次摇了她一下，她仍睡不醒的样子便知道出事了，让小女儿去隔壁叫我妈来，他急忙跑着去县医院叫大夫来家看病。

我妈把她抱在怀里大声叫着"汪贻梅汪贻梅，你醒醒看看我是谁"，同时还使劲掐她的人中，但她的眼皮如粘了胶一样紧阖着，她可能也听到了我妈的呼叫声，眼睛努力动了两下，可就是睁不开，一直昏昏沉沉地躺在床上不动，直到医生喘着粗气跑着进到屋来仍那样躺着。这位医生是从北京医科大学来的支边青年，在牧区已工作了数年，有丰富的临床经验，马上问王喜才她有无高血压史，得到证实后又问昨天和人吵架没，王喜才说没吵过架，便把昨晚在宴席上喝了一斤红酒的事说了，没等他说完医生摆摆手说，不用再说了，据病状判断因太过兴奋和大量饮酒导致的脑梗，赶快拉去医院抢救。

那时班玛医院还没有救护车，所有的病人要自己去医院才能看病，我家虽有自行车可她已昏迷驮不成，王喜才慌乱中跑到房后的基建工地，借来一辆拉沙的架子车，才把她拉到了医院，经过医生抢救总算保住了一条命。

从此汪贻梅没了语言表达能力，右边身体失去知觉，出院回家后四个上班的女儿轮流值班照顾她的日常起居，而她一天到晚躺在家里的躺椅上，看着窗外的天空发呆，有时候还会不自觉地泪流满面。

半年后，在确认汪贻梅再也无法正常上班的事实后，组织部按她1955年到班玛计算工龄，再加上她的军龄，组织部长仍嫌工龄太短工资太低，现场拍板说，汪贻梅是来班玛最早的一批老同志，又是烈士家属，把她随王喜才回邢台那三年也算在了工龄里，这才按十年工龄给她办理了病退，一个月拿到几十块钱。

为了让她能尽快恢复健康，王喜才到西宁找到早已当了厅级领导的同学说了汪贻梅的情况，想调回西宁让她安度晚年，毕竟西宁海拔低，还有几个大医院方便看病，可调动的事还没办成，她就在1986年5月26日6点半脑梗复发成为脑出血，在班玛县医院去世了。

汪贻梅去世后的当天下午，王喜才及四个女儿来我家和我父亲商量如何安葬，然后俩老头坐上单位的卡车，一起到王柔林场买了两棵很粗的松树，拉到县上五一劳动社加工了一副棺材。接活的是以前在基建工地上认识的木匠师傅，平时汪贻梅就常跟着他干活，木匠师傅自然马不停蹄精心制好了一副很气派的大棺材，还躺在里头试了大小，才亲自送到了县委大院她家的大门口。

　　王喜才最后还是听从了我父亲的建议，去南山坡上启坟把他儿子的遗骸，随着汪贻梅葬在了班玛县郊外一处山岗上，用我父亲的话说，让他们的儿子陪着汪贻梅长眠于此也不寂寞。

　　就这样，发生在汪贻梅身上丢失档案的事，像一个不能愈合的大伤疤，永远刻在了他们一家人终生的记忆中，也像一团浓重的乌云，一直笼罩在班玛县所处的这条狭窄而又潮湿的山谷上空经久不散。

振翮飞翔的年代

已86周岁的虞彩虹，在2019年夏季想起1955年6月从长春机要学校毕业回老家许昌前，被同学叫去看了场《在那遥远的地方》的电影，立刻被电影里蔚蓝辽阔天空下连绵起伏的群山，一块接一块绿毯般的牧场，蓝宝石一样的青海湖以及牧女挥动皮鞭的画面吸引的往事，同时想起电影结束后竟不自觉地学会的"愿她的皮鞭轻轻抽打在我身上"的插曲。

第二天他一个人又去看了一场，再次被那神秘和美丽的景象吸引，又回忆起数年前中学地理老师在课堂上讲到黄河源时的澎湃激情，思忖着啥时能到那里去看看。恰好这时青海有位干部来学校招生，并在大会上动员同学们说，你们可能不知道果洛在什么地方，但只要我说出黄河在此发源，就知道它高高在上的位置。当年松赞干布就是在星宿海边等来文成公主的，西北军政委员会果洛工作团于1952年在从未有过任何政权的旷野上建立了第一个人民政府，这里不仅有悠久的历史，还有蓝天帐篷牦牛和格桑花，有紫外线辐射和千里冰封的自然景色！请同学们来果洛看看黄河在源头的少年模样！让你们的青春在这里像雪莲花那样盛开吧！

他很清楚，除吸引他的瑰丽的高原自然风光外，更重要的是他这几年求学，不仅花干了家里的积蓄，也花干了父亲外借的相当可观的一笔钱，这都需要他挣钱还，当下问招干人，知道青海的工资比内地高一倍以上时，当机立断报了名，踏上去果洛的路途。

他从长春坐了六天火车到兰州，又转长途汽车到了西宁，从西宁再坐上"嘎斯"卡车的大厢，走了五天到达花石峡兵站，然后骑马再走了五天，最后一路风尘到达果洛这块广袤蛮荒的腹地吉迈，之后县委专门给他配了一匹白色大走马，这也是当时最豪华的交通工具，供他随时深入牧区。

从此，他开始戴上藏族特有的狐皮棉帽，穿着宽大的、长过膝盖的藏袍和藏靴，往返于各个牧业点，像牧草牢牢趴在这片苦寒之地，也像格桑花在皑皑雪线上绽放出花样年华。

疾病与祈祷

1969 年夏季某天，虞彩虹要到达日县最偏远的桑日麻牧业点下帐，和他同路的是只有二十岁刚参加工作的藏族同事小洛周。他俩从吉迈出发，在茫茫草原上走了一整天也没见到一个牧人，直到傍晚饥肠辘辘时才遇到一只孤零零的帐篷，而此处距他们要到的牧业点还有几十公里，两人决定晚上借宿在这家帐篷。

这家主人叫达尔杰，有老伴和儿女四人，那位老阿妈热情地给他俩准备了奶茶糌粑和手抓肉。草原上的牧人只要看到汉族干部下乡，都会热情地为他们提供食物和住宿，一是知道汉族干部下来是帮助他们搞畜牧业生产建设的，二是与民族热情好客的传统有关。可不知什么原因，这天半夜，虞彩虹肚子疼得满头大汗，醒来随即出了帐篷蹲在草地解手，竟拉出了一大摊鲜血，回到帐篷想坚持到天亮再骑马到牧业点找医生，可那疼痛一阵接一阵，像河水的波浪不断涌来，让他不由自主地呻吟出了声，这声音惊动了达尔杰全家人，他们从灶台边的地铺上爬起来点亮酥油灯问他怎么了。

两位老人不断发出藏族人特有的"阿啧啧"，像安抚他痛苦的感叹，老阿妈快速点燃了帐篷中间灶台里的牛粪火，将酥油、曲拉（奶渣）、红糖掺在一起熬煮了一大碗汤后说，这是我们藏族治肚子疼最好的偏方，你喝了就会好的。

他一口气喝完了那碗汤，可并不起作用，仍然疼得满地打滚，然后又跑到帐篷外蹲着，想以此减轻疼痛，却仍像打开的水龙头，拉出的依旧是一股股鲜红的血液，这让他害怕起来。他知道这种莫名的疼痛在没有医生的草原上，随时可能要了命。去年一位同事也是在一处偏远的牧业点上，因为莫名的肚子疼没找到医生，想着肚子疼是小病也没重视，硬挺了一天后第二天死了。

达尔杰老阿妈也知道这种疼的凶险，和老伴商量决定让儿子和小洛周立刻骑马去60公里外请曼巴（藏语，医生）来为他看病。他俩临上马前，老阿妈很不放心地再次交代，如果请不到曼巴，就拐到公社卫生所带点药回来，一定要抓紧赶路，千万不敢耽误时间。

虞彩虹心里清楚，桑日麻草原百里无人烟，即使到最近的赤脚医生家的帐篷，来回也得七八个小时，到乡卫生所更要两天，自己有可能在这段时间里被疼死，可他不想死，他还很年轻，他更希望他俩能请来医生救自己，心里感激着老阿妈做出决定的同时，眼巴巴地看着他俩骑上马在黑暗中驰去。

他俩走后，俩老人轮流让虞彩虹枕在他们的腿上，尤其是达尔杰老阿妈把他搂在怀里给他揉肚子，在慈祥而又满眼含泪的同情中用半藏半汉的话安慰他，还不时颤抖着双手，将再次熬好盛在小龙碗中的红糖茶喂给他喝，这让他想起小时候母亲就是这样待他的，没想到在他成年后的达日草原深处，碰到素不相识又似母亲的老阿妈，忍不住那份感动，眼窝就湿了。

阿妈的女儿卓玛只有十五岁，是个非常漂亮的藏族姑娘，在一边见他流泪，蹲在他身边温柔地叫他阿吾（藏语，哥哥）。她说，你要坚持，等他俩回来就好了。他突然想起在长春看过的那部电影里的牧女卓玛，一下子感到她温暖爱怜的安慰，努力朝她微笑，但疼痛仍一阵阵让他呻吟不止，女孩干脆坐在他身边握着他潮湿的手，不停地说着他听不懂的藏语。多年后他在讲述这件事时，仍能感到卓玛手中的温暖，感叹那是他在草原上所经历的最浪漫温暖的时光，尤其她看他的目光，就像夜晚明媚的月亮，照亮了他一生对她的记忆。

第二天下午六点，那俩小伙才疲倦地回来，赤脚医生到别的牧业点为牧人看病去了，他俩去附近两个牧业点也没找到，想到老阿妈在临行前交代要抓紧时间的话，快马加鞭去了乡卫生所，乡卫生所只有一个赤脚医生正在给另几个牧人看病，一时来不了，便取了止疼片又马不停蹄地赶回帐篷，原本需要两天的路程，他俩用了不到一天。

虞彩虹服了药后稍稍止了疼，小洛周怕夜长梦多，要他立即骑马去乡卫生所。达尔杰老阿妈也赞同他们立即上路，一家人把虞彩虹扶上马，那个叫卓玛的姑娘还往他怀里塞了一包煮熟的蕨麻，这是当地牧人最好的副食，叮嘱他路上饿了就垫垫饥。他的双眼被她温柔的话击得再次不自觉流出了眼泪，不停地朝她点头。她继续说，下次你再来我家我给你做酸奶吃。他抹了把泪，微笑着和她们告别，一种幸福在内心荡漾开来。

老阿妈站在草原上的余晖里，不停地挥着苍老的手向他们告别，而且不顾眼下的禁忌，颤抖着嘴唇反复呢喃着"唵嘛呢叭咪哞"，她是用她内心最真诚的信仰为他祈祷着，保佑他平安。虞彩虹听到了也看到了，骑在马上走了很远还不停地回头，仍能见到帐篷前有几个人影在朝他凝望。

危厄与好运

1960年元月初，果洛州委接到青海省委通知，台湾将派出一支由美蒋特务代号为"蓝钟花组"五人的特工小队，大约2月10日至13日夜飞往果洛州玛沁县一带空投，省委要求果洛州委做好全歼准备。

虞彩虹被州委书记黄太兴指名点姓加入从政府各部门抽来的，和公安战士共同组成的剿匪大队。本次行动的公开代号叫"打猎队"，政府内部称之"歼匪武工队"，去围剿敌特行动。

武工队员们接到命令后，提早进入阿尼玛卿大雪山下一处人迹罕至的草原布防。2月13日凌晨3时，虞彩虹在埋伏点看到那架飞机在只有几十米高的头顶长时间盘旋，飞机下正好有户牧人，那群安静的牛羊从未听到过如此巨大的马达轰鸣声，在惊慌失措的拥挤奔跑中，竟把一头小牦牛给踏死了，另一头怀孕的母牛也被踏得流产躺在地上，被后面涌过来的牦牛踏成了一堆肉。牧人更是吓得骑着马狂奔，逃离了帐篷。

他判断它肯定是台湾来的飞机，但它盘旋一阵，飞走后失去踪影，再没回来。那时正是冬天，草原上的狂风二十四小时不停地吹着，时断时续的雪花让气温降到 -30℃左右。虞彩虹和另外七个打前哨的队员按规定不能随便站起身走动，可那寒冷把他们的骨头都给冻碎了，他害怕队员们冻坏了，不停地喊着同伴的名字，提醒他们不能睡着，一旦睡着失温可真就醒不过来了。

饿的时候他趴在地上吃口袋里的饼干，一阵阵刮来的大风，把他呛得咳嗽不止。还有的队员吃着已冻成冰疙瘩的羊肉手抓，这种带冰的食物只能含在嘴里化了冰碴再往肚里咽，水壶里的水早已喝完，要想喝水只能到山脚下已冻实的河边，砸开河面吃冰块。

他本来就是个大胡子，连着数天没洗脸刮胡子，胡子就长到覆盖了整个嘴唇，下巴上的胡须也迎风飘扬了。黄太兴书记来检查时对他说，原先那么精干的小伙一下子邋遢得认不出来。他笑着说，只要能逮到特务，形象无所谓。黄太兴拍了下他的肩膀说，等完成任务后，我们一起到理发店好好梳理打扮一番。

2 月 28 日上午，他接到指挥部传来的消息，说在达日县西北发现不明无线电报电源，估计敌特在下莫巴寺、查仓山山南、金卜让山以北，黄河以东"花吉公路"之西的位置空投。他兴奋起来，冻酥了的身体立刻被热血充斥得沸腾起来，当即和藏族民兵连长公保走了一个晚上。3 月 1 日凌晨 6 点左右，当他俩步行到玛沁县旧址西南十公里的一条山沟时，发现有顶绿色单层尼龙布帐篷，这和牧民用牦牛毛做成的黑色帐篷明显不同，在走到那顶绿帐篷前时，一个穿藏袍的人操着四川口音说着半生不熟的藏语，他说，我是从四川阿坝来你们这里做生意的。还拿出极少见到的"中华"香烟让他俩抽，还对他俩说，只要明天你俩能赶来十头驮牛，他指了下帐篷里的一堆包裹说，帮我驮运到我指定的地点，给你俩每人十个银圆和一百块人民币，再加一条"中华"烟……

公保故意用不以为然的口气说，既然你们是商人，这么多东西怎么可能没有自己的驮牛？那人一下变得有点口吃起来，原来有，不过前天遇到暴风雪，驮牛都跑散了才请你们帮忙。

虞彩虹最近天天在此埋伏，知道根本没有出现过暴风雪，连着几天的小雪倒是没断，肯定他们就是空投的匪特。为稳住匪特通知打猎队，他便客气地对那人说，只要给银圆，我们就赶驮牛来帮你驮东西；又说，你现在要再给我俩一人一包"中华"烟当定金，我们才相信。特匪按他说的做了，他俩拿着"中华"烟佯装无知，离开尼龙帐篷来到山头上。

公保是当地人，适应高原气候，跑着去报信，虞彩虹留下监视绿帐篷里的敌人，还约定一旦敌情有变他会跟上，以摆着石头箭头的方向指明去向。他趴在山头上，寒冷中着急的手掌不停地渗出一把把汗珠，把衣服前襟都擦湿了。到了第二天早晨五点，黄太兴率领着打猎队出现在山头并开始往山下追击，虞彩虹因高山缺氧，加上一直处于紧张状态跑得气喘吁吁，喉咙和胸膛都塞了棉花般憋着气，眼看着自己落在最后，索性把自己当成车轮连滚带爬下了山，帽子衣服被挂破，脸上也有几个口子流着血。

他和黄太兴来到一处灌木丛前，忽然站起个人在他们身后朝反方向逃跑，虞彩虹一看那人竟是昨天问他要驮牛的特匪时，"哎"了一声后举枪射击，可手指早冻麻，那人也在他的"哎"声瞬间朝他举起枪。黄太兴是个老红军，从山顶往下冲锋时就保持着举枪射击状，见那特匪要开枪马上扣动扳机。枪响同时，虞彩虹看到特匪的子弹"嗖"地擦着他耳边从脑袋一厘米外飞过。

他吓得脸色苍白半天说不出话，僵了似的钉在那儿发着抖，直到队员们高喊"土匪们钻进灌木里了"才清醒，跑到灌木丛林去搜索，见一人钻进低矮林中，一跃就压在那人身上，再用手枪抵着他的脑壳，那人用汉语忙说，我投降！我投降！

他们活捉了全部空投的特务。为防止他们服毒自杀，虞彩虹和公保几人立即扒掉特匪的全部衣服，让他们裸身站在风中，这时气温在 -30℃，直到登记完缴获的物品后，才给他们一人一套衣服押上卡车回了首府大武……

不久，他和王文陆骑马去吉迈一个牧业点，穿过一片草甸，进入也不知什么年代在黄河岸边绝壁上凿出的一条窄窄的犹如 C 字形的石径，狭窄的小路容不下并排二人，而旁边便是百米多宽闪着光亮的滔滔黄河，人马稍有不慎就会掉进黄河的激流中万劫不复。

虞彩虹的心早悬到了天上，绷着身体小心翼翼走了数米后，颤着音对王文陆说，咱们还是下马拉着马步行吧，我已经晕了，怕掉进黄河。这时王文陆的声音只能从前面贴着崖壁飘来，他说，现在你也得能跳下马呀。他这才反应过来，他俩应当在未进入Ｃ道前就下马徒步的，现在想下马已来不及，只能盯着马蹄和凹凸不平的小路，可忽略了头顶凸出的石头猛地磕到他的头，让他疼得龇牙咧嘴猛地扭了下身体去捂脑袋，这动作过大，让马吓了一跳，尥起一个蹶子把他抛下马背，亏他反应灵敏伸手抓住了马腿，整个人被挂在滔滔黄河悬崖上，如一杆风中的牧草摇摇欲坠。

马通人性，知道主人正抓着它的一条腿，也一动不动只抬起头摇晃嘶鸣。王文陆听到他的叫声慢慢回头一看，吓得颤抖着声音在前面高喊，虞——彩——虹——抓——紧——马——蹄，我——来——拉——你——上——岸！

王文陆从马鞍处爬到马脖处，把自己吊下去，再匍匐钻过自己和虞彩虹两匹马马肚下的小路，战战兢兢来到他跟前，一边抱着马腿一边伸手抓着虞彩虹已经没了力量而且颤抖不止的手，俩人拉扯了一会儿后虞彩虹终于跳上凹进山体的小路。此时的他脸色苍白嘴唇哆嗦说不出一句话，瘫了一般躺在马肚下足足半小时，最后手脚并用爬完了剩下的数米路。

还有一年也是他和王文陆去牧业点，在路过草原上一顶孤零零的帐篷时，被几只藏獒盯上，按说帐篷里的牧人会呵斥阻止，主人可能外出放牧，那獒一直追了他们一公里多，其中一只差点扑到王文陆的马屁股上，虞彩虹一看这架势从藏袍前襟里掏出打狗棒自卫。

其实他很早以前和小洛周下帐时，就跟他学会了如何使用打狗棒，后来打狗时屡试不爽。这武器是个五六厘米高的长方形铁疙瘩，一头有眼穿着五六米长的牛皮绳子，抡起来"嗖嗖"发响。此时他把它抛到地上，那獒不知是计，还一口吞到嘴里，他像钓到鱼那样抖了抖后猛地抡起，那獒随着惯力旋转着飞到空中，狗牙被打狗棒的拉力拉飞重重摔在地上，那狗躺在地上半天没动，好一会儿才夹着尾巴"嗷嗷"地叫着往回跑，其它狗见状也惊恐地调头不再追赶。

王文陆看得目瞪口呆，说：开眼了开眼了，你竟能狗嘴里拔牙，厉害厉害！

到了80年代，像虞彩虹这样级别的干部再下帐就有了吉普车。这天去巴颜喀拉山下牧业点就是坐车去的，这段路程足足走了一天也没吃没喝，一路颠簸直到天黑才到，司机急着下车去帐篷喝奶茶吃糌粑忘记关车钥匙，直到数天后要回县上时，才发现电瓶里的电早被耗空了。

虞彩虹找来三个牧人推车，想把发电机给推着了，但根本没这力量，牧人又去找了三匹马套上绳子拉，吉普车倒是能滚动起来，但还是发动不起电，折腾了一上午发动机还是冰凉着。中午，他们吃了糌粑喝了奶茶，又去数公里外的邻居帐篷找了三匹马，和上午找到的三匹马合并起来拉车，但马又不像人会齐心协力，各用各的劲乱成一团，依然没发出电，直到傍晚牧人放牧归来，方圆数公里来了七八个牧人壮汉不停地推着车，才把车发动起来。

司机怕电瓶再出问题连夜走人，由于天黑看不清路面，行驶到一处结着冰的山坡时翻了车，吉普车的挡风玻璃和车门在旋转中被压碎了，驾驶篓被砸得破烂不堪。

虞彩虹吓坏了，第一时间喊着几个人的姓名，确认所有人都安然无恙后才放了心。这是一次最幸运的翻车。这个年代因为交通不便，经常发生早上见面时还好好的，到了晚上就传来因为翻车死亡的消息。他用尽力气把车门蹬开，让大家一个个从车里钻了出来，司机惊魂未定地站在雪地上问他怎么办。他给了浑身颤抖的司机一根香烟，还给他点着火，要他镇定下来，又让他上了车试着能不能发动，惊喜的是吉普还能正常行驶。

于是大家重新上车继续回县上。冬天本来就冷，车里的人没了挡风玻璃像被迎面的风剥光了衣服，冻得失去了知觉。虞彩虹穿着藏袍戴着狐皮藏帽，把脖子一缩，就像藏在一个皮袋中……

离别果洛与晚年生活

虞彩虹要离开果洛了，但并非他真心想离开，因为长久在高海拔生活，他爱人已患上高原病，身体任何部位只要一摁就是个坑，好久才能恢复原状，他也得了高原性心脏病，因常年下帐住帐篷睡草地，类风湿性关节炎折磨得他早已疼痛不堪，到了不得不回西宁的时候。这一年是 1976 年，是他在果洛生活的第 21 个年头。

该告别的人早就告别过了，但还有一个骑马走了两天从牧业点来县上为他送行的人，他就是牧人洛周。虞彩虹当年第一次到牧业点上就住在洛周的帐篷里，二人早成了兄弟，二十一年从未间断过走动，洛周在三天里为他喝过三回送别酒，他也在三天中回请了洛周三回——要知道他从来不喝酒，但在告别时，破了自己的戒律，酩酊大醉。

在别人看来，他是因为终于离开果洛而高兴，其实只有他知道，自己是在用这种方式告别这个付出了青春美好时光的果洛。

他以为告别完了，临走那天早上六点，天色还没放亮，小洛周早在县委家属院大门口等着他，举着酒杯献上哈达说，我的汉族兄弟！我会想念你的！也希望你常回果洛到达日草原看看！这里永远都是你的家！这句话说到他心里去了，他也记住了这句话。这个分别的情景，虞彩虹耄耋之年每每回忆起来时都会满眼泪光，他还把它说给在达日县出生却在西宁长大的儿子听，并郑重地将那封他死后把他的骨灰撒到果洛玛多黄河源头、达日县黄河大拐弯处、玛沁拉加黄河渡口的遗书交给儿子，要他一定严格按他说的办。儿子理解那是父亲早已把果洛当成故乡，要魂归青春的果洛的决定。

一个人在冥冥之中和一块高地注定了一生的生死情缘，是的，这块高原就是果洛，虞彩虹一个人的果洛，所有果洛人的果洛，是一块永恒着的原始而又美丽，雄鹰振翮飞翔的果洛！

近几年来，也许是他退休后没了具体工作，果洛的往事如窗外湟水河的河水，日夜流淌过他内心的旷野，激荡着他对最初出发地的怀念，一个人一旦进入回忆状态，生命便像延长了一倍。他每天早上六点起床走出省委大院，沿着湟水河岸散步一小时，吃过早餐开始写作三小时，午后从三点开始再写两小时，几年下来写成了《果洛的记忆》一书，书中的往事就是他和牧人在暴雪天围着牛粪火炉熬出的酽茶，浓烈而又香醇。

走，到果洛去

　　与火明亮分别两年后的 1994 年五一节，他从深圳回西宁探亲，约我在五四大街一家饭馆聚餐，郑重其事地对我说，去年元旦前我在深圳收到上面写着"尽管你离开了果洛，但你在果洛的故事仍被人们传说"的新年贺卡，这个寄卡人我并不认识，不过从落款上知道她是果洛州文化馆一个女生，这表明她在果洛感受到了和我当年一样的困惑，也说明我能被人怀念具有一定的代表性，真希望我的那些经历，能让更多的大学生们清醒地认识到他们所处的环境，然后认真地思考命运。

　　火明亮最为人们熟知的事迹是他 1984 年被分配到大武中学，并在次年参加果洛州教育局在州礼堂召开的全州教育系统先进表彰大会上，当王副州长表扬大武中学物理老师谌小鹏时，将谌字读成了 kān，火明亮立即站起身来当着上百人的面大喊，"王州长，那不念 kān 而念 shèn，他叫 shèn（谌）小鹏，你别改了他的姓"，然后满脸笑意地看着台上有点发蒙的王副州长。而他这句话也让一直窃窃私语交流着的会场顿时安静下来，片刻后，众老师回过神来立刻发出一片哄笑。

　　王副州长明白那笑声的含意，在主席台上显得很尴尬，不由自主地摇晃了一下身体，看着台下仍站在众老师中间的火明亮，嗫嚅地说，哦，哦，对，是我看错字了，是 shèn，shèn 小鹏老师。然后转过头低声问旁边的干事，这人是谁?

火明亮是大武中学的语文老师,不读错字是基本功,平时就养成了只要有人读错字就会立即纠正的职业习惯,所以才发生了这件在全州大会上纠正州长读错字的事。而领导们平时读错字的事时有发生,大家为领导的尊严都不吱声,在大会上读错字音更是没人敢站起身来去纠正。火明亮这样不分场合不知轻重不给领导面子的行为,在大武地区成了一个笑话,一下子就被传开,说新一代大学生就是牛,不过这貌似表扬实际上是嘲笑他的天真和无知。

关于火明亮在果洛的经历,还要自 1984 年从青海师范学院中文系毕业被分配到果洛说起。果洛高原地处青海南部,平均海拔 4200 米且四季无夏,境内有数座著名大雪山重重围绕,交通闭塞,生活环境十分恶劣,是青海最为艰苦的地方。一般人都认为没有家庭背景,学习成绩一般或犯了什么错误的大学生才会在毕业后被分配到果洛。他们私下都用"罚配"代替分配这个词。

火明亮和其他三个成绩平平的同学不一样的是,大三前他便在《青海湖》和成都的《星星》及新疆的《绿风》诗刊上发过组诗,连续在 1981 和 1982 两年师院举办的演讲赛中获得第一名。在校期间多次在全校诗歌朗诵会上激情澎湃地朗诵西部诗人周涛、杨牧和昌耀的诗歌,尤其以朗诵高尔基《海燕》一文时的抑扬顿挫,渲染出海燕在乌云的大海上矫健飞翔而闻名。

毕业前在西宁一中实习时,因教学方式和理念颇受校长青睐,结束实习离校时校长对他说,如果你愿意来我这儿当老师可随时来。更重要的是,最后一学期他被学校评为"三好大学生",他还以为凭着这些成绩,学校会把他分配到相对应的单位,最次也要留校当老师,结果躺在名誉堆上的他等到的却是令他难以置信的被分到最艰苦的果洛的通知,他怎么也想不开,赖在学校拒绝前往果洛报到。

学校宣布分配工作结束后一个多月的某天,这位从他入学就很欣赏他,并在 20 世纪 30 年代就以教育出名,又在 70 年代从复旦大学援青的教育家范××教授,好不容易在青海师大学生寝室找到正躺在床上的他,耐心地对他说,如果你拒不服从学校分配,意味着你自动放弃了就业机会,工资、户口、粮食关系也就没有落户的地方，这样你在社会上连个立足之地都没有，就是有人想帮你都帮不了，你不能因为不服从学校分配断了前程。我建议你先去果洛，就当深入牧区生活，然后再想办法调回西宁，当然我也会继续帮助你。

火明亮躺在床上一边听着老师的话，一边随意翻着波德莱尔的《恶之花》，范教授见他一副无动于衷的态度，从站姿改成坐在他对面已成光板的床上继续说，果洛州委书记扎西尼玛是青海甘肃和四川地区四大藏族诗人之一，我曾给他的诗集写过几篇评论，在全国还算有点影响，和他的私人关系也不错，我给他写了封推荐你的信，可能对你有帮助。

范教授在求他似的从口袋里掏出个信封，他这才翻身起床接过那封信。老师的一番话，像推土机把他那些不务实际的理想碾碎，让他一下子看清现实，用省悟的口气说，呵，那行呵，那就到果洛去！到那儿锻炼锻炼也好！而这时候同他一批分去果洛的同学都走了一个多月，大都报到上了岗，他第二天买了班车票，揣着到牧区体验生活的想法和导师的那封推荐信，来到果洛藏族自治州首府驻地大武，等待州教育局的分配。

州教育局的领导见他迟到了一个多月才来报到，也听到过一些他恃才傲物的传说，对他先入为主印象就不太好，便将他分到果洛最为艰苦的玛多县中学，正好那天州委扎西书记到州教育局调研，无意中听局长说起了这事，突然想起前几天收到青海师大范××教授希望能关照他这个学生的信，便对局长说，我知道这个小伙子，在师大上学时就是个三好生，口才也不错，很有文采还能写诗，我建议留在大武中学，让别的同学去玛多县吧。他这样说是因为整个果洛六县只有大武中学这一所学校设有高中部，也是州里唯一的名牌，各科老师是全州最顶级的，而同批分来的另三位同学早就被分配到了班玛、达日，不存在让别的同学下去的事。他对这结果很满意，便把老师写的信压下没再拿出来。

火明亮被扎西书记在无意中阻拦了一下，躲过去更糟的地方留在自治州首府大武中学，当初中三年级两个班的语文老师兼班主任。距这次分配过了一个月，有次和校长石玉玺闲聊时，就把这件事说了出来，这又让火明亮的心里对扎西书记增添了几分感激，便在某个周日下午到州委大院扎西书记家拜访。

扎西书记平时政务很忙，即使休息日来人拜访也多是各部门的头头来谈工作，今天忽见那个他尊重的诗歌评论家范教授推荐的弟子上门拜访，自是很高兴地放下工作，换了一种心情接待了他。两人聊天中，扎西书记还拿出自己最近写的一首诗，很客气也很谦虚地让他提意见。火明亮看了后毫无顾忌地指点江山般发表了自己的见解，竟然得到扎西书记的肯定，还说，那就由你来帮我修改修改吧。

一个月后的某天，火明亮再去找扎西书记时，拿着由他修改过的原稿和工整誊抄过的修改稿一并递了上去。火明亮上次和书记聊完天回去后擅自将由他修改过的诗，寄给了甘南文联文学期刊《格桑花》，非常巧合的是，今天上午扎西书记刚收到编辑部发来的采用通知书。在接过火明亮递过来的原稿和他修改过的稿子，对比着看了半天后才说，我的这首诗你改得不错，难怪范教授在我面前夸你呢，我今天上午收到了甘南文联的用稿通知。

两人自然都很高兴，就诗歌讨论了好久，他还说了许多外国诗人，譬如埃利蒂斯的《英雄挽歌》、阿赫玛托娃的《黄昏》，以及著名的《嚎叫》和它的作者艾伦·金斯伯格的一些轶事，这些都是扎西书记以前没听说过的，算是开了眼界，也就对他有了更新的了解，觉得他还真是个写诗的料，在火明亮告辞时还热情地说，欢迎你常来，果洛这地方写诗懂诗的人太少了，我们要多交流。

火明亮在大武中学教学，虽然按教学大纲要求正常进行，也讲中心思想段落大意这一套，却放弃了对课本上范文的讲解，而是用早备好的如老舍《济南的冬天》、郁达夫《故都的秋》和魏巍《我的老师》这一类文章。他还和另一位有着同样理念的余老师一起刻蜡板，一张一张油印出来分发给学生阅读，然后在课堂上花大量时间讲解这些文章结构和语言特点，想培养提高学生们的写作能力和表达能力。

说来也怪，学生们对这类平时看不到的文章，比对课本上的范文更有兴趣，写出来的作文比以前抄报纸上的空话废话好许多，这让他很欣慰，像是干出了大成绩，他觉得这才是让学生们真正进步了的表现。

这天，班里一个女学生，从山上采撷了一束丁香花从他跟前走过，还顺手送了他一枝，芳香随着女学生的走动而飘浮，他把那枝丁香花带回屋里更是幽香四溢，这带给了他启示，数日后他和另外一个老师成立了"野丁香"文学社，每周六下午组织学生们讨论如何写作。这活动一下就吸引了不少各年级的学生，经过一段时间的活动，竟颇受学生喜爱，成了学校最活跃的一个课外活动。

我和火明亮就是在这个时候认识的。有天我在州图书馆借《马尔克斯中短篇小说集》时正好被他看到，他主动跟我打招呼，说能借这样的书的人肯定在写东西。事实上那时我确实是个文学青年，喜欢跟文坛上的风，譬如那时正流行马尔克斯，我也跟风读所谓的魔幻现实主义小说，其实我根本看不明白它魔幻在哪儿和好在哪儿，也知道自己欣赏水平实在有限，但还是故作高深摆个阅读的样子，正是那个虚假样子才引起了火明亮的注意。

那天我俩就靠着图书馆的书柜，聊起各自喜欢的作家和作品，有种久违之感，并在分别时相互报出了各自的单位电话。几天后，他便到州农行办公室找我说，我在大武中学办个油印杂志，专发一些大武地区作者的文章和学生们的作文，希望你能帮忙给学生们写写评语，这样我们因为他的"野丁香"成了朋友……

我俩都是单身汉，又有共同的爱好，没事总聚在一起聊天，他会把他在单位不被领导欣赏受排挤，想调离果洛的想法说给我。我劝他脚踏踏实地干出些成绩再调动。他像是接受了我的建议，在教学工作上很认真，学生的反响也很好，不过他仍在课堂上讲那些他认为真正能启发学生思维的范文，这让石玉玺校长大为不满，在某次周六下午的政治学习会上严厉地对他说，我们大武中学是全州样板中学，家长们在注视着我们老师们的一言一行，我们培养学生的目的是要通过考试上高中上大学，不培养作家诗人，如果你继续误人子弟，我就请你走人。

火明亮和他辩论起教育方式的问题，辩着辩着后面的话就充满了火药味，又发展成了吵架，吵着吵着火明亮用蔑视的口气说，你这个川大毕业的校长懂不懂教育？石校长反讽说，你既然懂教育，这明显就是故意在捣乱教学的正常秩序，破坏教学质量。

两人说到激动处甚至有了身体的摩擦，大有两堆炸药一触即爆之势，幸好被坐在旁边的老师拦开，这下老师在无形中分了两派，有赞同火明亮的有赞同石校长的。这在大武中学是从没有发生过的事，老师们的思想因此发生了激烈的碰撞，争论到最后，石校长规定那些不按教学大纲教的老师，当然包括火明亮在内，一旦发现就立即走人。

火明亮没理会石校长的告诫，仍把学习范文和写作拿到课堂，继续组织学生学习《济南的冬天》，继续把学生的作文拿给我写点评，然后印在那本油印的《野丁香》上——这本油印杂志一度在大武地区很流传，即使在农业银行这样的专业单位竟然也有人在上班时间翻看，这让我很惊讶。更为惊讶的是，有次我去州图书馆借书，见书架上也摆着几本《野丁香》——本故事开头讲到的州文化馆给火明亮写贺卡的女生王二妮，当时就是在图书室的书架上看了这本杂志，又从上面看到我的名字，在火明亮调到深圳两年后的年底，打电话问我要火明亮在深圳的地址，这才有了他在收到那张贺卡时的洋洋得意——石校长也在图书馆里看到这份油印的杂志，见火明亮仍我行我素被彻底惹怒，便把他在中学的所作所为汇报给了主管教育的王副州长，王副州长正是被火明亮在大会上纠正过读错音的那位领导，内心的怨气一直没消，见石校长送来这么个机会，自然十分支持他的意见，有了后盾的石校长，有恃无恐地把火明亮的人事关系退回到了州教育局。

石校长的反应超出了火明亮的预料，甚至让他有点不知所措，不过很快他就清醒过来，找到扎西书记反映了情况，解释说自己之所以这样做主要是想开拓学生的视野，真正提高学生们的写作水平而不是死记硬背的功夫，想让学生们得到全面发展。

扎西书记说，我理解你的出发点是好的，但做法不妥，升学率上不去不仅影响大武中学的名声，甚至影响整个果洛地区教育质量的名声。最后看着垂头丧气的火明亮已无路可走，当场给果洛州文联主席魏小山打了个电话说，让火明亮给你的《红骏马》当个诗歌编辑吧，正好你也考察一下他到底有没有水平。魏小山说，我早就看过火明亮的诗歌，按说他这样的人在果洛应当算是个人才，但我没正式编制呵。扎西书记说，以工作需要为由，先借调干一段时间，他的工资人事关系还留在大武中学，随后再说。

就这样火明亮因祸得福进到了梦寐以求的州文联，当起了《红骏马》的诗歌编辑。这时的杂志社早已有两个编辑，一个叫王孝力，河南师范大学毕业并在《中原》杂志当过一年编辑，以专业人才引进享受高级人才待遇，实际上他和王副州长是姑表哥的直属亲戚关系，这点很多人并不知道。

另一个编辑叫熊丽丽，玛多县人，1976年粉碎"四人帮"后第一批考上青海师大中文系的毕业生。她和王副州长的关系也很特别，她父亲50年代中后期和王副州长都在玛多牧区工作，在同一顶帐篷里住过几年，是一起下帐交心的好朋友，后来她嫁给了王副州长的侄子，也是直属亲系，因此她和王孝力也成了拐了一个弯的亲戚。他俩都不愿火明亮进编辑部，恐对他们以后的发展不利，自然合成一派挤兑火明亮。

王孝力常以编辑部大哥身份，把一些关系稿塞给火明亮，他碍于情面对每首诗歌都作了较大修改后发了出来，几次下来发现都是王孝力河南的关系稿。而他想推荐几篇小说或是散文，都被王孝力和熊丽丽以各种理由拒绝，所以三人有时候为一篇稿子要不要发表，都要脸红脖子粗地吵上半天架。

某星期天，火明亮一个人去水井巷川味小饭店吃饭，正好遇到旁边有四个人一直唾液横飞地用特别高的声音和嘲笑的口气，议论着和玛沁养路段几个西宁来的小伙打架的事，还不停地敲打着碟碗发出刺耳声，这让他心烦意乱，他站起身过去对他们说，哎，这是公共场合，能不敲碗低声说话吗？让他没想到的是，他碰到了几个常惹是生非在大武有名的混混。

其中一个小伙说，哟呵，碰到公安局的人了，管得宽呀？另一个人走过来拍拍他的脑袋说，你牛逼得很唄？第三个人更是朝他的盘上吐口水。火明亮这时还不知道他们的身份，恼羞成怒与他们理论，结果四个人围着他推搡，也不知是谁还一拳头打在他的头上，他也回了一拳，被打的那人说，又不是我打你了，你打我干啥？说罢扑上来就打，剩下三人也在混乱中把他打得鼻青脸肿。

其中一个人在打完他后警告般地说，我知道你是文联的火明亮，你小心点！然后扬长而去。火明亮想报警，但饭店老板对他说，打他的那人是王副州长的侄子，你最好还是不要报警了吧，否则以后你还会挨他们的打。他听了建议，咽下这口气，一个人去了医院包扎了伤口，跟魏小山主席说得了感冒请了数天病假，其实他是害怕王孝力和熊丽丽看他的笑话。

打他的那人确实是王副州长的侄子，也就是熊丽丽的丈夫。那天晚上他到王副州长家，添油加醋地把火明亮在小饭店里如何骂人又先动手打人的事给他的叔叔讲了一遍，熊丽丽也在一旁搭腔说他私心很重，每期都用私稿，还不如把他退回大武中学。王副州长说，这个人是扎西书记的朋友介绍来的，我得考虑扎西书记那层关系。熊丽丽说，编辑部有我跟王孝力就足够了，他来是多余的，您再找个机会让他走人得了，省得添麻烦……

也不知熊丽丽给王孝力说了什么，后来他也找到王副州长，说火明亮的手脚不干净，把几百本稿纸都送当地的作者做人情了，如果继续留在编辑部，以后还不知道出什么事呢。王副州长就想着熊丽丽说他有问题，王孝力也说他有问题，连局外人的侄子也说他有问题，再加上他在大会上不分场合纠正自己读错字的事，觉得还真不是一般人能干出来的，更觉得他精神上有问题，就更加厌恶，就说他俩要耐心等待机会，不能贸然处理，要顾全大局。

年底魏小山主席退休，王孝力顺其自然地被提拔为主编，那天开编辑会时，他以火明亮没有正式编制为由要把他退回大武中学，火明亮当时听了并不以为然，以为扎西书记的面子还是很硬的，理也不理扭头就走了。

王孝力和熊丽丽见他这态度，很生气，俩人一商量当天下班后就把办公室的门锁换成了新的，第二天早上火明亮来上班时，门都打不开了，王孝力明确地告诉他，编辑部已把你退回大武中学了。无奈之下的火明亮回到大武中学，石校长也以他调走没有岗位为由拒绝再接收，他一下就失了业挂在半空中，像风筝一样飘着，不知何去何从。

那天下午火明亮来到州农行办公室找我，我看出他满脸惆怅，问他出啥事了。他只说，我想喝酒了，你下班后陪我喝场酒呗。他的语气有些乞求，这让我很惊奇，他从来不喝酒也不抽烟，是那种干干净净的男人，怎么这会儿要我陪他喝酒呢，一定发生了什么事。

在水井巷川菜馆里，他把这事给我说了，也许是喝多了，最后用文艺腔说，我真恨自己没有那么多心眼对付这些卑鄙小人，也真想杀了那对狗男女以慰我这孤独的心。我笑着安慰他说，别胡思乱想了，你不是说你的范教授让你来果洛体验生活吗，这就是真实的生活呵，再说扎西书记不是也说会给你安排新工作的吗，你就等着呗。

我俩一直喝到了晚上九点多，这时候在高原上已是很晚了。因为我的酒量比他大得多，就扶着他摇晃着的身体往他仍在大武中学家属院的住处走去，到了大门口，他坚决不让我送他进去，说怕被人看笑话，我想都到他家门口了，应该不会出事，就回我自己的单位去了，可是第二天早上一上班，州医院的护士给我打来电话，说火明亮说的他一个人在住院，让你过来照看他。

我到医院才知道，昨晚上我走后，他在过大门口那条用水泥石头砌成的一米多宽的水渠时，失去重心，一头栽进了河渠。高原上的河水都是从雪山上流下来的，非常冰凉，即使夏天河水也在零下几度。他已没力气爬上渠岸，就在冰凉的水中泡了好久，几乎被冻僵时才遇上学生路过时听到他在水渠里微弱的呼喊声，把他救了出来，送到州医院躲过了一劫。

那一年正好果洛州委决定在党校开设一个大专班，针对那些已经是全州或各县各公社各单位被列入第三梯队、没有文凭的干部们开设的对口班。当时的大背景是没文凭就不能提升，所以全州很多年龄不一的人，都参加了这个大专班，想混个文凭好当官。火明亮在医院疗好伤后被扎西书记叫到办公室说，你到党校继续当老师，工资高还清闲，重要的是这回你可以不考虑升学率，真正教学生们学写作，如果你能为果洛培养出来一个作家或者诗人，就是你的大贡献，到时如果你再想回《红骏马》就没人敢说啥话了。

无奈之下的火明亮，只好到党校再次当了语文老师，同时在班里鼓动那些干部身份的学生们，学习那些经典散文和小说写作，再次把在大武中学办的油印刊物《野丁香》恢复了起来。学生们都是单位里的副手或能说上话的人，便利用单位的资源，把纸张、油墨甚至打字员都叫到党校，一起打印装订他们写的文章或是诗歌，《红骏马》的那两位编辑此时已和火明亮没了竞争关系，私人关系也缓和了不少，以关心本地区创作为由，每期都会选几篇他们认为不错的文章或是诗歌刊发，这让火明亮特别有成就感。

这些学员当中，一个叫蒋美丽的女生和火明亮走得很近，她是州交通局排在最后一名的第三梯队干部，对文学有兴趣，常在课堂上提出一些写作技巧上的问题。火明亮认为她是这个班里比较有文学修养的一位，曾多次私下给她辅导功课，两人的关系也变得微妙起来。

火明亮还故意把期中考试作文题透露给她，又告诉她作文如何写，她便胸有成竹参加作文考试，成绩排在前三名。火明亮又把她的作文当范文在课堂上讲解，这让班里一些同学不以为然地说，她写不出这样的文章，是抄袭的。火明亮反驳说，那你把她抄袭的原文找出来，看她抄袭的是哪篇文章，找不出来就证明是她创作的。他特地在说"创作"这个词时加重了语气，然后看着大家又说，我希望大家虚心向她学习而不是嫉妒。

其实他俩恋爱初期，蒋美丽就对火明亮说，我丈夫是州民贸公司的卡车司机，两年前的冬天在阿尼玛卿雪山顶上翻车去世了，我虽是单身却是个寡妇，另外你是从大武中学出来的，肯定知道石玉玺校长，我是他小姨子，你还不知道这层关系吧，所以你要想好了如何处理这些关系，再决定要不要和我交往。

这样的关系让火明亮惊讶不已，感叹大武真是太小了，谈个恋爱都能碰到以前格格不入的对手的妻妹，但他却说，是不是寡妇没关系，只要能有共同的爱好和话题就好。说这话时，他就有了报复石校长的想法，不久后便把他和蒋美丽的恋爱消息故意传到了大武中学，想刺激一下石玉玺。

让他意外的是，蒋美丽有天对他说，昨天晚上我去我姐家吃饭，我姐夫认真地对我说，你这个人人品极差，又是个不负责的混混，在大武中学就混得很臭，在州文联混到被人赶走的地步，到了党校也未必能混好到哪，叫我千万不能信任你。但我觉得你有热情，教育上很有一套，还很关心疼爱我，我也知道我姐夫对你有成见，所以不在乎他说的这些，但你要清楚这层关系，尽可能和他处好，这样的话我们才能顺利发展。

不久后的石玉玺被州组织部提拔到州教育局当副局长，在教育系统里有了话语权，常在不同场合散布火明亮在学校搞师生恋，枉为人师，甚至还添油加醋地说他被州文联除名一类的话。他作为领导的这些话，在别人听来是有权威性的，于是这些消息像风一样刮过认识火明亮的人，有的学生甚至在课堂上问他，那些传说是不是真的，这让他变得尴尬无比，同时也在心里产生了一种仇恨。

后来火明亮开始追踪溯源，得知这些污蔑他的消息都来自石玉玺，那种仇恨就像在无垠的草原上被狂风吹得熊熊燃烧的火焰。他一直想着如何能报复石玉玺的恶语中伤，巧的是在某个星期天下午州委大门外的街上，无意中碰到石玉玺迎面走来，他便堵住石玉玺责问和谩骂，最后俩人动起手来。火明亮因年轻体力好，把石玉玺打断了一根肋骨，最后倒在地上昏迷不醒。

火明亮怕打死了他，忙跑到交通局告诉了蒋美丽，等两人赶到现场时已不见石玉玺的影子，问了旁边商店里的人才知道，倒在地上的石玉玺被路过的一个大武中学的老师看到打了120，救护车把他送到了州医院。俩人又火速到医院为石玉玺办理了入院手续，但火明亮还是在第二天被大武派出所拘留，罚款数百元，等半个月出来后又赔了石玉玺数百元医药费。

那天他从派出所出来后，先来州农行找我喝酒，我们仍在水井巷那家常去的川菜馆点了菜，我只让他喝了一杯，怕他喝了酒再去寻事惹麻烦，可他抢着喝了二两，这让我想到一个不会喝酒的人现在竟然也能一口喝这么多，足见他内心那股强大的郁闷。他真的变了个人似的对我说，即使我在派出所蹲了半个月也值得，总算出了心中的这口恶气。他说这话时，目光犀利地看着我，我把目光回避到酒杯上说，你如果还不吸取教训，还会继续吃亏的，他说，我年轻有资本，以后有机会还要打石玉玺那个王八蛋……

我听了这话感觉他的心态变化太大，怕他再出事，就把酒瓶扔到了窗外。他沮丧地说，那我也不能任人欺负吧？我说，你在大武光有写诗的才能是远远不够的，你的性格是否有问题，你的处事为人是否也有问题，得找找自身的原因，再找找和社会相处的方法。我还说，我说这样的话都是为你好，你要完善你的个性才能活得更好些。他不以为然地哼了一声不接话，那顿饭也就吃得没滋没味不欢而散。

他因此事被学校扣了一年奖金，行政记大过一次，并在全校教师大会作检查。让他更为恼火的是，因和石玉玺打架，蒋美丽的姐姐坚决不准她和火明亮来往，还威胁她说，要是你敢和火明亮继续恋爱，我们姐妹从此断交（她们的父母早逝，她是由姐姐和姐夫在她高中毕业后安排的工作，感情特殊），而蒋美丽一直想托姐夫帮助调到政府机关离开州商业局，在前途与爱情面前，就把姐姐的话当了圣旨，主动和火明亮断了关系。火明亮虽极力挽回，明确提出我不嫌你是寡妇，愿意马上和你结婚，但还是被她拒绝。火明亮见事已至此也不再留恋，盘算着如何离开果洛。

1992年1月，分配来果洛的数批大学生，嗅出了改革开放的风向，都以自己的专业为敲门砖敲开了深圳、海南等地各个相关单位的大门，有的人甚至连工作都不要了，反正那边也接收，很多人成功地逃离了果洛。随着这批人的离去，果洛文化系统，当然也包括教育系统，像被凛冽的西北风吹入 -40℃的河流，不再有浪花的奔腾而一派死寂。

8月，火明亮一个人离开大武去深圳找工作，也打算离开果洛，在那儿待了两个多月，先是到广播电台和刚创刊的《特区文学》杂志社一类文化单位应聘，但都没被录用，而彼时教育系统极需大量优秀老师，他想别的单位进不了，干脆重返教育系统吧，于是在深圳五中拿出自己的看家本领，试上一周的课后，凭着实力被学校录用，然后马不停蹄返回大武，到果洛州党校办理了辞职手续。

我记得很清楚，那天下午忽然看见他和一个学生用平板车把一个大书柜和被褥全拉到果洛州农行大院，见我惊讶，笑着说，我明天就要离开大武去深圳了，这些东西全送给你。到了晚上叫我再次来到水井巷那家川菜馆里吃饭，还没等炒菜上桌，他倒是一口气先喝了二两青稞酒，我劝他少喝，他像是没听见，一扬手又一杯下了肚，至少喝了三两后酒劲便上了头，趴在餐桌上呜呜咽咽地痛诉起来，我在果洛这些年如丧家之犬四处碰壁，被人打过也打过别人，还进过派出所，真的是没有容身之地了，只能落荒而逃……我劝他了几句也劝不住，索性让他尽情地哭诉个够，让他在多年后回望时能看到当初他是咋样离开大武的。

第二天早上我到大武运输站送他，我们站在寒风中等待班车的到来，这时的他也不说话，总是低着头显得很孤独，或是把目光射向远方的天空，我知道他是在回避他在果洛这几年的没落时光。等旅客们开始上班车时，他头也不回地上了班车，然后在班车启动开始行驶那会儿，我看见他朝我挥了挥手后，就把头缩回衣领里，那神情极像某种动物，但我还是清楚地看到他脸上的泪痕，在初出的阳光俯照中泛着一丝冷光……

在火明亮离开果洛首府大武两年后的某天，我去州委大院办事，意外碰到扎西书记，他站在他办公室前一棵巨大的开着黄色碎花的野大黄前——大武由于海拔高，所有的树木都活不成，只有这种像树一样的植物能茂盛地活着，所以州委大院里的很多办公室前面，都种着这样的植物，装饰着枯燥大院的风景——朝我招手道，小杨，你过来一下。

我赶紧上前向他问好，他不假思索地说，你那个朋友火明亮是个很有才气的青年，当教员办杂志都有一套，只是太学生气，不过经过这几年社会磨砺，肯定比以前成熟了。我想是不是再把他从深圳调回大武来，现在的果洛还是太落后，尤其教育和文化方面，太需要像他这样有想法有能力的人……

我很意外，一下想起也已经离开州文化馆，去了东莞的王二妮在元旦贺卡上的那句话，现在竟然连扎西书记都怀念起他来，看来关于他的传说还真是要继续流传下去，只是不知当初落荒而逃的火明亮，在听到这个邀请后是否还愿意再回到果洛来。

后　记

　　澎湃新闻网"湃客"主编（时任，现为副总编辑）黄芳老师，2022 年 3 月 11 日给我留言，说我在"镜相"上开的"藏地往事"栏目里的故事，可结集出版，同时推荐了一家出版社。我想，既然这些故事都是高原往事，于是在桃花盛开时，报给了青海人民出版社总编辑马非先生，然后书稿就到了梁建强和马婧老师手里，一个注定的缘分在湟水谷地相遇。春天的芳香淹没了后来的时光。新的一年来临之际，便有了这本书。在此，向上述诸位及没提到名字又对我极关心的朋友表达谢意，你们的友情，像五月才在青海盛开的丁香花，浓郁又意味深长。

　　王朝光问我，为啥写那么多果洛的故事？我说，我出生在青海省果洛藏族自治州班玛县的赛来塘——那是青南高原一个牧业点。在靠近江日堂天葬台玛可河岸上，有处用废弃的板皮搭成的夏天爬满碎小野花，冬天堆着盈尺积雪的不规则椭圆形栅栏的小院，院内有排低矮的在 1954 年建政时盖成的土坯房，房前有棵筑着兀鹫巢的孤独钻天杨，像那个时代的擎天柱，昭示着记忆中的峥嵘岁月，而这个小院就是我童年的家。我无数次在寒冷的紫外线中，凝视巢里用犀利目光也长久俯瞰我的兀鹫，倾听沿玛可河谷刮来的，让树叶拍起无数只手掌唱起的歌谣，细一听，竟是我整个高原上的青春岁月。尽管后来我离开了果洛，暂居在低海拔的平原上，但我写的都是我在果洛从小耳闻目睹的。在这里，我以一个土生土长果洛人的身份，将那些慢慢消失的种种经历记录在案，以此向"果洛工作团"的先辈和还留在果洛的第二、三代们，表达敬意。此外，我还想让这些淹没在历史中小人物们的声音，透过岁月深处的罅隙，像玛可河的波涛，超越果洛的地域和空间，向更辽远的空间飘响，让更多现代人看到他们曾经历过的种种人生。

需要说明的是，由于故事中的部分人物，不愿透露真实姓名和单位，固执地认为，他们的人生就是流进时代大河中的一滴水，而大河流动的模样就是他们的人生模样。我也觉得故事中的人，在现实里的真实姓名并不重要，重要的是他们那种澎湃的激情，让生命的光亮照耀着从 1952 年 8 月开始通向今天的果洛历程，和如花灿烂的背影，才是重要的。所以我混淆视听，用耳熟能详的地名或单位代替，请相关读者勿对号入座，但你仍可像果洛高原天空上变幻莫测的白云，天马行空去想象，这样你会被置于茂密的玛可河漫无边际的森林深处，看见无数只白唇鹿般珍贵故事的来历和存在的意义。

毫无疑问，果洛的历史就是那些来到果洛搞建设、作贡献的所有人的人生，是闪着冷光的星宿海，是辽阔果洛草原上雄浑如馒头的山峦，是赛来塘老家那排土坯小院和房前那棵孤独钻天杨树梢上兀鹫的巢穴，是突然掠过头顶投在地上某只兀鹫的飞影，是漂泊异乡的我对果洛血脉链接的记忆。

2023.12.5 于郑州